다물 삼족오

한/국/최/초/역/사/르/포/소/설

다물 삼족오

초판 1쇄 인쇄	2007년 6월 29일
초판 2쇄 발행	2008년 7월 7일
지은이	노희상
펴낸곳	Book★Star
펴낸이	박정태
출판등록	2006. 9. 8. 제 313-2006-000198호
주소	경기도 파주시 교하읍 문발리 파주출판문화단지 500-8
전화(代)	031)955-8787
팩스	031)955-3730
E-mail	Kwangmk@unitel.co.kr

ⓒ 2006, Book★Star
ISBN 978-89-959637-2-2 03810

정가	15,000원

잘못 만들어진 책은 바꾸어 드립니다.

다물 삼족오

노 희 상 지음

태양 속에서 태양의
불을 먹고 사는 세 발 달린 새!
'삼족오'에는 어떤 비밀과 의미가 숨어 있는가?
지난날 중원 대륙을 누비던
고구려 개마기마군단의 우렁찬 말발굽소리를
추적하는 흥미진진한 역사 산책!
9,000년 한민족사를 관류하는
역사정신의 정수!

BOOK STAR

만주에는 역사가 흐른다!

‘다물 삼족오’!

일반인들에게는 알듯 모를 듯한 말일 것이다.

‘다물’ 이란 용어는 순수한 우리말이다. 《한단고기》〈삼성기 전〉 상편과 《삼국사기》 13권 〈고구려 본기〉에 보면, 해모수의 후손인 고주몽이 북부여에서 졸본 땅에 들어와 나라를 세울 때 비류국 송양왕의 항복을 받고 그 땅과 백성을 접수하면서 그 땅을 ‘다물도’ 라 하고, 송양왕을 ‘다물도주_{다물제후국 왕}’ 로 봉했다. 《삼국사기》에는 ‘옛 고구려 말에 잃어버린 영토를 되찾는 것을 다물이라 한다_{麗語復舊土爲多勿}’ 는 구절이 있다. 따라서 ‘다물’ 은 ‘잃어버린 것을 되물린다’ , ‘되찾는다’ 는 의미이다.

고구려의 초기 연호이자 창업 이념인 다물 정신은 고구려를 동아시아 글로벌 제국으로 성장시킨 원동력이 되었다. 이런 다물 정신은 한민족사를 관류하는 정신으로 지금까지 이어 내려오고 있다.

21세기에 ‘잃어버린 옛것을 되찾는다’ 는 말은 영토적인 욕망이 아니라 단군 시대의 예법과 자랑스러운 문화, 민족성 등 한민족이 가진 불변의 가치를 찾아 그것을 발현시켜 인류 세상에 홍익으로 기여하고, 당면한 모순과 어려움을 극복하여 미래로 나가자는 것이다. 우리가 '한강의 기적'을 만든 힘도 다물이라는 구토 회복의 열정과 공동체 발전을 우선하는 의식 때문이었다.

'삼족오'는 동양 3국에 공통된 정신의 표상이다.

태양 속에서 태양의 불을 먹고 사는 세 발 달린 새는 고대 동북아 인총이 지닌 천손 사상과 밝달배달 사상으로서 한·중·일 3국인의 정신적 합일점이다. 그중에서 동양 역사를 만드는 중심적 역할을 해온 한민족에게 '삼족오'는 고유 신앙이자 창조적 삶을 가능케 한 원형질이다. 경천敬天, 숭조崇祖, 애인愛人으로 세상을 밝게 만드는 삶의 모체이다. 천지인天地人 세 요소를 하나로 묶는 삼위일체의 오묘한 섭리이다.

이렇게 보면 '다물 삼족오'는 한민족이 '되찾아야 할 민족혼'이며 실천적 역사 윤리의 근저이다. 또한 원시반본原始反本의 상징symbol이다.

필자는 1990년대 초부터 만주와 중원中原, 연해주, 몽골, 시베리아, 신강성, 대마도와 일본 열도 등을 찾아 우리 조상의 옛 자취를 따라 한민족 고대사의 편린을 더듬고 있다.

그러나 필자의 가슴을 흔들어 놓는 곳은 여전히 만주 땅이다. 갈 때마다 새롭고 정겨운 만주! 5,000년 배달 역사가 숨 쉬는 거대한 혼융混融의 땅, 어디건 물이 넘쳐나는 생명의 땅 만주는 조상의 혼과 문화와 유물이 살아 숨 쉬는 터전으로 살갑게 와 닿는다. 그곳을 찾은 감격을 서투르나마 르포 형식을 빌어 써보았다.

압록, 두만강 건너 북녘은 우리 민족의 원향原鄕이었다.

그런데 지금 중국은 동북 공정·백두산 공정·요하 공정 등을 만들어 우리 조상의 역사를 제 나라 것으로 만들려고 발광하고 있다. 이 세상에 남의 역사를 빼앗아 제 역사로 분식粉飾하는 나라가 지구상에 어디 있던가.

중국의 중화민족주의는 내몽골과 티베트와 신강을 빼앗고, 만주를 삼켰으며 연해주를 넘보고 있다. 나아가 대동강과 한강 물까지 마셔 버리려고 국무부 산하에 '조선반도평화연구중심'을 만들어 ‘한반도 공정’ 을 시작하였다. 이런 상황에서 중화라는 공룡이 한민족의 앞날을 어찌 만들어 놓을는지 한국인이라면 깊이 고뇌하지 않을 사람이 있겠는가.

안시성安市城 : 고려 영성자산성에 올라 서토를 바라보면 수·당군이 물밀듯이 밀려오는 환청을 듣는다. 양만춘 장군과 5만 고구려군의 절규가 폐부를 찌른다. 우리 조상들은 그렇게 죽음으로써 만주 땅을 지켰다. 그곳은 바로 한민족이 ‘세계 최고最古의 요하문명’ 을 열어 지켜온 삶의 터전이었으므로…….

그러나 서기 928년 해동성국이 거란에게 나라를 넘겨 준 뒤부터 우리 역사에서 사라진 땅 만주, 하지만 우리는 한시도 만주를 남의 땅이라 생각하지 않았다. 요나라·몽골·금과 후금과 청나라가 모두 우리의 형제 족들이기에 함께 경영하며 살아왔다. 틈만 나면 넘어가 농사짓고 자식 낳고 살았다. 일본 강점기 때도 10만 독립군들이 만주를 거점으로 조국 독립을 위해 산화했다. 특히 북간도 4만 2,700㎢는 한민족의 피와 땀이 스민 땅이다.

필자는 만주 땅에 발을 딛을 때마다 위대한 조상의 호령이 귓전을 때려 입술이 터지도록 깨물곤 한다. 힘이라는 것, 국력이라는 것의 실체가 후손에게 이렇게 거대한 압력으로 다가올 줄을 고려 이후 우리 조상들은 생각이나 했을까?

지금도 허리가 동강난 국토. 아아, 그보다도 백두산 천지까지 북위 42도선으로 분단되어 중국에게 점령당한 것을 안다면 이제 우리는 내부 다툼을 멈추고 후손을 위해 무엇을 할 것인가를 생각하고 다짐해야 한다.

21세기 '다물 삼족오' 는 새롭게 날아야 한다.

한·중·일 3국이 요하문명을 공동의 뿌리 문명으로 인식하고 상생의 문명 공동체를 만들어 나가야 미래가 있다. 어려움이 있을 때마다 그것을 풀 수 있는 지혜와 힘을 모을 수 있는 역량을 요하문명에서 함께 찾아내야 한다.

이제 동북아는 세계의 중심으로 부상했다. 동북아의 중심 사상과 중핵적 가치를 정립하여 동북아 문명 공동체를 만들어 나가는 데 한민족이 선도적인 역할을 하는 것, 이것이 '다물 삼족오' 의 새로운 역사적 사명일 것이다.

필자는 역사 비전문가로서 연구에 한계를 느끼지만 '역사의 혼'을 추구하는 심정으로 이 글을 적었다는 점을 변명 삼아 밝히고, 강호 제현의 따뜻한 질책을 바란다.

2007년 여름
지리산 웅석봉 밑에서
玄石 盧熙相

CONTENTS

1부

태양새를 찾아가라

1. 길이 없으면 만들어 가라

　아직은 시내버스조차 다니지 않는 어둑새벽, 고샅마다 어둠이 까맣게 묻어있는 시간이다. 가끔씩 북한산 비탈을 타고 쏜살같이 내려오는 바람 소리가 짐승의 울음인 양, 작은 창문을 흔들 때면 오래된 창틀 사이에 끼어둔 문풍지가 피리 소리를 내곤 했다.

　안지성은 모포를 어깨에 두른 채 벌써 한 시간 가까이 생각에 잠겨 앉아 있다. 아니 무념무상이라 할까, 마치 산중 도인이라도 된 듯 고뇌 어린 시선으로 달력을 올려다보며 어금니를 깨물기도 하면서 그만의 은밀한 생각을 즐기고 있었다. 어제 밤늦도록 재방영한 〈동의보감 허준〉 TV드라마를 보고 잔 탓만은 아닐 것이라고 짐짓 도리질하는 지성은 오늘 새벽의 명상은 특별한 것이라고 스스로 생각하고 있었다. 사실은 드라마의 주인공 전광렬과 황수정의 애절한 사랑 이야기에서 아직 빠져나오지 못했는지도 모른다. 드라마라는 것은 한갓 픽션이라는 것을 알면서도 언젠가는 허준 같은 인물이 되어 어여쁜 여의女醫의 도움을 받으며 세상을 구원하는 큰일을 할지 모른다는 꿈을 쉬이 지울 수가 없어 지난밤에는 전전반측했었다. 우연히 보게 된 허준 드라마는 최근 5년을 백수로 지낸 그에게 실낱같은 빛으로 새 삶을 향한 동경과 꿈을 이어주었다고나 할까.

'그래, 이태백으로 다시 한 해를 보낼 수는 없어.'

이십대의 태반이 백수라느니 이십대의 9할이 백수라느니 하는 청년 실업이 상식화된 절망의 시절이지만, 해가 바뀐 지 한 달이 지나고 나자 지성은 더 초조해 졌다.

금년을 이대로 보내면 나이 서른이다. 서른 살이라. 공지영이 말한 '잔치가 끝난 나이'가 아닌가.

'아냐, 이대론 끝낼 수 없어. 황금 같은 20대를 실패로 끝내다니. 안 돼, 절대로 안 돼. 나의 젊은 나이를 눈물로 보낼 수는 없어. 그래, 어디든 떠나 보자. 가만히 앉아서 죽을 수는 없다. 길은 어딘가로 통하는 법, 가 보지도 않고 길이 막혔다고 비관하지 말자. 인생의 길이 어디 하나뿐일까?

지성은 어제 저녁에 묶어 놓은 배낭에 눈을 주었다. 언제든 둘러메기만 하면 떠날 수 있도록 싸놓은 초간편 이삿짐. 둘러메고 떠났다 돌아오기를 벌써 여섯 차례이다.

"타닥! 투다닥! 퍼벅! 퍼버벅……!"

낡은 슬레이트 지붕 위에서는 간간이 중국집 요리사가 밀가루 덩어리를 반죽 판에 패대기치듯 겨울바람에 화답하는 가난의 상징이 징소리처럼 들리고, 구파발 전철역에서는 첫차가 덜그럭거리며 기어 나오는 소리가 '일어나 일하라'는 시그널처럼 귓전을 울렸다.

지성은 배낭을 멘 채 살그머니 방문을 열었다. 찬바람이 휘익! 소리를 내며 목덜미를 잡고 흔들더니 꼬집듯이 살을 파고들었다. 그는 서둘러 지퍼를 잠근 뒤 고양이처럼 대문 빗장을 열고 밖으로 나왔다. 아버지는 벌써 일어나셨는지 안방에서 웅얼웅얼 불경을 독송하고 계셨다. 집 뒤로 조금만 올라가면 유서 깊은 절이 있어서 그의 집은 정년퇴직한 아버지가 소일하기에는 안성맞춤의 장소였다.

'아버지는 아실 거야. 내가 나가는 것을……'

그랬다. 아버지는 잠귀가 유난히 밝아 바스락대는 소리만 나도 문을 열고 밖을 내다보는 분이었다. 경찰 생활 35년 만에 정년퇴직한 아버지는 남들처럼 번잡한 시내에 나가 어울리기를 싫어했다. 그 대신 절에 올라가 스님들과 교유하기를 즐겨 이제는 반 스님이 되어 재가승在家僧을 자처하였다. 안복만이라면 경기도경찰청에서는 알아주는 민완형사였지만 세월의 나이는 모든 것을 덮어버리는 흰 눈 같은 것이었다.

그의 형은 아프리카 중동 모래사막에서 돈을 벌어 이따금 아버지에게 용돈을 부쳐오곤 한다. 가족을 몽땅 해외로 데리고 떠나 아버지가 손자조차 만날 수 없는 이산가족이 된 집안에서 지성과 아버지는 단 둘이 살고 있었다. 의정부에 사는 고모가 일주일에 한 번씩 남동생 집에 놀러올 겸 찾아와 이것저것 살펴주고 가는 것이 아버지가 피붙이와의 정을 연결하는 유일한 통로였다. 형은 지성보다 두 살 위지만 동생으로서는 범접할 수 없는 고단수의 사회 직장인이 되어 있었다. 장남이 단단하게 커야 집안 균형을 잡아주는 법인가. 조물주가 배려한 것은 아니겠지만, 형은 대학 졸업하던 해에 일류 건설회사에 취업이 되어 잘 나가고 있는데, 차남인 지성은 스물아홉에 하종가 인생이 되고 말았다. 아무리 세상살이가 각박하다 해도 33회의 낙방은 인생 막장보다 더했다.

　반달이 서쪽 하늘에 파랗게 얼어붙어 있었다. 새벽 출근하는 사람인지, 골목길을 콩콩대며 빠른 걸음으로 빠져나가는 남자가 있었다. 지성은 서둘러 그의 뒤를 따라 큰 길로 나왔다.

　차체가 꽁꽁 언 시내버스가 달려왔다. 경기도 장흥 쪽에서 구파발을 거쳐 서울역으로 나가는 버스에는 부지런한 사람들이 여남은 명 타고 있었다. 대개 서울 시내에 일터를 얻어 살아가는 50~60대들이었다.

　지성은 그 사내의 등을 바라보며 버스에 올랐다. 구파발 전철역은 10분이면 도착할 거리여서 배낭을 의자에 놓은 채 창밖을 내다보았다. 개울 건너 그의 집 마루에 켜진 전깃불이 새벽길 떠나는 지성을 배웅하고 있었다. 아버지가 완전히 기침하셨다는 증거이다.

　지성의 새벽 만행漫行은 취직 시험을 본 다음날 아침이면 의례적인 행사가 되다시피 하였다. 그가 아무 말 없이 새벽 길을 떠나는 날이면 아버지만이 자식의 아픈 속을 건들지 않으려고 그의 뒷모습을 무언으로 배웅하곤 했다.

　번듯한 대학을 나와 군복무를 마친 뒤 벌써 5년째 취업 전선에서 혈투를 벌이고 있는 다 큰 자식의 아픈 가슴을 아버지는 알고 있는 것이다. IMF 구제금융이라는 한파가 몰아다 준 서러운 여파라는 것도, 이른바 '국민이 대통령입니다' 라고 청와대 대통령 집무실에 플래카드를 걸어놓고 기세등등하던 참여정부가 좌파 색깔을 본격화하면서 양극화의 골이 더 깊어진 결과라는 것도 공무원 출신의 아버지는 잘 알고 있었다. 또 언젠가는 아들이 제 구실을 하리라 확신하는 아버지였다. 그래서 채근하지 않고 진득이 지켜보고만 있는 것이었다.

　'어찌 됐든 떠나고 보자. 뭔가 찾아낼 수 있겠지. 아니면 한바탕 찬바람이라도 쐬고 돌아오는 거지 뭐.'

　지성은 지하철에 오르면서 스스로에게 다짐했다.

　어젯밤 꿈이 너무 선연하여 어쩌면 조선의 명의 名醫 허준 許浚 을 만날지도 모른다는 생각도 해보았다. 이상한 일이었다. 허준 드라마를 보고 잠이 든 탓인지, 어젯밤 꿈에는 생면부지의 옛 도인을 만난 것이다.

　'그래, 떠나고 보자. 취업이 됐다면 핸드폰으로 연락이 오겠지. 아냐, 합격될 리가 없어. 나 같은 백수가 대기업에 취직될 리가 없어.'

　비감한 생각을 하다가 차 안의 따뜻한 기운에 어느새 혼곤한 꿈속으로 빠져들었다. 아마 어제 면접을 치르느라 긴장했던 탓인지, 미래의 불안 때문에 밤새 잠을 설친 탓인지 잠이 밀려와 배낭을 끌어안고 곯아떨어졌다. 덜커덩거리는 지하철 바퀴소리가 자장가처럼 들리기 시작했다.

2. 산에는 역사가 사는가!

　지성은 간편한 옷차림으로 호젓한 산길을 터벅터벅 걷고 있었다. 전혀 가 본 일이 없는 낯선 산이었다. 그때 갑자기 하늘이 어두워졌다. 시계를 보니 오후 3시밖에 안 된 대낮에 어둠이 몰려든 것이다. 그러다가 갑자기 비가 퍼붓기 시작하였다. 추운 겨울철에 장대처럼 쏟아지는 비가 이상하다 생각할 겨를조차 없어 지성은 산속으로 숨어들었다.

　얼마쯤 뛰어가니 큰 굴이 나왔다. 굴 안에 들어간 지성은 비에 젖은 옷을 벗어 짜내고 숨을 돌렸다. 그리곤 굴 안에 있는 나뭇가지와 낙엽을 모아 불을 지펴 젖은 옷을 말리느라 잠시 앉아 있다가 그만 잠이 들고 말았다. 꿈에서 잠이 들어 또 꿈을 꾼 것이다. 토닥토닥 소리를 내며 불꽃이 제법 심지를 키울 때쯤 비몽사몽 간에 이상한 현상에 접했다.

　굴 안 깊숙한 곳에서부터 흰 빛이 강하게 비쳐 나오더니 큰 새 한 마리가 그의 눈앞에 나타나 몇 바퀴를 도는 것이었다. 공작 같기도 하고 원앙새 같기도 한 그 새는 현란한 색깔로 치장한 긴 날개를 휘날리며 굴 안을 날아다녔다. 그 새가 그의 앞을 스쳐 지나갈 때면 향긋한 향기가 퍼져 그를 황홀경에 빠뜨렸다. 정말 아름답고 향기로운 새였다.

얼마쯤 시간이 흘렀을까. 그 새가 갑자기 사라졌다. 지성은 새를 한 번 더 보고 싶어 일어섰다. 그리곤 새가 사라진 굴 안쪽으로 걸어 들어갔다. 굴 안으로 들어가던 지성은 갑자기 둔탁한 몽둥이 세례를 받고 그 자리에 고꾸라졌다. 그런데 아프다는 느낌이 들지 않았다. 그가 넘어진 곳에는 오색이 영롱한 모래가 가득 쌓여 있었다. 넘어진 채 그 찬란한 모래를 만지작거리던 그의 귀에 청천벽력 같은 음성이 들려왔다.

"네 이놈, 여기가 어딘 줄 알고 함부로 들어온 게냐. 당장 나가거라. 나가지 않으면 네 놈의 목을 부러뜨려 놓겠다. 썩 나가지 못하겠느냐!"

"네……엣?"

지성은 벽력같은 호령에 놀라 저절로 무릎을 꿇으며 대답했다.

"저, 산신령님! 비가 와서 그만……."

산신령이라는 말이 그도 모르게 튀어나왔다. 그러자 노기 띤 음성이 단 일초의 여유도 없이 그의 목을 강타했다.

"비가 온다고 피하다니, 네 이노옴, 비가 오면 맞으면 될 일이지. 피한다고 네 평생 비를 다 피할 수 있을 같으냐. 어리석은 놈 같으니라구."

"죄송합니다. 조금만 있다가 옷이 마르면 나가겠습니다. 산신령님!"

그러자 처음보다는 약간 누그러진 듯한 목소리로 노인이 말했다.

"뭐라, 산신령이라 했느냐? 네가 나를 어찌 아느냐."

지성은 조금 안도가 되어 무릎을 꿇은 채 대답했다.

“네, 산에 사시는 도인이시니 산신령님이 아니신지요.”

그러자 노인은 소리를 낮춰 이렇게 말했다.

“도인이라? 참 모를 소리만 하는구나. 나는 사람이 아니다. 천년 동안 이 암굴暗窟에 살고 있는 혼이다. 인간들이 산신령이라고 하는지 모르지만 산과 굴과 흙을 지키는 신선이다. 아니 사악한 무리들이 함부로 산을 더럽힐 수 없도록 지키는 파수꾼이다. 네놈들 인간은 하늘이 주신 모든 것들을 송두리째 망쳐놓고 있어. 죽으면 사그라질 제 육신을 경작하느라고 오만 발광들을 하고 있어. 그러면서도 성스런 자연과 더불어 살아남을 수 있다고 깝신대고 있단 말이다. 네놈들의 죄를 아느냐?”

“네, 죄송합니다. 조금만 시간을 주시면 곧 나가겠습니다.”

그는 이 험악한 분위기에서 어서 빠져나가는 것이 상책이라 여기고 통사정을 했다.

“시간을 달라? 나보고 시간을 달라고 했겠다. 알았노라. 그렇다면 한 가지 문제를 내마. 이 문제에 바른 답을 대면 내 집에 침입한 죄를 용서해 주마.”

“네에, 신령님.”

“그래, 좋다. 한 가지 묻겠노라. 도대체 너희 인간들이 그렇게도 애지중지하는 시간이란 뭘 말하는고? 말해 보거라.”

정말 뜬금없는 질문이었다.

시간이 무엇이라고 묻다니, 여태 살아오면서 시간이 무엇이냐고 묻는 사람은 하나도 없었는데……. 가만있자, 아니다. 지난번에 응시한 모 인터넷 회사 면접시험 때 이와 비슷한 질문이 있었지. 그때 뭐라고 대답했더라? 시간은 황금이라고 대답했다가 무안을 당했지. 구태의연하다고, 신선미가 없다고. 그때 나이 지긋한 면접관은 '시간이란 공간과 더불어 모든 존재물의 근원'이고 '정보화 시대의 소중한 자산'이라고 말해 주었었지. 아, 여기서 또 한 번 면접시험을 치르는구나.

"너, 이노옴. 무슨 생각을 그리 골똘히 생각하는고. 생명이란 짧은 것을……."

신령의 이 말이 끝나자마자 지성의 머리를 강타하는 단어가 떠올랐다. 생명! 그렇다. 생명이다. 시간은 생명인 것이다.

"신령님, 대답하겠습니다. 시간이란 곧 생명입니다."

그러자 신령은 조금은 의외라는 듯 웃으며 입을 열었다.

"허허. 고놈 제법이로구나. 그렇다. 네 말대로 시간은 곧 생명이다. 인간들은 생명이 중요하다는 것은 알면서 막상 그 생명이 시간으로 만들어진 것이라는 점을 등한시하지. 그래서 시간을 낭비하면서 건강한 생명을 바라는 우둔함을 보이고 있단 말이다. 알겠느냐?"

"네, 알겠습니다. 감사합니다. 신령님!"

지성은 진정으로 감사의 말을 드리고 싶었다. 그리고 시간이 곧 생명이라는 명제에 대해서 이토록 뼈에 와 닿도록 느낌을 갖기가 처음이라는 것도 깨달았다.

그러자 신령은 이번에는 느긋한 목소리로 모래를 한 줌 들어 보이며 말했다.

"여기 모래알이 보이느냐. 이 모래알은 바위가 부서져 만들어진 것이다. 집채만 한 바위가 이런 작은 알갱이로 바뀌는 데 얼마나 많은 시간이 소용됐을꼬? 넌 겁이란 말을 아느냐?"

"겁이라뇨? 무섭다는 의미 밖에는……. 잘 모르겠습니다."

"그래, 찰나刹那에 불과한 인생이 겁劫을 알 리가 없지. 그 겁에도 천겁千劫, 백겁百劫, 무량겁無量劫, 아승기겁阿僧祇劫, 백천만겁百千萬劫, 영원永遠이 있는 줄은 더더욱 모를 테지. 영원을 영겁이라고도 하지. 겁이란 사방 백리 되는 바위를 선녀가 입은 얇은 옷으로 쓰다듬어 없어지는 기간을 말한다. 그러니 영겁이면 크기를 잴 수 없는 바위가 사라지는 오랜 시간이지. 그리고 찰나刹那는 무엇이냐. 그건 사람이 눈 깜짝할 시간을 천 분의 일로 나눈 시간이다. 순간이란 말과 같다. 순간이란 눈 깜짝이는 틈을 말하니까 아주 짧은 시간이지. 그래서 너희 같은 인간의 생이란 찰나에 불과할 뿐이야. 알겠느냐?"

"네에……."

지성은 정말로 순간적인 생각이었지만 시간의 길이가 이처럼 다양하게 나뉜다는 이야기를 듣고, 인생이 찰나에 불과한 것이라는 의미를 새삼스럽게 되새겨보았다. 지성의 생각이 어디에 있는지 가늠할 틈을 주지 않고 신령이 다시 말했다.

"네 눈앞에서 날아다닌 봉황은 어디서 날아와 어디로 가는 새일꼬?"

"……?"

그가 아무 대답도 못하자 신령이 말을 이었다.

"좋다. 어린놈이 뭘 알겠느냐. 한 가지만 더 묻기로 하자. 네놈이 시간이 생명이라 말했겠다. 그렇다면 생명이 모인 것은 무엇인고? 이것을 맞히면 너에게 큰 보답을 주겠노라. 알았느냐?"

그 순간 지성의 머릿속은 혼미해지기 시작했다.

'생명이 모인 것이 무엇이라니? 가족? 사회? 인류? 아니 자연인가? 생명을 모으다니 아아, 참 모를 질문이다.'

"생명…공…동…체 아닌가요?"

　지성이 자신 없는 목소리로 대답하자 신령이 금빛 모래를 한 줌 집어 하늘에 뿌리고 지팡이를 모래땅에 힘주어 박으면서 말했다.

　"뭐라, 공동체? 참 애매하고 무책임한 말이로구나. 듣거라. 생명은 시간이 종적으로 엮어진 것이다. 시간이 횡적으로 엮인 것이 공간이다. 그 시간과 공간 속에 인간이 삶을 살고 있어. 이 세 가지가 모여 뭔가를 창조한다고 까불어댄단 말이다. 이게 삼간三間이야. 모든 존재는 이 삼간 안에서 생성 소멸한다 이 말이다. 그렇다면 그게 뭔가?"

　"저는 초가삼간이라는 말밖에……. 저어, 어려운 질문이신데요."

　지성은 어차피 못 맞출 바에야 비굴하게 굴 필요가 없을 성싶어 당당하게 말했다.

　그러자 모르는 것이 당연하다는 듯이 신령이 흰 수염을 쓰다듬으며 물었다.

　"네놈은 현생에서 몇 년이나 생명을 누렸는고?"

　"네, 제 나이 스물아홉입니다."

　"그래? 제 역사는 아는구나. 빌어먹을 놈. 잘 들어둬라. 네가 생명을 쌓아 만든 스물아홉이라는 세월이 곧 네놈의 역사니라."

　그 말을 듣는 순간 지성은 까무러칠 듯이 놀랐다. 신령의 입에서 '역사'라는 단어가 튀어나왔을 때 지성은 오금이 저려 하마터면 그 자리에 주저앉을 뻔하였다.

　'생명이 모여 이룬 것이 역사라구?'

　지성이 사색이 된 얼굴로 신령을 바라보았다.

　"오냐, 이제야 좀 문리가 트이는가 보구나. 앞으로 방황하지 말고 생명과 역사에 대해 더 깊이 생각해 보거라. 그 안에 길이 있다. 참, 하나 빠뜨릴 뻔했구나. 인간의 역사라고 해서 인간이 만드는 것이 아니다. 새가, 검은 새가 만든다. 그 새는 해 속에서 살지. 그 새를 되찾거라. 그것만 네가 깨닫는다면 너는 영생을 얻을 것이다. 역사를 안다는 자들이 제 생전에 영화를 꿈꾸면 역사의 업을 받는다. 알았느냐? 자, 이젠 가거라. 남쪽 산으로 가라.”

이렇게 말한 신령은 지팡이를 휘익! 하고 한 번 공중에 그어대자 아까 보았던 현란한 새가 날아와 그를 인도해 굴 안으로 사라졌다.

지성은 순식간에 일어난 일이지만 산신령에게 인사를 해야 한다는 생각에 자리에서 일어나려 애썼지만 허사였다.

그 순간 “빠앙!” 하는 소리와 함께 소란스러움이 귀를 때렸다.

“이번에 내리실 곳은 경부고속터미널입니다.”

전철을 타고내리는 사람들의 웅성거리는 소리에 놀라 눈을 뜬 지성은 서둘러 내릴 채비를 했다. 아직도 어안이 벙벙할 정도로 조금 전의 꿈이 선연하여 가슴이 벅찬 기분이었다. 배낭을 들고 내리려다가 멈칫했다. 조금 더 가야 한다. 아침에 집을 떠날 때 정한 목적지가 허준의 고향인 경상도 산청이었다. 하여 지성은 고속터미널역에서 두 정거장을 더 지나 양재동 남부터미널역에 내렸다.

3. 산청山淸, 맑고 푸른 산하

　남부버스터미널에서 뜨거운 우동 국물을 들이키면서 지성은 전철 안에서 꾼 꿈에 대해 되새겨 보았다. 매우 선연한 기억과 신령의 말투, 특히 시간과 생명과 역사 얘기, 그리고 대화 끝에 화두話頭처럼 던진 검은 새를 찾으라는 말, 해와 역사에 대해서 생각해 보았다.

　다른 것은 몰라도 '역사란 생명이 모인 것' 이라는 신령의 말은 지성에게 충격으로 다가왔다. 역사는 그저 옛날에 일어난 일에 대한 기록이려니 생각해 오던 지성에게 신령이 꿈에 현몽現夢하듯 지적한 역사에 관한 정의는 참으로 놀라운 것이었다.

　'그래, 역사란 생명이 모인 것이라는 신령의 말이 사실일지도 몰라. 내 생명의 기록, 내 삶의 기록이 내 역사잖아. 그런데 역사는 새가 만들고, 그 새는 해 속에서 산다? 새가 해 속에 들어가면 타 죽을 텐데. 그건 죽음으로써 만드는 역사를 말하는가? 그리고 새가 어떻게 역사를 만들어? 새가 생명인가? 그래, 새도 생명은 생명이지. 그리고 역사를 만드는 새가 어떻게 해 안에서 둥지를 틀고 산다는 거야? 그러면 해는 새의 둥지를 말하는 것은 아닐까. 아니지, 새와 해는 비슷한 음이야. ㅅ과 ㅎ의 차이일 뿐이지.

그러니까 하늘에 나는 새는 늘 해를 향해 날아가고, 해의 가르침에 따라 살아가는 해의 대변적인 존재인 지도 몰라.'

이런저런 상념에 젖어있는 사이에 버스는 벌써 대전을 지나 금산 방향으로 내려가고 있었다. 지성은 다시 허준 드라마를 생각했다. 그리곤 허준의 고향이라는 산청에 일단 내리면 길을 따라 걷다가 경치가 좋은 산을 향해 올라가 보기로 하였다.

'그래 무작정 가 보는 거야. 계획이란 때로는 거추장스런 때도 있지. 우연이 곧 필연이 되는 여행을 해보는 거야. 이 땅이 모두가 역사의 숨결이니 뭔가는 찾아낼 수 있겠지.'

차창 밖에 보이는 산에는 돌과 흰 눈이 반반이었다. 밖은 매우 춥게 보였다. 하지만 '나 같은 놈은 추위에 바싹 얼어버려야 해.' 하는 생각이 들자 오히려 가슴이 청량해져 버스 안의 온도가 덥게 느껴질 지경이었다.

스물아홉 살. 생각할수록 부아가 치밀었다.

도대체 이놈의 취업 전쟁이 얼마나 치열하기에 올 에이 학점자가 번번이 취업에 실패한단 말인가. 아버지에게도 말 못한 것까지 합하면 이력서 제출만 서른세 번이었다. 그중에서 면접까지 올라간 것이 여섯 번에 불과했고, 면접에서는 이유 없이(?) 낙방의 고배를 마시곤 했다. 사실 그가 생각하기에 이유 없이 떨어진 것일 뿐, 고배의 이유는 많았을 것이다. 요즘은 부잣집 강아지도 다녀온다는 그 흔한 해외 연수 한 번 다녀오지 못했고, 외국어 실력도 우수하지 못했다. 또 있다. 그도 저도 안 되면 빵빵한 동아줄이 있던가, 돈이라도 많던가. 아무튼 그 어느 항목에서도 지성은 에이급이 못되었다.

이번에 면접을 본 기업에서도 홀대의 냄새는 아주 짙었다. 상무라는 작자가 손등에 볼펜을 올려놓고 팽팽 돌리면서 그에게 지나가는 말처럼 이렇게 물었다.

"우리 회사는 말이죠. 사람을 소중히 합니다. 일테면 인맥이 많은 사람, 특히 든든한 후원자들을 많이 확보할 줄 아는 인재를 선호한다 이 말이죠. 어때요, 안지성 씨, 인맥은 튼튼하겠지요?"

지성은 우물쭈물할 수밖에 없었다. 그런 지성에게 내린 결론은 처참한 것이었다.

"자, 그럼 그만 나가봐요. 다음에 인연이 닿으면 다시 봅시다."

'미친 자식. 신입사원이 무슨 인맥이 있다구. 철저히 우려먹고 내 쫓겠다 이거지. 어차피 잘 됐어. 나중에 울면서 나오기보다 차라리 안 들어가는 게 낫지. 인연이 있으면 다시 만나자고? 그놈의 인연이 도대체 뭔데?'

그런데 문제는 거기서 그치는 것이 아니었다. 아버지가 참으로 모처럼, 아니다 처음으로 청탁을 해서 응시했고, 최종 면접까지 올라간 회사였다. 그래서 아버지도 은근히 기대를 하는 눈치였다. 그러니 더 미칠 일이 아닌가. 사실 지성에게 영업 업무란 소화하기 힘든 직렬職列이었다. 남 앞에서 넉살 좋게 물건을 팔 자신이 쥐뿔만큼도 없었던 것이다.

'아버지가 크게 실망하실 텐데, 어쩌나……'

이런 생각을 하는 중에 버스는 산청 IC로 접어들었다. 서울에서 딱 3시간 거리였다.

주위를 돌아보니 온통 산과 계곡이었다. 처음에는 발길 가는 대로 산청 땅 이곳저곳을 돌아볼 참이었다. 그런데 차창을 통해 바라본 산세가 은근히 매력을 풍겼고, 꿈에서 만난 신령이 남쪽의 산을 찾아 가라는 말이 생각나, 어떻든 보기 좋고 가파르지 않아 오르기 좋은 산에 한 번 올라가 보리라 마음먹었다.

시골 읍내 같은 산청. 사실은 군청 소재지였다. 버스 정류장도 간이 정류장이어서 서울에서 내려온 차는 하루에 몇 번 없는 듯, 버스가 서자 서너 대의 택시가 우르르 달려들었다가 기사들이 맨손을 비비며 복덕방 안으로 사라졌다.

지성은 짐짓 낯익은 곳에 내린 듯 배낭을 짊어진 채 성큼성큼 큰 길로 나섰다. 아까 버스 안에서 내다본 남강의 풍광이 아주 좋아서 강줄기를 따라 내려가 볼 참이었다.

아무런 계획이 없는 발길이어서 더 좋았다. 오르막 아스팔트 길을 걷다가 내려다 본 풍광은 참으로 절경이었다. 가끔씩 찬바람이 볼을 때리지만 그냥 걸을 만하였다. 큰 도로 옆으로 난 구 도로를 타고 한 시간가량을 터벅터벅 걷다 보니 배가 고프고 다리가 아팠다. 날씨도 추워서 어쩐지 처량한 생각까지 들었다. 하여 그는 길가에 앉아 잠시 쉬기로 했다.

그때 흰색 아반테 한 대가 그의 앞을 미끄러지듯 지나가다가 멈춰 섰다. 구 도로여서 차량 왕래가 뜸하던 차에 지성은 무슨 일인가 하고 그 차를 바라보았다. 승용차는 천천히 후진하다가 그의 앞에 서더니 십대 소녀가 차창을 열고 말했다.

"아저씨, 등산가세요? 이 길은 등산로가 아닌데……."

소녀의 말에 이어 엄마인 듯한 여인이 운전대에서 고개를 돌려 이쪽을 바라보며 입을 열었다.

"학생, 어디까지 가는 길이야? 같은 방향이면 함께 가지."

지성은 모녀의 친절에 망설이다가 초행길인데 어디까지 갈 것인지도 정하지 않았고, 또 이곳에 사는 사람들의 조언이 필요할지도 모른다는 빠른 계산에 넙죽 승용차 뒷좌석에 올랐다. 새 차였다. 출고된 지 얼마 되지 않은 듯 석유 냄새가 났다. 한 5분여를 달리다가 보니 '성심원'이라는 안내판이 보이고 강 건너에 긴 건물들이 요양원답게 가지런히 머리를 조아리고 서 있었다. 지성이 바깥 풍경에 눈이 팔려 있는 동안에 여인이 물었다.

"어디, 정해두고 가나요? 너무 모험하지 마세요. 날씨도 춥고 산엔 눈도 많아요. 서울 학생 같은데, 혼자 왔다면 편한 길로 걸어 다니는 것이 더 좋을 지도 몰라요."

차는 좁고 긴 다리를 건넜다. 다리 아래에는 파란 물이 얼음 몇 덩이를 이고 흐르고 있었다. 정말 아름다운 광경이었다. 다리를 넘자 새로 생긴 부자 마을인 듯 아담하고 고급스런 집들이 여기저기 자리 잡고 있었고, 그 마을을 감싸고 도는 아스팔트 길이 흡사 유럽의 어느 고산 마을에 온 듯한 기분을 안겨주었다. 팬션은 아니고 개인 주택들인데 제법 고급스럽게 지어진 것이 돈 있는 사람들이 모여 사는 세칭 웰빙 마을인 듯하였다.

'이 산중에 웬 아스팔트 길이지?'

그가 이런 생각에 잠겨 있을 무렵, 여인이 말했다.

"학생, 이 길을 따라 고갯마루로 올라가 보세요. 풍광이 아주 좋거든요."

"네, 감사합니다."

지성은 여기까지 태워다 준 모녀에게 꾸벅 절하고 위쪽으로 난 길을 향해 천천히 발걸음을 내디뎠다.

마을을 비켜서 오르기를 반 시간가량 되었을까. 숨이 가빴다. 밑에서 올려다보기와는 딴판으로 산길은 가팔랐다. 허나 '산행

에서 흘리는 땀은 보약'이라고 말씀하시던 아버지의 목소리가
귓전에 윙윙거리는 기분을 안고 속옷이 흠뻑 젖을 정도로 가쁜
숨을 쉬며 앞으로 나아갔다.

고갯마루에 당도하자 갑자기 눈앞이 훤히 트이더니 길고 깊
은 계곡이 나타났다. 조금 더 걸어 내려가니 두 개의 예쁜 모텔
에 이어 약수터가 나오고, 그 옆에 버스 한 대가 서 있었다. '진
주–청계리'라고 이름표를 달고 서 있는 것을 보니 여기는 '청
계리'라는 마을이고, 진주에서 온 버스 종점인 듯했다. 버스 앞
에 있는 가게에 들어가 초콜릿과 우유를 사며 주인아주머니에게
물었다.

"아주머니, 이 부근에 절이 없나요?"

그러자 주인아주머니가 말했다.

"손님, 절이라 예. 쪼매 더 올라가 보이소마. 쬐만한 게 하나
있실겝니더."

지성은 고맙다는 인사를 하고 길을 재촉했다. 열한 시가 조금
안 됐지만 속이 허전했던 참에 요기를 하고 나니 힘이 났다.

오르막길을 300m쯤 걸었을까. 오른편으로 흙길이 보이고 불
이암不二庵이라는 입간판이 200m라는 글귀를 밑에 달고 나타났
다. 절이 아니라 암자였다.

지성은 얼어붙은 야생 감나무들이 여기저기 빨갛게 터진 입
술을 달고 서 있는 산길을 밟으며 암자로 향하였다. 한길에서 멀
어지자 눈이 발목까지 찼다. 인적이 끊긴 듯 암자로 가는 길에는
눈 위에 난 두 개의 발자국이 지성을 인도하는 듯했다. 그 발자
국을 따라 걸음을 옮기던 눈앞에 시멘트 블록에 슬레이트 지붕
을 머리에 인 허름한 집이 나타났다. 꼭 그의 집을 닮아 있었다.

암자라는 말이 어울리지 않는 곳이었지만, 사람들이 오지 않는 외진 곳이라는 점에서는 그런대로 그 이름의 의미를 살려 줄만한 곳이었다.

눈을 헤치고 암자에 거반 다 올라왔을 때, 지성은 나무 위에 앉은 검은 손님들과 맞닥뜨렸다. 시누대같이 얇고 곧은 야생 감나무가지에 대여섯 마리의 까마귀가 앉아 지성을 내려다보고 있었던 것이다.

'이 추위에 웬 까마귀일까, 그것도 한두 마리가 아니고……. 까마귀 한 집안이 외출한 것인가, 아니면 먼 길을 가다가 이곳에서 잠시 쉬고 있는가.'

한 무리의 까마귀는 말없이 그를 내려다보고 있었다. 지성은 까마귀떼가 자기의 행적을 알고서 노려보고 있는 것 같아서 조금은 두려웠다.

허나 폭설 때문에 먹을 것이 없어서 몇 개 남은 감을 쪼으려고 마을까지 내려왔는지 모르는 일이라고 짐작하면서 더는 마음에 두지 않기로 하였다.

4. 불이암不二庵의 삼족오

　지성은 암자로 들어가 방문 앞에서 헛기침을 하였다. 흰 고무
신이 토방 위에 놓여 있는 것으로 봐서 누군가 방안에 있을 것이
라 생각하고 다시 두어 번 기침을 하였다. 그러나 안에서는 아무
대답이 없었다. 지성은 내심 불안했다. 무엇보다도 빨리 추위를
피하고 싶었다. 지붕 너머 고지에서 밀려 내려온 차가운 산바람
이 대나무 숲을 헤집은 뒤 암자로 달려와 옷섶을 파고들었다. 살
을 에는 바람이었다. 하는 수없이 그는 추위를 피하여 처마 밑으
로 들어섰다. 처마 아래에는 불이암不二庵이라는 현판이 붙어 있
었다. 그때 쌔앵! 휘익! 하는 소리를 내며 눈보라를 감은 바람이
휘몰아쳐 암자를 온통 집어삼킬 듯이 흔들더니 좁은 마당을 하
얗게 뒤덮어버렸다. 눈은 고무신 안에 소복이 쌓였다가 바람에
날려갔다. 눈이 날아간 고무신 뒤축을 보니 굵은 실로 꿰매어져
있었다.

　지성은 더는 서 있기가 힘이 들어 "아이구 추워!" 하고 신음
비슷한 소리를 내질렀다. 그러자 기다렸다는 듯이 까마귀들이
까악 깍 소리를 지르며 한꺼번에 산을 향하여 날아갔다. 뒤이어
까마귀의 울음을 기다렸다는 듯이 눈이 내리기 시작했다.

"스님, 안에 계십니까?"

지성은 더는 기다릴 수가 없어 다시 한 번 큰 소리로 주인을 불렀다. 그러나 안에서는 묵묵부답이었다. 혹시 참선參禪에 들어가신 것은 아닐까. 그렇다면 그를 방해하는 것이 될 것 같아서 지성은 바람부터 피해 보자고 조심스럽게 부엌문을 열었다.

부엌 안에는 땔감이 가지런히 쌓여 있고, 작은 가마솥 하나와 사기그릇 여남은 개가 정갈하게 찬장에 정돈되어 있었다. 그 모습을 보자 적이 안도되었다. 오랜만에 맛보는 안도감이었다. 마치 살인범이 형사들의 추격을 피하여 외딴 암자로 피신하여 숨어 지내며 맛보는, 그런 작은 안도감 같은 것이 그의 가슴을 진정시켜 주었다.

부엌에서 방으로 어른 하나 들락거릴만한 창호지 바른 문이 보였다. 지성은 종이로 꼬아 만든 손잡이를 당겨 열어보았다. 방 안은 어두컴컴했다. 벽에는 승복 비슷한 회색 옷이 두어 벌 걸려 있고, 손바닥보다 조금 큰 네모난 하얀 천 위에 검은 새가 한 마리 그려져 한쪽 벽면을 장식하고 있었다. 그 아래에는 크고 작은 가방들과 배낭이 놓여 있었다. 그는 다시 망설였다.

'이러다가 도둑으로 몰리는 것은 아닐까? 아냐, 잠시 추위를 피하는 건데 뭘. 조금만 있다가 떠나자. 이 눈보라를 피해야 하잖아. 스님이 들어오시면 양해를 구해야지.'

다시 부엌으로 발을 내려놓자 그는 불을 때고 싶어졌다. 까만 아궁이가 불을 넣어 달라고 애원하는 듯하였다. 지성은 찬장 옆에 놓인 팔각 성냥 통을 집어 내렸다. 사자 한 마리가 그려져 있는 아주 오래전에 본 성냥 통이었다. 지성은 성냥개비 하나를 꺼내어 조심스럽게 아궁이에 군불을 지피기 시작했다. 언젠가는 꼭 한 번 때보고 싶은 군불이었다. 마른 가지와 솔가지 삭정이가 아궁이에 들어가 타닥타닥 소리를 내며 노래하기 시작했다. 솔가지 타는 내음이 가슴을 두드리자 나른한 행복감이 밀려왔다. 이번에는 좀 오래 탈 것 같은 작은 나뭇등걸을 아궁이에 넣었다. 아궁이에서 활활 타고 있는 불빛 속에 돌아가신 어머니가 울고 있었다. 탁, 타닥 탁! 소리를 내며 울고 있었다. 지성은 어머니의 울음을 멈추게 하려고 생솔가지를 더 넣었다. 생솔가지를 뚝 잘라 아궁이에 넣자 이번에는 어머니가 그를 안고 울기 시작했다.

'아아, 어머니. 보고 싶은 어머니. 지금 얼마나 추우세요.'

지성은 어렸을 때 어머니가 하던 방식대로 부지깽이를 들어 아궁이를 쑤셔대며 작은 소리로 노래를 불렀다.

"이 겨울 내 고향 뒷산에 눈이 얼마나 쌓였노. 겨우내 쌓일 대로 쌓여도 쓸 이 없는 어머님 무덤에 차디찬 눈. 어머님 무덤에 차디찬 눈. 이 겨울 내 고향 어머니 무덤엔 이 겨울 눈이 얼마나 쌓였노."

노래를 부르며 지성은 울기 시작했다. 박봉의 경찰관 아내로 오만 고생을 하시다 환갑상도 못 받고 돌아가신 어머니가 그리워 하냥 울었다.

지성은 아궁이에 군불을 때면서 제 양심을 불로 지졌다. 더러운 마음에도, 타락한 몸에도 사정없이 불로 지져 댔다. 얼마나 지져 댔던지 아픔도 뜨거움도 잊고 기쁨의 눈물이 한없이 흘러 내렸다. 그러자 연분홍 치마를 입은 젊은 어머니가 그의 콧물을 훔쳐 주며 언 손을 어루만져 주고 있었다.

그때 갑자기 밖에서 인기척이 들리더니 부엌문이 왈칵 열렸다. 암자 주지이자 기인으로 소문난 토정 스님이었다. 그는 낯선 사람이 부엌 아궁이에 불을 지피고 있는 것을 보고도 아무렇지도 않다는 듯이 말이 없었다.

나이는 쉰 살 정도. 아니 그보다 더 든 것도 같은, 나이를 종잡을 수 없는 스님은 이 추위에 얇은 내복 차림으로 물지게를 어깨에 진 채 부엌으로 들어섰다. 그의 얼굴과 목과 손은 빨갛게 얼어 있었다. 추위와 더위는 똑같이 인간의 살을 붉게 만드는 동일 재료인 듯 그의 몸에는 진분홍 꽃이 가득 피어 있었다.

스님은 아무 말 없이 물지게를 내려놓더니 물통을 들어 커다란 항아리에 물을 붓기 시작했다. 지성이 일어서서 어쩔 줄 몰라 하며 멈칫대자, 거칠게 물을 붓고 난 스님은 대뜸 퉁명스런 어조로 말했다.

"흠, 미친놈! 불알에 기름이라고는 한 방울도 안 남았군."

"……?"

지성이 뭐라고 대꾸할 엄두를 내지 못하자 스님은 땀을 닦으며 말했다.

"네놈은 죽은 몸뚱이만 왔군. 혼이 나간 놈이야. 제정신이 아니란 말이다. 알아?"

그제서야 지성은 손을 비비며 말했다.

"죄송합니다. 너무 추워서 그만……."

지성이 계면쩍은 얼굴로 이렇게 말하자 스님은 흘깃 그를 쳐다보더니 아무 말 없이 방으로 들어가 버렸다.

"스님, 실례했습니다. 그럼, 그만 가보겠습니다."

그의 말이 끝나기 무섭게 방안에서 착 가라앉은 스님의 목소리가 들렸다.

"추운데, 들어오게."

전혀 예상 밖의 일이었다. 지성은 머뭇거리다가 방안으로 들어갔다. 스님은 어느 새 옷을 갈아입고 그가 방안에 들어오는 것을 바라보다가 입을 열었다.

"이봐, 젊은이. 추운 산길에서 남의 집에 함부로 뛰어든 것은 용서할 수 있네. 추위와 굶주림에 지친 중생을 구제하는 것은 불자 이전에 인간의 도리거든. 그런데 자넨 남의 집에 불을 질렀어. 주인 허락도 없이. 난 불을 싫어한다네. 찬 것이 좋아. 불은 사람을 미치게 만들거든. 젊은이가 왜 불을 지폈는지 아는가? 추워서 그랬다고 했지. 아니야. 그건 거짓말이지. 네 눈에는 불이 이글거리고 있어. 더러운 불이 끊임없이 펴오르고 있어. 정욕의 불, 탐욕의 불, 물욕의 불이 더럽고 추잡한 모양으로 이글거리고 있단 말이야. 그 불을 끄려고 돌아다니는 놈 같은데, 그리도 춥던가? 육신이 춥다고 마음까지 추운가? 못난 친구 같으니라구."

지성은 그의 말에 뭐라고 대답할 용기가 나지 않았다. 스님의 말이 명치 한가운데를 예리한 비수로 찌르는 것 같았다. 그가 대꾸할 엄두를 못 내자 스님은 이런 명령을 내렸다.

"자, 친구여. 자네가 아궁이에 지핀 불을 변상 받아야겠어. 손을 녹이고 나거든 뒷산에 올라가 나무를 해 오게. 물 긷기보다는 훨씬 쉬운 일이지. 다만 나무를 상하게 해서는 안 되네."

도저히 거역할 수 없는 목소리와 분위기였다. 이 추위에 난생 처음 산에 나무하러 올라가야 한다는 생각이 머리를 스치자 묘한 승부욕이 일었다. 까짓 나무 한 지게쯤이야, 척척 낫으로 가지를 쳐서 모아 지게에 져 오면 될 게 아닌가. 헌데 마지막 말이 마음에 걸렸다.

"스님, 나무를 해 오라면서 어찌 나무를 상하게 말라고 하시는지……."

지성은 내키지 않는 질문이지만 그의 말이 이치에 닿지 않는 것 같아 되물었다.

토정 스님은 빙그레 웃으면서 입을 열었다.

"왜 생가지를 칠 생각만 하는가. 땅에 떨어진 가지만 주워도 이 웅석봉에는 산더미만한 땔감이 있는데……."

지성은 할 말을 잃고 물러나왔다. 자신이 불을 아궁이에 땐 만큼 나무를 해주고 떠나는 것이 도리인 것 같아 지게를 지고 뒷산으로 올랐다.

처음 져보는 지게가 등에서 제멋대로 움직여 몸을 가누기가 여의치 않았지만 스스로 선녀를 만나러 가는 나무꾼이나 된 양 기분은 그럴 듯했다. 웅석봉으로 올라가는 잘 닦여진 임도林道에는 눈이 한 길이나 쌓여서 발을 내딛기가 쉽지 않아 내내 허우적댔다. 나뭇가지를 주우면서 지성은 토정 스님이 아까 한 말을 떠올렸다.

'산에 올라 땔나무를 하되 나무에 해를 입히지 말라.'

지성은 그 말을 염불처럼 되뇌며 한 시간가량 돌아다니며 지게 가득 나무를 하였다. 가끔 손을 멈추고 내려다 본 산 아래에 펼쳐진 하얀 대지는 마치 그림 그리기를 기다리고 있는 뽀얀 도화지마냥 그의 가슴을 설레게 하다가 솜이불처럼 그의 가슴을 다습게 덮어 주었다. 두어 시간 만에 나무를 지고 내려오는 그의 몸은 땀으로 온통 젖었지만 찬바람이 불어와 옷섶을 휘감을 때마다 상쾌한 기운이 살 속을 파고들었다. 아름다운 눈바람, 그리고 신선한 추위였다.

땀을 흘리며 암자에 돌아오니 스님은 밥을 지어 놓고 기다리고 있었다.

두 사람은 겸상을 하여 말없이 점심 식사를 하였다. 밥을 반 그릇 정도 먹었을 때쯤, 스님이 말했다.

"응, 나무를 제법 실하게 해왔더군. 이보게. 자네 이름이 뭔가?"

"네, 안지성이라고 합니다."

"그래, 너무 외길만을 고집하지 말게. 자네 얼굴에 고집이 덕지덕지 붙어 있어. 자넨 산에 대해 얼마나 아는가. 내가 보기엔 잘 모르는 것 같아. 산이란 곧 인생이야. 멀리서 보면 길이 막힌 것 같지만, 막상 산에 올라가 보면 길이 많아. 동물들이 많은 길을 만들어 놓았고, 사람이 가는 발길이 곧 길이거든. 나는 말이야, 길이 없으면 내가 만들면서 다니지. 그러면 얼마 안 가 그곳이 바로 길이 되더군."

스님은 숭늉을 후루룩 마시면서 말을 이었다.

"어허, 맛있다. 이봐. 사람 사는 길은 여러 가지라네. 우리네 인생엔 길이 많아. 그런데 그 길을 크게 갈라보면 딱 두 가지야. 사는 길과 죽는 길이지. 또 사는 길도 옳게 사는 길, 즉 정도正道와 나쁘게 사는 길, 사도邪道가 있지. 죽는 길도 두 가지야. 더럽게 죽는 길과 훌륭하게 죽는 길이 있지. 그리고……."

여기까지 말을 마친 스님은 지성을 흘긋 보고 나더니 무언가 해서는 안 될 말이라도 되는 양, 아니면 그동안 사람이 그리웠던 듯 자기 이야기를 해주었다.

"원래 중이란 자신에 대해서 말을 하지 않는 법이네만……, 난 말이야. 사실 중이 아냐. 구태여 중이라 한다면 돌중이지. 땡중 말이야. 아니지, 중이 돼서는 안 될 몸이라고나 할까."

그가 너무 비장한 어감으로 말을 잇자 지성이 한마디 했다.

"실례의 말씀입니다만, 스님을 뵈니 형님 같은 느낌이 듭니다."

"형님이라? 허허, 자식 같은 녀석이 날 보고 형님이라니. 내 나이 환갑이 넘었지."

"네에? 스님, 거짓말이시죠? 환갑이 넘으셨다구요? 도저히 믿을 수 없는 걸요."

사실이었다. 그만큼 스님은 젊었다. 특히 눈이 청명했다.

그 말에 용기를 얻었는지 토정 스님은 자신에 대해 말하기 시작했다.

"내가 정한 이름이 토정土鼎이야. 옛날에 토정 이지함이라는 분이 계셨지. 《토정 비결》로 역사 속에 살아 있는 분인데, 그 분은 흙토土 자에 정자亭子 정亭 자를 쓰지. 나는 솥 정鼎 자를 쓰거든. 그러니까 흙에 건 솥이야. 황토 같은 흙으로 밥을 지어먹고 싶다고나 할까? 하하하."

그는 해병대 출신 장교였다. 70년대에 월남전에서 귀신 잡는 해병으로 활약한 청룡부대 유디티UDT대원이었다고 했다. 특수 임무를 많이 수행한 그는 부하들과 함께 월맹 정규군은 물론 베트콩을 하수구에서 쥐 잡듯이 하였다고 한다.

그러나 어느 날부터인가 그는 인간이 인간을 죽이는 문제에 대해서 고뇌하기 시작했다.

'이 세상에 평화란 무엇인가. 전쟁을 통해야만 이룩될 수 있는 평화라면 그 평화를 이룩하기 위하여 희생당하는 인간은 무슨 가치가 있는가. 훗날 사람들, 뒤에 올 사람들을 위하여 희생했다지만 과연 그것이 타당한 것으로 인정될 수 있는가. 그렇다

면 나는 무엇인가.'

그 점에 대해 고뇌하다가 그는 그가 죽인 많은 인간의 목숨에 대해 죄책감을 가지게 되었다. 그들이 죽어야 할 이유를 찾지 못한 채 그는 십여 년을 지냈고, 급기야 그들의 영혼을 천도해줄 요량으로 군복을 벗고 산중을 돌아다니다가 이곳에 정착하여 자칭 돌중이 되었다고 했다. 특히 월남이 자본주의 국가로 변신하여 발전하는 모습을 보고 온 뒤부터 그는 지난 세월이 참 부질없는 것이었다고 생각하게 되었다고 했다.

"난 해탈이니 영생이니 구원이니 하는 말은 모른다네. 그저 내 곁에서 죽어간 영혼들의 영생 복락을 기원하기 위하여 암자를 만들어 기도하며 살고 있을 뿐이지. 고엽제 환자가 안 된 것이 어쩌면 이 길로 들어서라는 하늘의 계시인지도 모르지."

언제까지 이 길을 가야 할 것인지 아직 자기로서도 결정한 바 없지만, 머지않아 또 다른 길을 찾아 헤맬 것 같다는 말도 하였다.

지성은 그로부터 진정한 인간의 얼굴을 한 수도자의 모습을 발견하고, 취업에 실패하여 낙심했던 자신의 속 좁은 행동을 다시 한 번 되돌아보았다.

스님의 말을 들으면서 그는 자꾸 벽에 걸린 검은 새가 눈에 걸렸다. 한 번도 본 일이 없는 이상한 모양의 새였다. 머리에는 벼슬 같은 것이 긴 꼬리처럼 달렸고, 날개처럼 생긴 꼬리를 가지고 양 날개를 펴고 입은 약간 벌린 검은 새, 다리가 셋인 새가 붉은 원 안에 그려져 있었다. 급기야 궁금증을 이기지 못한 지성이 조심스럽게 물었다.

"저…… 스님, 저 새는 무엇입니까?"

그러자 스님은 얼굴에 경건함을 더하여 잠시 벽 쪽을 향하여

고구려 정신의 집합체인 삼족오(三足烏) 그림

손을 모아 읍하고 나서 돌아앉아 입을 열었다.

　"글쎄, 음……. 뭐라고 설명을 해야 자네가 알아들을까? 한마디로 말한다면 저 새는 조상새지, 한민족의 조상새인 삼족오일세. 나는 다물 삼족오라 부르지."

　지성은 스님의 말에 어안이 벙벙하여 입을 열었다.

　"조상새라뇨? 시조새라는 의미인가요?"

　"허허, 시조새라. 아주 그럴듯한 비유로군. 구태여 말한다면 그런 셈이지. 허나 학명(學名)으로 구분해선 안 되네. 시조새는 새일지 몰라도 내가 말하는 조상새는 새가 아니거든. 한마디로 우리 조상의 정령을 새로 표현한 것이지. 한민족의 영적 이미지요 상징이란 말이야. 아니 한민족의 브랜드인지도 몰라. 오래전에 잊고 살았던 그 브랜드를 다시 찾아내었기에 우리가 배곯지 않고 이만큼이라도 살게 되었는지 아나?"

경기도 구리시에서 연 고구려 삼족오 대축제(2007)

스님은 얼굴에 홍조를 띠면서 말했지만 지성은 도대체 이해
할 수가 없었다. 그런 그의 표정을 읽었다는 듯이 스님이 말했
다.

"자네는 우리가 어디서 왔다고 생각하나?"

"……."

"모르는 게 당연하지. 우리나라 교육이라는 게 어렸을 때부터
심지 뽑기에만 능하거든. 그래서 깊이 궁리할 필요가 없었지. 또
시험에 나오지 않는 지식이나 교양은 무가치한 것으로 치부하거
든. 그렇다고 해서 기술자나 기능인을 존중하는 것도 아냐. 그래
서 인문학이 죽고, 공과대학이 정원 미달이 되는 이상한 일들이
벌어지고 있는 것이야. 한마디로 교육이 사막처럼 황량하게 변
했어. 3불 정책이라는 것이 옳으니 그르니 말하기에 앞서 가장
중요한 것은 교육은 시장이 아닌데도 시장 개념으로 접근하는

것부터가 잘못일세. 사람 키우는 것이 어디 목장에서 소 키우는 것과 같을까. 안 그런가?"

스님은 마치 사회 비평가처럼 우리나라 교육의 문제점을 지적하고 있었다.

"어디 그뿐인가. 어느 민족이든지 민족의 혼이 있기 마련이야. 그 혼이 죽으면 민족이 사라지거든. 그런데 모두가 글로벌 시대라고 떠들어대니까 내 것을 모조리 버리고 세계적인 가치를 추구해야 선구자인 척하는데 이건 한참 잘못된 짓이거든. 세계적인 가치라는 게 뭐고? 어디 한번 말해 보게."

갑작스런 질문에 머뭇대다가 지성은 모기만한 소리로 말했다.

"글쎄요. 자유민주주의 인간의 존엄성 같은 거……."

"음, 자네 말도 틀린 것은 아냐. 그런데 말이야. 나라마다 역사가 다르거든. 예를 들어볼까. 우리 한류 문화 같은 것, 서양에서는 못 찾아. 우리의 고유한 문화 가치거든. 21세기는 문화의 시대라고 하지. 문화가 밥 먹여 준다 이 말씀이야. 자네, 컬처 코드culture cord라는 말 아나? 인류 전체를 움직일 수 있는 것은 문화야. 우리 고유의 것과 세계 공통적인 가치를 다 존중해야 글로벌 시대에 살아남을 수 있어. 생각해 보게, 안 군이 말한 대로 서구적인 이념과 가치와 문화 제도를 숭상해서 그대로 살아왔다면 한류 문화가 나왔겠는가? 식혜를 버리고 커피만 마시도록 했다면 우리 음료가 남아났겠는가. 어림없지. 바로 그거야. 그러니까 역사와 전통, 그리고 고유의 문화 가치를 제대로 알 필요가 있어. 내 길게 말하지 않겠네. 젊은이에게 내가 특정한 가치나 사실을 주입시키려고 해서야 쓰겠나. 안 군이 찾아내어 자기 것으로 만들어야지. 안 그런가?"

"네……."

"참 아까 자네에게 물어 본 질문, 조상새 얘기를 해볼까. 우리 조상이 어디서 왔는가 하는 문제부터 풀려야 하네. 인류의 역사는 약 500만 년이라네. 아프리카 서부에서 인간과 유인원의 중간 단계 유골을 찾아낸 것에서 인류의 시원을 잡지. 그 원생 인류가 이동을 하면서 전 세계로 퍼져 다양한 인종이 생긴 것이지. 우리 민족의 선조는 아프리카 대륙에서 아라비아 반도를 거쳐 파미르고원으로 올라왔다가 중부 시베리아 바이칼 호 부근에서 문명을 열고 살았던 종족이라네. 내가 말은 쉽게 하지만 그들이 이동한 기간은 수십 만 년이 걸린 것들이지. 그들이 1만 2,000년 전 제3 빙하기 때 빙하가 녹아들어 더는 살 수가 없게 되자 이동을 시작했지. 그중 일파가 몽골과 화북 지방과 만주를 거쳐 한반도까지 내려온 걸세. 그러니까 우리 민족은 북방에서 왔다네. 물론 한반도에도 원주민은 있었지. 약 70만 년 전에 고아시아족과 아이누족이 살았다네. 하지만 빙하기 때 다 죽었지. 일부는 남방에서 올라온 인종들도 있지만 약 7할은 북방에서 내려와 만주와 한반도에 자리를 잡았지. 이른바 퉁구스족이라고 부르는 강인한 종족이 만주와 한반도에 들어와 원주민들을 압박하고 통치하기 시작하면서 요하문명과 백두산문명을 연 것이야. 그러니까 우리 민족의 원형은 북방 시베리아와 몽골 고원, 그리고 중앙아시아와 파미르 고원 등과 연결돼 있어. 그래서 우리 스스로 유목민의 후예라고 일컫는 거야. 다만 만주에 살던 사람들은 몽골이나 시베리아 유목민과는 달라. 흉노나 돌궐이나 몽골과는 다르다는 말씀이야. 우리 조상들은 반유목민이라 수렵과 농사와 어로를 하며 살았지. 아무튼 유목민들이 가장 숭상하던 것이 무엇일까? 한번 맞혀 보게. 참고적으로 북방은 춥다는 것. 1만 년 전에는 지금보다 훨씬 더 추웠다는 점을 잊지 말게."

'춥다. 북방 대륙이다. 유목민이다. 1만 년 전이다. 그것과 조상새와는 무슨 연관이 있을까.'

지성은 여러모로 생각을 해보았지만 도저히 상상할 수가 없었다.

스님은 찻잔을 들어 목을 축이고 나더니 머뭇거리고 있는 그에게 말했다.

"모르는 게 당연하지. 까마득한 옛 이야기니까. 추운 지방에 살던 선조들은 태양을 그리워했네. 생각해 봐. 지금도 한겨울이면 햇빛이 그립잖은가. 오늘날과는 견줄 수 없는 혹독한 추위를 겪으며 살던 조상들은 태양이 얼마나 그리웠겠는가. 지금도 북반부 사람들은 해가 그리워서 짧은 여름철에는 해를 맞으려고 옷을 다 벗고 다니다시피 하며 살지. 서양 옷들, 특히 북유럽 사람들이 입는 옷들이 살을 많이 드러내는 것은 바로 햇빛을 더 받으려는 본능 때문이지. 자네, 혹시 만주에 가 보았는가?"

갑작스런 반문에 지성은 가 보지 못했다고 대답했다. 그러자 스님의 말이 가슴을 두드렸다.

"난 세 번 다녀왔네. 어떤 사람은 만주를 중국 땅으로 아는데 큰 잘못이야. 만주는 바로 우리 땅이야. 짧게는 고조선 때부터 발해 때까지 3,300년 동안 우리 민족이 삶을 살아온 곳이야. 동이족의 갈래 족들이 수많은 나라를 만들어 의지하며 살아온 땅이 만주야. 만주에는 수많은 부족 국가들이 있었지. 그래서 찰만滿 자에 섬 주洲 자를 써서 만주라 하지. 섬이라고 하는 말은 대륙이라는 의미도 담고 있지. 그런데 중국에서는 만주라는 용어를 절대로 안 쓴다네. 동북 삼성이라고 부르지. 만주라는 이름으로 통칭하면 마치 독립적 위치 같아서 그럴 걸세. 아무튼 만주에 사는 종족들은 중원 대륙에서처럼 처절하게 싸우지 않고 화평하게 지냈다네. 그것은 자연 조건이 좋아 물산이 풍부하여 인심이 좋고, 더 중요한 것은 모두가 동족이었기 때문이지. 만주 지역을 다룬 역사책이 별도로 없어서 잘은 모르겠지만, 내가 알기로는 유사 이래 만주 지역 사람들처럼 오순도순 잘 살아온 사람들도 없을 거야. 반면에 화북 지방을 필두로 한 중원에서는 다민족들이 열악한 환경 속에서 먹고 먹히는 치열한 사생결단의 전쟁을 하며 살았지. 중국의 한족이라는 종족이 만주를 지배한 시기가 없어. 아마 유사 이래 지금이 처음일 걸세. 전에는 모두가 다른 종족들이 살았다 이거지. 잠깐 말이 빗나갔네만 만주 땅은 시베리아보다는 덜하지만 옛날이나 지금이나 참 추운 곳이라네. 그러니 햇빛이 얼마나 그리웠겠나. 그래서 태양과 하늘을 공경하는 마음이 생기고, 그 마음이 종교적 심성이 된 것이야. 그런데 태양은 아득히 먼 곳에 있으니까 그 태양을 모셔오는 강하고 힘이 센 북방의 검은 새를 태양새로 창조했네. 그래서 나는 저 검은 새를 조상새로 부르지. 어떤 사람은 그 새를 까마귀라고 규정하지만 나는 그냥 '태양새 삼족오'로 이해하고 있네. 물론 삼족오는 황하 중류의 앙소문명에서도 발견되지만, 한나라 때까지 보이다가 사라졌다네. 그것이 고구려에 들어와 화려하게 부활하며 민족의 원형질에 보이지 않는 심지를 박은 셈이지. 아무튼 자네 만주를 한번 다녀오게 되면 내가 더 설명하지 않아도 알게 될 걸세. 참, 자네 무슨 공부를 했나, 대학은 다녔나?"

스님의 갑작스런 질문에 지성은 조금은 우물거리며 대답했다.

"네, 경영학을 공부했습니다만……."

"경영학이라?"

"네. 그렇습니다."

"음, 아주 잘됐네. 인간과 크고 작은 조직을 이끌려면 삼족오三足烏를 모르면 안 되지. 안 그런가?"

지성은 스님의 말을 듣고 큰 잘못을 지은 사람처럼 머리를 긁적이다가 입을 열었다.

"스님, 삼족오라 하셨습니까?"

"그렇다네. 삼족오지. 발이 세 개 달린 검은 새란 뜻이야. 어때, 흥미가 동하나?"

"네, 어째서 발이 세 개인가요?"

지성은 그것도 모르느냐는 질책이라도 떨어질까 봐 조심스럽게 물었다.

"음, 그건 쉽게 설명할 수 있는 것이 아니네. 마치 기독교의 삼위일체론과 같은 이치일세. 그것도 자네가 앞으로 풀어나가게. 만주에 가 보면 다 알게 될 걸세."

마지막으로 스님은 지성에게 '항상 자기 자신 안에 있는 신과 대화하라'는 말을 해주었다.

그날 밤, 지성은 지리산 불이암에서 〈어떤 목마름〉이라는 글을 수첩에 써 놓았다.

밝음은 하늘에서 내려 와
땅의 빛살 밭을 하얗게 일구지만

어둠은 땅에서 만들어져
하늘을 향해 조용히 눕는다.

그때쯤 우리는 눈을 감고
태어남과 죽음, 빛과 어둠을 제 눈으로 갈고
제 심장에 바느질하면서
하루를 영원인 듯 고독의 실타래에 감노니
꿰매어도 꿰매어도 터지고야 말 우리들 욕망의 그물이여

달리다 달리다 지쳐 멈춰 서고야 말
가난한 실핏줄의 고달픈 여행이여

언젠가는 차갑게 식어 버릴 우리들 심장이여

아, 어찌할거나
영원한 사랑과 생명에 대한 한없는 이 갈증을……

사랑을 바침으로
내 영혼을 태움으로
그 생명의 불꽃 영원으로 타올라
하늘과 땅에 빛으로 살아 숨 쉰다는데
사랑의 목마름으로 허덕인 오늘
나는 어떤 불꽃을 사루었는가.

다음날 아침, 눈을 뜬 지성은 스님을 볼 수가 없었다. 스님은 아침 명상 산행을 떠난 것이 분명했다. 어제 저녁 잠들기 전에 스님은 아침에 웅석봉까지 산행을 하는 습관이 있다고, 가고 싶으면 일찍 일어나라고 말했었다. 웅석봉은 1,099m 높이의 준봉으로 이 일대에서는 가장 높은 산이었다.

지성은 스님이 차려 놓은 공양을 먹고 그릇을 부신 후, 부엌과 토방을 깨끗이 쓸었다. 마당의 눈은 이미 스님이 다 치워 돌과 흙이 거뭇하게 보였다. 아침 열한 시쯤 지성은 감사의 글을 써서 삼족오 그림 밑에 두고 암자를 나섰다.

5. 선무대仙舞臺에 춤추는 다물 역사

어제 그렇게 몰아치던 눈보라는 어느 새 멈춰 대지 위에는 햇빛이 눈부시게 빛나고 있었다. 눈 덮인 산마을 아래로 쏟아지는 겨울 햇빛은 보석처럼 빛났다. 지성은 심호흡을 하고 암자를 나섰다. 부처님도 모시지 않은 암자가 조금은 쓸쓸하다는 생각을 접은 채 눈 위에 발자국을 남기며 터벅터벅 걸어 아스팔트 길로 나왔다.

뱀처럼 꼬부라진 길은 눈바람이 이리저리 어지럽게 날려 묘한 모자이크를 만들어주고 있었다. 암자와 아스팔트 길이 만나는 거리에서 200여 m쯤 걸어내려 오다가 길 오른쪽 오르막에 서 있는 두 개의 탑을 만났다.

지성은 천천히 그 탑 쪽으로 걸어갔다. 3층짜리 쌍탑이 동서로 균형을 잡은 채 서 있고, 그 앞 150여 m 지점에 당간지주가 서 있었다. 높이 3m 정도 되는 당간지주의 크기로 보아 상당히 큰 절터였음이 분명했다. 안내판을 보니 신라 시대 단속사斷俗寺라는 절이 있던 곳이었다. 신라 화가 솔거의 그림이 있던 절이라고 하니 유서 깊은 사찰임에 틀림없으련만 절은 간 곳 없고 절터만 덩그란히 나그네를 맞아주었다. 교과서에서나 읽었던 솔거

라는 화가의 이름을 접하고
나니 마치 역사의 깊은 계곡
으로 들어온 느낌이 들었다.

흰 눈은 탑신 위에도 하얀
햇볕을 머금고 따뜻하게 쌓
여 있었다. 지성은 탑돌이라
도 하고 싶은 마음이 일어 탑
을 둘러싼 낮은 철책 앞으로
다가갔다.

그때였다.

당간지주 쪽에서 젊은 두
남녀가 걸어 올라오고 있었

신라 화가 솔거의 그림이 있었다고
전해지는 단속사의 대형 당간지주
(산청군 단성면 운리 탑동)

다. 배낭을 멘 것으로 보아 여행객인 듯하였다. 두 사람은 탑 앞
에 이르러 합장을 하였다.

지성은 그들에게 방해가 되지 않도록 비켜서서 주위를 둘러

단속사의 쌍탑이 지금도 정겹게 서 있다. (산청 단성면 운리)

보았다. 절터 아래로는 제법 너른 들판이 보이고, 들판이 다한 끝에 지붕에 파란 페인트칠을 한 작은 학교 건물이 서 있었다. 그리고 학교 오른편 산중턱에서 스피커에 실린 노래 소리가 울려 퍼지고 있었다.

두 남녀는 탑을 둘러보다가 지성과 눈길을 마주치자 거의 동시에 말했다.

"안녕하세요."

"네, 안녕하세요."

지성이 웃음을 문채 대답하자 남자가 다가와 물었다.

"여행 중이신가 봐요. 배낭을 메신 것을 보니. 저는 서울에서 온 강남구라고 합니다."

30대 초반으로 보이는 깔끔하게 생긴 남자였다.

"네, 저도 어제 내려왔습니다. 안지성이라구 합니다."

그러자 옆에 서 있던 여자가 웃음을 띤 채 말했다. 수더분한 얼굴에 생머리였다.

"최승희라고 합니다. 선생님께서는 혼자 오셨나 봐요?"

하면서 카메라를 만지작거렸다.

지성은 두 사람과 함께 길을 내려오며 이야기를 나누었다. 그들은 서울의 모 아동출판사 사장과 편집부장이었는데, 최승희는 편집인 겸 작가였다.

세 사람은 아이들의 독서 문제에 대해 대화를 나누면서 소나무가 우거진 숲을 돌아내려 왔다.

300m쯤 내려왔을까. 오른편에 학교 건물이 보였다. 기와를 올린 정문에는 '다물평생교육원' 이란 간판이 걸려 있었다. 시골 학교 같지는 않고 연수원 냄새가 물씬 풍겼다. 정문 앞에는 모

경남 산청 단성 운리에 있는 다물평생교육원

기업체 로고를 옆구리에 단 버스가 두 대 서 있는 것으로 보아 사원 연수차 내려온 것 같았다.

세 사람은 교육원 정문 앞에 멈춰 선 채 안을 기웃거렸다. 그때 정문으로 들어가던 지프차가 그들 앞에 멈춰서더니 검은 제복을 입은 젊은 여성이 가볍게 뛰어내렸다.

"어서 오십시오. 저는 이 학교에 근무하고 있는 윤하영이라고 합니다. 여기서는 윤 교관이라고 부르지요."

그의 인사에 세 사람은 목례로 답했다. 해맑은 얼굴에 오똑한 코, 큰 키가 인상적인 아가씨였다.

"혹시 취재차 오신 것이 아니신지요. 저희 교육원을 둘러보지 않으시렵니까?"

그녀는 최 부장이 카메라를 들고 있는 것을 보고 취재하러 온 언론인으로 생각한 것 같았다.

지성은 좋은 구경이 될지도 모른다는 생각에서 일행을 돌아다보며 말했다.

"어때요, 윤 교관님 안내를 받아 구경하는 것이……."

그러자 강 사장이 최 부장과 잠시 상의하고 나더니 "그렇게 하죠. 참 소개가 늦었습니다." 라고 말하곤 각자 자기소개를 했다.

세 사람은 윤 교관의 안내를 받아 학교 건물 뒤편 산 중턱으로 올라갔다. 고즈넉한 시골의 겨울 풍경이 나그네의 가슴을 편안하게 해주는 곳이었다. 20여 호나 될까. 학교 주변에는 민가가 들어서 있고, 토종닭들이 눈길 사이로 종종걸음을 치며 내달렸다. 겨울 햇빛이 쏟아지는 산길을 걸어 올라가면서 윤교관은 이것저것 설명을 해주었다. 선무대仙舞臺라는 글을 새긴 선돌이 나타나자 손을 모으며 말했다.

"여기가 선무대입니다. 말 그대로 신선이 춤추며 노는 곳이란 뜻이죠. 신선이 있는 곳이 아니구요, 우리 민족의 원형질을 찾아 심신을 수련하는 곳이랍니다."

그의 말에 지성은 큰 충격을 받았다. 지리산이라는 곳에는 도인이 많고 수련 시설도 많다던데 선무대라는 곳에 들어올 줄은 까맣게 몰랐던 것이다. 어쩌면 불이암에서 토정 스님을 만난 것과 선무대를 찾게 된 것이 맥을 같이하는 것이 아닌가 하는 생각도 들었다.

"지리산은 참 좋은 산입니다. 어머니 품같이 푸근한 산이죠. 그 안에 우리 민족의 정신을 수련하는 여러 수련원이나 교육원이 있다는 것, 저는 우연이 아니라고 생각합니다."

윤 교관의 말에 일행은 고개를 끄덕였다.

최승희 부장이 밭가에 서 있는 푯말을 보고 물었다.

“여긴 당귀와 작약을 심은 곳인가 봐요?”

“네, 저희 교육원을 수료한 수료생들이 힘을 모아 일군 밭이지요. 일종의 공동체로서 가을엔 다 같이 와서 수확하여 나눠 가진답니다.”

“그래요? 참 재미난 곳이네요. 한 가지 물어볼 게 있는데요. 혹시 종교 집단 같은 곳이 아닌가요?”

최 부장은 조심스럽게 물었다. 그러자 윤 교관이 정색을 하고 대답했다.

“아닙니다. 종교 색채를 띤 교육원이라면 신도들 자체 연수만 가능할 뿐 사회 교육은 불가능하지요. 저희는 일 년에 8,000명에서 1만 명까지 기업인과 공직자, 교수, 대학생 등을 교육합니다. 벌써 16만 명을 교육한 걸요. 그 수료생들 중에서 자발적으로 동아리를 만든 사람들이 1만여 명에 이릅니다. 특히 대기업 임직원들의 호응이 많아요.”

윤 교관의 설명을 들으며 일행은 어느덧 선무대 안으로 들어섰다.

간벌이 잘된 소나무밭을 지나자 청계소도淸溪蘇塗라는 글을 음각한 큰 선돌이 나타났다. 청계라고 불리는 이 지역에 만들어진 소도라는 의미였다. 소도란 솟대라고도 불리는 것으로 옛날에는 피안의 세계로 인식했지만 현대의 눈으로 보면 사람이 참되게 깨달음을 얻는 곳의 의미를 지녔다고 했다.

선무대 경내에는 국궁장과 크고 작은 두 개의 공연장이 보였고, 몽고인들이 거주지로 쓰는 겔이 10여 개 설치되어 있었다. 겔은 몽골인들만이 아니라 북방인의 공통적인 주거 형태라서 이곳에 입교하는 교육생들에게 대륙의 유목 문화를 체험케 하고 긴밀한 스킨십을 하도록 돕기 위해 설치했다고 말하는 윤 교관의 설명이 신선했다. 아마 겨울 소나무와 눈길, 그리고 몽골식의 하얀 겔이 주는 신비감 때문이기에 더 강한 인상을 받았는지도 모른다.

'백암정白岩亭'이라 쓰인 큰 돌은 국궁장 표석이었다. 그 돌에는 궁도인이 지녀야 할 궁도 9계훈弓道九戒訓이 음각되어 있어 더 묵직한 느낌을 주었다. 국궁장 사대射臺에서는 20여 명의 검은 옷을 입은 사람들이 활을 쏘고 있었다. 휘리릭! 하는 소리가 연거푸 들리고, "관중貫中!" 하는 외침이 들리는가 하면 "어휴, 활 쏘는 거 장난 아니네!" "주몽 되기가 그리 쉬울까?" 하는 소리도 들렸다. 관중이란 화살이 과녁에 명중할 때 외치는 용어였다.

윤 교관은 국궁장에 대해 이렇게 말했다.

"사대射臺에서 표적까지 140m입니다. 정규 국궁장의 규모를 갖춘 곳이죠. 인원과 시간의 제약 때문에 교육생 한 명당 다섯 발씩 쏘는데 집중력과 근력과 인내력 훈련에 그만입니다."

양궁장의 길이가 70m 거리인데 국궁은 사거리가 배에 달하니

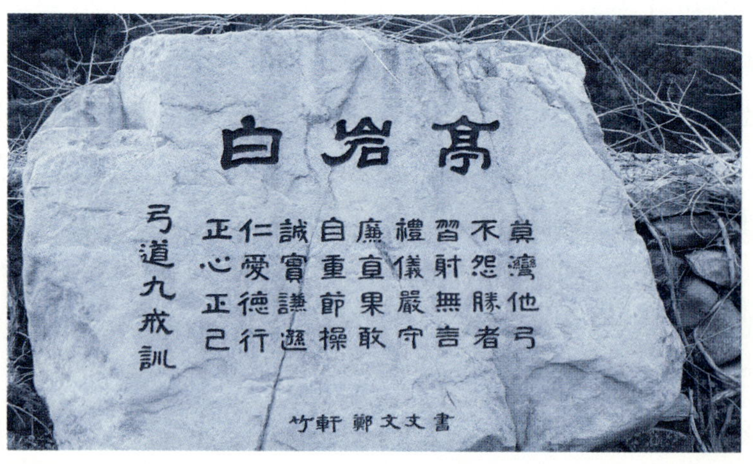

지리산 선무대 안에 있는 국궁장 백암정의 표석

지리산 선무대 안에는 천제를 지내는 경천단이 있다.

표적까지의 거리가 아득하게 보였다. 일행은 활터 옆 돌담을 방패 삼아 조심조심 올라갔다. 그 돌담 역시 고구려 성벽을 본떠 쌓은 것으로 들여쌓기를 하고 있었다.

과녁 뒤편 선무대의 가장 높은 곳에는 경천단敬天壇이라 부르는 돌로 쌓은 천단天壇이 마련되어 있어 주위 경관을 더 경건하게 해주고 있었다. 일행은 연선관練仙館이라는 이름이 붙은 교육관으로 안내되었다. 교실 입구에는 삼족오가 붙어 있어 지성을 놀라게 했다.

'세상에, 여기서도 또 검은 새를 만나다니.'

지성은 불이암에서 본 조상새라고 불리는 검은 새를 여기서 만난 것이 결코 우연만은 아닐지도 모른다는 생각을 하자 더 흥미가 일었다. 교실 안에는 고구려 벽화와 역사적인 전거典據에서 따온 각종 한문 문구가 일행을 맞이주었다. 강사 대기실에 들어가니 나무로 만든 앉은뱅이 탁자가 바닥에 놓여 있어 책상다리를 하고 앉을 수 있도록 되어 있었다. 윤 교관은 국화차를 우려 내 놓았다. 향긋한 국화향이 언 입 안을 덥혀주었다.

"제가 직접 만든 찹니다. 야생 국화로 만들었지요."

"어머, 차를 만들 줄 아세요? 전 마실 줄만 알거든요. 참 좋은 곳이네요. 부럽구요."

최승희 부장이 찻잔을 내려놓으며 말했다. 그러자 강남구 사장이 입을 열었다.

"여기서는 주로 역사 교육을 하시나요? 기업인들이 많이 온다고 하셨는데, 기업과 역사 교육이 어딘지 부조화가 아닌가 하는 느낌이 듭니다만……."

"네, 그런 생각이 드는 것도 무리는 아닐 것입니다. 하지만 제 생각에는 역사라는 것은 미래를 지향하는 사람들이 반드시 돌아봐야 할 가치라고 생각해요. 그래서 역사는 국가 민족 발전에 중요한 콘텐츠지요. 아니 우리의 삶 그 자체라고 생각합니다. 그리고 우리 기업 문화가 서구적 가치와 방법만으로는 한계에 봉착했거든요. 우리 것을 무시하고서는 세계 시장에서 이길 수가 없어요. 가장 한국적인 것이 세계적인 것이라는 말도 있잖습니까?"

윤하영 교관이 일사천리로 말을 이었다.

"역사란 죽은 기록이 아닙니다. 현실 세계에 생생히 살아 있는 경쟁력이죠. 특히 우리나라처럼 부존자원이 별로 없는 나라가 세계 11위의 경제력을 갖출 수 있는 것은 다름 아닌 정신적인 힘 때문이라고 봅니다. 그래서 저희 교육원에서는 우리 민족의 정신적인 유산에 대해 새롭게 해석하고 미래를 위해 어떻게 활용할 것인가 하는 문제를 탐구하는 학습을 하는 것입니다. 교육생들이 참 좋아해요. 그리고 강의만 하는 것이 아니라 '다물활'도 쏴보고, 역사 전적지도 다녀오고, 우리 문화 예술 감상과 시연도 해보고 하지요."

윤 교관이 환하게 웃으며 자신 있게 하는 말을 들으면서 지성은 다물이라는 용어가 범상한 단어가 아니구나 하는 느낌이 들었다. 어디선가 많이 들었던 용어 같기도 하면서 어쩐지 아득한 옛날에 쓰던 고어 같기도 하다는 느낌이 들어 되물었다.

"아까부터 여쭤보려고 했습니다만, '다물'이라는 말이 무슨 뜻인가요?"

그러자 윤 교관이 눈을 빛내면서 대답했다.

"예, 다물이라는 용어는 순수한 우리말입니다. 그 뜻은 '되물린다', '되찾는다'는 의미죠. 잃어버린 것을 되찾는다는 것인데, 《한단고기》〈삼성기전〉 상편과 《삼국사기》 13권 〈고구려 본기〉에 보면, 고주몽이 졸본 땅에 들어와 정착할 때 비류국 송양왕의 항복을 받고 그 땅과 백성을 접수하면서 그 땅을 다물도라 하고, 송양왕을 다물도주로 임명했지요. 《삼국사기》에는 '옛 고구려 말에 잃어버린 영토를 되찾는 것을 다물이라 한다麗語復舊土爲多勿'라는 구절이 있습니다. '다'라는 말은 '땅'이라는 의미지요. '물'이란 말은 '물린다'는 뜻이니까 옛 땅을 되찾는다는 말입니다. 그리고 고주몽은 고구려를 세울 때 연호를 다물이라 했습니다. 고구려의 창업 정신이 곧 다물인 것입니다. 이런 다물 정신은 우리 민족의 역사를 관류하는 전통적 민족정신이 되어 지금까지 내려오고 있습니다. 잃어버린 옛것을 되찾는다는 말은 영토적인 내용만이 아닙니다. 단군 시대의 예법과 자랑스러운 문화, 민족성 등 한민족이 가진 불변의 가치를 찾아 되살려 미래로 나가자는 것이죠. 우리가 이 좁은 땅에서 '한강의 기적' 을 만든 힘도 다물이라는 이러한 구토 회복의 열정과 같은 단결력 때문이 아닐까 합니다.”

윤 교관의 자신에 찬 말을 듣고 나서 지성이 다시 물었다.

“그렇다면 지금과 같은 시대에 고구려의 옛 땅을 되찾을 수 있겠습니까? 자칫 잘못하면 동아시아 지역에서 분란을 일으키는 세력으로 매도당하거나, 아니면 중국·러시아와 영토 분쟁을 일으킬 소지가 많은 것 아닙니까?”

“네, 바로 보셨습니다. 현대에 접어들어 제기된 문제의 핵심은 바로 그것입니다. 구토 회복하기에는 많이 늦었지요. 우리의 옛 땅이 대부분 중국과 러시아에 있고, 중국이 소수 민족 보호라는 울타리마저 내던지고 동북 공정을 전개하여 그 땅과 문화와 역사를 송두리째 자기네 것으로 편입시키려고 갖은 방법을 다하고 있죠. 그것은 다 아시겠지만 속지주의屬地主義적 주장이지요. 현재 중국 땅에 있는 모든 것은 과거도 현재도 다 중국 것이다 이런 말이지요. 그런데 지난날 우리 영토였다고 해서 이것을 되찾겠다고 나선다면, 더구나 국력이 열세인 우리가 국제 사회에서 통하겠습니까. 그래서 21세기 다물 운동은 경제력과 기술력, 자본력과 문화 역량을 가지고 과거 우리가 살았던 지역에 대해 실질적인 힘을 행사하자는 것입니다. 달리 말씀드리면 만주와 연해주 일대, 중앙아시아와 러시아 등에 우리 자본과 기술이 파고들어가 우리 민족의 진출로를 만들어 미래에 후손들이 살아나갈 돌파구를 열자는 것입니다. 현재도 그렇지만 미래는 더욱 열린 세계일 것입니다. 꼭 대륙만을 강조하는 것은 아닙니다. 지구촌 전체를 대상으로 하는 이념이지요. 저희가 주장하는 다물은 세계 질서를 읽는 능력과 강국 사이에서 살아남는 유연하고 강인한 유목적 사고를 키우고, 비즈니스 능력을 높게 사는 적극적이고 모험적인 경쟁력 있는 마인드를 만들어 나가자는 것입니다."

"아, 그렇군요. 상당히 고차원적이고 미래 지향적인 고토 회복인 셈이군요."

이렇게 말하자 강 사장이 한마디 거들고 나섰다.

"북한은 어떤 태도를 보이고 있나요. 중국과 북한이 형제 동맹을 맺었다고 하던데……."

"제가 아는 바로는 북한도 내부적으로는 중국의 동북 공정에 대해 못마땅하게 생각하고 있다고 합니다. 다만 당장 필요한 식량과 에너지를 중국에 의지해야 하는 입장이고 보니 지난날의 역사를 들먹여 굶주림을 자초하지 말자는 생각을 하는 것이 아닌가 해요. 그렇찮구서야 중국의 역사 침탈에 대해 10여 년 동안 한마디도 하지 않을 그들이 아니지요."

윤 교관은 일행의 질의에 더 힘을 얻은 듯, 벽에 걸린 지도를 가리키며 설명을 계속했다.

"저는 역사를 가르치는 전문 교수는 아닙니다. 그러나 우리가 주장하는 바는 분명합니다. 분단된 조국을 통일하고, 그 통일의 역량을 만주와 연해주, 시베리아, 나아가 유럽으로 뻗치기 위해서는 지금 힘을 길러야 하고, 힘을 기르려면 지난날 우리 역사에 대해 자랑과 긍지를 가져야 하고, 제2의 고구려를 만들어 내겠다는 국민적인 각성이 필요하다고 봅니다. 고구려야말로 우리 민족 최초의 글로벌 성공 국가 아닙니까? 그래서 저희는 고구려의 건국 정신인 다물 정신을 교육하는 것입니다."

이번에는 묵묵히 설명을 듣고 있던 최 부장이 말했다.

"고구려 역사는 제가 보기에도 무한한 보물창고 같아요. 우리가 몰라서 그렇지, 그 보물창고 안에는 우리 민족이 살아갈 수 있는 지혜와 문화 재산이 가득 들어있을 것 같다는 생각이 들어요. 그런데 고구려만으로는 양이 차질 않아요. 5,000년 역사라면서 고구려까지 해봐야 2,000년이잖아요."

"아니, 아동문학가인 최 부장님이 어느 새 역사 학도가 되셨나?"

강 사장이 웃으며 말하자 이번에는 지성이 말을 받았다.

"저는 역사란 지난날의 기록이라고만 알고 있었는데, 여길 와 보니 우리 역사가 살아 꿈틀거리고 있군요. 참, 부끄럽습니다. 기업과 국가의 경쟁력과 역사 정신이라는 것이 이렇게도 연결될 수 있구나 하는 생각에 전율을 느낍니다. 무섭고 기쁘고 또 두렵군요."

그러자 윤하영 교관이 정색을 하고 지성을 바라보았다. 그는 조금 계면쩍어 그녀의 시선을 피했지만 아름다운 피부와 맑은 눈을 지니고 있는 그녀에게 호감이 갔다.

어느새 점심때가 되었는지 선무대 경내 스피커에서는 경쾌한 음악이 흘러나오고 교육생들은 식당으로 이동하고 있었다. 일행은 윤 교관의 안내로 겔 형태로 지은 큰 군막 식당으로 안내되어 점심을 먹었다. 단출하면서도 깔끔한 시골 음식이 겔이라는 특수한 가옥과 어울려 독특한 맛을 더해 주는 것 같았다.

식사 후에 세 사람은 인근에 있는 다른 곳들을 더 돌아보기로 하고 선무대를 내려오기 시작했다. 그때, 지성의 눈에 새롭게 띤 것이 하나 있었다. 높이가 3m는 됨직한 큰 돌이었다. 그 선돌에는 천하사방 최성지야 해동성국 최성지지 天下四方 最盛地也 海東盛國 最盛地址라는 까만 글귀가 새겨 있었다. 윤 교관의 설명으로는 고구려가 천하 사방에서 가장 좋은 나라요, 해동성국인 발해가 가장 좋은 터전에 자리를 잡았다는 얘기였다. 이곳을 운영하는 사람들의 자부심을 나타낸 좋은 문구라는 생각이 들었다.

선무대 입구에서 윤 교관과 세 사람은 헤어졌다.

"안녕히 가십시오. 언제든지 놀러오세요. 선무대는 늘 열려있는 공간입니다."

윤 교관이 국화차 한 봉지를 최 부장에게 내밀면서 손을 잡았다.

"어머, 저흰 아무것도 드릴 것이 없는데. 감사합니다. 다시 들를게요."

최 부장과 악수를 하는 윤 교관에게 지성이 말했다.

"윤하영 교관님, 저의 좁은 역사관을 깨우쳐 주셔서 감사합니다. 꼭 다시 찾아오겠습니다."

그러자 윤 교관은 수줍은 듯 입을 가리다가 지성에게 손을 내밀었다.

세 사람은 길을 따라 산을 내려와 주차장에서 잠시 머뭇거렸다. 약 5km쯤 나가면 진주와 중산리를 잇는 국도가 나온다고 했다. 강 사장과 최 부장은 자가용으로 거쳐 온 길이었지만 지성은 처음 접하는 길이었다. 이곳에서 버스를 타려면 한 시간은 족히 기다려야 할 것이라는 가게 주인의 말에 지성은 난감해 했다.

이때 최 부장이 지성을 돌아보며 말했다.

"안 선생님, 다른 계획 있으세요? 다른 일정이 없으시면 동행

하시겠어요? 저흰 이 너머에 있다는 삼성궁三聖宮으로 넘어가려
는 참이거든요."

최 부장이 저희라는 용어를 쓰면서 강조하는 것으로 보아 두
사람이 보통 사이가 아닌 듯했다. 지성은 특별한 계획이 없이 무
작정 떠나온 터라 그들의 청을 기꺼이 받아들였다.

"제가 두 분 사이에 끼어 방해가 되지 않을까 걱정인데요. 도
와주신다면 저로서야 고마울 따름이지요."

"그럼, 타세요. 옷깃만 스쳐도 인연이라 하잖아요. 동행자가
돼 주신다니 저로서도 감사할 따름입니다."

강 사장이 핸들을 잡으며 말했다.

지성은 차에 올라 짓궂은 질문을 던졌다.

"강 사장님, 성함이 좋으셔서 부자 되시겠습니다."

그러자 최 부장이 깔깔대며 웃었다.

"맞아요. 부자 동네 이름이에요. 그렇지만 서울 강북구에 살
면서 이름만 강남구예요. 호호호. 아마 조상님이 선견지명이 있
으셨나 봐요. 아님, 머잖아 강남구에 살게 될 거라는 예상을 하
셨는지도 모르죠. 안 그래요?"

"하하하. 정말 저는 이름 때문에 덕도 보고 비아냥거림도 많
이 들어요. 헌데 사람들이 기억하기 좋다고 말하는 것으로 위안
을 삼죠. 또 누가 알아요? 곧 부자 동네로 가게 될지……."

그렇게 말하자 최 부장이 웃음을 문채 말했다.

"하지만 서울 강남구 산다고 다 모범 국민이라고는 볼 수 없
죠. 안 선생님 성함도 매우 독특하세요. 안지성. 지성이면 감천
이라는 뜻 아니겠어요?"

"그도 그렇군요."

강 사장이 맞장구를 쳤다. 머쓱해진 지성은 "지성이 모자란다는 뜻이죠. 안……지성이니까." 하고 말했다.

그러자 강 사장이 CD를 끼우며 말했다.

"제가 좋아하는 가수가 한 분 있죠. 안다성이라구. 그 분 노래 중에 전 '사랑이 메아리칠 때' 가 제일 좋더라구요. 그 분과 친척 되시는 건 아닌가 해서요."

그의 말이 끝나기가 무섭게 노래 소리가 울려나왔다. 조용하면서 느린, 조금은 높은 톤을 가진 미성美聲이었다.

"파도 소리 들리는 쓸쓸한 바닷가에, 나 홀로 외로이 추억을 더듬네. 그대 내 곁을 떠나 멀리 있다 하여도, 내 맘 속 깊이 추억에 잠겨서 홀로 있네. 아아아, 새소리만 바람타고 처량하게, 들려오는 백사장이 고요해……."

그러자 최 부장이 거들었다.

"어휴, 우리 사장님, 지리산에서 웬 파도소리예요. 아마 옛날 애인을 못 잊어 하시나 봐요."

지성은 그 노래가 참 좋아 잠자코 노래를 감상하며 눈을 감았다.

삼거리에서 차는 우회전하여 중산리 방향으로 난 고개를 넘어갔다. 제법 차량이 많이 오가는 것으로 보아 산행하는 사람이나 절을 찾아가는 사람, 숯 찜질방을 찾는 사람들이 많은 것 같았다.

두 사람은 이미 답사지를 정하고 떠나온 듯 청학동 삼성궁으로 차를 몰았다.

6. 삼성궁의 한풀 선사와 1,000여 소도蘇塗

    삼성궁은 지리산 청학동으로 가는 길목에 있지만 행정 구역으로는 하동군 묵계리에 속한 땅이다. 속세와 절연한 듯 첩첩산중 꼬불대는 길을 따라 한참을 들어간 뒤에 나타난 깊은 계곡에 약 10만 평의 너른 터전이 있다. 삼신봉三神峰이라 불리는 산을 둘러싸고 깊은 골짜기가 있는데 능선 너머에는 도인촌道人村이자 서당으로 유명한 청학동이 있고, 능선 반대쪽에는 삼성궁이 자리잡고 있는 것이다.

    삼성궁은 우리 민족의 시조인 환인, 환웅, 단군왕검을 모신 궁이라는 뜻이다. 달리 말하면 환인은 하늘이요, 환웅은 땅이며, 환검, 즉 단군왕검은 사람이니 이 셋이 우주 삼라만상의 시조이자 삼신인데 이분들을 모시고 그 정신을 배우는 곳이라는 의미이다.

    일행은 조심스럽게 차를 몰고 들어갔다. 삼성궁 입구에 다다르자 두 개의 장승이 일행을 맞아주었다. 장승 역시 범상치 않았다. '민족 통일 대장군', '만주 회복 여장군'이라는 글귀를 온 몸에 새겨 안고 있는 장승을 보고 민족 통일과 고토 회복의 강한 염원을 읽을 수가 있었다. 지성은 여기서도 만주라는 땅이름을 듣게 되다니 역사의 외침이 어딘들 같다는 생각이 들었다.

그 옆에는 징이 하나 매달려 있고 방문객이 왔음을 알리라는 안내판이 있었다. 그리고 석문이 서 있고, '무단 침입자는 3,300배拜를 시키겠다.' 하는 경고문이 붙어 있었다.

모든 것이 호기심을 일으키는 것들이었다. 지성이 징을 세 번 치자 삿갓을 눌러쓴 도포 차림의 수자修者가 나와 정중히 절을 했다.

"어서 오십시오. 저를 따라 오시지요."

그를 따라 석문을 지나자 눈앞에 색다른 풍광이 펼쳐졌다. 하지만 이곳의 독특한 관습대로 먼저 검은 도포 비슷한 고구려 복식으로 바꿔 입고 내빈 접대실로 안내되었다. 구경은 나중에 안내자를 따라 하기로 하고 우선 현황 설명을 듣기로 했다. 삼성궁 입구 오른편에 자리 잡은 통나무집으로 안내된 일행은 그 안에서 앉은뱅이 통나무 탁자 앞에 앉아 차 한 잔으로 갈증을 달래며 방안을 둘러보기 시작했다. 흙벽으로 지어진 집에는 벽을 따라 여러 가지 농기구와 다기茶器들이 진열되어 있고, 한약재들이 걸려있었다.

그때 흰 두루마기 옷을 입은 깡마른 사내가 긴 머리를 날리며 들어섰다. 얼핏 보기에도 평범해 보이지 않는 그의 얼굴은 아이처럼 해맑았다. 세 사람은 일어서서 합장으로 인사를 주고받았다. 자리에 앉자 그가 입을 열었다.

"잘 오셨습니다. 제가 한풀입니다."

"네, 반갑습니다. 여러 가지로 놀랍습니다."

강 사장이 대답하자 선사는 일행을 둘러보며 입을 열었다.

"세 분이 일행이십니까?"

"그렇습니다. 지리산 일대의 사적지를 둘러보고 있는 중입니다. 삼성궁은 참으로 대단한 수련장이군요."

지성이 말하자 한풀 선사가 차를 한 모금 마시더니 말했다.

"아직도 멀었습니다. 이제 반 정도밖에 못 끝냈습니다. 참 여성분은 기자님이신가요?"

"네에, 그냥 좋은 장면을 담고 싶어서요."

최 부장이 대답하며 대담 장면을 카메라에 담았다. 이때 강 사장이 물었다.

"선사님, 어떤 연유로, 어떻게 이런 수련장을 만드셨는지 궁금합니다."

"제 업業이죠, 뭐."

그는 지나가는 바람처럼 조용히 그리고 담담하게 말했다. 이번엔 최 부장이 물었다.

"그래도 무슨 깊은 연유가 있을 것 같은 느낌이어서요."

"허허, 그래요? 여자의 육감이신가요? 암튼 좋습니다. 이렇게 찾아주신 분들에게 삼성궁을 소개해 드리는 것이 예의지요."

하더니 삼성그룹과는 무관한 곳이라는 농을 던져 일행의 긴장을 풀어주었다.

"제 고향이 바로 이곳 묵계리입니다. 제 고향에다 이런 궁을 쌓아 겨레의 어른이신 삼신을 모시고 있으니 저만큼 축복받은 사람도 드물 겁니다. 남들은 한풀 선사라고 부르지요. 뭐, 한을 풀어보자는 의미는 아닙니다. 이곳에 제가 첫 돌을 쌓기 시작한 것은 1983년입니다. 단군왕검이 태백산 신단수 아래 신시를 만들었듯이, 이곳에 단군 시대의 소도를 복원하기 시작했습니다. 호랑이처럼 강인했던 우리 민족은 지금 너무 나약해져 있어요.

이대로 가다가는 민족이 자멸할지도 모릅니다. 어떻게 할 것이냐. 우리의 전통 도맥道脈인 신선도神仙道를 이루어 민족정기를 되살려야죠. 이화세계理化世界, 즉 세계를 홍익인간의 이념으로 교화해야 합니다. 우리 민족만 잘 먹고 잘 살려 해서는 안 됩니다. 우리는 전 세계를 살리는 민족입니다. 그것이 이화세계지요. 세계를 살리려면 나부터 바로서야 합니다. 지금 우리 사회가 윤리 도덕이 무너지고 인간다운 사회에서 너무 멀어지기 때문에 우리 정신과 혼과 얼을 되찾아 참된 삶을 살아야겠다는 자각이 필요합니다. 특히 젊은이들에게 이런 가치관을 심어줘야 합니다. 그런 방법으로 가장 중요한 것이 바로 조상신을 알아 모시고, 조상의 위대한 업적에 대한 긍지를 갖는 일이지요. 저는 아마 이 일을 하려고 태어난 인생 같습니다."

여기까지 말을 마친 한풀 선사는 다시 찻잔을 들어 역사를 음

지리산 청학동 삼성궁의 선도 수련장

미하듯 천천히 입술을 적셨다.

세 사람은 어느덧 그의 조용하면서도 차분한 말에 도취되어 가고 있었다.

"저는 남들처럼 현대 문명의 혜택 속에서 살아온 사람이 아닙니다. 산골 소년에 불과했지요. 부모님이 열렬한 증산도 신도였는데, 제가 여섯 살 때 저를 낙천 선사樂天仙師라는 도인에게 맡기셨습니다. 사람의 바른 도리를 배우고 깨우쳐 큰일을 하라는 뜻이었지요. 저의 은사이신 낙천 선사는 18세기부터 부활한 우리나라 선도의 제4대 진인眞人에 해당하는 분이십니다. 다 아시겠지만 우리의 고유한 종교를 신교神敎 또는 신도神道라고 합니다. 그리고 우리 민족이 일상생활 속에서 훌륭한 삶을 살아가기 위해 수행하고 연마하는 것을 선도仙道라고 하는데, 우리 고유의 선도의 명맥이 만덕 진인萬德眞人에 이어 공공 진인空空眞人으로, 그리고 한빛 선사에 뒤이어 낙천 선사로 이어져 내려왔고, 외람된 말씀이지만 제5대 선도의 전수자로 제가 감히 나서고 있습니다."

지성은 그의 말을 들으며 만덕 진인萬德眞人 : 1743~1840과 공공 진인空空眞人 : 1807~1910, 그리고 한빛 선사1860~1945라는 분의 활동 기간을 적은 연혁서를 들여다보면서 한풀 선사가 기인처럼 차리고 사는 것이 이해가 갔다. 또 어제 만난 토정 스님이나 오늘 오전에 찾아가 본 청계소도 선무대에 이어 기이하게도 삼성궁을 찾아온 것이 결코 우연이 아닐 것이라는 생각이 짙어갔다.

"고생이 참 많으셨겠습니다." 지성이 이렇게 말하자 "사람이 하는 일이 세상에 태어나 꼭 해야 할 일이라는 것을 알면 고생이 아닙니다. 보람이고 가치의 생산이고 역사의 창조일 뿐이죠." 라고 대답하는 그에게서 달관의 빛이 어른거리는 듯했다.

뒤 이은 한풀 선사의 말을 종합하면, 그는 스승인 낙천 선사와 함께 지리산 세석고원 근처에서 살면서 선가 무예인 선무仙武를 비롯한 선도를 배웠다고 한다. 그런데 그가 스물한 살 때인 1984년에 스승인 낙천 선사로부터 "여기에 머무르지 말고 민족혼을 샘솟게 하는 우물을 파라." 라는 말을 듣고 나서 화전민들조차 버리고 떠난 험한 땅, 묵계골 위쪽에서부터 삼성궁 터를 닦기 시작했다. 먹을 것이 없어서 풀뿌리를 뽑아 씹으며 나무껍질을 벗겨 먹으면서 오로지 삼성궁을 일으켜 세우는데 전심전력을 기울였다고 한다.

여기까지 설명을 한 한풀 선사는 수행자를 불러 명했다.

"손님들을 잘 안내해 드리시게."

세 사람은 그 앞에 읍하고 물러나 이곳저곳을 둘러보았다. 단전호흡을 하는 움막집, 태극 무늬로 치장한 연못이 나왔다. 맷돌, 절구통, 다듬잇돌 등 잊혀져 가는 우리 전통 도구들이 가지런히 길가에 늘어서 마치 열병하는 군인처럼 자신들의 존재를 시위하고 있었다.

가장 눈에 띄는 것은 솟대였다. 모양이 특이했다. 마치 절구통 두 개를 마주 엎고 그 위에 맷돌을 탑처럼 차근차근 쌓아올린 모습이었다. 이 맷돌 솟대는 환웅이 홍익인간의 철학을 펼 때 하늘에 제사를 지냈던 그 소도蘇塗를 의미한다.

삼성궁 안에는 1,000여 개의 맷돌 솟대가 있다고 한다. 크고 작은 솟대를 총 3,333개나 세울 계획이라고 한다. 그 많은 솟대 가운데 한두 개쯤 무너진 것이 있을 법도 하련마는 어느 것 하나 무너진 것이 없이 단단하다. 마치 반만년 우리 역사처럼.

그 외에도 원추형의 돌탑과 단지처럼 생긴 단지탑들이 다양

한 크기로 키재기를 하고 있었다. 도대체 탑이 무엇이기에 이리
도 많은 석탑을 쌓았을까. 최 부장이 벌린 입을 다물지 못하다가
물었다.

"선사님, 저 돌탑은 몇 개나 됩니까?"

"글쎄요, 약 1,300개 정도 될 겁니다. 우리도 정확한 숫자는
잘 모릅니다."

"네에?"

"날마다 자꾸 탑이 새로 생기니까요. 큰 탑이 애기 탑을 낳는
다고나 할까요."

"탑이 탑을 낳아요? 그래도 계획이 있을 텐데요. 몇 개나 쌓을
건가요?"

그러자 무심하게도 선사는 이렇게 대답했다.

"3만 개입니다."

일행은 그 말에 할 말을 잊고 서로 얼굴만 바라보았다.

안내를 맡은 선사가 간간이 들려주는 삼성궁의 일상은 이랬다.

삼성궁에 모인 선사들은 모두가 선도를 수행하는 사람들이라
매사에 수행의 자세로 임한다고 한다. 새벽 4시에 기상하여 6시
까지 2시간 동안 마음을 닦는 '삼법 수행'이란 의식을 마친 후
해맞이 경배를 한다. 해맞이 경배는 해에게 절을 하는 것이 아니
라 해를 바라보며 신비한 춤을 추는 것이다. 이른바 청학신공靑鶴
神功을 하는데 안내를 맡은 선사가 잠시 시범을 보여주었다. 학춤
비슷한 춤이기도 하고, 우리 민족의 전통 무예를 시현하는 것 같
기도 하였다.

이 청학신공을 통해 아침 해의 찬란한 기운을 온몸으로 받아들임으로써 하루를 연다. 태양의 기운을 받아들이는 것 역시 전통적인 북방 민족의 유습이 아닌가 싶었다. 태양이란 북방족에게는 가장 신성하고 중요한 것이었을 테니까. 그 역시 토정 선사의 말과 일치하는 것이어서 느낌이 새로웠다.

아침 식사를 선식으로 취식하고 나면, 우리 민족의 전통 무예인 활쏘기와 검술 등을 배우고 익힌다. 오후엔 밭을 일구거나 솟대나 돌탑을 쌓는다. 농사나 솟대 쌓기나 수행의 한 방법으로 활용되고 있어 노동을 통한 수행 정진이라는 불가의 수행 방법과 일치하는 점이 있었다. 그리고 저녁에는 신선도 공부를 하고 잠자리에 든다고 했다. 그의 말을 들으면 참 무미건조한 일상이지만 수행에 전념하는 도반道伴으로서는 당연한 일과라고 생각되었다.

청학동 삼성궁을 뒤로 하고 세 사람은 차를 몰아 산청군 단성면에 있는 삼우당三憂堂 문익점文益漸 사당을 둘러본 뒤 경호강 건너 근년에 새로 지은 사찰을 찾았다. '성철 대종사 생가'라는 안내판을 따라 강을 건너니 조계종 종정 스님으로 1993년에 열반하신 성철 스님을 기리는 겁외사劫外寺가 나왔다. 사찰 문을 들어서자마자 성철 스님이 지팡이에 누덕누덕 기운 장삼을 입고 서 있는 동상과 맞닥뜨렸다. "산은 산이요 물은 물이로다."라는 큰 외침이 정수리에 쏟아지는 듯했다.

동상 뒤에 자리 잡은 아담한 성철 스님의 생가에도 들렀다. 또 스님이 생전에 쓰던 물건들을 전시한 전시실에서 지성은 작은 종이조차 아끼느라 깨알처럼 작게 쓴 스님의 편지글들, 영문콘사이스와 영문편지를 보고 크게 놀랐다.

‘세상에, 물건을 저리도 아끼시다니. 그리고 스님이 영문편지를 쓰다니, 그것도 학교와는 담을 쌓은 분이……’

아무튼 오늘 하루의 만유漫遊를 통해 지성은 일상의 생각을 뒤집어놓는 것들과 만나면서 자신의 초라함을 재발견하였다.

7. 이상한 취업 예약

지리산의 겨울 해는 짧았다. 2월의 바람은 여전히 쌀쌀했고, 오후의 산 그림자가 길어지고 어스름이 밀려오기 시작하면서 더 추워졌다. 세 사람은 단성 IC 부근의 음식점에서 저녁을 먹기로 하고 식당에 들어갔다.

버섯전골이 별미라는 주인아주머니의 말에 따라 음식을 시킨 세 사람은 오늘의 만행漫行에 대해 대화를 나눴다.

"오늘 두 분 덕분에 아주 좋은 경험을 했습니다."

지성이 먼저 입을 열자 컵에 물을 따르던 강 사장이 받았다.

"원, 별 말씀을요. 오히려 저희가 안 선생님의 도움을 많이 받았지요. 역사를 전공하신 분이 아닌가 할 정도였답니다."

"맞아요. 저도 역사에 흥미가 많은데 이번에 아주 유익한 체험을 했어요. 아니죠, 산 역사 공부를 한 거죠."

최승희 부장이 웃으며 말했다. 그러자 강 사장이 최 부장을 향해 말했다.

"어때요, 최 부장. 이번에 돌아가면 역사 동화를 써 볼 생각이 없어요? 재미있겠던데……."

그 말을 듣고 지성은 낮부터 궁금해 하던 것에 대해 물었다.

"참, 두 분은 어떤 사이세요? 존댓말을 쓰시는 것을 보면 부부는 아닌 것 같기도 하고…….."

지성의 말에 강 사장이 대답했다.

"결혼을 전제로 사귀고 있는 사내 커플이죠, 뭐."

그러자 최 부장이 눈을 흘기며 말했다.

"애개개, 단 두 사람 밖에 없는 출판사에 사내 커플은 무슨……."

"하하하. 맞는 말이군요. 국문학을 전공했죠, 우리 둘은. 합작으로 작은 출판사를 만들었어요. 이제 막 걸음마를 시작한 회삽니다. 워낙 경기가 안 좋으니까 책이 잘 안 나가요. 또 출판사들이 난립하고 서로 베끼기 경쟁을 하는 바람에 악서가 양서를 몰아내는 상황이 연일 벌어지고 있어요. 그리고 제일 중요한 것은 애나 어른이나 책을 안 읽는다는 것입니다. 이미 언론에서 수없이 문제 제기를 했지만 우리 국민의 연간 독서량은 12권 정도에 불과해요. 단 한 권도 안 읽은 사람이 네 명 중 한 명꼴입니다. 그것도 고학년이 될수록 책을 더 안 읽어요. 초등학생이 연평균 43권을 읽는데 중학생은 26권, 고등학생 22권으로 학년이 올라갈수록 줄어든다는 통계가 나와 있어요. 아시다시피 입시와 사교육이라는 블랙홀에 빨려드는 때문이지요. 이러니 학생들은 논술시험이 일종의 고시처럼 무서워지는 거죠. 독서를 많이 하는 학생에게는 논술은 겁낼 과목이 아니거든요. 사실 논술시험이라는 것을 별도로 치른다는 것은 국어를 모독하는 것이 아니겠어요. 논술이 국어 아닌가요? 그리고 우리 국민 중에 도서관을 1년에 한 번이라도 이용한 적이 있는 사람은 10명 중 3명에 불과한 실정이죠. 참, 큰일입니다."

역시 출판사 사장다운 분석이었다. 막힘 없는 강 사장의 말에 이어 최 부장이 지성에게 물었다.

"안 선생님은 무얼 하세요? 처음 뵐 때부터 선생님 스타일이신데……. 아님 일류 학원 강사?"

이 말에 얼른 대답이 떠오르지 않아 웃음으로 얼버무리려는 지성에게 "알았다. 공무원이시죠?" 하고 그녀가 말했다.

지성은 조금 뜸을 들이다가 창피를 무릅쓰고 이렇게 말했다.

"저, 출판사를 새로 차리셨다면 혹시 사원 채용 안 하십니까? 제가 이래 봬도 글을 제법 쓰거든요. 아까 말씀하시던 역사 동화를 쓰고 싶은데요."

지성의 돌연한 제의에 두 사람은 서로를 쳐다보다가 강 사장이 입을 열었다.

"혹시 작가세요?"

"뭐, 작가라고 할 것까지는 없지만 모 지방 신문 신춘문예에 수필이 당선된 일이 있어요."

지성의 대답에 최승희 부장이 눈을 반짝이며 말했다.

"그러세요. 작가시군요. 좋은 글 많이 쓰셨나 봐요."

"아닙니다. 그냥 낙서하는 수준이죠, 뭐"

그렇게 말하곤 마침 배낭 안에 넣어두었던 K신문사 신춘문예 당선자들이 매년 발간하는 수상록을 꺼내어 강 사장에게 넘겨주었다. 금년 판이 엊그제 집에 도착하여 무료할 때 읽을 겸 한 권 가지고 나온 것이었다.

"회원들이 매년 만드는 책입니다. 50여 명이 20권씩 사지요. 물론 작품은 회원들이 무료로 내구요. 그렇게 해서 회지를 낸답니다."

강 사장은 책을 받아들더니 지성의 글을 발견하고 잠시 훑어

보고나서 얼굴에 만족감이 가득했다. 〈해우소 이야기〉라는 글이었다.

강 사장이 책을 최 부장에게 넘겨주며 말했다.

"안 선생님만 좋으시다면 환영입니다. 아직 깊이 생각은 안 해보았지만 경영은 우리에게 맡겨주시고 집필에 전념한다는 조건이라면 어떤가요. 일종의 계약직 같은 거죠. 물론 대외적으로는 출판사 전문위원으로 모시면 어떨까요. 고료는 동화 한 편에 얼마씩 드리는 조건입니다. 그러나 참신하고 좋은 동화라야 한다는 것을 아셔야 합니다. 요즘 애들은요, 볼 것도 많고 할 일도 많아요. 또 많은 정보에 노출돼 있고 흥미진진한 게임에 몰두하느라 엔간한 동화 같은 것은 시시하다고 안 읽습니다."

"맞습니다. 그러나 제 생각입니다만, 아동 독서 시장이 확대될 조짐이 보이잖습니까. 아까 말씀하셨던 논술이죠. 논술이라는 새로운 공부 영역이 아이들을 창의성과 상상력을 키워주는 동화 쪽으로 확대될 것이 아니겠나 생각합니다만……. 역사 동화라면 역사 교육과 상상력 향상, 그리고 작문 실력을 키우는 데 괜찮은 아이템 같다는 생각이 드네요. 그냥 문외한이 불쑥 해 본 말입니다."

그때 식사가 나왔다. 휴대용 가스레인지 위에 전골도 반쯤 끓여져 나왔다.

최 부장이 지성의 말에 동의하고 나섰다.

"좋은 의견이시네요. 독서 시장과 논술 교육의 합치점에 동화책이 있다는 지적은 참 신선합니다. 저도 안 선생님의 견해에 동의합니다."

두 사람은 지성을 동료 사원으로 영입하는데 합의를 보고 있었다. 강 사장이 말했다.

"헌데, 안 선생님이 지금 하시는 일을 금방 정리하실 수 있으신가요? 하기야 출판이나 집필이라는 것이 시각을 다투는 일은 아닙니다만, 가급적이면 빨리 합류하여 새로운 진용으로 새출발 해보고 싶어서 그럽니다."

지성은 아무것도 안 하는 백수라는 말은 차마 할 수가 없어서 이렇게 둘러댔다.

"네, 지금 형님 일을 거들어드리고 있지만, 이제 제 일을 찾아야죠. 제 나름대로는 후세를 위해 글을 써서 무언가를 해보고 싶군요."

그가 말을 마치자 강 사장이 손을 내밀어 손을 잡았다.

"그럼, 상경하는 대로 한번 찾아주세요. 언제든 환영합니다."

세 사람은 그날 의기투합하여 저녁을 먹고 차를 나누는 동안 앞으로의 독서 시장과 역사 얘기 등으로 시간 가는 줄 몰랐다. 만난 지 하루도 안 된 사이지만 역사라는 가치가 사람을 이렇게 얽어매주는 데 대해 세 사람 모두 기이하고 한편으로는 흔쾌하게 생각하였다.

그날 저녁, 강 사장과 최 부장은 승용차로 상경하고 지성은 단성면 건너 경호강변의 한 모텔에 묵었다. 아무래도 그냥 집으로 올라가기보다는 좀 더 둘러보는 것이 좋을 것 같다는 생각이 들었기 때문이다. 아니 산청이라는 곳이 뭔가 자신에게 중요한 메시지를 더 줄 것 같다는 기대가 그를 떠나지 못하게 했다.

모텔에서 샤워를 끝낸 지성은 혼자 새벽길 떠난 자식을 걱정하실 아버지 생각이 나서 전화를 드렸다.

"아버지, 별일 없으시죠?"

아버지는 전화를 기다리셨다는 듯이 말했다.

"오냐, 난 별일 없다. 춥지 않더냐? 용기와 도전이 없으면 아무것도 못 이룬다는 점 잊지 말아라. 취직이 안 됐다고 코 빠져 있지 말고……."

"예, 아버지. 염려마세요. 내일 올라갈게요. 여긴 지리산이에요."

"지리산이라. 좋은 델 갔구나. 지리산의 넉넉한 품을 배우고 오너라."

"알았어요, 아버지. 찬바람 쐬지 마세요."

"그래, 알았다."

아버지는 숨이 가쁜 듯 콜록대며 전화를 끊었다.

'오래 사셔야 할 텐데……. 어머니도 안 계신데 병이라도 나시면 어쩌나. 내가 어서 자릴 잡아 장가도 들고 해서 아버님을 모셔야 하는데…….'

찬바람이 창을 두드리는 강변 모텔에서 지성은 이런 생각을 하며 글을 썼다. 제목은 붙이지 않았다. 떠나간 첫사랑 고승미 때문이었다. 그녀가 오늘따라 더 그리웠다. 아마 강 사장과 최 부장 커플을 만난 때문인지도 모른다.

처음 찾은 지리산에서 낮 꿈을 꾼다
아니, 고독한 선돌立石을 쌓는 치열한 열병을 앓는다

무지개 빛살 무늬가 하늘가에 물결치고
일년 사시절 청보리의 꿈이 펄럭이는 곳
내 꿈의 사다리는 언제나

교교한 하나의 섬을 잉태한다.
가까이 들리는 세월의 화음
지금은 빙하의 시간이지만
봄을 예비하는 빙점하水點下의 외침을 들으며
더 큰 일어섬을 위하여
쨍그랑 부서지는 아픔을 깨무는 나의 뼈에는
어느새 파랗게 살이 돋는다.

산의 가쁜 숨소리 좇아
심장의 깃발은 이렇게 펄럭이는데
오늘 따라 향수鄕愁의 산그늘이 못내 춥구나.

그녀의 고운 눈매에 흐르는 참 빛이 보고파라
아아, 그녀의 머릿결 향내가 그립고 살가와
나는 호올로 눈물 서걱이는 석상石像이 되어
그만 겨울 산자락에 눕고 만다.

차마 올려다 볼 수 없는 그대
세상 물감으로는 그릴 수 없는 내 마음의 그림자여

파아란 하늘가에 동그랗게 나타났다가 사라지는
내밀한 기쁨 때문에 그만 눈을 감고
그대를 향한 그리움의 빛살을 던지며
무너질 듯 돌아서는
빈 등 하나

그 위로 어느새 오월의 철쭉꽃 한 다발이

천진스럽게 달려와 팔베개하고 눕는 꿈이여

눈 쌓인 지리산은 영원한 내 마음

그대 곁에 내가 있듯이.

　지성은 혼자 산을 오르고 있었다. 언뜻 보기엔 오늘 낮에 올라갔던 선무대 같기도 하고, 삼성궁 같기도 한 곳이어서 낯설다는 느낌이 들지 않은 곳이었다. 겔이 있는 것으로 보아 선무대 같았다. 얼마쯤 올라가니 깊은 계곡이 나타나고 계곡에는 푸른 물이 줄기차게 흘러내리고 있었다. 아직 겨울인데 숲이 우거지고 물이 흐르고 있었지만 지성은 이상하다는 생각이 들지 않았다. 그의 눈에 옹달샘이 하나 보였다. 그는 샘가로 갔다. 아, 그런데 검은 새 한 마리가 옹달샘 안에 알을 품고 있는 것이 아닌가. 새가 샘 안에서 그것도 물에 앉아 알을 품고 있다니! 지성은 어리둥절하여 그 새를 바라보았다. 그러나 새는 꿈쩍도 하지 않고 알을 꼬옥 품고 있었다. 그 새가 앉아있는 물이 갑자기 황금색 방석으로 바뀌더니 새가 알을 물고 천천히 날아가기 시작했다. 지성은 새를 놓칠세라 뒤쫓아 갔다. 그러자 옹달샘 바로 아래에 있는 경천단敬天壇이라는 곳에 올라가더니 제단 앞 돌 틈 사이에 다시 깃을 틀었다. 전부 돌로 만들어진 제단인데 그곳에 깃을 내리고 다시 노랗게 빛나는 황금알 세 개를 품기 시작했다. 새가 좌정하자 어디선가 카랑카랑한 목소리가 들려왔다.
　"이보라! 그대는 어딜 그리 헤매는고?"
　지성은 소리가 나는 방향으로 머리를 돌렸다. 하지만 어디서 나는 소린지 알 재간이 없었다. 그가 조용히 고개를 숙이자 다시 목소리가 들렸다.

"그만 찾아 다니거라. 모든 것들은 밖이 아니라 네 안에 있느니라. 네가 이제까지 세속의 일을 얻지 못한 것은 천도天道를 찾으라는 하늘의 뜻이니라. 너는 네 한 입을 먹고 살 궁리를 하기보다 수백 수천만의 혈족을 살릴 계략을 찾아 세워라. 무릇 모든 인총에게는 저 나름의 소명이 있는 법이거늘, 네가 할 일이 바로 그것이니라."

"……."

지성은 어찌 할 바를 모르다가 자기도 모르게 무릎을 꿇은 채 새를 바라보았다. 큰 장끼만한 검은 새는 요지부동으로 앉아 지성을 바라보았다. 순간, 지성은 그 새의 눈에서 푸른빛이 발하는 것을 발견하곤 크게 놀라 새에게 앉은 채로 절을 했다. 그때 다시 예의 목소리가 들려왔다. 그는 드디어 소리의 진원을 찾아냈다. 새의 눈에서 그 소리가 나오고 있었던 것이다. 큰 새는 눈으로 말하고 있었다. 지성은 새의 눈에서 나오는 소리를 들을 수 있다는 것이 신기했다.

새는 수많은 말을 해주었다. 새가 하는 말은 뒤이어 큰 지도가 되어 그의 눈앞에 펼쳐졌다. 만주 지도였다. 고구려의 영토가 나타나고 말 달리며 싸우는 고구려 군사들의 포효하는 모습도 보였다. 그러다가 갑자기 북한 땅이 보였다. 북한 어린이들이 강냉이죽 그릇을 끼고 퀭한 눈으로 그를 바라보는 장면, 압록강변을 달리는 목탄 기차, 미사일과 엄청난 고함 속에 진군하는 인민군, 그 다음에는 무시무시한 핵폭발로 한반도 땅이 사라지는 모습이 필름처럼 빠르게 그의 눈을 스쳐 지나갔다. 그는 얼이 나간 채로 고스란히 그 장면들을 바라보았다.

얼마쯤 지났을까. 밤하늘에 별들이 파랗게 빛나기 시작했다. 그는 다시 새의 눈을 바라보았다. 이번엔 조금 전보다 더 굵은 목소리가 들려왔다.

"백두산을 지키거라. 만주를 찾아라. 조상의 무덤에 성묘를 하거라. 배달의 후손들 1억 명이 백두산 성지 순례를 마치는 날 조국은 다시 일어난다. 통일이 되고 만주가 네 것이 되느니라. 자, 일어나라. 이 세 가지 선물을 가지고 네가 가야 할 길을 떠나라."

여기까지 말을 마친 큰 새는 어느새 백발 할미가 되어 하얀 자루에 이제껏 품었던 황금알 세 개를 넣어 지성에게 내밀었다.

"받아라. 배달천황이 제후국 왕에게 주는 선물이다. 언제나 셋을 중시하라. 하늘과 땅과 사람, 이 셋을 기리는 삼신 사상을 잊지 말라. 나는 마고할미니라."

지성은 마고麻姑할미로 변신한 검은 새로부터 세 개의 황금알이 담긴 작은 자루를 받았다. 그리곤 하늘로 사라진 새를 바라보다가 자루를 열어보았다. 그런데 이게 웬일인가. 그 안에는 황금알이 아니라 검 한 자루와 청동거울과 옥노리개가 담겨 있었다.

갑자기 으스스한 한기가 온 몸을 감싸는 바람에 그는 눈을 떴다. 모텔 방 온도가 높아 창을 조금 열어놓고 잠들었던 기억이 났다.

그는 일어나 창을 닫으러 갔다. 아아, 그런데 꿈속에서 본 계곡물처럼 파란 물줄기가 하늘에 걸린 은하수 옆으로 흐르고 있었다. 달은 옥구슬처럼 영롱하게 빛나고……

2부

단성 선비의 죽비소리

8. 죽간竹簡 선생과 다물정사多勿精舍

집을 떠난 지 만 하루. 그 짧은 시간은 지성에게 커다란 깨달음을 안겨주었다. 사람이 이처럼 변화의 충격을 맞을 수 있다는 것이 신기할 정도여서 그는 취업 무산의 고통도 잊어버리고 뭔가 인생의 전환점을 맞은 듯 크게 고무되었다.

처연한 심정으로 도둑고양이처럼 새벽길을 떠나온 지성에게 의외의 일들이 벌어졌던 대단한 하루였다. 아버지가 자주 하시던 "인생 도처人生到處에 유청산有靑山이니 너무 낙망하지 말라."던 말씀이 오늘처럼 깊이 느껴진 날도 없었다.

입사 원서를 낸 뒤에 당한 좌절이 한두 번이 아니어서 이번에도 좋은 소식을 기다린 것은 아니지만, 하루해가 넘어가는 데도 핸드폰이 안 울리는 것을 보면 이번 도전 역시 실패로 끝난 것이 분명했다. 이제는 누구를 원망하거나 누구와 다투거나 싸울 기력조차 사라져 버렸다.

이 나라 젊은이들에게는 소득 재분배니 양극화 해소니, 종부세니 하는 거창한 문제보다도 당장 호구지책을 해결해 줄 수 있는 일터가 문제인데, 어찌 된 정부인지 일자리는 해가 갈수록 줄어들었다. 누구를 위한, 무엇을 위한 평등이요 자주요 참여라는 것인지 도통 헷갈리다 못해 포기 상태에 이른 젊은이들이 어디 지성 한 사람뿐일까. 전국 가구주의 14.6%가 무직이라는 통계는 한국 사회의 실업 문제가 큰 화약고를 안고 있음을 웅변해 주는 것이었다.

그러나 미래를 포기하기엔 유능한 젊은이들이 참으로 많은 한국. 이들에게 일터를 마련해 주어야만 미래가 있다는 것은 헌법 이상의 철칙이다. 어느 정부가 들어서건, 아니 어느 정치인이 권력을 잡건 간에 젊은이들을 실업의 구렁텅이에서 구해내지 못한다면 한국의 미래는 없다. 아니 이대로 세월을 보낸다면 실업자들의 대대적인 반발이 일어날 지도 모른다. 백성을 배고픔에서 구하지 못하는 정권은 국민들로부터 배척을 받고, 급기야 지도자는 추방을 당하기 마련이다. 농민과 근로자가 못 살겠다고 거리로 나서서 정부와 싸우기 시작하면 그것이 곧 민란이요 봉기가 아니겠는가.

이리저리 뒤채느라 잠을 설쳤지만 작은 창으로 아침 해가 스며들자 새로운 기분이 들었다. 늦잠에서 일어난 지성은 창을 열어 차가운 강바람을 맞아들였다. 참 좋은 아침이었다. 오늘도 발 가는 대로 산청 지역을 떠돌 참이다. 어제의 수확에 비추어 오늘도 뭔가 큰 소득을 얻을 수 있으리라는 기대감이 들었기 때문이다.

'그래, 오늘 하루만 더 이곳에서 주유周遊하자. 마음을 비우고 떠돌이 개가 되어 보자.'

모텔에서 나온 뒤 가까운 민물 매운탕 집에서 눈물콧물 흘리며 고마운 아침을 들었다.

바람은 잔잔하고, 눈은 멎었다. 시골 길의 삽상한 바람이 어서 길 떠나보라고 유혹하는 듯했다. 지성은 배낭을 챙겨 짊어지고

경호강−신라와 백제를 가르던 국경이었지만
지금은 경남 산청군 단성면과 신안면의 경계선이다.

천천히 경호다리 위로 올라섰다. 그 옛날 백제와 신라의 국경선이 마주하던 강이 아래로 흐른다. 강가에는 깎아지른 암벽이 절묘하게 서 있는 백마산성이 2,000년의 시차를 두고 여전히 국경의 단면을 보여주는 듯했다.

어제는 백제 땅에서 역사의 향기를 찾았고, 오늘 아침은 신라 땅에서 아침을 먹은 지성은 나제羅濟 국경선 위에서 얇게 얼어붙은 얼음 아래로 파란 심줄처럼 흐르는 강물을 지긋이 바라보았다. 사금파리처럼 날이 선 지역 감정의 골을 메워주기라도 하겠다는 듯이 얼음 밑의 강물은 푸르기만 했다.

고개를 돌려 강 건너 단성 마을을 보니 야트막한 산 밑에 옹기종기 집들이 들어섰고, 대나무 밭이 울창하여 포근한 느낌을 주었다. 지성은 자석에 이끌리듯 다리를 건너 마을로 들어섰다.

단성은 조선 시대까지만 해도 단성부라 하여 부윤府尹이 다스리던 곳이고, 산청현은 그보다 한 급이 낮은 현감縣監이 이끌던 곳. 지금은 산청읍내에 군청이 자리 잡고 있지만, 사실 산청보다는 단성이 더 역사도 깊어서 단성 면민들의 긍지도 높다.

시간은 오전 열한 시가 다가오고 있었다. 가던 날이 장날이라고 추운 날씨인데도 한창 장이 서기 시작하고 있었다. 오늘이 2월 15일. 단성장은 5일, 10일장으로 예로부터 유명했다고 한다. 지리산 일대에서 생산되는 농산물과 약재 등이 이곳에서 교환되는 전통이 지금도 살아있는 곳이다.

지성은 성큼성큼 장마당으로 들어섰다. 추위를 무릅쓰고 여기저기에 장사꾼들이 물건을 벌여놓기 시작하고, 떠돌이 장돌뱅이들 서넛이 이동 트럭 앞에서 손님을 부르고 있었다. 장날이라지만 추위 탓인지 아니면 인심이 변한 탓인지 크게 흥청대는 분위기는 아니었다. 지성은 두리번거리다가 '죽간 한방차'라고 쓰인 가게를 발견하였다.

'옳지. 한방차라. 한약재를 우려낸 따끈한 차겠지.'

추위를 이기는 데는 한방차가 제격이라 생각하면서 가게 문을 열었다. 세 평이나 될까. 좁은 홀 안은 빙 둘러 마루가 꾸며져 있고, 연탄 난로 불이 홀 한가운데에 자릴 잡고 있어서 훈훈했다. 테이블은 칸막이가 없이 터져 있고, 여기저기에 난과 각종 화분들이 어우러져 흡사 화원에 들른 기분이었다. 그리고 벽에는 고서화들이 십여 편 걸려 있고, 도로가로 난 창틀 부근에는 수석과 괴목들이 자릴 잡아 분위기를 고풍스럽게 꾸며주고 있었다. 시골의 촌티 나는 장미다방 스타일이 아니라 인사동 전통 찻집 비슷한 분위기에 지성은 매료되었다.

지성은 창쪽에 자리를 잡았다. 유리창을 통해 시장 사람들이 돌아다니는 모습을 볼 수 있는 곳이어서 좋았다. 으스스한 기운

이 어깨에 머물고 있던 참이어서 참 잘 들어왔다는 생각이 들었
다. 그때, 옅은 황토색 스웨터를 자연스럽게 걸친 파마머리를 한
중년 여성이 다가와 미소 띤 표정으로 물었다.

"어서 오이소. 춥지 예. 따수븐 물 좀 드릴까 예?"

쉰은 넘어 보이는 맑고 고운 아주머니였다. 어쩐지 그녀의 얼
굴이며 분위기가 시골 여인 같지 않다는 생각이 들어 그녀를 바
라보았다.

'참 곱게 늙으셨구나.'

언젠가 어머니가 "사람은 곱게 늙어야 한다."라고 하신 말씀
이 생각나 그는 그 여인을 말없이 올려다보았다.

"아니, 뭐이 잘못됐능교?"

그제야 지성은 너무 빤히 그녀를 쳐다보았다는 생각에 "아닙
니다, 아주머니 얼굴이 참 미인이라서 제가 넋이 나갔나 봅니
다."라고 변명을 했다.

"아이구, 무신 소리요. 할마이 다 된 사람한테. 미인은 무
신……."

지성이 생각해도 왜 갑자기 그런 말이 튀어나왔는지 모를 일
이었다. 하지만 분명한 것은 그 여인이 상당한 미모美貌를 지녔
고, 무언가 말로는 표현하기 힘든 교양과 인품을 지녔다는 것을
직감으로 알 수 있었다.

"네, 아주머니. 속이 풀리고 머리가 맑아지는 차 좀 주세요."

"그러입시더. 창가보다는 난로 쪽으로 댕겨 앉으이소. 추븐
데……."

한참 뒤 그녀는 한약 향내가 그윽하게 고인 도자기형 찻잔을
받쳐 들고 다가와 내려놓으며 말했다.

“잡숴보이소. 우리 집에서 만든 특차라 예. 선생님이 《동의보감》을 보고 만들어낸 차랍니더.”

“그래요. 감사합니다. 그런데 선생님이 개발하신 차라니요?”

“아 예, 우리 집 주인이 만든 차라 그 말입니더. 우리 주인 양반이 선생을 오래 했지 예. 그라고 보니 총각은 여기 사람 아잉가 베. 오데 서울서 왔능교?”

“네, 아주머니. 용케 알아맞히시네요.”

“어데에, 걍 해본 소리라 예. 근데, 혼자 왔어예? 장사꾼은 아잉 거 같고…….”

지성은 찻잔을 들어 한 모금 목에 넘겼다. 쌍화탕과 구기자차를 섞은 냄새와 향이 목과 입안을 가득 적셔주었다. 여기 들른 것이 잘했다 싶었다.

“그냥 돌아다닙니다. 여행이죠 뭐.”

“하모, 총각은 팔자 좋으네예. 와 혼자 댕기능교. 애인은 없어예?”

“아직요. 애인 소개 시켜 줄랍니까? 아니, 아주머니 닮은 따님이라면 더 좋구요”

여인은 그를 돌아보며 싫지 않은 표정으로 말했다.

“젊은 사람이 잘도 생겼는데, 우째 애인이 없다카능교? 요새 사람들은 믿지 몬하는기라.”

“아닙니다. 저 이래 봬도 오리지널 총각입니다. 주민증 봬 드릴까요?”

“됐심더. 싱거븐 소리 그만 하이소. 그라고 뭔 일을 하능교? 직업은 뭔교?”

주인아주머니가 그에게 호기심을 갖고 있음이 분명했다. 사실 단성댁은 그를 본 순간 전기에 감전이라도 된 듯 찌르르 하는 심장의 소리를 들었다.

"예, 저 직장에……."

"그라믄 그렇재. 마 좋은 직장에 다니능가베."

단성댁은 속으로 참 참한 총각이 나타났구나 하는 생각을 하며 주방으로 들어갔다.

그때였다. 누군가 엄마! 하고 소리치며 가게 안으로 들어섰다. 지성은 입안에 향내를 굴리며 소리 나는 쪽을 바라보았다. 이십대 중반쯤 될까. 긴 머리를 질끈 묶은 호리호리한 몸매의 처녀가 스웨터에 양 손을 묻은 채 들어왔다.

"아이, 추워. 엄마 손님은 많수?"

경상도 말이 아니라 기호 지방 말투였다. 그러자 아주머니가 타박을 주었다.

"추븐데 먼다꼬 나왔노? 그라고 다 큰 가시나가 엄마가 뭐꼬? 선생이 돼 가꼬, 니는 아그들을 그리 가리키나?"

"아이 엄마두, 그럼 어마마마라고 부를까요? 춥다고 방에만 처박혀 있지 말라셨잖우. 하기야 나도 애들한테는 방학이라고 방에만 있지 말라고 말하긴 해요……."

"싱거븐 소리 그만 하그래이. 손님 계신다. 보소 총각! 뭐 좀 더 드릴까예?"

딸은 여인의 눈길을 따라 지성을 바라보았다. 지성도 정면으로 그녀를 쳐다보았다. 해맑은 눈, 깨끗한 피부를 가진 처녀가 마치 소녀처럼 천진난만한 얼굴로 지성을 바라보고 있었다. 지성은 그녀와 눈이 마주친 순간 얼굴을 붉히며 고개를 숙였다. 괜스레 가슴이 울렁거렸다. 고승미의 눈이 거기 있었다. 변변한 직장이 없는 사람에게는 고명딸을 줄 수 없다며 도리질을 하던 어머니에게 눈물로 호소해도 안 통하자 훌쩍 캐나다로 떠난 승미의 맑은 눈빛이 그를 바라보고 있었다.

그때 서너 명의 손님이 들어오자 처녀는 팔을 걷어붙이고 어머니를 도와 일을 하기 시작했다. 지성은 그녀를 한 번 더 훔쳐보고 자리에서 일어났다. 찻집의 벽시계는 오후 한 시가 가까워 오고 있었다. 요금을 받은 아주머니가 "총각, 또 오이소. 또 보입시더." 하고 말하자 딸도 이쪽을 바라보며 엷은 미소를 보냈다.

"네, 이따 또 들르겠습니다."

지성은 대답하고 시장으로 나왔다. 하지만 아까 본 그녀의 모습이 자꾸만 떠올라 건성건성 걷다가 빨간 우체국 간판에 끌려 우체국으로 발길을 옮겼다.

'승미한테 전화를 한번 해볼까? 방학 때니까 귀국했을 지도 몰라. 아냐, 잊어야 돼. 그녀는 갔어. 멀리 떠났어. 서로 더는 상처를 깊게 만들지 말자.'

공중전화통 앞에서 지성은 발길을 돌려 우체국 뒤편으로 난 좁은 길로 접어들었다. 그 뒤쪽에는 밖의 장터와는 다른 세상이 그를 기다리고 있었다. 제법 너른 밭들이 펼쳐져 있고 서너 채의 오래된 기와집들이 눈에 들어왔다. 지성은 고즈넉한 마을 분위기와 기와집의 손짓에 이끌려 빨려드는 듯 마을로 들어섰다. 백여 보 걸어 들어가 처음 만난 기와집은 고색창연하였다. 처마 밑에 매달린 고드름이 조금씩 물기를 입에 물기 시작하는 것을 보니 한낮의 기온이 영상으로 올라가고 있었다. 대문 위에 걸린 '다물정사 多勿精舍' 라는 현판이 지성의 눈을 사로잡았다.

'아니, 시골 기와집에 현판이 걸리다니. 그것도 다물정사라니, 사찰이나 암자는 아닐 테고 혹시 서원이나 서당이 아닐까?
아니면 점집인가?

그런 생각을 하다가 어제 선무대에서 들은 다물 이야기가 생각이 나서 이곳도 그런 민족 운동을 하는 사람의 집이겠거니 생각을 고쳐먹었다. 지성이 잠시 그 집 앞에서 서성이는 동안 문간방에서 TV 드라마 효과 음악과 대사들이 제법 크게 들려나왔다. 조용한 골목이라 소리가 잘 들렸다. 말굽 소리와 고함 등으로 미루어 무슨 사극 드라마 같았다. 지성은 잠시 머뭇거렸다. 옛 기와집과 TV 역사 드라마가 어쩐지 묘한 분위기를 자아내고 있었기 때문이었다.

그가 이런저런 상념에 젖어 있을 때였다. 창문이 드르륵 열리며 반백의 남자와 눈이 마주쳤다. 차가울 정도로 눈빛이 예리한 남자였다. 지성이 놀라는 표정을 짓자 주인인 듯한 그 남자가 물었다.

"어디, 집을 찾으시는가요?"

"아닙니다. 다물정사라는 현판이 인상적이고, 또 옛날 집이 하도 좋아 보여서요."

이렇게 대답하자 그 남자가 얼굴에 웃음을 띠었다.

"허허, 그래요. 장 보러 나오셨나요?"

"아닙니다. 장날 구경 삼아 나왔습니다."

"보아하니 시골 사람이 아닌 것 같은데, 다물을 아세요? 바쁘지 않으면 얘기나 나눕시다. 적적해서 그러니 달리 생각 마시고요."

그는 허물없이 말해 주었다.

지성은 별로 바쁜 일도 없는 터라, 그리고 그 남자의 인품이나 어투에 호감이 가서 넉살좋게 그 집 대문을 열고 들어갔다. '口'

자로 된 집 안은 깔끔하고 품위가 있어 보였다. 조금 낡은 한옥이었지만 서울에 있으면 꽤나 값이 나갈 터였다. 지성은 툇마루에 배낭을 벗어 올려놓고 나서 문간방으로 들어섰다.

방은 크지 않았지만 무언지 모를 위엄이 피부에 전해 왔다.

"자, 어서 앉으시오. 이거 원, 누추하기가 이를 데 없소."

"네, 초면에 실례합니다."

지성이 자리에 앉자 주인이 입을 열었다.

"나는 고식달이라 하오. 아호는 죽간竹簡이라 하지요. 헌데 젊은이는 서울에서 오셨소?"

"네, 그렇습니다. 안지성이라고 합니다."

"아, 편히 앉으세요. 어딜 다녀오시는 중인가 보오?"

죽간 선생은 근엄함과 인자함이 곁들인 표정과 음색으로 말했다.

"네, 어제는 운리에 있는 선무대하고 묵계리에 있는 삼성궁을 보았습니다. 또, 겁외사와 문익점 선생 기념관도 둘러보았구요. 오늘은 단성 장날 구경을 하던 참입니다."

"잘 됐구려. 말이 통할 것 같은 젊은이를 만나니 반갑소."

통성명이 끝나자 죽간 선생은 방 가운데에 놓인 화로에서 주전자를 들어 차를 따라 그에게 건넸다.

"마셔보구려. 지리산 명차요. 추울 땐 그저 차 한 잔이 몸을 녹이지요. 하루 녹차 석 잔이면 만병을 예방한다잖소."

"네, 감사합니다."

차를 마시며 두리번거리던 그의 눈에 띈 것은 한쪽 벽에 걸린 '중화인민공화국 지도'와 그 아래에 가지런히 정렬되어 있는 해동검海東劍 두 자루였다. 다른 두 벽면에는 빼곡히 책들이 들어차

있고, 구석에는 **앉은뱅이책상**이 서너 권의 책을 머리에 이고 앉
아 있었다. 그리고 참으로 오랜만에 보는 화롯불이 방 가운데에
자리를 잡고 있었다.

불현듯 시장 안에 있던 한방 찻집의 옥호屋號가 '죽간 한방차'
이었음을 기억해 냈다. 혹시 관련이 있는 집은 아닐까. 고식달이
라는 이름도 예사로 들리지가 않았다.

죽간 선생의 음성이 지성의 생각을 잘랐다.

"참, 어젯밤 꿈이 이상타 했더니 오늘 뜻하지 않게 혈기 방장
한 젊은이를 만나는구려. 허허, 남자가 꿀 꿈은 아닌데, 대개 태
몽이라고 말하는 그런 꿈을 꾸지 않았겠소. 예순이 넘은 남자가
태몽이라니, 허허허."

그는 큰 개울에서 가물치 세 마리를 잡는 꿈을 꾸었다면서 기
분이 좋은 듯 연신 웃었다.

지성은 차 한 모금을 마신 뒤 조심스럽게 그에게 물었다.

"선생님, 실례인지 모르겠습니다만 함자가 좀 특이하신데요."

그러자 죽간 선생이 조금은 의외의 질문이라는 듯 눈을 빛내
며 말했다.

"허허, 젊은이는 좀 다른 데가 있는 것 같소그려. 내 이름을 보
고 묻다니. 그렇소. 내 이름 때문에 어렸을 적에는 조금 불만이
었지요. 헌데 나이가 들면서, 아니 역사의 뒤안을 더듬으면서 식
달이라는 이름이 참 깊은 뜻을 지녔구나 생각하게 되었다오. 이
왕 젊은이가 물었으니 대답하리다. 식달이라는 분은 단군조선
제4대 오사구 단군 시절의 장수였소. 그때는 중국의 소 왕조들
이 모두 단군조선의 거수국 시절이었지. 하나라·상나라·주나
라 모두 말이요. 우리 민족과 관련이 깊은 진辰과 삼한은 물론 기

자조선과 위만조선 역시 단군조선의 거수국이었지. 거수국이란 큰 왕조 아래 일정한 봉토를 가지고 지역을 지키며 왕조에 충성하는 소국가를 말한다오. 대개 왕권과 신권이 분리되어 신권은 단군이 통할하고 지역 지배권만 가진 소국가들이 거수국이라는 거요. 헌데, 하나라 탕왕이 정치를 잘못하여 나라가 흉흉해지자 오사구 단군께서 하나라를 바로잡으라는 명을 내리게 되는데, 그 명을 받잡고 출병하여 하나라를 제압한 장수가 바로 식달 장군이요. 하나라는 역사를 보면 기원전 2070년에 건국한 나라인데, 중국에서는 한족이 세운 최초의 국가라고 여기고 있지. 사실은 하·상·주나라 모두 동이족이 세운 나라인데 말씀이야. 또 그 당시의 나라라는 것은 현대 국가와는 판이하게 다르다오. 규모 면에서도 천차만별이고 서열이 정해져 있어서 큰 나라 밑에 많은 작은 나라 혹은 마을들이 엮여 있었지. 그 식달 장군의 후예 중에 후에 영양왕이 된 고건무 장군과 고선지 장군이 계시지. 고건무 장군은 당나라의 침입을 물리친 용장이요, 고선지 장군은 당나라 때 서역 정벌의 위업을 이룬 분이요. 난 그분들의 후예라는 점이 자랑스럽다오. 흠흠……."

지성은 식달이라는 그의 성함이 그런 역사적인 사실까지 내포하고 있는 줄은 까마득히 몰랐고, 사실 그저 호기심에 물어본 것에 불과했었다. 그의 설명을 들으면서 지성은 아까부터 벽에 걸린 중국 지도가 마음에 걸려 자꾸 힐끗거렸다. 중국 전국 지도 위에 타원형의 옅은 색깔이 여기저기 칠해져 있었다. 그런 낌새를 알아차렸는지 죽간 선생이 말해주었다.

"아, 저거……. 중국에서 만든 최근 지도요. 지난 시월에 북경에서 사왔소. 그 위에 내가 우리 조상의 혼을 덮어놓았지. 저 지도만 바라보고 있으면 열이 나서 못 견디겠거든.”

지성은 죽간 선생이 북경에 가서 지도를 사왔다는 말에 속으로 크게 놀랐다. 지도를 구입하는 사람은 대개 교수직이나 연구직 또는 여행가나 사업을 하는 기업인들일 것이라고 생각하던 터였기 때문이다. 아무튼 죽간 선생의 중국 지도 구입은 신선한 충격을 주었다.

경이의 시선으로 방안을 둘러보니 책장 안에 꽂혀 있는 제목이 선명한 책들은 거의 역사 서적이었다. 설핏 눈에 보이는 것으로 《한단고기》, 《단기고사》, 《규원사화》, 《발해고》 등 평소에 잘 접할 수 없는 것들, 항간에 위서僞書 논란이 그치지 않는 책들이었다. 그것들은 지성이 이제껏 거들떠볼 생각조차 안 한 책들이었다.

‘이 초로初老의 남자는 무얼 하는 사람일까. 지리산 선사仙士인가, 아니면 도사?’

이런 생각을 하며 자석에 끌려가듯 벽에 걸린 중국 지도 가까이 다가가 한반도의 동해 쪽을 살폈다. 독도는 작아서 표기가 안 됐고, 울릉도鬱陵島가 보였다. 그런데 욱릉도郁陵島라고 잘못 적혀 있었다. 지성이 그것을 지적했다.

“허허, 젊은이 눈이 매우 날카롭군 그래. 나도 아직 못 찾아냈는데. 암튼 일본의 간계함을 뺨칠 정도로 중국은 지금 한국과 한민족을 공깃돌 굴리듯이 가지고 놀고 있어. 중국의 역사 침탈은 결국 한민족을 먹어버리겠다는 선전포고야. 그러지 않고서야 어찌 남의 역사를 능멸하는 짓을 서슴없이 하는가 말이야.”

죽간 선생은 결연한 표정으로 중국과 역사에 대한 이야기를 시작했다. 지성은 지도를 보면서 그가 중국 문제에 대해 많은 생각을 가지고 있을 것이라고 생각하던 터여서 그의 말에 귀를 기울였다. 죽간 선생은 지성의 태도에 더 고무되었는지 말을 이었다.

"정말 기습을 당한 거지, 중국한테 말이야. 아니지, 중국이 아주 오래전부터, 그러니까 6·25전쟁 직후부터 준비해온 영토 확장 정책을 차근차근 펴나오고 있는데도 우리는 까맣게 모르고 있었던 것이지. 현대에는 전쟁을 무력으로만 하는 것이 아니거든. 우리가 지금까지 치른 전쟁 양상을 보자면 다양하지. 영토와 자원을 뺏기 위한 식민지 쟁탈전, 종교를 빌미로 한 후진국 먼저 빼앗아 먹기 전쟁, 민주주의 체제를 송두리째 붕괴시키려고 공산주의 좌익 사상을 강요하는 낡은 사상 전쟁이 있었지. 20세기 말부터는 한정된 시장을 지배하려는 경제 전쟁, 그런가 하면 글로벌이라는 명제를 내걸고 강대국이 제 이익을 먼저 챙기려는 경제외교 전쟁, 또 상대방의 약점을 노리는 정보 전쟁에 이어 문화 전쟁까지 전개되고 있거든. 그런데 20세기 후반에 지구상에 희한한 전쟁이 발생했다는 말씀이야. 안 군, 그게 뭔지 알겠소?"

"글쎄요. 혹시 환경 전쟁 아닌가요?"

그는 조금 난감한 기분을 느끼며 대답했다.

"물론 환경 문제도 중요해. 하지만 우리에게 닥쳐온 본질적인 전쟁이 하나 있어. 그건 바로 역사 전쟁일세. 전대미문의 전쟁이 지금 벌어지고 있어. 바로 우리 머리 위에서 말야. 저 지도를 보게. 노랗게 색칠한 부분이 고대에 우리 민족이 살던 땅이지. 파란색 부분이 중화족이 살던 옛 땅이구 말이야. 또 분홍색으로 칠한 부분이 중국이 1949년 건국 이후에 집어삼킨 땅이지. 저게 바로 역사 전쟁의 실체야."

여기까지 말한 죽간 선생은 얼굴이 얼음처럼 창백해지는 대신 목소리는 뜨겁게 달구어지면서 말을 이어갔다.

"참 기가 찰 노릇이지. 고구려의 후손인 대조영이 세운 대진국 발해가 만주를 지배할 때까지도 만주는 우리 땅이었는데, 어느새 만주 역사의 주인공이 바뀌어 버린 것이야. 고조선—부여—고구려—발해로 이어지는 북방의 역사가 고스란히 중국 것으로 둔갑하고 있다 이거야. 그런데도 우리 국민들은 무감각 태평이야. 정부도 역사학계도 우익 단체도 종교계도 다 침묵으로 일관하고 있어. 한때 반짝 하고 흥분들 하더니 어느새 잊어 버렸는지……. 제 역사를 빼앗기고도 가만히 있으면 어찌 되겠나. 중국이 볼 때, '오라, 한민족은 형편없는 족속이구나. 제 조상이 묻힌 땅과 무덤과 비석을 빼앗기고도 가만히 있는 나약한 얼간이들이구나' 할 것 아닌가? 침략을 당하는 것이 문제가 아니라 역사 침탈을 우리 스스로 인정하는 꼴이 된다 이 말씀이야. 정말 분통이 터질 노릇이 아닌가? 기가 막힐 노릇이지. 지금 바로잡지 않으면 나라와 겨레가 결딴나는 거야. 그러고 나서 후손에게 무슨 낯을 들 수 있겠나."

단숨에 여기까지 말한 죽간 선생은 다

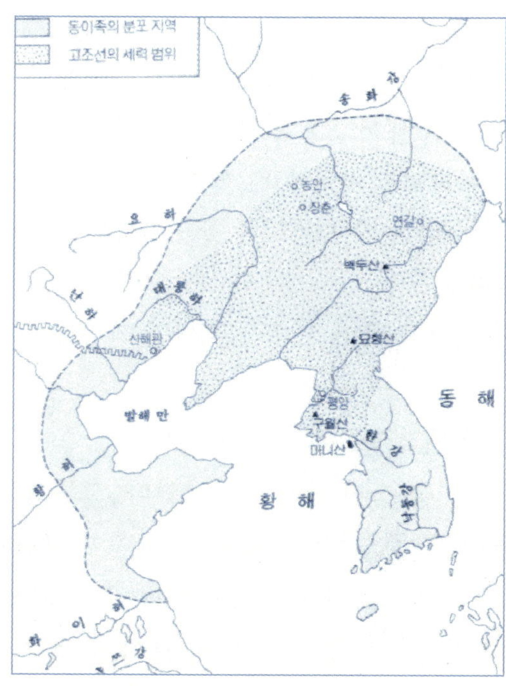

동이족의 분포 지역과 고조선의 세력 범위

시 차를 따랐다. 지성은 선생의 역사관과 현실 감각이 칼날같이 예리하다는 느낌이 들었다. 찻잔을 반쯤 비운 죽간 선생이 다시 말했다.

"그런데 안 군은 뭘 공부했나요?"

지성은 차마 입을 열 자신이 없어 머뭇거렸다. 이상하게도 역사 얘기만 나오면 자신감이 없어지고 맥을 놓아버릴 것 같아 망설여지기만 했다. 더구나 어제 오늘 전공에 대한 문의를 여러 차례 받았고, 그때마다 곤혹스러웠었다.

"네, K대학에서 경영학을 전공했습니다."

지성의 대답이 끝나기가 무섭게 죽간 선생이 웃으며 말했다.

"허허, 이 또한 묘한 인연일세그려. 나와 동창이군. 나는 역사 선생을 했네. 30년간 중등학교에서 역사를 가르치면서 밥을 얻어먹었지. 옮겨 다닌 학교만 해도 십여 개가 되지."

죽간 고식달高息達선생은 K대학 사학과를 나온 뒤 역사 교사로 젊은 시절을 보낸 분이었다. 건강 관계로 정년을 3년 남기고 명예퇴직을 한 그는 10여 년 동안 만주와 몽골, 러시아, 일본 등지를 답사하면서 그가 교단에서 가르친 역사 교육 내용이 수많은 오류를 안고 있다는 사실을 발견하고 전율했다고 했다.

'이건 아니다. 이럴 수는 없다. 이대로 왜곡된 우리 역사를 그대로 묵인할 수는 없다.'

이렇게 생각한 고 선생은 본격적으로 우리 고대사 연구를 위해 중국과 시베리아 만주 등지를 십여 차례 답사하였다. 그는 답사 여행을 통해 참으로 놀라운 사실들을 찾아냈다. 자신이 강단에서 주장한 강의가 얼마나 무미건조한 것이었던가를 새삼 깨닫게 되었던 것이다. 그의 이런 열정과 노력이 빛을 보아 도내 역사 교육 강단에는 잔잔한 파도가 일기 시작했다. 죽간 선생의 사실史實과 유물에 바탕을 둔 역사 특강이 큰 인기를 끌기 시작하면서 그는 여러 대학의 초빙교수로 위촉되어 우리 고대사의 숨겨진 진면목을 강의하고 있었다.

일본 강점기의 식민사학에 물든 사람들이 실증사학을 전가傳家의 보도寶刀처럼 줄기차게 외쳐오던 터라 고식달 선생을 비롯한 몇몇 소장 학자와 최인호 등의 소설가들이 실증적인 전거와 유물 유적을 통해 이룩한 한국사의 재발견은 놀랄만한 충격을 주기 시작한 것이다. 여기에 한몫 거든 것이 KBS-1TV의 〈역사 스페셜〉이었다.

"선생님, 제가 몰라 뵈어 결례가 많았습니다."

지성은 새로운 역사를 발견하는 것 같아 가슴이 뭉클했다. 지성이 깍듯한 예를 표하였지만 그는 아무렇지도 않다는 듯이 말을 이었다.

"아닐세. 그보다도 난 말야. 《삼국사기》와 《삼국유사》를 명예퇴직하던 해에 읽었네. 대충 이러저러한 줄거리는 알고 있었지만 완독을 한 것은 처음이었지. 역사 선생으로서 창피하고 부끄러운 일이지. 헌데 《삼국사기》에서 추모성왕鄒牟聖王의 고구려 개국에 대해 읽어가다가 '다물'이라는 용어에 접하게 됐네. '다물'이라, 어디서 많이 듣던 용어 같기도 하고 신비한 단어 같기도 하여 인터넷을 뒤져봤지. 허허, 그런데 놀랍게도 여기저기에 '다물'이라는 용어가 널려 있더군. 연구 단체와 교육 단체뿐 아냐. 여행사나 음식점 이름에도, 심지어 기업체 이름에도 '다물'이라는 용어가 살아 있더군. '다물'의 진의를 알아보니까 '단군조선의 옛 땅과 예법을 되찾아 새롭고 강한 나라를 세우겠다'는 것인데, 고주몽의 철학이자 건국 정신이 2,000년이 지난 지금도 여전히 유효하다는 사실을 알게 되면서 나는 그만 놀라고 말았네. '역사란 이렇게 집요하고 무서운 것이구나. 아, 고구려가 단순히 싸움 잘하고 활 잘 쏘는 사람들이 정복 전쟁으로 만든 국가가 아니구나.' 하는 생각이 들더란 말이지. 그래서 좀 더 연구를 했더니 이 '다물 정신' 이 고구려만의 것이 아니야. 고구려를 부흥시킨 발해와 고려의 북진 정책, 조선의 북방 중시, 한말의 대륙을 향한 열정으로까지 이어져 내려오고, 지금도 살아서 우리가 북방 정책을 전개하는 정신적인 바탕이 되고 있더라 이거야. 북방족인 우리가 북방으로 나아가려는 것은 수구초심과 같은 이치겠지. 참 기가 막히더군. 그뿐인가. 우리가 신화로만 알았던 단군조선이 중국과 러시아, 몽골 등에서는 역사적 사실로 인정받고 있고, 또 직접 요하문명의 현장을 찾아가보니 단군조선의 수많은 청동기, 철기 유물들이 있더란 말씀이야. 시베리아의 일쿠츠크라는 도시에 가서는 러시아의 사학자 유엠 뿌찐이라는 분을 만났어. 내가 놀란 것은 그 사람은 단군조선에 거의 미쳐 있는 인물이었어. 그 사람이 나에게 했던 말이 뭔지 아나? '한국 사람들은 이상하다. 외국에서는 없는 역사도 만들어내려고 애쓰는데 어째서 한국 사람들은 분명히 존재하는 자기네 역사를 없다고 그러는지 도대체 이해할 수가 없다. 5,000년 전에 동아시아 역사는 단군 역사를 빼면 남는 게 없을 정도인데 그것을 한국인들만 모른다.' 이러는 것이 아닌가. 얼마나 창피하던지. 아, 나는 교단에서 아이들에게 30년이나 거짓말을 했구나 하는 죄책감이 밀려와 도저히 가만히 있을 수 없더군. 그래서 내 집에 '다물정사' 라는 현판을 달고 연구를 거듭하게 됐지. 덕분에 아내가 고생깨나 했지. 역사 찾기 한다고 퇴직금 다 털어먹었으니까 말야. 허허허."

여기까지 단숨에 말한 죽간 선생은 다시 차를 따라주며 말을 이었다. 누군가에게 하고 싶었던 이야기를 다 쏟아내려는 듯이 얼굴이 상기되어 있었다.

"우리나라가 가진 게 뭐가 있는가. 자원 빈국이란 건 삼척동자도 다 아는 사실 아닌가. 정말 가진 것이라고는 똑똑하고 영리하고 재주 많은 사람들과 유구한 역사뿐이야. 그것을 이용하여 '한강의 기적'이라는 것을 이루었거든. 얼마 전에 신문을 보니까 미국의 국무장관을 지낸 조지 슐츠 씨가 우리가 이룩한 '한강의 기적'에 대해 세 가지를 말했더군. 첫째는 세계사를 뒤흔든 국제 공산 세력이 동구와 동남아 일대를 공산화하고 한반도에서 3년여 동안 피비린내 나는 동족상잔을 했지만 공산주의자들의 침략을 물리치고 공산화되지 않은 체제 수호의 성과이고, 둘째는 서방 선진국들이 300년 걸려 이룩한 산업화를 30년 만에 단축해서 해낸 경제 발전, 셋째는 군사 정권을 종식시키고 민주주의 체제를 지속시킨 민주주의의 성공을 들었지. 외국인이지만 족집게처럼 집어냈다고 보네. 그런데 이제는 한강의 기적이 아니라 압록강의 기적을 만들어내야 할 차례야. 거지나 다름없이 망해 버린 북한 동포를 구해 내야 하거든. 1인당 소득이 우린 1만 8,000달러이지만 북한은 500달러도 안 되는 것이 현실이야. 우리의 3%도 안 되지. 또 간도 땅에서 고생하는 동포들에게도 구원의 손길이 필요하고……. 7,700만 한민족이 다 잘 살아야 하는 시대가 된 거지. 또 하나. 지금은 디지털 시대라고 하지. 오늘날의 일 년은 지난날의 백 년을 대체할 정도로 눈부신 문명의 발전을 보이고 있어. 따라서 이런 세상에서 살아남으려면 지난날과는 달리 고품질의 자원이 필요해. 물론 식량이나 석유나 철광석 같은 것이 덜 중요하다는 것은 아닐세. 보이지 않는 자원이 더 중요할 수가 있단 말일세. 국가와 민족이 발전하려면 콘텐츠가 있어야 하는데, 가장 좋은 사회 발전 콘텐츠는 어디에 꼭꼭 숨어 있느냐. 바로 역사 속에 있거든. 그런데 사람들은 역사를 케케묵은 고물로 알고 있는데 그것이 문제야. 특히 젊은이들은 역사라고 하면 고리타분하고 비생산적인 낡은 문서나 해골쯤으로 알거든. 역사를 무시하고 하찮게 생각하는 국가 민족이 흥한 전례가 없네. 역사는 지난날의 기록이라고 말하는 것은 그야말로 거북잔등이 같이 경직된 사고에 불과하지. 생각 없는 사람들이 무책임하게 내뱉는 말이지. 역사는 굳어버린 화석이 아니고 말랑말랑한 먹거리이고 바로 우리의 현실이고 또 미래야. 우리가 역사를 제대로 알고 그 속에서 교훈과 발전의 에너지를 뽑아낸다면 역사만큼 무진장한 발전 요인을 품어 안고 있는 우물도 없다네. 얼마 전에 각광을 받았던 〈대장금〉 드라마나 일본인들이 배용준을 '욘사마' 라고 열광하는 한류 열풍韓流熱風만 봐도 알 수 있거든."

죽간 선생의 말에 지성은 단 한마디도 거들 수가 없었다. 그의 해박한 지식과 종횡무진의 강론은 가히 대 웅변이었다. 그를 재야 사학자라고 부르기에는 너무 미흡한 명칭 같았다. 하여 지성은 죽간 선생을 문명 비평가로 호칭하기로 했다. 급기야 지성은 수첩을 꺼내어 선생의 말을 적어나가기 시작했다.

"안 군, 한류라는 것을 어떻게 해석할 수 있겠나?"

갑작스런 질문에 당황해진 지성은 머뭇거리다가 더듬거리며 말했다.

"예, 제 생각으로는 순수한 우리 문화입니다. 우리가 가진 독특한 문화를 상품으로 만들어 낸 것이 잘 먹혀들어간 것이 아닐까 합니다."

"음, 맞는 말이지. 바로 우리 문화야. 가래떡 같은 것이지. 말랑말랑하여 누구나 먹기 쉽지. 시간이 조금 흘러도 다시 쪄내면 말랑거리는 것이 가래떡이거든. 우리의 가래떡 문화가 세계 시장에서 비싼 값을 인정받고 있는 거야. 가래떡이 잘 팔리니까 시루떡과 인절미도 덩달아 팔려나가고 있어. 정말 놀랍고 다행한 일이지. 서양인들이 만들어 먹은 케이크만이 전부가 아니라는 것, 아니지. 도리어 기름 덩어리인 케이크보다는 탄수화물과 단백질과 무기물이 가득한 우리의 떡이나 전(煎)을 중시하게 된 거야. 요즘 미국에서는 황토방이 유행하기 시작했네. 황토를 방바닥과 벽에 바르고 열을 가하여 그 안에서 잠을 자면 몸에 이롭다는 우리의 생활습속을 최첨단 과학 국가 미국인들이 인정한 거지. 허허, 참 묘한 일이야. 동양의 구석, 은둔의 땅이라고 불리던 우리나라의 문화가 세계 시장에서 각광을 받을 줄 누가 알았겠나. 얼마나 다행인지. 내 생전에 이런 감동을 받아본 일이 없는데……. 그런데 안 군, 문화란 어디서 나온다고 보는가?"

죽간 선생은 지성의 '문화 상품' 대답에 흡족해하며 다시 물었다.

"문화라는 것은 우리 민족의 삶이 아닐까요?"

"음, 삶이라. 맞는 말이지. 하지만 삶이라는 용어는 좀 애매하다고 생각하지 않나?"

거기까지 말한 선생은 책장 아래에서 한 권의 스크랩북을 꺼내어 펼쳐보았다.

"문화는 말이야, 바로 역사에서 나오는 거야. 아니 역사 전체가 문화야. 문화의 고향은 곧 역사란 말일세. 한류라는 문화도 우리 민족이 만들어 쌓아올린 역사의 탑, 아니지 역사의 담벼락에서 나온 것이야. 그래서 우리 역사를 소중히 알고 겸허하게 대해야 그 역사 속에서 우리가 살아갈 자료를 찾아내어 가공해서 양질의 상품으로 만들어낼 수가 있어. 안 군, 혹시 티뷰론이란 차를 아나?"

갑자기 승용차 얘기를 꺼내며 죽간 선생은 얼굴에 홍조까지 띠기 시작했다.

"그거, 승용차 아닙니까? H자동차에서 몇 년 전에 나왔던 찬데요."

"그렇지. 그 차가 미국 시장에서 대단한 호평을 받았다더군. 동양의 작은 나라에서 어찌 이렇게 다이내믹한 차를 만들 수 있느냐, 그 때문이었지. 티뷰론 승용차는 울툭불툭하게 생긴 차량이야. 그런데 내가 알아보니 절에서 따왔더군. 절 앞에 있는 불이문不二門을 지나면 사천왕상四天王像을 만나게 되지. 사천왕상의 눈과 팔목에서 그 역동적인 아이디어를 뽑아내어 차량 외장으로 디자인을 만들었다는 거야. 생각해 보게, 절간의 사천왕상과 현대적인 승용차의 디자인……. 전혀 어울리지 않을 것 같은 두 가지가 상품으로 만나 히트작을 만들어낸 거지. 이것이 바로 역사와 문화의 콘텐츠야. 그런 예는 많지. 미국 브로드웨이를 감동시킨 뮤지컬 〈명성황후〉를 보게. 대한제국의 명성황후가 일본군에 의해 살해당한 뒤 시신마저 불타 없어진 비극을 장엄한 뮤지컬로 승화시킨 것이야. 그 뮤지컬이 미국 뉴욕의 브로드웨이에서 큰 갈채를 받았고, 아시아 뮤지컬의 대표작으로 평가를 받았다네. 또 최근에 작고한 백남준 씨는 인류 역사에 제2의 르네상스의 단초를 연 인물로 추앙을 받고 있다네. 비디오 아트라는 새로운 문화 예술 장르를 창조한 사람으로 말이야. 또 비디오라는 예술 장르가 인간의 삶에 얼마나 큰 영향을 미쳤나. 미국에는 '백남준학'이 있고 '백남준 미디어 연구소'가 생겼네. 우리는 그의 역사적 가치를 아직도 잘 모르고 있지. 어디 그뿐인가. 모스크바대학에는 '퇴계학 연구소'가 있어. 몇 년 전에는 안동 하회마을에 영국 엘리자베스 여왕이 다녀가기도 했지. 우리가 구닥다리라고 말하는 우리 것들이 글로벌 시대에 세계적인 문화 상품으로 각광을 받고 있다는 것을 실증하는 거지. 최근에는 한국의 콩으로 만든 두부와 청국장, 된장과 김치 문화가 미래 음식의 대명사가 되고 있어. 문화 코드, 일명 컬처 코드가 바야흐로 한민족을 살릴 자원으로 등장한 거야. 어때, 우리 것이 좋다는 것에 실감이 가나?"

"네, 맞습니다. 말씀을 듣고 보니 우리 것의 가치를 새삼 느끼게 됩니다."

그랬다. 죽간 선생의 견해는 지성에게 경이로움과 감동을 안겨주는 탁견이었다. 역사라는 것을 미래 삶의 자원으로 보는 선생의 혜안慧眼에 지성은 놀라움을 금할 수가 없었다.

"우리가 10만 평방킬로미터 밖에 안 되는 이 좁은 땅에서 세계 11위의 무역고를 갖게 된 것이 무엇 때문일까. 이 지도를 보면 알겠지만 바로 웅혼한 대륙의 혼과 해양의 기운을 살린, 그것을 바탕으로 만들어져 내려온 문화 때문이지. 안 그런가?"

9. 중국 지도를 보라!

죽간 선생은 여러 장의 우리 고대사 지도를 내보이며 말했다. 그 지도들은 검인정이 아니라 수제품이었다. 지성이 신기한 눈으로 바라보는 기미를 알아차렸는지 선생이 말을 이었다.

"이 지도를 보게. 이건 중국의 사서들을 참고로 만든 걸세. 이를 테면 《산해경山海經》, 《사기史記》, 《남제사南齊史》, 《수사隋史》 등을 근거로 하여 만든 것일세. 이 지도를 보면 동이족의 시작과 고대의 삶의 궤적을 알 수 있거든. 한족이라는 말을 요즘 참 많이 쓰는데, 그 한족이라는 족속은 한나라를 세운 한漢의 고조高祖 유방劉邦 이후에 등장한 용어야. 14억 인구 중에 한족이 92%를 차지한다고 중국인들은 이구동성으로 말하지만 한족이라는 것은 하나의 명칭에 불과할 뿐 한족이라는 별도의 족속이 존재하는 것은 아닐세. 중원을 지배했던 수많은 종족의 혼합체일세. 춘추전국시대 한족의 본류인 화하華夏계와는 달랐던 백월百越, 오吳, 초楚 등 수많은 다른 종족이 섞여 있는 거야. 그러니까 한나라 이전의 중국 대륙의 역사는 한족이 아니라 동이족을 필두로 한 수많은 종족이 만들어낸 역사거든. 그런데도 우리는 중국이라는 국가와 한족이라는 족속이 아주 오래전부터, 아니 유사 이래로 존속해

온 줄 착각하고 있거든……. 참으로 안타까운 일이야. 고구려 시대에는 중국을 서토西土라고 불렀지. '서토로 가자.' 이것이 고구려의 국시國是이다시피 했거든. 왜냐, 서토는 우리 조상이 살던 땅이었으니까 그곳을 찾으러, 즉 다물하러 가자는 거였지."

지성은 죽간 선생도 다물 정신을 연구하는 사학자임에 틀림없다고 생각하였다.

죽간 선생은 열정적으로 말을 이었다.

"오늘의 중국, 즉 중화인민공화국이 태어나기 40여 년 전만 해도 중국은 만주족이 지배했던 나라인 줄은 안 군도 잘 알 테지. 명나라 이전에는 원元나라 몽골족이 중국을 다스렸고, 그 이전에는 요나라와 북위 등 북방 족들이 북방을 지배했었지. 또 중국은 한족이 92%이라는 얼토당토않은 말을 하고 있어. 그리고 나머지 55개 소수 민족이 8%라고 주장하지. 백 보 천 보 양보해서 그 말을 인정한다고 해도 그 8%에 불과한, 1억 남짓한 소수 민족이 영토의 60%를 차지하고 있다네. 안 군 하나 더 묻겠네. 중국이라는 국호가 언제 생겼는지 아나?"

"……?"

"모를 테지. 모르는 게 당연해. 아무도 그걸 가르쳐주지 않았을 테니까. 중국이라는 국호는 서기 1911년에 생겼네. 신해혁명辛亥革命 당시 손문 선생이 삼민주의를 주창하면서 내세운 국호가 중화민국이었네. 그것을 줄여서 중국이라 하지. 그러니까 그 이전에는 중국이라는 국호가 없었다네. 청·명·송·원·당·한·진 등의 이름일 따름이야. 그러다가 1949년에 모택동이 대륙을 공산화하면서 대륙에는 중화인민공화국중공이 들어서고 대만에는 중화민국이 들어선 거야. 하지만 현재는 중화민국은 대만 정부로 되고 과거의 중공이 중국으로 불리고 있지. 중국이 발행한 자료를 보면 1980년대 말까지 자기들을 중공이라고 불렀네. 그러니 중국이라는 국호는 아무리 길게 봐도 100년도 안 되지. 그런데도 우리나라 사람들은 마치 중국이라는 국호가 수천 년 전부터, 아니 삼국지 시대부터 있었던 줄 알거든. 중국이라는 국호는 없었네. 있었다면 중원中原이라는 지역 개념뿐일세. 그 중원이란 화북과 황하강의 중류와 하류 지역을 말하지.”

지성은 새로운 사실을 알았다. 이제까지 막연하게 알았던 중국이라는 국호도 역사가 얼마 되지 않았다는 죽간 선생의 설명을 들으면서 새삼 역사의 진실이라는 것이 아주 멀리 있는 것은 아니라는 것, 한 번 왜곡된 역사를 바로잡는 일이 얼마나 어려운 일인가를 새삼 느끼게 되었다.

얼마나 시간이 흘렀을까. 도무지 시간이 흐르는 줄도 모르고 선생의 강의에 심취해 있던 지성은 벽시계를 올려다보았다. 아버지 방에 지금도 걸려있는 것과 비슷한 파리똥 묻은 괘종시계가 친근감을 더해 주었다. 벌써 다섯 시를 넘기고 있었다. 그러나 더 많은 것들을 선생으로부터 듣고 싶고, 더 새로운 역사 인식을 하고 싶었다. 오늘이 아니라면 내일이라도, 아니면 훗날 다시 찾아오더라도 반드시 죽간 선생의 역사관 전체를 배우고 싶었다.

그때, 대문이 열리며 누군가 들어오는 소리가 들렸다. 선생은 하던 말을 멈추더니 밖을 향해 물었다.

“지수냐?”

“네, 저예요. 아버지.”

대답과 함께 문간방 앞에 발걸음이 멎었다.

“아버지, 손님 오셨어요? 진즉 연락하시지 않구요.”

그러자 죽간 선생이 말했다.

“우선 차 대접을 했다. 장은 다 파했느냐? 어미는 왜 안 돌아오고 너만 왔누? 추운데 일찍 들어오지 않구.”

“곧 오실 거예요. 근데 누구 오셨어요?”

지수라는 처녀가 조심스럽게 방문을 열고 들어오다가 지성을 보고 깜짝 놀랐다. 지성도 놀라기는 마찬가지였다. 아까 찻집에서 만난 처녀였던 것이다.

“왜 그러느냐. 지수야, 네가 아는 사람이냐?”

“…….”

“……!”

두 사람 모두 쳐다만 볼 뿐 말을 못하자 선생이 말했다.

“뭐하냐. 찬바람 들어온다. 얼른 문 닫고 저녁상이나 차리거라. 아무래도 손님에게 저녁을 대접해야겠다. 멀리서 오셨고, 해도 기우니…….”

지성은 난감했다. 생면부지의 집에 찾아와 식사를 대접받는다는 것이 예의가 아닌 것 같아서 서둘러 말했다.

“선생님, 저는 됐습니다. 오늘 좋은 말씀 많이 들었습니다. 밥 안 먹어도 배가 부릅니다.”

“허허허, 아냐. 안 군이 내 맘에 쏙 들어서 그래. 밥 먹고 얘길 좀 더 하자구. 하고 싶은 말을 다 안 하고는 내가 잠을 못 이루거든. 어때, 안 군. 나와 역사 얘기를 나누며 더 큰 문제를 걱정하지 않겠나? 오늘 만남이 아마 안 군에게 이로우면 이로웠지 손해는 안 갈 걸세."

지성은 죽간 선생의 말에 이끌려 그만 주저앉고 말았다. 아니다. 솔직히 말하면 선생의 역사 강의에서 이제까지 듣지 못했던 사실이 너무 많아 더 듣고 싶은 생각이 굴뚝같았고, 지수라는 처녀와의 묘한 만남이 어떤 기대로 바뀌어가기 시작했기 때문이었다.

지수는 부엌에서 식사 준비를 하면서 조금 전에 보았던 남자의 얼굴을 떠올렸다.

'이상한 일이네. 찻집에서 우연히 만난 사람이 우리 집에 찾아오다니. 대체 누굴까? 아버지 친구 자제인가? 아님 제자? 역사 연구 동문? 대학 후배일까?'

상상의 나래를 펴 봐도 알 수 없는 일이었다. 그러면서도 어딘지 지적이면서 우수가 깃든 그 남자의 맑은 눈매와 하얗고 가지런한 이가 싫지 않았다. 사실 그녀는 이번 방학만큼은 집에서 소일하지 말고 서울로 올라가 학원에라도 다녀볼 참이었다. 아버지의 뒤를 이어 교직에 몸을 담았지만, 아이들에게 시달리는 나날이 너무 힘들어 방학 때만큼이라도 도회의 새로운 문화에 몸과 정신을 푹 담가 보고 싶었던 것이다. 아직 부모님에게 말씀드리지는 않았지만 내주쯤에는 상경할 계획을 잡고 있었다. 그리하여 부모의 허락을 쉽게 얻어낼 요량으로 매일 찻집에 나가 일손을 보탰고, 오늘 같은 장날에는 더 열심히 일했던 것이다.

지수는 고생하는 엄마가 안쓰럽고 그 대신 유유자적하는 아버지가 미웠지만, 아버지의 역사에 대한 집요한 열정을 존경하지 않을 수가 없었다. 명예퇴직한 뒤 얼마간의 목돈이 들어왔지만 역사 연구를 하신다고 중국으로 연해주로 일본으로 다니시는 통에 몇 년 만에 다 털어먹고 이제는 연금에 의존하여 살아가고 있는 형편이었다. 앞으로도 아버지의 열정은 더 깊어질 테고, 얼마나 많은 돈이 들어갈 지 가늠할 수 없을 것이라고 지수는 생각하고 있었다.

그런데 모를 일이 지수 스스로도 언제부턴가 아버지의 역사 이야기에 귀를 기울이기 시작했다는 점이다.

아버지가 역사 연구를 본격적으로 시작하던 때부터 어머니는 노이로제에 걸릴 지경이었지만, 나중에 어머니는 생각을 고쳐먹었다. '다 이것도 팔자소관이지. 그나마 퇴직 후에 병들지 않고 이리저리 활발히 움직여주는 것만 해도 고맙다' 는 생각에 작은 찻집을 만들어 운영하면서 가계에 보태고 있었다. 한적한 시골 찻집이라서 소득이라야 별것 아니었지만 지리산을 오가는 손님들에게 지리산 전통 한방 찻집으로 입소문이 나면서 작년 가을부터는 시골 찻집으로서는 소득도 짭짤했다. 그리고 산청군도 허준의 고향인 이곳에 제대로 된 전통 찻집 하나 없었다는 것을 깨닫게 된 계기를 만들어주기도 했다.

이제 2년차 교사인 고지수 선생은 의령에 있는 모 초등학교에 근무하면서 하숙을 하고 있어 부모를 돕는 일이 마음 같지 않았다. 그보다도 그녀는 중국 유학을 꿈꾸고 있었다. 아버지가 중국에 대해 이것저것 연구하는 것을 곁눈질하던 그녀는 감성적인 접근보다는 보다 심층적으로 중국을 연구하는 것이 미래에 자신의 길을 개척하는 중요한 방법이 될 수 있다는 점을 간파했던 것이다. 그래서 이번에 서울에 가면 중국문화원부터 들러볼 참이었다.

"에구, 와 이리 춥노. 니 지금 뭐하노?"

어머니가 언 손을 비비며 부엌으로 들어섰다. 지수 어머니는 전형적인 단성댁이다. 이 집에서 토박이 경상도 사투리를 쓰는 유일한 사람이다. 아버지는 30년 가까이 이 지역에서 교사로 지냈지만 충청도 사람이라 말은 여전히 충청도 풍이다.

"엄마, 춥지? 애고 애고 울 엄마 얼굴이 빨개졌네. 이리 와요, 엄마. 불 좀 쬐세요."

단성댁은 딸의 말을 들으며 "니가 웬 일이고. 밥 하노?" 하고 물었다.

지수는 초등학교를 대전에서 다녔다. 아버지가 처음 교사 생활을 하던 곳이어서 그리 됐지만 엄마 따라 경상도로 내려온 뒤 중고교는 진주에서 다녔다. 교육대학을 나와 초등학교 교사가 되었지만 말투가 여전히 충청도 풍이어서 친구들한테서 놀림도 많이 받았던 그녀다.

단성댁은 유복자였다. 아버지의 얼굴도 모른 채 홀어머니와 함께 살다가 친척의 중매로 고식달 교사와 결혼하여 대전에서 살다가 남편을 졸라 고향으로 내려와 늙은 어머니를 모시고 살았다. 고 선생은 처가를 끔찍이 생각하는 사람이었다. 홀로 된 장모를 누님처럼 생각하며 살아왔다. 지금 살고 있는 집도 처가 댁으로 오래된 고택이어서 고식달 선생에게는 보물 같은 집이었다.

"와 대답이 없노. 배 고프드나?"

엄마의 물음에 지수는 아버지와 손님이 계시는 사랑채를 가리켰다. 단성댁은 누군가와 도란도란 말하는 남편의 목소리를 듣고 물었다.

"뉘기 손님이 왔노?"

"네, 엄마. 아까 가게에서 본 손님 있잖수. 세상에, 그 사람이야."

그러자 단성댁이 갑갑하다는 투로 말했다.

"뉘기라? 가게 손님이라캤나? 오데 손님이 한둘이드나."

"아니, 젊은 사람 있잖았수. 배낭 멘 남자……."

"머라꼬? 그 사람이 어째 우리 집에 왔드나?"

"몰라요, 나도. 아버지랑 말씀 나누고 있는데, 깨가 쏟아지는가 봐. 그렇게 좋아하실 수가 없어."

"느그 아버지. 오늘 벨일 다 있제. 잘 아는 사이 같드나?"

"응."

지수는 건성으로 대답하면서 "엄마, 저녁상 준비하라 시던데요." 하였다.

"머라? 손님캉 밥 자시겠다꼬?"

단성댁은 입을 삐죽이면서도 과히 싫지 않은 표정으로 찬장을 열어 그릇들을 꺼냈다.

"오데. 니 보이 어떻드나?"

"누구를?"

"젊은 총각 말이다. 낮에 가게에서 보이까네 괜찮던데……."

"엄마, 지금 무슨 말씀이 하고 싶은 거유? 사위라도 보고 싶어요?"

"와, 안 됐나? 가시나야, 니 나이 몇이고?"

외동딸이다. 구척장신에 참으로 잘 생긴 아들을 교통사고로 잃고 남은 혈육이라고는 지수가 유일한 단성댁 박 부인은 낮에 본 지성의 얼굴과 몸매에서 죽은 아들을 생각해냈었다. 지금 살았으면 서른 살. 아마 손자도 보았을 나이인데 녀석은 홀연 세상에서 사라지고 없다. 딸이라도 어서 좋은 배필 만나 시집보내고 싶은 것이 단성댁의 소박하면서도 절실한 소원이었다.

"인자, 다 됐제? 상은 니가 들이 그라."

"제가요? 엄마가 하심 안 돼요?"

"허어, 늙은 에미 못 부려먹어 안달이라카이."

모녀는 정성을 다해 상을 보아 사랑채로 날랐다.

고식달 선생은 무엇이 그리 좋은지 허허거리며 문을 열었다.

지성은 미안하고 송구하여 어쩔 줄 몰라 일어서서 상을 받으며 모녀를 보았다. 그러다가 지수 어머니를 보고나서 하마터면 상을 놓칠 뻔하였다.

"아이쿠, 사모님 아니세요. 그런 줄도 모르고 제가 무례했습니다." 라고 말하고 나서 "사모님, 들어오세요. 정식으로 인사를 드려야겠네요."

언제부터 이렇게 넉살이 늘었나, 지성은 스스로 놀라면서 부인에게 정중하게 말했다.

"고마 식사부터 하이소. 시장하실 낀데. 차린 건 없지만 서도……."

부인이 한결 부드러운 말씨로 응대해 주었다.

"자, 안 군. 식기 전에 들자구. 참으로 오랜만에 동지를 만난 것 같아 기분이 좋군그래. 여보, 당신은 어때?"

죽간 선생의 말에 부인은 "내사 멀 알겠능교. 마치 부자간 맨치로 오손도손하이 보기 좋네예." 라고 말하며 흡족한 듯 미소를 띠었다.

두 여성은 나가고 죽간 선생과 지성은 식사를 하며 다시 대화를 이었다.

"난 말이요. 노무현 정부가 들어서면서 역사 바로 세우기 한다고 해서 큰 기대를 가졌었소. 아, 이제야 일본놈들이 만들어 놓은 왜곡된 우리 역사를 바로잡으려나 보다 하고 기대가 컸다 그 말이요."

죽간 선생의 말에 지성은 한마디 거들고 나섰다.

"일본의 역사 왜곡이 우리 역사 전체를 바꾸어놓았다고 알고 있습니다만……."

그러자 죽간 선생은 들었던 수저를 놓고 분을 못 이기겠다는 투로 일갈했다.

"역사 왜곡이란 말은 참 점잖은 표현이지. 세상에 어느 나라가 남의 나라 역사를 아예 태초부터 송두리째 다시 써서 가르치려 들었는지, 아마 인류 역사에 일본이 처음일 거요. 안군은 '조선사 편수회'란 걸 알겠지?"

"네, 일제가 3·1운동 이후부터 소위 문화 통치를 시작하면서 한민족을 완전 부인하기 위해 역사를 새로 쓰려고 만든 어용 기관이라고 알고 있습니다."

"맞소. 1922년부터 1937년까지 무려 16년간 일제는 이른바 조선사를 처음부터 새로 쓰기 시작했지. 우리 민족의 시원부터 제멋대로 검토하여 우리 역사를 일본의 시각으로 쓰기 시작했다는 말이요. 그 결과가 뭔지나 아오? 신라가 건국한 서기전 58년부터 1895년 갑오경장 때까지만 한국사의 영역이라고 하는 거요. 유사 이래 1953년 동안만 한민족의 역사라는 말이요. 신라 건국 이전의 고대사는 한국사가 아니고, 1895년 이후 역사도 한국사가 아니라는 말이니 5,900년 역사를 자랑하던 한민족의 역사를 완전 반 동강이도 더 나게 잘라내 버린 거요. 그러면서 내건 원칙이 있지. 거 왜, 반도사관半島史觀이라는 말을 안 군은 잘 알겠지?”

“네, 한민족은 한반도 안에서 태어나 살다가 반도 안에서 죽었다는 지리적 한계론 말씀이시지요?”

“음, 맞아. 일본놈들은 그래야 만주와 중원 대륙, 연해주 등이 한민족사와 무관하다는 것을 입증할 수 있다고 본 거지. 그리 되면 단군조선과 부여, 고구려와 발해사는 한국사가 아닌 것이 되고 말아. 지금 중국이 줄기차게 외치는 동북 공정의 원죄는 바로 일본 제국주의자들이 씨를 뿌린 반도사관에 있어.”

식사는 거의 끝나가고 있었다. 죽간 선생은 된장국 한 수저를 정성스레 떠먹고 나서 입을 훔치며 말했다.

“어디 반도사관뿐인가. 한민족은 유사 이래 강대국의 식민지로 살아왔다는 식민사관植民史觀이 있지. 그리고 큰 나라의 황실에 머리 조아리며 조공 바치며 근근이 연명해온 민족이라는 황국사관皇國史觀도 있고……. 하여튼 자기네의 조상인 한민족에 대해 철저히 배은망덕으로 다가왔다네. 일본족은 참 옹졸하고 속이 좁은 족속들이야.”

죽간 선생은 숭늉을 물어 입을 헹궈낸 뒤 다시 말했다.

“아 참, 나 좀 보게. 역사 바로 세우기에 대해 말하다가……. 안 군은 노무현 정권의 역사 바로 세우기에 대해 어찌 생각하는가?”

지성은 난감했다. 역사 바로 세우기에 대해 관심을 가지고 깊이 생각해 본 일이 없었기 때문이었다. 그것은 남의 일인 것처럼 생각했다고 해야 옳을 것이다. 지성의 침묵에 크게 개의치 않으며 죽간 선생은 이렇게 말했다.

“내가 통분을 금치 못하는 것은 우리 역사를 완전 죽이려 들

었던 일제의 식민지사관을 극복하고 진짜 우리 역사를 되찾아
놓으려는 노력이 없었다는 게지. 기껏해야 친일파를 솎아내고,
해방 이후 국가 체제의 정통성과 국민의 삶을 담보하여 벌인 좌
우익의 사활을 건 싸움에서 빚어진 문제에 대한 재평가라든가,
이승만과 박정희 정권 시절의 반독재 투쟁에 대한 좌파적 시각
의 접근뿐이야. 이른바 참여정부는 좌파적 국가개입주의 시각
으로 우리 현대사를 구미에 맞게 재단했을 뿐이야. 진정 우리 역
사를 바로 세우려는 노력과는 한참 거리가 멀어. 적어도 일본 침
략자들이 쓴 《조선사30권》의 문제점을 하나하나 적시하여 바로잡
으려는 노력을 먼저 시작했어야 역사 바로 세우기를 했다는 평
가를 받을 수 있을 텐데……. 지도자의 역사 의식과 역사 함량이
거기까지 못 미친 것이 안타깝다 이 말씀이야.”

지성은 역사 바로 세우기라는 과업이 대단한 가치를 지니고
있다고 알았던 자신의 생각이 매우 좁은 것이었음을 인정하지
않을 수가 없었다. 더불어 시대를 개척해 나가야 할 젊은이로서
너무나 역사의식이 무뎠던 점에 대해 송구함을 금할 수가 없었
다. 나아가 《조선사30권》가 무엇을 담고 있는지, 그 실체를 알아
봐야겠다는 욕망이 꿈틀댔다.

“식사들 다 하셨능교?”

식사가 거의 끝나갈 무렵, 단성댁은 사랑채로 건너와 과일을
깎으며 지성을 요모조모 뜯어보다가 죽은 아들 생각에 속으로
눈시울까지 붉혔다. 그랬다. 분명히 죽은 아들 민철이 환생해 온
것이었다. 남편 역시 평소의 강직한 성품과는 달리 자상한 모습
을 보여주려 은연중 애쓰는 것으로 보아 지성에 대해 각별한 애
정을 가진 것이 분명해 보였다. 적어도 단성댁의 눈에는 남편의

그런 모습이 더 정겹게 느껴졌다.

그날 밤 8시경, 지성은 죽간 선생의 집을 나섰다.

처음 방문한 집에서 융숭한 대접을 받아 송구하기도 하여 다음에 다시 찾아뵐 요량으로 서둘러 일어섰다.

"잘 가게, 안 군. 남행 길이 있거든 가끔 들러주게."

죽간 선생은 두툼한 손을 내밀며 작별 인사를 건넸다. 곁에는 단성댁과 지수가 함께 서 있었다. 지성은 일행에게 깊이 허리를 숙여 인사했다.

"오늘 감사했습니다. 잘 대접 받고 많은 공부를 하고 갑니다. 다음에 꼭 들르겠습니다. 아니 반드시 찾아와 선생님으로부터 더 많은 역사 공부를 하도록 하겠습니다. 사모님, 건강하세요. 그리고 따님도……."

그의 말은 진심이었다. 적어도 그가 공부한 역사 지식과 상식을 훨씬 뛰어넘는 파격과 신선함, 그리고 살아있는 역사의 경쟁력을 죽간 선생에게서 배우고 싶었다.

"잘 가이소. 그라고 꼭 한번 다시 오이소."

단성댁의 간절한 눈빛을 뒤로하고 지성은 대문을 나섰다. 곁에서 있던 지수는 해맑은 얼굴로 웃음을 물고 배웅해 주었다.

싸늘한 밤공기가 오히려 삽상한 느낌으로 그의 얼굴에 신선함과 삶의 희열 같은 것을 안겨주었다.

10. 동이東夷의 혼을 잃으면 한국은 죽는다

서울로 돌아온 지성은 며칠 동안을 끙끙 앓다시피 하면서 자기의 인생 항로에 대한 궤도 수정에 들어갔다. 아니 이제까지의 삶이 너무 좁아터진 십구공탄 아궁이 같아서 한번쯤 불판을 갈아볼 필요가 있다고 생각한 것이다.

다물정사多勿精舍.

그랬다. 보다 구체적인 이유는 다물정사라는 예기치 않은 사설 역사 교실에서 대학 선배이자 인생 스승인 죽간 선생으로부터 소중한 개인 교습을 받은 점이었다. 역사라는 것이 단순히 책이나 유물 속에 묻힌 것이 아니라 펄펄 '살아 움직이는 혼' 이라는 것을 깨달았기 때문이었다. 그야말로 돈오頓悟라, 일순간에 모든 잡념과 번뇌와 고민이 사라지고 머리가 명료해지는, 명오明悟가 열리는 체험을 했던 것이다.

'그래, 이 세상에서 성공했노라고 자신을 내세울 사람이 몇이나 될까. 성공이니 실패니 하는 것은 인간이 극도의 행복과 불행을 가정해서 만들어낸 관념일 뿐. 지금의 나는 실패한 인생일까. 아냐. 절대로 난 실패한 인생이 아냐. 세상 어느 누구도 실패한 인생은 아냐. 삶이란 실패와 성공의 이분법으로 나눌 수 있는 가치가 아냐. 생명을 가진 존재로서 숙연하게 살아가는 것만이 삶의 본질이 아닐까. 삶이란 도도히 흐르는 강물 같은 것, 시간의 흐름 속에서 열심히 살아가다가 어느 순간 홀연히 새로운 존재로 바뀌는 것일 뿐. 그것이 포말泡沫이라 할지라도 그만큼의 가치는 지니고 있는 법이 아닐까.'

삶의 여정에는 자기 뜻대로 이루어지는 것보다는 불가사의한 섭리에 의해서 나타나고, 진행되고, 해결되는 일이 많다는 깨달음이 지성의 가슴을 비집고 스며들기 시작했다.

그로부터 지성은 자신의 인생에 새로운 전기가 다가오고 있음을 어렴풋이 느낄 수가 있었다. 필연이랄까 우연이랄까, 아무튼 묘한 인연의 끈이 자신을 친친 동여매기 시작하고 있음을 감지하기 시작했다. 마치 동구 밖에 서 있는 당산나무에 누군가가 묶어 놓은 오색 천 조각들이 남들은 귀신 손수건이라고 놀려댈지라도 도도하게 하늘을 향해 땅의 외침과 인간의 소원을 휘날리듯, 늦게야 깨달은 역사의 가치는 그의 삶을 새롭게 채색하기 시작했다.

그 일이 있고나서부터 그는 취업 노력을 포기했다. 물론 출판사로부터 어느 정도의 언질을 받은 탓도 있지만, 그렇다고 금방 돈이 되는 것은 아니다. 작가의 길이라는 것이 돈과는 친하지 않은 것이라는 것쯤은 각오한 터였다. 다만 지성 스스로 준비하여 나간다면 의미 있는 일감이 생길 것이라는 자신감이 들기 시작했던 것이다.

이제껏 서른세 번에 걸친 도전이 자신을 한없이 초라한 몰골로 만든 데 대한 분노가 더는 분노로 남게 할 수는 없었다. 세상을 원망하거나 비관할 정도로 어리석지는 않다고 스스로를 다독인 그는 파스칼의 말처럼 "모든 불행은 자신으로부터 비롯된다."라는 것을 강하게 느끼기 시작했다. 모든 문제는 내 안에서 생긴 것이고, 그것을 만든 것은 나 자신이라는 생각에 자기 심장과 뇌세포, 그리고 정서 구조부터 혁명하기 위한 자기 도전에 나서기로 했다.

그는 삶의 방법을 궁구하기 위한 새로운 첫 번째 해법으로 독서에 몰두하기로 했다. 스스로 생각해 봐도 가볍고 부족하기 한량없는 지식으로 이 험한 세상에서 무엇을 잘 해낼 수 있겠나 하는 생각에 그는 흥미 있는 역사를 더 깊이 연구해 나가기로 했다. 물론 그런 그의 결심에 큰 동기를 유발한 것은 죽간 선생의 설교(?)였지만, 산청에서 얻은 다물평생교육원과 삼성궁의 체험이 직간접으로 그에게 큰 영향을 주었음을 인정하지 않을 수 없다.

역사를 정사와 야사로 구분하여 가치를 부여해 온 자신의 태도, 종교에도 고급 종교와 하급 종교가 있고 현대 종교와 원시 종교가 있다는, 어쩌면 지극히 이기적이고 비역사적인 사고부터 고쳐나가기 시작했다. 아울러 조상들이 써 남긴 기록들의 가치를 소중히 알게 되었고, 또 선배들이 해왔던 재야 사학에 대한 무조건적 비판을 비판하면서 새로운 접근이 필요하다는 점을 깨달았다. 특히 우리 고대사의 영역이었던 만주와 중원, 몽골과 시베리아 대륙이 열려 있는 상황에서 압록강·두만강 이남 한반도만의 우리 역사는 큰 의미를 부여할 수가 없고, 오히려 민족사적인 견지에서 큰 오점을 남길 수 있다는 점을 깨닫기 시작했다.

지성은 2월 하순부터 약 3개월간 두문불출하며 독서를 했다.

출판사 강남구 사장으로부터 한 번, 그리고 최승희 부장으로부터도 여러 번 전화가 왔었지만 아직 형님의 일을 정리하지 못하였노라 핑계를 대고 작심하고 역사 서적을 탐독하기 시작했다. 다행한 것은 구청 도서관과 시립 도서관에서 지성이 읽고 싶어하는 책을 대출받을 수가 있어서 호주머니가 얇팍한 그에게 큰 도움을 주었다.

그가 읽은 서적은 대략 다음과 같다. 여기에 그 서적 일람을 밝히는 것은 혹여 고대사를 연구하려는 사람들에게 조금이나마 보탬이 될까 하는 생각에서이다.

- 《소설 동명성왕》(상, 하/ 최금산 · 림승환) : 연변 동포 작가가 저술한 소설로서 사실에 가까운 고대사 주제의 읽을거리이다. 특히 부여와 고구려의 관련이 잘 나와 있다.
- 《사라진 제국 고조선》(성삼제) : 고조선의 역사적 위치와 역할에 대한 실증적인 접근서이다.
- 《고조선은 대륙의 지배자였다》(이덕일 · 김병기) : 단군조선을 비롯한 우리 고대사를 발로 뛰며 기록한 책으로 요하-대능하-갈석산-산해관-조양으로 이어진 답사기가 인상적이다.
- 《대쥬신을 찾아서》(1, 2권/김운회) : 경제학과 정치학을 섭렵하고 역사학에 심취한 저자가 한민족사를 대쥬신사로 분석하여 제시한 종합서이다.
- 《실증 한단고기》(이일봉) : 한단고기를 실증적으로 분석 제시한 한단고기 연구의 압권이다.
- 《이야기 한국고대사》(최범서 편, 안호상 감수) : 한민족의 역사적 출발과 고대사의 발전에 관한 전 상황을 알기 쉽게 풀이한 교양서이다.

- 《민족 사상의 정통과 역사》(안호상) : 배달겨레의 사상과 역사를 민족사의 발전사적 측면에서 분석 제시한 역사 사상서이다.
- 《한민족의 뿌리 사상》(송호수) : 한민족 고유 사상의 원류를 천부경과 삼일신고, 참전계경으로 설정하여 분석하고, '한사상'에 대한 문화사적인 세계성을 분석 제시하고 있다.
- 《다물, 그 역사와의 약속》(강기준) : 다물 정신에 입각한 우리 역사 분석서이자 한민족의 미래 개척을 위한 역사적 접근서이다.
- 《잃어버린 역사를 찾아서》(노희상) : 남만주 일대 우리 민족의 유물 유적지와 독립운동지 답사기이다.
- 《통곡하는 민족혼》(안원전) : 아리랑족의 시원과 지나족과의 차이, 신교를 숭상한 우리 민족의 종교관과 그 영향, 일본의 뿌리가 한민족임을 적시한 책이다.
- 《맥이貊耳》(박문기) : 대동이의 역사와 신화를 독특한 관점에서 연구하여 중점적으로 해설한 책이다.
- 《알타이 문화 기행》(박시인) : 알타이 문화의 실체와 우리 민족 문화와의 관계, 우리 역사를 상대와 하대로 나누어 아시아 문화사의 일부로 다룬 종합 서적이다.
- 《국사대관》(이병도) : 일제의 식민사관에 입각하여 60년대 초반에 기술한 한국사 종합서이다. 한사군의 왜곡 부분이 돋보인다.
- 《대한국사》(장도빈) : 민족 사학자이자 기업인인 저자가 국내외 역사서를 전거로 하여 1920~1930년대에 만주와 연해주를 발로 뛰며 기록한 산 역사 자료집이다. 우리 역사를 상고사와 중고사(대고구려사, 백제사, 신라사, 발해사), 근고사, 근세사, 독립사로 다룬 것이 특징이다.
- 《한국 상고사 입문》(최태영) : 서울대 초대 법대학장을 지낸 원로가 올바른 역사의식의 정립이 절실한 과제임을 통감하여 저술한 민족

시원사의 일부분이다.

- 《수시아나에서 온 환웅》(정형진) : 우리 민족의 구성 요소 중 가장 강력한 환웅 세력은 아라비아 반도에서 일어나 천산과 화북지방을 거쳐 만주와 한반도로 이주한 사람들이라는 것을 직접 답사를 통해 주장한 자료집이다.

- 《이야기 조선 역사》(연변대학 김동훈·김관웅) : 민족의 시원부터 분단까지 주요 쟁점을 122개 항으로 시대적으로 분류하여 알기 쉽게 정리한 책이다.

- 《한국 고대사》(문창정) : 고대의 자연 조건과 단군-부여 시대, 삼국 시대 및 후고구려를 분석하고 우리 주변사에 대한 폭넓은 접근을 시도한 책이다.

- 《고구려의 발견》(김용만) : 고구려 문명에 대한 신진 사학자의 현대적 시각에서 본 종합 서적이다.

- 《고구려의 역사》(이종욱) : 고구려의 초기 출발부터 멸망, 그리고 발해의 계승에 이르기까지 전반적 종합적으로 검토한 방대한 분량의 고구려사 단일 종합서이다.(580p 분량)

- 《지도로 보는 한국사》(김용만·김준수) : 구석기 시대부터 현대에 이르기까지 우리 역사를 통사적으로 간추려 다루면서 매 장마다 지도를 병기하여 역사를 시공간적으로 이해할 수 있도록 만든 책이다.

이외에도 지성이 참고한 것들은 동북 공정 이후 연재하기 시작한 많은 신문 스크랩과 고구려 연구회 및 고구려 재단, 한국북방학회와 백산학회 논집들이었다. 아울러 지성은 중국과 일본의 한국사 침탈 분야에 대한 다양한 자료들을 찾아 읽고 분류해 나갔다.

3월 중순 어느 날, 지성은 거의 한 달 만에 산청의 죽간 선생 댁을 찾아갔다.

일요일을 택한 것은 혹시나 고지수 선생을 만날 수 있지 않을 까 하는 기대감 때문이었다. 오전 열한 시가 조금 넘은 시간이어 서 지성은 점심 부담을 드리는 것 같아 꺼렸지만, 죽간 선생이 점심 때 오라고 누누이 일러 점심시간 전에 도착하였다.

"허허허, 어서 오게, 안 군."

지성이 대문 앞에 이르자 죽간 선생이 나와 기다리고 있었다.

"선생님, 그간 무고하셨습니까."

"암, 안 군 신수가 좋아졌군그래. 뭐 좋은 일이라도 생겼나?"

"네, 사모님도 안녕하십니까?"

지성은 마침 문을 열고 나오는 박 부인을 향해 넙죽 인사를 했다.

"총각 아닝교. 오서 오이소. 참, 인사성도 밝제……."

박 부인은 상기된 표정으로 지성의 손을 잡으며 반가워했다.

방에 들어간 지성은 가방에서 고급 만년필 세트와 잉크 한 병 을 꺼내어 드렸다.

"선생님, 변변치 않습니다만, 성의로 받아주십시오."

"허허, 이거 만년필 아닌가. 고맙소. 요즘 젊은이들은 잘 안 쓰는 물건인데, 용케도 구했구먼."

아버지가 퇴직 선물로 받아 지성에게 준 것을 쓸 일이 없어 보 관해 두었었다.

"아버님은 무고하신가?"

"네."

"자, 차나 한잔하면서 오늘도 이야기를 나눠 봄세."

선생의 방에는 화로가 치워지고 그 대신 전기포트가 자리 잡고 있었다. 선생은 온수를 따라 차를 우려내었다. 차가 우려지는 동안 지성은 감사의 인사를 했다.

"선생님, 지난번 찾아뵙고 참 많은 것을 배웠습니다. 저로서는 역사에 개명開明을 한 셈입니다."

"허허허, 별로 이야기한 것도 없는데, 뭘. 삼인행三人行이면 필유아사언必有我師焉이라, 누구든 셋만 모이면 그중에 선생이 있는 법 아닌가. 사람이란 아이고 어른이고 할 것 없이 모두가 선생이고 모두가 학생이야. 사람은 평생토록 배워야 한다는 것, 그것은 동서고금을 통 틀어 가장 확연한 진리야. 특히 오늘날처럼 지식이 폭발하는 시대에는 배우지 않으면 사회에 적응할 수도 없고, 살아갈 방법을 찾을 수가 없어. 다만 얄팍한 지식, 생각이 짧은 사고력으로 지식인입네 하는 사람들이 많아져서 탈이지."

"네, 저도 늦었지만 역사 공부를 다시 하려고 합니다."

"에끼! 늦다니……. 공부에는 늦음이 없네. 신앙과 예술에도 늦음이 없고. 나를 보게. 칠십을 바라보는 나도 공부하고 있는데, 이제 서른 살도 안 된 젊은 친구가. 정말 좋은 때지. 안 그런가?"

"네, 송구합니다. 실례의 말씀인 줄 압니다만, 선생님께서는 다시 젊어지신다면 무엇을 하고 싶으신지요."

"음, 세월을 돌려 세울 수는 없네만, 내가 자네 나이라면 뭘 할까. 난 미친 듯이 책을 읽겠네. 지나놓고 보니 아이들을 가르치는 선생으로서 나는 상식인을 조금 벗어난 수준이었어. 학식도 인품도, 그리고 미래를 보는 안목도 모두가 모자란 결핍 선생이었지. 한마디로 반 푼수였다 이 말이네."

“무슨 말씀을 그리 하십니까.”

그때 밖에서 딸의 목소리가 들렸다. 고지수 선생이 집에 돌아온 것이었다.

“엄마, 어제 창원으로 전출 가는 조 선생 송별연 땜에 늦게까지 있었어요. 밤늦게 차도 끊기고 해서 아침에야 출발했잖우.”

“알았다. 고마 조용하그라. 손님 오셨다 안 카나.”

“네? 손님요? 누구……?”

그러자 부인이 지난번에 왔던 안 선생이 찾아와 아버지와 대담 중이라고 목소리를 낮추어 말하였지만 워낙 경상도 발음이 억세어 방안에서도 다 들렸다.

지성은 그녀의 목소리를 듣고 나자 왠지 마음이 놓이고 기뻤다.

조금 있자, 사랑채 쪽으로 딸이 다가와 조심스레 문을 열고 인사했다.

“아버지, 저 왔어요.”

“오냐, 과일이나 좀 내 오너라. 안 선생 오셨다.”

“아, 네에……. 오셨어요?”

지수의 인사를 받고 지성은 엉거주춤 앉은 채로 “네에, 안녕하십니까?” 하고 대답하고 말았다.

조금은 어색한 분위기를 감지한 듯 죽간 선생이 화제를 돌렸다.

“안 군, 동이족이라는 종족에 대해 아는 게 있소?”

“네. 중국인들이 우리 민족을 업수이 표현하여 동쪽의 오랑캐로 부른다고 압니다. 동쪽에 사는 족은 동이東夷, 서쪽에 사는 족속은 서융西戎, 남쪽에 사는 족속은 남만南蠻, 북쪽은 북적北狄, 이

렇게 주위를 오랑캐로 폄하하고 자기들만 중화中華라고 으스댄다
는 뜻인 줄 압니다."

"맞는 말이지. 중국인들은 참 알 수 없는 사람들이야. 왜 주위
를 모두 적으로 돌려놓고 스스로 괴로워하고, 남을 낮춰 보고 난
리를 쳐대는지, 그것은 과거나 지금이나 매한가지야. 아마 소수
의 한족이 주위의 수많은 유목 족들로부터 많은 피해를 당했기
에 그 피해 의식이 지금껏 남아있는 것은 아닐까 싶네. '동이東
夷'를 중국인들은 '동쪽의 오랑캐'로 설명하지만 '동쪽에 사는
활 잘 쏘는 대인들'이 올바른 뜻이지. 여기서 동쪽이란 곧 주인
을 의미하지. 그리고 이夷 자는 원래 '오랑캐'가 아니라 '큰 대大'
자에 '활 궁弓' 자가 엮어진 글자야. 그래서 큰 활을 메고 다니면
서 사냥을 하던 대인들이라는 의미지. 또 '편안하고 온화한 사람
들'이라는 의미도 지녔어. 원래 우리 민족은 활을 잘 쏘았지. 무
예를 숭상하는 상무족이야. 무예를 숭상하는 사람들은 함부로
싸움을 안 하지. 못난 주먹패거리들이나 남을 때리고 돈 빼앗고
남의 집에 쳐들어가거든. 중국은 자고로 영토가 척박한 땅이 많
고, 또 다민족이 할거하는 땅이어서 수없이 다투며 살았다네. 중
국사를 보면 전부가 투쟁사라고 해도 과언이 아니네. 중국에는
아무리 오래 지탱한 왕조라 해도 300년을 넘는 국가가 없어. 반
면에 우리 민족은 왕조를 열면 최소 200년에서 2000년까지 지속
했지. 아무튼 활을 잘 쏘는 유전 인자가 내려와 지금도 우리가
세계 양궁계를 석권하고 있는 것만 봐도 역사와 전통이라는 것
이 얼마나 오랜 생명력을 갖는 가치인 가를 알 수가 있잖은가?"
이렇게 말하고 나서 선생은 이렇게 물었다.
"안 군, 칼과 활이 어떻게 다를까?"

"글쎄요. 칼은 금속 무기이고 활은 대나무와 금속과 실의 복합무기가 아닌가요?"

지성이 자신 없이 말하자 죽간 선생이 말을 이었다.

"칼과 활은 무기 특성상 다른 점이 있지. 칼은 가까운 데서 적을 상해하는 무기지만 활은 먼 곳에서 적을 쫓아내는 무기야. 그러니 우리 민족은 적을 죽이기 전에 물러가도록 위협해서 내쫓는 어진 정신을 가졌지. 그것만 봐도 상무 정신을 가진 훌륭한 인성의 소유자들이라는 점을 알 수 있지 않은가?"

"아, 그런 점도 있겠군요. 그러면 동이족은 구체적으로 어느 민족을 말하는가요?"

지성은 참았던 의문을 하나씩 여쭈어보기로 했다. 오늘 내려온 것은 아직 연구와 공부는 부족하지만 극히 상식적인 수준일지라도 궁금증을 풀어보고 싶었기 때문이었다.

"음, 동이족이라고 특별한 명칭을 달고 사는 민족이 있었던 것은 아닐세. 중국인들의 표현이지, 우리가 스스로를 동이족이라고 부른 것은 아니니까. 요즘 말로 하면 조선족 전체를 동이족이라고 불렀다고 봐야겠지. 중국에 사는 우리 동포들을 조선족이라고 하지만 그것은 좁은 개념이고, 넓은 개념으로는 단군족과 예맥족, 부여족과 고구려족을 중심으로 하여 읍루·숙신·말갈·여진·거란·오환·선비·돌궐과 흉노족을 포함한 개념이지. 여기서 만주족은 여진이 원류이기 때문에 우리와 가까운 족속에 포함되지. 숙신이 곧 쥬신이야. 만주인들은 오래전부터 만주에 사는 모든 종족을 쥬신이라고 불렀는데, 그 말은 곧 동이족 전체를 이르는 용어이지. 또, 동이족은 중국의 동쪽에 거주한 사람들이지만 실제로는 북방 족이야. 시베리아와 몽골 대륙, 알타이산과 천산을 거쳐 내려온 북방 족일세. 동방 족이란 것은 없거든. 생각난 김에 한 가지 더 말해 주지. 중화도 마찬가지야. 중화족이라는 족이 별도로 있었던 게 아냐. 중국인들이 스스로를 중화의 땅이라 부르면서 자기네들을 중화족이라 불렀지. 원래는 화북성 일대와 황하 중류 지역인 섬서성 남부와 강소성 서부 및 안휘성 서북부 등 소수 지방을 포함한 호남성 일대를 중원이라고 불렀지. 그곳에 흩어져 살던 화하족華夏族·강족羌族 등을 한족이라고 부르면서 그들이 화산족 또는 중화족 행세를 했지. 그리고 말이야. 한족이라고 부르는 족속은 한나라가 생기면서 자기네들이 편의상 부르는 용어야. 지금 중국은 92%의 한족과 8%의 55개 소수 민족으로 구성되어 있다고 하지만 그것은 억지야. 참 재미있는 연구 결과가 최근에 나왔네.”

그때 똑똑! 하는 노크에 이어 지수가 과일을 가지고 들어왔다.

그녀는 문가에 앉아 사과를 깎기 시작했다. 머리를 뒤로 질끈 동여맨 모습이 가녀린 인상과는 달리 활달해 보였다.

잠시 말머리를 고르던 선생은 말을 이었다.

“음, 중국에 가니 과일은 싸더군. 한겨울에 만주 땅에서 바나나를 사 먹으면서 얼마나 놀랬던지. 나중에야 생각났지 뭔가. 중국은 월남과 같은 북위 17도인 해남도에서 북위 50도가 넘는 흑룡강성까지 남북으로 길게 자리 잡고 있으니 과일이 풍부할 수밖에. 허허허.”

이때 과일을 깎던 딸이 뭔가 물어볼 것이 있는 것처럼 머뭇거리자 선생이 되물었다.

“지수야, 너 뭐 궁금한 게 있냐? 궁금하면 알아야지. 그래야 아이들 가르치지.”

그러자 지수가 조심스레 입을 열었다.

"아버지, 중국에 관한 것은 아닌데, 한 가지 알고 싶어서요. 작년에 저희 학교 학부형 한 분이 백두산 여행을 갔다 오시면서 북한산 깨를 싸게 사 오셨던데요. 진짜 북한산일까요?"

"내가 생각하기로는 아니다. 북한 사람들이 지금 굶어죽을 판에 한가하게 깨 농사나 하고 있겠냐? 그런 경황이 있으면 감자라도 심어 부황을 해결하려 들겠지. 안 그러냐?"

"그럼 중국산을 속아서 사오는 것인가 봐요?"

"그렇지. 구태여 속이려고야 했겠냐만, 결과적으로는 중국산 깨를 사먹으면서 북한산이라고 속은 게지. 그것도 중국 남부 지방에서 나는 거다. 이모작 삼모작이 가능한 곳에서 나는 깨이기 때문에 한국산보다는 값이 싸지. 암튼 중국 농산물이 앞으로 더 많이 들어올 텐데 농민들이 걱정이다. 중국과 한국 간에 FTA 체결은 시간문제거든. WTO 체제에 이어 FTA가 체결되면 값싼 중국 농산물의 일차 목표는 한국이 될 것은 뻔한 일이니까."

지수는 과일을 깎아 소반에 담아 앞으로 밀어놓고 두 사람의 대화에 끌려 그대로 앉아 있었다. 죽간 선생은 학생이 한 명 더 늘었다고 생각했음인지 목소리에 더 힘이 가해졌다.

"지수야, 너 어제 신문 봤지. '중국에 한족은 없다' 는 제목이 붙은 기사 말이다. 중국 학자가 연구한 결과니까 중국에서도 뭐라 말을 못할 거다. 아니지, 또 애꿎은 그 학자가 숙청당하지나 않을는지 몰라. 중국 인민의 단결을 해쳤다고 말이다."

"아버지, 그게 뭔데요?"

지수가 더 궁금한 듯이 서둘러 물었다.

"음, 중국 감숙성 난주대학 생명과학학원 세샤오둥謝小東 교수의 연구 결과다. 그가 발표한 것을 보면 참 재미있고 의외의 내용들이다. 순수한 혈통의 한족은 현재 없다는 것이 연구의 결론인데, DNA 조사 결과 현재 중국인은 다양한 민족의 특질이 고루 합쳐진 것으로 어떤 특정 민족의 특질이 도드라지게 나타나지 않았다는 것이야. 오래전부터 한족은 중원 대륙에서 살고 있다고 생각해왔지만, 특정 시기의 한족을 주변의 다른 종족과 구별하기 위해 만든 지역적 구분일 뿐이라면서 이제 한족을 그렇게 지역적으로 따져 정의할 수는 없다는 주장이야."

"참으로 놀라운 주장이네요. 무슨 증거라도 제시했나요?"

"음. 한 예로 서기전 11세기, 그러니까 지금으로부터 3,300년 전 서주西周 시대에 지금 서안西安 지역은 한족에 속하지만, 그 이후 춘추전국 시대에 같은 지역에 들어선 진秦나라는 소수 민족인 서융西戎이 주류였다는 것이야. 중국 사람들은 진시황을 한족으로 보지만 사실은 서융으로 부르는 오랑캐라는 것이지."

"아니, 진시황이 한족이 아니라구요?"

이번에는 지성이 놀라서 물었다.

"그렇다네. 확실히 진시황은 한족이나 중화족이 아닌 서융, 서쪽 오랑캐일세. 즉, 유목민이라 그 말이지. 그래서 질풍노도처럼 전국을 누벼 진나라를 중국 최초의 통일 국가로 만들 수 있었다고 보네. 춘추전국 시대란 공식적으로 발표된 것만 해도 무려 170개 나라가 다투던 시절이지. 역사에 기록되지 않은 국가들을 합치면 300개 내지 400개 국가라고들 하지. 농사짓던 한족으로서는 도저히 치를 수 없는 정복 전쟁이야. 그래서 서융 출신의 진나라 왕이 300만 평방킬로미터를 장악하면서 중국 최초로 통일 왕국을 세우고, 스스로 황제를 칭했지. 그래서 시황始皇이라

하는 것일세. 북방족에 의한 최초의 통일을 중국인들은 한족 국가로 오인하고 있지. 아니, 일부러 자기네의 역사를 키우고 늘이기 위한 술책이라고 봐야겠지. 안 그런가?"

죽간 선생의 말을 듣고 보니, 맞는 말이었다. 전국칠웅戰國七雄, 큰 것만 해도 7개의 군웅이 할거하던 시대에 하필 진시황이 통일한 것은 진나라가 지금의 섬서성陝西省 가욕관 일대, 즉 돈황과 가까운 척박한 땅에 살던 유목민을 기반으로 한 나라였기 때문이었다.

선생은 다시 말을 이었나.

"중국인들은 또 자신들이 염제와 황제의 자손이라고 주장하지만, 연구 결과를 보면 황제黃帝와 염제炎帝의 발원지도 중국인들이 오랑캐라고 치부해왔던 '북적北狄' 지역이었던 것으로 드러났지. 그곳이 어디냐 하면 감숙성과 섬서성에 걸쳐 있는 황토고원이라는 곳이네. 이곳은 한족의 발원지도 주 거주지도 아니라는 주장이야. 아마, 중국인들 간담이 서늘할 거야. 황하문명의 중심인 황토고원이 한족의 발원지가 아니라는 사실 앞에서 뭐라 말할 지 흥미가 동하는 연구 결과야. 그렇다면 진정한 중원인, 즉 한족은 아예 없는 것인가. 세샤오둥 교수의 주장을 보면 중국 북부에서 남부로 이주한 객가족客家族이 고대 중원인의 문화 전통을 계승한 것으로 밝혀졌다고 하더군. 한족이라고 말하지 않은 것은 한족이란 족이 없다는 의미야. 객가족의 옛날 말, 풍속과 습관에서 나타나는 역사의 흔적을 보면 진정한 중원인은 그들 객가족이라는 것이야. 덩샤오핑과 싱가포르의 리관유 전 수상이 객가족 출신이라는 연구결과도 나왔지. 한족이 92%라는 중국인들의 주장이 아주 보기 좋게 부인되는 것을 보게 되니 아무튼 기분이 씁쓰레하면서도 조금은 좋군. 이런 것들을 종합하면 중원 대륙이라는 것도 사실 지난날 동이족에 의해 통치되던 땅이지.”

잠자코 듣고 있던 지수가 의외의 질문을 했다.

“아버지, 중국인들이 고대에 동쪽이라고 한 곳은 어느 곳을 기점으로 하는지요?”

“음, 그것은 황하 하류 지역부터라고 보는 것이 타당하지. 어떤 사람들은 공자가 동방예의지국에 가서 살고 싶다고 한 말을 예로 들면서, 동방이란 한반도를 지칭하는 것이라는 얼토당토 않는 말을 하지. 그건 역사에 상식이 얕은 사람이야. 노나라 사람 공자는 청구青丘를 동쪽이라 불렀고, 그 청구라는 땅은 산동성, 즉 황하 하류의 물산이 풍부한 곳을 말하지. 그러니까 지난날 공자가 살았던 시절만 해도 우리 조상들의 본거지는 산동 지방이란 말이지. 물론 산동에서 바다 건너면 요동반도와 요동이 전개되고 그 아래 펼쳐진 한반도 역시 동방의 일원이지만, 넓은 의미의 청구는 산동과 황하 하류 일대, 요하 일대를 말한다고 생각하네.”

“선생님, 동호와 동이는 어떻게 다른가요?”

지성은 동호東胡라는 족속에 대해 도저히 알 수가 없었다. 동쪽에 사는 유목민일 것이라는 막연한 생각이 들었지만 동이와는 상충된 표현 같아 혼란을 겪고 있었다.

그러자 죽간 선생이 책장에서 하나의 자료집을 꺼내어 펼쳤다. 지성과 지수는 선생이 펼쳐놓은 노트를 보려고 머리를 가까이했다. 그 순간 지성은 젊은 여성의 체취를 느꼈다. 풀 냄새 같기도 하고 화장비누 냄새 같기도 한 머리내음이 그녀에게서 향긋하게 스며 나와 지성의 맥박을 뛰게 만들었다.

죽간 선생은 두 사람을 바라보면서 차분하게 말을 이었다.

"여길 보게. 동호東胡라는 유목 족속이 살던 곳은 지금으로 치면 요하 상류와 대싱안링산맥, 즉 그때 지명으로는 선비산 일대야. 요즘 구분으로 가장 정확한 것은 내몽골과 외몽골이지. 그런데 동호東胡라, '동쪽의 호족'이란 무엇이겠는가. 중국 동쪽의 기름진 땅에서 말 달리며 사납게 활동하던 사람들이란 뜻이야. 잘 먹여서 기름지고 살을 찐 말을 몰던 사람들이야. 그들은 동이요, 숙신이요, 예맥이야. 이 네 족속이 다른 족속이 아니란 말이지. 아득한 고대에 중국인들이 남의 나라 족속을 그렇게 세분하여 구분했다고는 보기 어렵거든. 모두가 유목적 속성을 가진 민족들이 기름진 만주 벌판에서 동에 번쩍 서에 번쩍 하니까 농경 족인 중화족의 눈에 보면 마치 다른 종족들이 날뛰고 있는 것으로 보인 것일세."

"그럼, 족속의 구분이 별 의미가 없다는 말씀이신가요? 제가 배운 바로는 만주와 시베리아 몽골 일대에는 많은 족속이 살고 있었다고 알고 있습니다만……."

지성은 자기가 배운 역사 지식과 다른 점이 많은 죽간 선생의 말에 쉽게 수긍할 수가 없어 물었다. 하지만 죽간 선생의 다음 말은 또 한 번 지성의 머리를 혼란에 빠뜨려 놓았다.

"사실 중국인들이 주장했던 북적北狄과 동이東夷는 같은 족속이야. 이 둘을 구분하기는 불가능하다고 보네. 중화족들은 흉노와 돌궐·선비·오환·유연柔然·위그루·거란·몽골족을 북적이라고 하지만 그 종족들은 동이 안에도 혼합되어 있어. 동이도 같은 이치로 동호와 숙신, 예맥, 단군족 등을 합친 종합적 표현이지. 오늘날로 치면 만주족과 몽골인, 한국 사람, 일본인들을 합한 것이지. 여기서 가장 중요한 것은 만주족은 중화족과는 거리가 멀다는 점이야. 그러니까 동이와 북적은 쥬신이라는 족속으로 통합된, 같은 북방 족이라는 의미야. 아까 말한 대로 중화족이 보니까 여기 나타나면 동호, 저기 나타나면 선비, 이렇게 불렀을 뿐이지. 사실은 같은 조상을 가진 한 뿌리이고 중복되어 나타난 거야. 유목민이라는 점에서 공통 조상을 가진 후손들이라는 말일세. 음, 또 하나 알아둬야 할 것이 있네.”

둘은 죽간 선생의 시선을 따라 노트를 다시 들여다보았다. 지성은 지수의 머리 향내가 좋아서 의도적으로 머리를 더 그녀 쪽으로 기울였다.

“중국을 통치한 민족이 과연 어느 민족일까?”

지수가 조금은 의아하다는 표정으로 반문했다.

“아버지, 중국을 통치한 민족은 중화족이잖아요.”

“허허. 음, 그렇게 간단치가 않으니까 내가 문젤 낸 게 아니냐. 안 군은 어떤가. 누가, 아니 어느 민족이 중국을 통치했는가?”

지성은 중국이 다민족 국가라는 점을 염두에 두고 대답했다.

“고대에는 수많은 민족이 각기 제 영토와 국민을 다스렸다고 생각합니다. 진나라 이후에는 중화족 혹은 한족이 다스렸구요.”

그러나 죽간 선생은 입맛만 쩝쩝 다실 뿐 금방 말문을 열지 않았다. 얼마나 시간이 흘렀을까. 지성은 대답이 틀렸다는 생각에 면구스럽고 지수 씨 보기가 창피했다. 적막을 깨뜨리듯 방안의 괘종시계가 6자에 도달하여 반점을 쳤다. 어언 1시간 반 동안의 학습을 받은 셈이다.

“지수야, 안방에 상 차렸다. 모시고 넘어 온나.”

부인의 목소리가 짧은 정적을 깨뜨렸다.

"네에, 알았어요. 아버지, 점심 드셔야죠."

죽간 선생은 다시 안색을 바꾸어 "그래, 그렇게 생각하는 것도 무리가 아니지. 젊은 사람들에게 중국 역사를 가르치지 않았을 테니까……. 자, 안 군 건너가 점심이나 들자구." 하며 지성이 미안해 하지 않도록 배려해 주었다.

세 사람은 툇마루와 연결된 대청마루를 건너 안방으로 들어갔다.

안방은 뒷산으로 창이 나 있어 대나무 숲이 잘 보였다. 남쪽 벽에는 대나무 그림 위에 달필로 '무학례 무이입야無學禮 無以立也', '옥불탁 불성기玉不琢 不成器 인불학 부지도人不學 不知道'라는 글이 적힌 두 점의 서예 작품이 지성의 눈을 끌었다. 유심히 보니 낙관 바로 위에 죽간竹簡 고식달高息達이라는 함자가 적혀 있는 것으로 보아 선생의 친필임이 분명했다. 용틀임하듯 힘차게 쓴 글이었다.

지성이 서화에 관심을 보이자 죽간 선생은 속으로 흡족하게 생각했다. 요즈음 젊은이답지 않게 한문 명구를 알고 있는 듯하여 대견한 생각이 들었다. 그래서 은근 슬쩍 지성을 떠보았다.

"어흠, 안 군은 옛 글에 관심이 많나 보이. 혹시 집안에 한학하신 분이 계신가?"

"네, 증조부님께서 경상도 선비이셨다는 말씀을 들었습니다. 안동 땅 어디라고 들었습니다. 아버님도 서당을 다니셨다 하셨구요."

"허허, 그래요. 순홍 안씨군, 뼈대 있는 선비 집안이군그래."

선생이 수저를 들자 지성도 식구가 되어 수저를 들었다.

"흠, 《논어》는 읽어 봤나? 안 군."

“네, 하지만 아직 깊은 뜻은 새기지 못합니다.”

“음, 그만 해도 장하군. 그럼 저 글도 잘 알겠군그래.”

지성은 족자를 다시 한 번 쳐다보곤 대답했다.

“네에, 사람이 예절을 배우지 못하면 사람답게 살아갈 수가 없느니라. 그리고 옥은 쪼으지 않으면 그릇을 만들 수 없고, 사람은 배우지 않으면 도를 알 수 없다, 그런 뜻으로 해석이 됩니다.”

그의 말을 듣는 죽간 선생의 얼굴이 밝아졌다.

“옳지, 그래, 제대로 아는군그래.”

지수는 아버지가 손님에게 면박을 줄까봐 조마조마했던 차에 적이 안도가 되었다.

“여보, 뭐합니꺼? 손님 불러놓고 시험보시는 기요? 소화 안 되구로.”

부인이 불편한 심사로 한마디 거들었다.

죽간 선생은 지성의 태도에 마음이 흡족하던 터라 “허허, 내가 그만 실수를 했군그래. 안 군, 미안하게 됐소.” 라고 말하며 싫지 않은 표정으로 아내와 딸을 바라보았다.

상을 물린 안방에서 차를 마시며 세 사람은 역사 이야기를 계속했다. 사실 죽간 선생의 강론을 지성이 듣는 것이어서 어쩌면 일방적인 것이지만, 죽간 선생으로서는 진지하게 들어 주는 젊은이를 앞혀 놓고 역사 강론을 한다는 것이 더 없는 기쁨이었다.

또 하나, 교사 생활을 하는 딸이 아버지의 역사 철학에 대해 좀 이해해 주었으면 좋겠다는 간절한 소원을 은연중에 가지고 있었지만 그동안 별 관심을 표명하지 않아 서운했었는데, 안 군을 만나 이야기를 하는 중에 덤으로 딸에게까지 역사 이야기를 들려 줄 수 있는 계기가 되어 좋은 기회라 싶었다.

　지수 역시 나름대로 좋은 기회를 잡았다고 볼 수 있다. 그녀는 아버지의 역사 연구가 어느 정도로 깊이 들어간 것인지 알 수가 없었는데, 지난번과 오늘 강의를 통해 역사의 가치와 연구 방법에 대해 새로운 느낌을 얻었다. 특히 지성과 함께 앉아 듣는 강의는 흡사 캠퍼스 안에 돌아온 듯한 느낌까지 안겨주어 싫지 않은 기분이었다.

11. 치우蚩尤가 '버러지 같은 X'이라구요?

"자, 아까 하다 만 얘길 마저 할까? 어디까지 했더라……."

죽간 선생은 잠시 말머리를 고르고 있었다. 지성은 중국이 다민족 국가라는 것에 대해 말씀하다가 중단했다고 대답했다.

"맞아, 그랬지. 음, 중국에 한족이 원래부터 있는 것은 아니지만 정권 차원에서 볼 때 주류를 차지한다고 보는 한족이 통치한 시기는 한·수·당·송·명나라뿐일세. 그 외는 모두 북방 족들이 중국을 다스렸지. 서북방의 일족인 진나라, 거란족이 세운 요나라, 몽골족이 세운 원나라, 만주족이 세운 금·후금·청나라가 그렇지 않은가? 그러니 한족이 통치한 기간을 다 합쳐 봐야 1,000년 정도이지. 하나라 이후 4,500년 중국사 중에서 7할 정도는 다른 민족이 통치했다네. 또 한나라 이전에는 아예 한족이란 없었고, 동이족이 중원 대륙을 통치했지."

"선생님, 그렇다면 중국인들이 요즘 주장하는 1만 년 역사라는 것이 정말 애매한대요?"

지성이 반문하자 지수도 거들었다.

"아버지, 중국은 삼황오제 시대가 자기네 역사라고 주장하면서 제사까지 지낸다고 하는 기사를 인터넷에서 보았는데, 그렇다면 우리보다 뿌리가 깊지 않다는 말씀 아니에요?"

"그건 쉽게 단번에 얘기할 문제가 아냐. 그보다는 중국인들이 얼마나 타 민족들, 특히 북방 족들을 미워하고 거리감을 두고 싶어 했는지 몇 개의 용어의 뜻을 살펴보도록 하자구."

죽간 선생은 지성에게 물었다.

"안군, 치우천황이라고 아나?"

"네, 이마에 쇠뿔이 달렸다고 중국인들이 주장하는 장군 말씀이시지요."

"동두철액銅頭鐵額이라고 중국인들이 두려워했던 배달국의 14대 천황일세. 머리는 구리요 이마는 쇠로 만든 것처럼 강한 장수라는 말인데, 그때 이미 배달국에서는 청동무기를 사용했다는 증거이기도 하지. 음, 지수야, 2002년 월드컵 때 '붉은 악마' 라고 부르던 젊은이들이 손에 들고 흔들던 깃발 안에 뭐가 그려져 있었는지 기억나느냐?"

죽간 선생이 딸을 보며 묻자 지수가 "도깨비 상이었죠."라고 답했다.

"맞아. 그 도깨비란 바로 호국의 얼굴이야. 나라를 지켜낸 치우천황의 얼굴을 형상화한 것이지. 그 치우 깃발을 흔들면 싸움마다 승리한다 이거거든. 치우천황은 동이족의 영웅이지. 치우는 중화족의 시조라고 중국인들이 주장하는 헌원황제와 10년 동안 70여 회를 싸웠는데 결국 치우가 이겼고, 헌원은 황하 상류 지역으로 도주하고 말았지. 헌데 사마천이 쓴 《사기》에 보면 치우가 헌원한테 잡혀 죽은 것으로 돼 있어. 그건 치우가 죽은 것이 아니라 치우군의 장수 중에 치우기라는 장군이 있는데, 그가 죽은 것을 가지고 치우천황이 죽었다고 기록한 거야. 사마천도

배달국 14대 천왕인 자오지천황
중국인들이 자기네 조상이라고 모시고 있다.

중화족이니까 자기네가 유리할 대로 기록한 것이지. 이순신 장군이 싸우던 임란 시기에도 이순신이라는 동명이인이 있었어. 아주 용감한 소장이었지."

"선생님, 그런데 치우천황이 왜 중국의 조상으로 돼 있죠?"

지수가 묻자 지성도 의아하다는 눈으로 죽간 선생을 바라보았다.

"허허, 그게 참 근본적인 문제야. 지금 중국 북경 북쪽의 삼조당이라는 곳엘 가보면 헌원軒轅과 치우蚩尤, 신농神農, 이 세 인물을 중화족의 공동 조상으로 삼아 제를 지낸단다. 영토와 민족이 축소되니까 조상까지 빼앗긴 꼴이 되고 말았어. 헌원 역시 배달국의 거수국으로 있던 유웅국有熊國의 부장이었던 소전少典이라는 사람의 아들이야. 또 헌원의 뒤에 붙은 황제黃帝라는 단어는 '누르 황黃'에 오제 중의 하나인 임금 제帝자를 쓰지. 임금 황皇자가 아니야. 중국인들도 그렇게 쓰고 있어. 황하 중상류 일대를 주름잡았던 왕이었다는 뜻이지."

그러자 지성이 물었다.

"선생님, 신농씨니 염제니 하는 인물이 실존했나요?"

"염제신농씨라 부르는 사람은 상고 시대에 산동 지방을 다스리던 동이인으로 농사와 의학에 남다른 식견을 가지고 있던 지도자야. 아무튼 중국인들은 신농씨와 헌원황제, 그리고 치우천황 이 셋을 중화족의 조상으로 모시고 있으니 황당하고 해괴한 일이지. 그런데 그보다 더 참담한 일이 있네.”

두 사람은 죽간 선생이 비감한 표정을 짓자 선생의 입을 주시했다.

“치우蚩尤라는 용어 말일세. 그 뜻이 뭔지 아는가? 이걸 모른다면 후손으로서 수치야. 아니 두 번이나 조상에게 죄를 짓는 것이 되네. 중국인들이 치우천황에게 얼마나 당했으면 이름조차 악독하게 바꿔 불렀을까. 치우라는 말은 ‘버러지 같은 X’ 이라는 의미야. 중국인들이 그렇게 불렀다네. 우리말로는 자오지천황慈烏支天皇이 맞네. 남의 나라 왕 이름을 중국인들은 변조해서 추잡하게 부르고 있어. 자오지란 ‘사랑하는 어머니 같은 (강한) 까마귀가 지탱해 주는 (나라)’ 라는 의미가 담겨있다네.”

“네? 사실입니까? 선생님. 치우천황이라고 부르면 조상을 욕되게 한다는 것이 사실입니까?”

“맞네. 우리가 스스로를 동이족이라고 부르면 동쪽 오랑캐를 자청하는 꼴이 되듯이 치우라고 부르면 안 되네. 자오지천황이라 불러야 쓰네.”

“참, 나쁜 족속들이군요. 근데요, 얼핏 생각나는 것이 흉노족이라고 있잖아요. 그 사람들은 왜 흉노라고 불길하게 부른대요?”

지수가 정색을 하고 묻자 지성도 더 궁금해지기 시작했다. 아니 이제껏 역사 공부를 해오면서 한 번도 가져보지 못한 의문이어서 자신의 부족함을 절감하는 순간이기도 했다.

“음, 그것도 한심한 용어야. 흉노匈奴라. 오랑캐 흉, 입심이 좋거나 시끄럽다는 흉匈자에다 종, 노예, 포로를 뜻하는 노奴 자를 붙인 이름이지. 입심 좋은 노예라거나 시끄러운 종놈이라는 의미인데, 이것도 중국인들이 서융西戎이라 불렀던 세력에 대한 두려움을 비천한 인종이라 낮춰 부름으로써 열등감을 상쇄해보려고 한 것이지.”

“아니, 흉노라는 말이 그런 뜻이었습니까?”

이번에는 지성이 놀라 물었다. 죽간 선생은 지성의 물음에는 대답하지 않았다.

“어디 그뿐인가. 물길勿吉은 재수 없는 족속이라는 뜻이고, 읍루挹婁는 아이누 같은 놈들, 돌궐突厥은 날뛰는 켈트족, 몽고蒙古는 아둔한 옛것이라는 의미를 담고 있어. 우리 조상인 예맥濊貊은 똥오줌이 묻은 더러운 승냥이라는 뜻이지. 선비鮮卑는 선비산에 사는 비천한 족속이라는 비하의 의미를 담고 있어. 어떤가. 이래놓고 나서 중국은 지금은 같은 민족이니 중화로 살아가야 한다고 주장하지. 중국 사가들의 악의에 찬 편견과 피해 의식 때문에 역사책에 여전히 살아있는 족속들의 이름이 이렇게 무자비하게 비하된 채로 이어지고 있어. 중국이 다민족 국가로서 모든 민족을 존중한다면 명칭부터 바꿔야 할 걸세”

죽간 선생의 말을 들으면서 지성과 지수는 중국 사람들이 그토록 주위 세력을 비하하고 천한 족속으로 매도하고 있는 줄을 처음 알았다.

“아니, 중화라는 의미는 어느 한 곳에 치우치지 않는 아름다운 마음이라고 아는데요, 어쩌면 중국인들이 그토록 주위를 비난했는지, 어이가 없습니다.”

지성이 분한 기운에 얼굴을 붉히며 말하자 죽간 선생은 차분한 어조로 말을 이었다.

"모두 다 지난 일들이야. 앞으로 한국과 중국이 상생하는 방법을 강구하는 것이 더 중요하지. 우리도 지난날 중국 대륙을 지배했었느니, 단일 민족이니 하면서 민족 감정을 전면에 내세우면 안 돼."

"아버지, 그럼 우리가 단일 민족이라는 점을 다시 평가해야 한다는 말씀인가요?"

지수가 조금은 당돌하게 묻자 죽간 선생은 기다렸다는 듯이 말했다.

"그렇단다. 단일 민족이라는 말은 문화의 고유성과 문화 가치의 공동 향유라는 점에서 그렇게 표현할 따름이지, 인종적인 단일성과는 다른 문제야. 우리는 고대로부터 수많은 대외 교류를 해온 민족이기 때문에 한민족이라는 단일성은 문화적 차원의 것으로 봐야 해. 예를 들어 볼까? 신라의 기마상 알지? 교과서에도 나오는 칼을 든 무사가 평평한 모자를 쓰고 말 위에 앉아 있는 무인상武人像 말이야. 그 기마상을 보면 편두偏頭를 가졌어. 머리가 앞뒤로 납작하지. 그 납작한 머리는 흉노족들이 사용하던 방식이야. 흉노족들은 아이가 태어나면 빨래판 같은 것을 머리 앞뒤에 대어 납작하게 만드는 습속이 있었어. 그 두상을 가진 조각상이 신라에 있다는 것은 무엇을 말할까? 흉노족의 이동이 있었다는 거야. 신라인의 상층부에는 흉노를 포함한 북방과 서방 인종들이 많이 흘러들어 왔지. 대단히 강한 북쪽 유목민들이 신라인의 한 구성원이 됐다는 말이지. 그뿐인가. 가야의 김수로왕의 허황후는 인도 아유타국의 공주였지. 인도 인종이 가야로 들어와 나라를 세우는데 기여했고, 그 후손들이 신라의 귀족들이 되었지. 김유신 장군도 가야인이 아니던가."

　세 사람이 대화를 나누는 가운데 해는 어느덧 서쪽으로 기울고 있었다.

　지성은 이제 일어나야겠다고 생각했다. 조금 더 지체했다가는 저녁때가 될 것이기 때문이었다.

　지성이 시계를 자주 보자 지수가 눈치를 챘는지 "안 선생님, 어디 약속이 있으신가 봐요." 하였다.

　"네, 저녁에 진주에 좀 들를 일이 있어서요. 진주에서 사업을 하는 친구가 있어요."

　그러자 죽간 선생이 조금 서운한 표정으로 먼저 일어섰다.

　"허허, 그래? 친구가 기다리면 안 되지."

　"선생님, 오늘 참 많은 공부를 하였습니다. 어쩌죠? 수업료를 내야 할 텐데요."

　그가 넉살을 부리자 선생이 말했다.

　"안 군, 공부를 많이 하게. 내 자네한테 분명히 말해두지만 지금 역사 공부를 하면 10년 뒤엔 핵무기 전문가보다 더 중요한 역할을 할 것이야. 서운하군. 더 이야기를 나누고 싶은데, 갈 곳이 있다니, 지수야, 안 선생 배웅 좀 해 드려라."

　지성은 인사를 하고 대문을 나섰다. 지수가 그의 뒤를 따라나섰다.

　그때 박 부인의 목소리가 들렸다.

　"야야, 안 선생, 쪼매만 기다리라꼬 하그라."

　잠시 후 부인이 손에 뭔가를 싸가지고 나오더니 "벨거 아니지만 아버님 드시라카소." 하고 지성의 손에 산청 곶감 두 꾸러미를 쥐어 주었다.

두 사람은 길을 따라 원지 버스 정류장까지 약 20여 분을 걸었다. 경호강물은 봄빛을 가득 안은 채 흐르고 있었다.

"지수 씨, 지난번도 또 오늘도 실례가 많았습니다."

지성의 말을 듣고 있던 지수가 생글거리는 얼굴로 말했다.

"아니에요. 안 선생님 덕분에 저는 아버지에 대해 더 아는 기회가 됐어요. 전 참 못된 딸이었거든요."

"전혀 아닌 것 같은데요. 난 효녀다 이렇게 얼굴에 씌어 있는 걸요. 저, 자주 놀러 올 겁니다. 선생님을 뵙고 공부하는 것이 즐겁고 보람이 있어요."

"하긴 그래요. 어디서 이런 강의 듣겠어요? 안 선생님은 수업료 톡톡히 내셔야 해요."

지성은 버스 정류장 건너 새로 생긴 마트 안으로 들어섰다. 지수도 따라 들어왔다. 이곳저곳을 둘러보던 지성이 마트 안쪽에 자리 잡은 빵가게에서 찹쌀떡과 고급 빵 여남은 개와 감식초 한 병, 사과 한 묶음을 샀다.

가게 앞에 나와 지성은 지수에게 선물 꾸러미를 내밀며 말했다.

"오늘, 수업료예요. 감식초는 아버님 갖다 드리세요. 노인장 혈행血行에 좋대요. 그리고 나머진 어머님 드리시구요."

지수는 극구 사양했지만 지성은 떠맡기듯 안겨주고 버스를 향해 달려갔다.

3부
후손을 위한 댓돌 놓기

12. 갈증은 또 다른 허기虛飢를 낳고

두 번이나 만난 사람, 우연치고는 참으로 기이한 만남이 지성과 지수 사이에 어떤 기대의 다리를 놓아가고 있었다. 장날만 아니었어도, 아니 지성이 그날 단성 장터에 들르지 않고 서울로 돌아왔더라면 두 사람은 만날 가능성이 강에서 민물새우를 잡을 만큼이나 낮았을 지도 모르는 일이다. 아니다. 그가 장날에 구경만 하고 우체국 뒤편의 기와집 순례를 하지 않았다면 '다물정사' 와 죽간 고식달 선생을 만나지 못했을 것이고, 지수와 지성의 만남은 불가능했을 것이다.

경상도 산청 땅을 찾아 만유漫遊에 올랐던 지성이 그곳에서 만난 것은 투박하면서도 살가운 삶의 곳간이었다. 이제껏 살아오면서 만나지 못했던 정겨운 사람들을 만나 그 안에 펼쳐진 새로운 문화와 언어, 풍광과 습속에 매료되어 갔고, 급기야 자기도 모르게 사람 사는 정을 배우고 있었다.

서른을 앞둔 남자, 지금은 비록 백수지만 그는 가슴 뜨거운 젊은이였다. 피는 가장 순수한 인간의 본능인 것. 일찍 어머니와 사별한 그의 가슴엔 모정에 대한 그리움이 납덩이처럼 들어앉아 있었다. 20년 동안 남자들만이 사는 가운데 지성의 정서는 박제

된 새처럼 삭아가기 시작했다. 그는 그것이 무서웠다. 제대로 피어보지 못한 젊음이 실업의 그늘에서 더 견고한 콘크리트로 변해버릴 것 같아 틈틈이 기타도 두드려보고, 공부할 때면 습관처럼 음악을 틀어놓았다. 그럴수록 그의 가슴을 휑하게 만드는 것은 그리움이라는 단어였다.

그런데 무슨 조화인지 그에게 그리움의 그림자가 드리우기 시작했다. 박 부인과 고지수를 만난 순간에 지성의 가슴엔 사금파리에 찔린 무릎에서 피가 배어 나오듯 따뜻한 인정의 피가 솟구치기 시작한 것이다.

'아, 나에게도 희망이란 단어가 찾아오는구나. 절망의 끈을 놓지 않았더니 희망으로 연결되는가…….'

그런 생각을 하면서 지성은 죽간 선생에게서 배우는 역사 공부에 더 몰두해 갔다.

한편 지수는 새 학년을 맞아 의령에서 산청군 시천이라는 곳의 모 초등학교로 전근을 하여 3학년 담임을 맡았다. 그녀는 지긋지긋한 하숙 생활을 면하고 부모와 함께 생활할 수 있게 된 것이 가장 기뻤다.

중학 시절, 1년간 휴학했을 정도로 튼튼 체질이 못 되는 그녀는 철 따라 보약을 먹으면서 견뎌내고 있었지만, 집에서 출근한다는 것이 그렇게 좋을 수가 없었다. 게다가 안지성이라는 남자를 알게 된 것도 그녀가 활력을 회복하는 데 큰 도움이 되었다고 스스로 생각하고 있었다. 아직까지 남자들과 깊이 사귀어보지 않은 그녀는 아버지의 영향 때문인지 스스로 생각해도 고루할 정도로 보수적이었다. 대학 시절이나 전직 학교에서도 남자들이 곁에 여럿 있었고, 몇몇은 호감을 가지고 그녀에게 접근해 왔지만, 왠지 모르게 그녀 스스로 기피하였다. 그런데 두어 달 전에 처음 만난 지성을 보고 그녀는 한마디로 빠져들었다. 그가 자신을 좋아하는지 어떤지를 확인할 길이 없지만 분명한 것은 지성의 표정이 지수를 싫어하지 않는다는 점이었다.

"에구, 이게 뭐꼬. 니 또 한 보따리 사 왔나?"
박 부인은 지수가 대문을 들어서자 대뜸 호통부터 쳤다. 성미 급한 어머니는 딸이 대답할 겨를도 주지 않고 득달해 댔다.
"그러이까네 대꼬챙이 맹키로 말르는 기라. 살도 안 찌고……. 우째야 좋노."
지수는 그런 어머니를 웃음으로 바라보며 방안으로 들어섰다.
"엄마, 그게 아니고요. 안 선생님이 사준 거예요. 감식초는 아버지 드리고, 엄마는 이거 모두 다……. 어때요. 엄마, 내가 수지 맞는 장사했지?"
아버지는 딸이 내미는 감식초를 받아들고 말했다.
"흠, 좋은 것이구나. 그렇잖아도 식초를 좀 먹어볼까 하던 참이었는데. 하루 세 번씩 찬물에 타서 마셔야 겠다. 소화에도 좋고 백발을 예방하는 데도 특효라고 하더구나."
어머니는 찹쌀떡과 빵 꾸러미를 마치 소중한 선물인 듯 받아 안고 흐뭇한 표정으로 말했다.
"총각, 잘 갔나? 닌테 와 이걸 사 주드노?"
"모르겠어요."
"흠, 젊은이가 뭘 해도 한자리할 사람이야. 심지가 깊어. 입도 가볍지 않고 말이야."

아버지도 지성을 칭찬하면서 은근슬쩍 지수 눈치를 살피는 것이었다.

"몰라요. 그냥 막무가내로 사서 안겨주고는 횡 하고 버스를 탔으니까."

"닌테 아무 말 안 하드노?"

"낸들 아우. 엄마는……. 벌써 사윗감으로 점찍어 놓았수?"

모녀간의 대화를 들으며 죽간 선생은 지성이 앞으로 역사를 더 공부하여 훌륭한 학자가 되었으면 좋겠다는 생각을 하였다.

"늬 몇살이고? 인자 시집가야 안 되나. 내년부터 낼로 늬 밥 안 해준다카이."

"알았어요. 제가 해 먹을 게요. 하숙비도 꼬박꼬박 낼 거구요."

"하숙비라캤나? 한 달에 을매 줄낀데?"

세 식구는 지성이 떠난 뒤풀이를 그런 모양으로 하고 있었다.

그에 대한 이야기는 저녁 밥상에서도 이어졌다.

그날 밤, 지수는 지성의 묵직한 어깨에 머리를 기대는 꿈을 꾸었다. 아직 시절은 이른데 뜰의 라일락이 활짝 피어 집안 전체에 라일락 향이 가득 흘러넘치는 한 가운데에 두 사람이 앉아 이야기를 하다가 그만 깜박 잠이 든 꿈이었다.

밤늦게 집에 도착한 지성은 먼저 안방으로 들어가 아버지께 귀가 인사와 함께 산청에서 가져온 곶감을 드렸다.

"아버지, 저녁 식사는 하셨어요?"

"음, 늦었구나. 넌 저녁은 먹었느냐?"

"네. 제가 멀리 갈 때는 뒷집 아줌마에게 부탁을 해놓을 테니

식사 거르지 마세요. 빨래 같은 것도 마루에 내놓으시구요. 의정부 고모님이 자주 못 오시니까 아주머니께 부탁드린 거예요. 부담 갖지 마세요."

뒷집에는 50대 중반의 서산댁이라 부르는 아주머니가 살고 있었다. 남편을 사별하고 아들딸과 함께 사는 그녀는 지성이네 집 일을 자기 일처럼 챙겨주는 친절한 분이었다. 원래 이곳에 시집와 살기 시작하면서 지성 어머니와 자매지간처럼 지내던 사람이어서 스스럼없이 지성이네 일을 거들어주곤 하였다. 아버지와 서산댁은 의지하는 사이여서 도리어 홀로된 아버지에게는 좋은 친구이기도 하였다.

"이건, 산청 곶감인데요. 아주 맛이 좋은 거라고, 산청에 사시는 강 선생님이 아버님 드리라고 주시기에 받아왔어요. 한 봉지는 뒷집 아주머니 드릴 거예요."

"오, 고종시高宗枾구나. 좋은 곶감이지. 옛날에는 임금님에게 올렸던 아주 귀한 것이었다. 그런데 누가 이런 선물을 주던?"

지성은 두 번에 걸쳐 산청에 다녀온 이야기를, 역사에 대한 나름대로의 견해도 곁들여서 말씀을 드렸다. 아버지는 아들의 얘기를 듣고 나서 입을 열었다.

"그래. 그런 분이 계시더란 말이지? 참 훌륭한 분이구나. 암, 배울 것이 있으면 배워야지. 사람이란 학교 졸업한 뒤에도 끝없이 배워야 하는 법이니까. 역사 공부는 괜찮은 아이디어 같다. 물론 금방 돈 벌 생각을 하면 안 되는 것이지만……."

아버지는 지성이 좌절하지 않고 공부를 시작한 것이 대견하게 생각되어 격려를 해주었다. 지성은 아버지의 말에 크게 고무되었다.

"그래서 드리는 말씀인데요, 아버지. 몇 달간 역사 공부하고 난 뒤에 취업을 할래요. 큰 직장은 아니지만 저를 필요로 하는 곳이 있어요."

"그래라. 지금까지도 참아 이겼는데, 조금 더 참고 노력하면 곧 좋은 소식이 있을 게다."

이렇게 아들을 위로하고 나서 혼잣말처럼 덧붙였다.

"우리나라에 대인大人이 사라져 큰일이다. 나라가 잘되려면 국민의 존경을 받는 어른이 요소요소에 계셔야 하는데, 어른이 없어, 어른이. 사람들이 참 왜소해 지고 말았어. 대륙을 호령하던 기개는 다 어디로 가고 소인배들만 득시글대니 원, 쯧쯧."

아버지의 잠자리를 봐드린 뒤 지성은 자기 방에 돌아와 곰곰 앞으로의 설계를 세워보기 시작했다.

13. 인연의 흙

　4월 말경 지성은 다시 죽간 선생을 찾아 갔다. 산청에는 온 산과 들에 봄기운이 완연해 지고 있었다. 논둑 밭둑에는 나물 캐는 아낙네들이 느릿느릿 우렁쉥이처럼 움직이고, 산에 지천으로 널린 밤나무에는 푸른 잎이 얼굴을 내밀어 밤꽃을 예비하고 있었다. 산청은 밤이 많은 곳이다. 한여름이면 밤꽃 향기가 차창으로 스며들어 졸음을 몰아내는 약으로서 역할을 할 만큼 밤꽃 향이 짙은 곳이다.

　그날은 토요일이었다. 남녘으로 향하는 관광객들로 고속도로는 밀리고 있었지만, 거제·고성·삼천포로 가는 축과 지리산으로 가는 축으로 나뉘는 바람에 큰 혼잡은 없었다.

　지성은 그날따라 지리산 주위를 더 둘러 볼 생각에 차를 빌려 가지고 내려가기로 하였다. 지난번에 출판사 강남구 사장 차를 타고 몇 군데 다녀봤지만 양에 차지 않았기 때문이다. 차는 집 뒤에 있는 사찰의 총무에게 부탁하여 빌렸다. 절 총무는 급성맹장염에 걸려 한밤에 쓰러졌을 때 지성이 병원으로 싣고 달려가 구해준 일이 있는 사람이었다. 그뿐이 아니었다. 초파일 같은 날이면 지성이 절에서 쓰는 차를 몰고 다니며 신도들도 안내해오고, 물건도 사 나르는 등 많은 봉사를 해주곤 하였다.

지성은 어제 저녁에 고지수 선생에게 전화를 했다. 승미가 그의 곁을 떠난 지 4년 만에 해보는 여성에 대한 전화여서 그는 떨렸다. 그녀의 핸드폰 벨소리는 클래식, 곡목은 알 수 없지만 잔잔한 노래가 울렁거리는 가슴을 진정시켜 주었다.

"여보세요. 고지수 선생님이죠?"

지수는 처음 보는 번호가 화면에 뜨자 조금 긴장하고 대답했다.

"네, 제가 고 선생입니다만, 누구신지요?"

그러자 상대방 남자는 조금 떨리는 음성으로 더듬거렸다.

"저어, 다름 아니라……. 지난번에 만났던……."

지수는 직감적으로 그가 안 선생이라는 것을 알아차렸다. 놀랍기도 하고 한편으로는 기쁘기도 했지만 짐짓 모른 채 딴청을 부렸다.

"누구신데요……. 학부모님이세요?"

그러자 지성이 안달이 나서 말했다.

"저, 안지성입니다. 함께 역사 강의를 들었던 학생 말입니다."

"호호호, 학생이라구요? 안 선생님, 저예요. 고지수."

두 사람은 전화로 웃음을 주고받았다.

지수는 지성이 전화를 해준 것이 잘 됐다 싶었다. 다음 달에 연구 수업이 있는데, 지수는 사회과 과목을 맡았다. 주제는 중국의 동북 공정에 대해 바른 역사의식을 갖도록 하는 것이었다. 아버지에게 물어보면 더 잘 알 수 있겠지만 뭔가 젊은 사람의 시각에서 발표 준비를 하는 것이 좋지 않을까 하여 지성과 상의했으면 하고 생각하던 참이었다.

“저어, 내일 산청에 내려갑니다. 이번에는 차를 가지고 갈까 하는데, 지수 씨는 내일 어디 계세요?”

“저는 내일 주간 당직이에요. 오후 5시까지는 학교에 있어요. 그러니 집에는 좀 늦게 들어갈 거예요.”

“선생님이 어제도 전화를 주셨어요. ‘하던 공부를 마저 해야지.’ 이러시던데요. 그러면 내일 제가 학교로 가지요. 5시경에 들어가서 지수 씨를 모시겠습니다.”

어디서 그런 용기가 났는지 모른다. 아마 죽간 선생의 묵인이 긍정적인 에너지로 작용하여 지성에게 용기를 준 것인지도 모른다.

“그러시지 않아도 되는데……. 그냥 혼자 가세요. 전 여기서 집까지 가는 버스가 있어요. 괜히 길도 모르시면서 돌지 마시구요.”

“아닙니다. 꼭 계세요. 학교 정문에 5시까지 대령하겠습니다. 고 선생님. 그럼, 이따 뵙겠습니다.”

지성은 말을 마치고 서둘러 짐을 챙겼다. 달랑 배낭하나 들고 나서는 것보다는 한결 여유가 있는 여행이 될 것 같은 예감에 그는 소풍 떠나는 어린아이처럼 들떴다.

고지수 선생이 재직하는 학교는 시천이라는 곳. 단성에서 버스로 30분 정도 들어가는, 하동으로 넘어가는 길목이었다. 단성에서 중산리로 넘어가는 고개를 넘어 내려가다가 왼편으로 들어가면 시천 땅이다.

지성은 차를 몰아 오후 5시에 그녀가 있는 초등학교 정문에 차를 세웠다. 첫길이었지만 길눈이 밝은 그에게는 어려운 여정이 아니었다. 다만 시천으로 들어오는 길이 교통 통제를 덜 받는 시골길이어서 그런지 음주 차량들이 제법 눈에 띄었다. 모처럼 시골길에 나선 도회지 차량들은 고삐 풀린 망아지들처럼 제멋대로 빵빵대는가 하면 추월을 밥 먹듯이 하였다.

그러다가 기어코 일이 터지고 말았다. 그가 고 선생을 태우고 학교 정문에서 벗어나 커브를 틀어 1Km정도 달렸을 때, 지성은 갑자기 속도를 낮추었다. 오른편 논에서 웬 검은 새 한 마리가 큰 날개 짓을 하며 날아오르더니 차 앞 유리 부분을 스치듯 지나가는 것이 아닌가.

'아니, 웬 새가 눈을 가리나.'

그는 무엇을 잘못 보았나 하여 차를 천천히 몰아 커브길을 비스듬히 감싸 안고 돌았다. 그때 갑자기 승용차 한 대가 빠른 속도로 지성이 모는 코란도를 스치듯 추월하더니 다리를 건너오는 차를 피하려다가 교각을 들이받고 하천으로 굴러 떨어지는 것이 아닌가.

지성과 지수는 하마터면 그 차량을 추돌하여 큰 사고를 당할 뻔하였다. 다행히 사고 지점 직전에서 급브레이크를 밟아 추돌을 면하였다. 서행하였기에 천만다행이었다.

"어맛! 저를 어째. 차에서 사람이 튕겨져 나왔어요."

안전띠를 매지 않은 듯 교각과 부딪치는 순간 한 여자가 차에서 튕겨져 나와 개울가 진창에 처박혔다. 지성은 도로 한 켠으로 차를 세우고 사고 지점으로 달려갔다. 젊은 남자는 팔이 부러진 채 신음하고 있고, 튕겨 나간 여성은 다행히 물에 빠져 큰 상처는 안 입은 듯 물속에서 허우적대고 있었다. 지성은 지수에게 젊은 남자의 골절상을 보게 하고, 다리 아래로 내려가 여자를 구해 내어 안고 나왔다. 여자는 떨어지면서 긁히거나 부딪친 듯 얼굴에 피가 낭자했고, 공포로 덜덜덜 떨고 있었다. 순식간에 일어난 사고라, 마을 사람들은 어찌 할 바를 모르고 발만 동동 구르고 있었다. 지성은 지수와 함께 두 사람을 제 차에 태우고 비상라이트를 켠 채 진주로 내달렸다. 진주 시내 D병원 응급실에 도착한 두 사람은 달려온 경찰에게 사고 목격과 구난 경위를 설명해 주고 나서 지수의 근무처와 연락처를 적어 주고 병원을 나왔다.

다시 차에 오르려던 지성은 지수의 얼굴이며 옷에 진흙이 잔뜩 묻어 있는 것을 보고 웃음이 나와 키득거렸다. 반면에 지수는 지성의 몰골이 너무 한심하여 입을 가리고 웃었다. 두 사람은 이런 모양으로는 집에 갈 수 없다 생각하여 가까운 목욕탕에 들어가 몸을 씻었다.

그날, 단성으로 돌아오는 차안에서 지성은 고 선생과의 묘한 인연에 대해 이야기하면서 모처럼 은근한 행복감을 만끽했다. 지수 역시 같은 느낌인 듯 발그레한 미소로 대답을 대신했다. 뜻하지 않은 사고로 두 사람은 몇 시간의 숨 막히는 긴장과 함께 아름다운 로맨스를 엮어나가는 시간을 가질 수가 있었다.

지성의 차가 집 앞에 도착하자 박 부인이 뛰어나와 두 사람이 차에서 내리는 장면을 보았다.

"오데 댕겨오는 길이가? 두 사람 오데서 만났노?"

조금 쑥스러워하는 지수를 대신하여 지성이 말했다.

"어머니, 제가 오는 길에 따님을 모시고 왔습니다."

그러자 박 부인이 놀란 눈으로 지성을 바라보며 싫지 않은 표정으로 물었다.

"언제부터 우리 아랑 가까워 졌능교?"

"네, 한 서너 달 됐습니다."

지성이 넉살좋게 말하자 지수가 입을 삐죽이며 안으로 들어가 버렸다. 딸이 들어가자 박 부인은 지성에게 은밀히 말했다.

"내 딸이라 자랑하는 기는 아니구마. 한번 사겨보소. 하모 괘안을 깁니더. 총각 이름이 지성이라 했지예. 우리 딸은 지수라예. 우예 이름이 비슷하노."

박 부인은 지성의 손을 잡고 집 안으로 들어갔다.

14. 중국의 동북 공정은 무모한 역사 침략

　저녁식사는 이미 준비돼 있었다. 죽간 선생과 박 부인은 사위라도 맞는 듯이 지성을 환대해 주었다. 저녁을 먹고 잠시 TV를 보던 죽간 선생과 지성은 지방 방송 편에서 교통사고 보도를 보았다. 낮에 지성과 지수가 도움을 준 사고였다.

　이를 모르는 죽간 선생은 혀를 차면서 말했다.

　"교통이란 서로 통하라는 것인데, 제 욕심만 부리니 사고가 나지."

　그때 안방의 전화벨이 울렸다. 죽간 선생이 전화를 받더니 "지수야, 너 찾는 전화다. 진주경찰서란다. 뭐 경찰에 신고한 것 있냐?" 하였다.

　전화를 받은 지수는 경찰서에 잠깐 와서 증언 좀 해 달라는 전화라면서 낮에 일어난 교통사고에 대해 말했다.

　"그래, 좋은 일 했구나. 갔다 오너라. 헌데, 야심한데 뭘 타고 가누."

　지성은 선생의 말을 받았다.

　"제가 낮에 따님과 함께 한 일이니까, 제 차로 같이 다녀오겠습니다."

박 부인은 반색을 하며 안전 운전을 신신당부하였다.

본의든 아니든 두 사람은 다시 데이트를 하게 되었다. 경찰에 잠시 들러 교통사고에 대해 증언을 해주고 돌아오는 길에 두 사람은 진주 남강 변에서 휘황한 조명이 빛나는 강물을 바라보며 많은 말들을 나누었다.

지성은 라디오를 나지막하게 틀어놓고 분위기를 띄웠고, 지수는 지성의 의협심과 여러 가지 배려에 대해 좋은 감정을 가지게 되었다는 뜻을 전했다.

그날 밤은 교통사고 건으로 인해 죽간 선생의 역사 강의를 듣지 못했다. 지수를 집에 내려준 지성은 단성장이라는 모텔에 투숙하였다. 서울로 올라간다는 인사를 하고 떠났지만 지수에게만큼은 내일 만날 것을 약속했다.

다음날 오전 10시. 지성은 우체국 앞에서 가벼운 캐주얼 차림에 모자를 쓴 지수를 차에 태우고 몇 달 전에 가봤던 선무대로 향했다. 몽골식 겔이 인상적이었던 곳, 웅석봉 아래에 자리한 선무대로 올라가면서 지성은 새로운 감흥을 맛보았다. 두 사람은 전에 만났던 윤하영 교관을 다시 만나 선무대로 다시 올랐다. 그런데 솔밭 가운데에 나이 지긋한 어른이 앉아있었다. 윤 교관의 말에 의하면 강 선사라 했다. 두 사람은 윤 교관의 안내로 강 선사를 만났다.

안경 뒤에서 눈이 예리하게 빛나는 그 사람은 검은 선인복仙人服을 입고 있었다. 나중에 안 일이지만 고구려의 조의선인皁衣仙人들이 입던 옷이라고 했다. 그 제복의 왼편 심장 부분에는 금색으로 삼족오가 새겨져 있었다. 그리고 강 선사가 들고 있는 검은 모자에도 흰색으로 삼족오가 새겨져 있었다.

나이는 60이 되었을까. 조금은 차가우면서도 친근감을 주는 이상한 마력을 지닌 사내였다. 그는 일행을 보더니 만면에 웃음을 띤 채 손을 내밀었다.

"어서 오시오. 윤 교관에게서 말씀 들었어요. 잘 오셨습니다. 난 강석준이라고 합니다."

"저희 원장님이세요. 20년 전에 다물 운동을 처음 시작한 분이시구요."

윤하영 교관이 진지한 표정으로 두 사람에게 그를 소개했다.

"젊은 분들이 저희 선무대를 찾아주시니 민족의 앞날이 환히 밝아지는 것 같습니다."

"네, 지난번 잠시 들렀습니다만, 하도 인상이 깊어서 다시 찾아왔습니다."

지성이 말하는 순간 지수는 아버지가 '운리에 가면 다물학교가 있다'라고 여러 번 말한 것을 기억해 냈다. 또 집에 내건 '다물정사'라는 간판이 여기와 연관되는 것은 아닌가 하는 생각을 갖게 되었다. 집에서 이렇게 가까운 곳에 이런 수련 기관이 있는 줄을 몰랐던 것이다.

두 사람은 7호라고 쓰인 겔 안으로 안내되었다.

겔 안은 의의로 높고 컸다. 그리고 바닥은 나무판 위에 얇은 카펫이 깔려 있어 신을 벗고 올라가 좌담을 할 수도 있고, 취침도 할 수 있는 시설로 꾸며져 있었다. 몽골의 야전식 겔이 아니고 개량형 겔로 교육장 겸 숙소로 활용되도록 고안된 것이었다.

윤 교관은 일행 옆에 앉아 차를 끓였다. 정갈하고 다소곳한 자세가 다도 학습을 많이 받은 모습이라고 지수는 생각했다.

"자, 한잔 드세요. 차를 마시면 마음이 맑아진다지요. 여기는 선무대, 말 그대로 신선이 노는 곳입니다. 여기에 오시는 순간 모두가 신선이 된 것이지요. 하하하."

"네, 감사합니다. 매번 대접만 받습니다."

"여자 친구 분이신가, 부인이신가. 참 미인이십니다. 차 드세요."

지수는 졸지에 지성의 부인이 되고 말았다. 그도 그럴 것이 두 사람의 차림새나 나이가 어린 커플 같이 보이지 않았기 때문이었는지도 모른다.

지수가 무안해 하는 것이 마음에 걸려 지성은 화제를 바꾸어 물었다.

"원장님, 단성에 '다물정사' 라고 있는데요, 고식달 선생님을 잘 아시는 지요?"

"아, 잘 아는 분이지요. 저희 교육원에도 출강하시는 고명하신 분으로 우리 역사에 해박하시고 무엇보다 30여 년을 강단에서 역사 강의를 하셨고, 해외 민족 사적지 답사를 많이 하셔서 실증 사학에 밝은 분입니다."

강 원장의 설명을 들으면서 지성과 지수 두 사람은 고식달 선생의 명성이 이미 널리 알려져 있다는 점에 마음이 뿌듯했다.

"원장님, 그 분의 따님이세요."

지성이 지수를 소개하자 지수가 인사를 하였다.

"고지수라고 합니다. 시천에서 초등학교 교사로 있습니다."

"아, 그러시군요. 고 선생님의 따님을 이렇게 만나다니 반갑구 또 의미가 깊어집니다."

강 원장은 진심으로 두 사람의 내방을 환영하였다.

차를 몇 잔 마시는 동안 겔 입구를 통해 내다 본 풍광이 하도 수려해 지수가 말했다.

"참, 좋은 곳에 자릴 잡으셨습니다. 여기에 이런 시설이 있는 줄 까맣게 몰랐거든요."

"그래요. 조금 있으면 이 일대가 매화꽃으로 가득찰 것입니다. 이제 수련이니 교육이니 하는 것도 단순히 강의만으로 해서는 안 된다고 봅니다. 문화라는 것이 들어가야 하고, 가급적 우리 문화와 전통이 잘 제시되고 제공되어 부지불식간에 바른 민족의식이나 민주의식이 스스로 정립되도록 도와주는 방식으로 해야 한다고 봅니다."

"친구 모임이나 교사 연수도 앞으로 이곳에서 하고 싶네요. 빌려주실 수 있으세요?"

그러자 윤 교관이 교육이 없는 기간을 이용하여 임대하여 사용할 수 있다고 소개해 주었다.

지성은 아까부터 강 원장에게 현재 한국과 중국 간에 첨예하게 대립하고 있는 문제에 대해 묻고 싶었다. 그런데 이런 지성의 생각을 간파라도 했다는 듯이 강 원장이 먼저 말문을 열었다.

"우리나라가 앞으로 통일을 하고 민족 전체가 살아나가려면 무엇보다도 역사의식을 가져야 합니다. 역사는 과거의 것이지만 과거가 현재로 이어지고 있고, 현재의 잘못이나 어려움을 이겨내려면 역사 속에서 교훈을 찾아야지요. 또, 현재를 잘 극복해야 미래가 있지 않겠습니까. 그러니 역사는 우리 삶에 있어서 뿌리와 같은 것입니다. 지난날의 역사가 깊고 영광스러울수록 뿌리가 튼튼하고 깊지요. 그 뿌리 속에서 현재가 나오고 미래가 나오는 것입니다. 다행히도 우리는 깊은 뿌리를 갖고 있어요. 그런데 그 뿌리가 지금 송두리째 흔들리고 있습니다. 안으로는 우리 스스로를 폄하시키는 반역사적인 일들이 벌어지고 있고, 밖으로는 일본과 중국의 역사 침탈이 그치지 않고 있어요. 이것을 이겨내야 미래가 있습니다."

"원장님, 중국의 동북 공정에 대해 자세히 알고 싶습니다. 바쁘지 않으시다면 설명을 부탁드려도 되겠는지요."

지성이 질문하자 강 원장은 기다렸다는 듯이 말했다.

"먼저 안 군에게 한 가지 물어보겠습니다. 공정工程이라는 말이 무슨 뜻이지요?"

"어떤 일을 하는데 하나의 단계 내지 절차라고 알고 있습니다."

"그래요. 그런데 거기에는 새로 시작하는 일이라는 의미가 포함돼 있지요. 전에 없던 일을 새로 꾸미는데 이러저러한 절차를 거쳐 완성한다는 일종의 마스터플랜이지요. 그런데 대개 신규 공사를 하는데 공정표가 쓰입니다. 중국이 진행하고 있는 동북 공정처럼 역사라는 것에 공정을 붙이는 것은 아마 인류사에 처음일 겁니다. 그것은 뭘 말하느냐, 중국이 역사에 대해 그만큼 다급하여 공사판을 벌이듯 역사 공정을 벌여서 하루 빨리 제 것으로 만들겠다는 의미지요. 우리 식으로 보면 과제라는 말이겠지요. 중국 동북 삼성 지역을 자기네 영토로 운영함에 있어서 풀리지 않은 과제가 있다, 그것을 풀어서 원활하게 만들어 중화주의 사상을 펼치는데 걸림돌이 없도록 만들겠다, 이것입니다."

지성은 공정이라는 단어에 대한 강 원장의 분석에 동의했다. 그러자 지수가 다시 물었다.

"저는 아이들에게서 중국 동북 공정에 대한 질문을 많이 받아요. 그때마다 저는 중국이 우리의 고구려사와 발해사를 중국사로 만들려는 비겁한 음모라고 말해주는 데 맞는 말입니까?"

"맞는 말씀입니다. 하지만 고구려사와 발해사는 하나의 중간 다리일 뿐입니다. 실제로 중국이 노리는 것은 고대 동이족이 만든 모든 역사를 한족이 만든 것으로 만들려는 것입니다. 그러다 보니 동이족도 중화족의 일부분이라고 하죠. 중국은 한족과 55개 소수 민족으로 구성돼 있는데, 이것은 과거에도 그랬다 이겁니다. 현재의 상황을 수천 년 전의 상황과 일치시키려는 비역사적인 방법을 쓰고 있습니다. 중국은 원래부터 다민족 국가였고, 그것이 중화민족이라는 것이죠. 중국은 동이족이 만들었던 황하 하류의 대문구문명과 요하 일대의 홍산문명도 황하문명의 지류라고 속이고 있어요. 그것을 요하 공정이라고 하지요. 한족과는 전혀 무관한 우리 조상의 문명인데도 자기네 문명이라고 편입하면서 배달국은 물론 고조선과 부여까지도 다 중국 역사에 편입시켜 버렸어요. 그래서 4,500년에 불과한 자기네 역사를 1만 년으로 고무줄 늘이듯이 늘려놓은 것입니다."

"아니, 역사를 어떻게 늘립니까? 시간을 늘릴 수 있어요?"

지성이 놀라서 묻자 지수도 어이가 없다는 얼굴로 강 원장을 바라보았다.

"참 놀랍고 무서운 일이지요. 역사 늘이기 방법으로 중국이 쓰는 방법을 보세요. 중화팽창주의의 산물이겠지만 신강 일대의 위그루 땅을 흡수한 서북 공정, 티베트 땅을 흡수한 서남 공정이 있어요. 내몽골 지역을 빼앗은 북부 공정과 이번에 동북 만주 지역의 역사를 빼앗으려 시도한 동북 공정이 있습니다. 여기에 그치지 않아요. 남방 공정으로 인도차이나 일대에 손을 뻗치고 있답니다. 끝없는 팽창주의입니다. 저는 이것을 중화제국주의라고 부르고 싶습니다."

강 원장의 눈은 이글거리고 있었다. 설명을 듣던 지성이 마른 입술에 침을 묻히며 물었다.

"원장님, 그런데 우리 정부는 어째서 한마디도 못하고 있는 건가요?"

"현실적으로 중국이 점령하여 중국 영토가 돼 있고, 또 중국 내부의 문제로 보는 아주 안이한 자세 때문이지요. 또 6자회담이니 북한과의 대화와 교류 정상화 문제 등에서 중국의 도움이 절실히 필요한 마당이라 모른 체하고 있는 것이지요. 이른바 역사를 정권 차원에서 생각하는 큰 잘못을 범하고 있어요. 이건 앞으로 우리 민족이 통일 이후에 직면할 커다란 문제가 됩니다. 지도자와 집권층에게 역사의식이 절실히 요청되는 이유가 바로 그 때문입니다. 제 나라 역사를 남이 빼앗아가도 아무 말 못하는 나라는 국제 사회에서 우스개가 되고 말지요. 이른바 속지주의라는 것이 역사 문제에서 적용될 수 있느냐 하는 점을 심사숙고하여 대 중국 외교의 기본으로 삼아야 합니다. 지금 점령하여 통치하고 있다고 하여 그 지역의 역사를 자기네 것으로 편입시킨다면 힘 센 자가 약한 자의 땅을 빼앗으려는 본능을 자극하게 됩니다. 생각해 보세요. 미국이 인디언 지역을 점령했다고 해서 인디언의 역사가 미국의 역사가 됩니까? 그렇다면 미국 역사가 230여 년이 아니라 수천 년이 될 겁니다."

지성은 강 원장의 비유에 대해 무릎을 쳤다.

"참, 단대 공정과 탐원 공정이라는 것도 추진하고 있다고 들었습니다만……."

지수가 찻잔의 테두리를 손으로 문지르며 조용히 물었다. 윤 교관은 아무 말 없이 녹차를 추가해 따랐다. 그리곤 다식茶食을 작은 접시에 담아 내왔다. 무슨 과자인지 향긋하면서도 맛이 좋고 목을 틔워주는 과자였다. 지수가 맛있어 하자 윤하영 교관이 말했다.

"지리산 송홧가루와 검은깨, 밤가루, 녹말가루를 조청에 버무려 만든 겁니다."

"우리 아이들에게 이런 전통 과자를 만들어 먹이면 좋겠군요. 만드는 방법을 알고 싶네요."

"네, 이따 제가 알려드릴게요."

두 여성의 대화를 듣던 지성이 말꼬리를 이었다.

"맛있는 전통 과자네요. 개발하면 좋은 과자가 될 것 같습니다. 저는 인삼을 좋아하여 먹습니다만, 중국이나 캐나다·미국 등지에서 대량 재배하는 인삼은 고려인삼과 비교할 때 그 성분이 천양지차랍니다. 그래서 홍콩 등지에서는 외국산 삼을 고려인삼으로 둔갑시켜 판다고 들었습니다. 원장님, 차 맛이 좋아 화제가 다른 곳으로 나갔습니다. 역사 공정에 대해 더 말씀해 주시지요."

강 원장은 비감한 어조로 말을 이었다.

"참, 소설 같은 이야기이지요. 단대 공정이란 하夏나라의 시작 연대를 확정하고, 상나라와 주나라의 유적 발굴과 연구를 통해 중국 역사를 확장하는 것이지요. 여기에 200여 명의 역사학자가 동원됐고, 섬서성 주원周原 유적과 하남성 정주鄭州의 상성商城 유적 등 모두 17곳을 새로 발굴했습니다. 이들 유적지는 대부분 하·상·주 시대의 도읍지로 알려진 중요 유적지입니다. 하나라의 기원은 최고 서기전 2070년으로 정해졌는데 이전까지는 하나라의 역사가 기원전 841년이었지요. 이로써 중국 역사는 무려 1229년 늘어났습니다. 또 2003년부터는 탐원 공정探原工程을 추진하고 있습니다. 삼황오제三皇五帝 시대를 중국 역사에 편입시켜 중국 역사를 1만 년으로 끌어올린다는 계획입니다.”

“참 무서운 계획이군요.”

“탐원 공정은 결국 요하문명에서 비롯된 것입니다. 9,000년 전 요하 일대에서 일어난 소하서문화, 홍륭화문화 등 동이족이 일으킨 문화의 우수성에 감탄한 중국은 급기야 그 요하문명에서 중화문명이 시작됐다고 수정하였습니다. 원래 중국인들은 중국 역사의 근원을 황하 중류의 앙소문화仰韶文化와 양자강 유역의 하모도문명으로 보아왔습니다. 그런데 이 앙소문화는 기원전 5,000년께, 하모도문명은 기원전 5,500년께의 농경 신석기 문화입니다. 따라서 유목을 바탕으로 한 북방 문화와는 확실히 구별됩니다.”

“아니, 하나라의 건국이 기원전 841년이면 중국 역사는 서기 2007년을 역산하면 2,848년 정도밖에 안 되는군요. 그런데 어떻게 7,000여 년을 더 보태서 1만 년으로 만든다는 것일까요? 참으로 희한한 일입니다.”

지수가 손가락을 펴 보이며 질문하자 강 원장이 빙그레 웃으며 말했다.

“두 분, 만리장성 아시죠? 그게 어떤 의미가 있는지 아시는지요?”

그러자 지수가 아이들을 가르치는 상식선에서 대답했다.

“북방 족들의 침략을 막기 위해 쌓은 성이라고 알고 있습니다.”

"네, 그렇습니다. 예로부터 중화족은 만리장성을 일종의 북방 한계선으로 정하고 북방 민족은 미개한 민족이라고 국민들을 교육했습니다. 사실은 북방 족의 침입이 두려워 자위적으로 쌓은 방어선이 만리장성입니다. 그런데 큰 문제가 생겼습니다. 미개한 종족이라고 얕잡아보던 동북방, 즉 만주 지역에서 황하문명보다 앞서고 더 발달한 신석기문화가 잇달아 확인된 것입니다. 만주 지역의 소하서문화는 기원전 7,200년, 홍륭화문화는 기원전 6,200년입니다. 소하연小河沿문화는 기원전 5,500년, 사해査海문화는 기원전 5,000년까지 거슬러 올라갑니다. 또 요하 일대의 홍산문명이라는 고조선문명은 기원전 3,500년 전까지 거슬러 올라갑니다. 이에 중국 정부는 다급해졌습니다. 그래서 서둘러 요하 유역의 홍산문명을 서둘러 중화문명과 연결하는 작업을 하게 된 것입니다. 바로 얼마 전 일입니다. 그러니까 2006년 6월부터 9월까지 요녕성 심양에서 요하문명전을 열었어요. 그들의 결론은 '중화문명의 시작은 요하 일대에서 일어난 요하문명에 있다'는 것입니다."

"참으로 어이없는 일이군요. 어쩌면 그렇게 뻔뻔스럽게 남의 역사를 도둑질해 갈 수 있는 거죠? 요하 일대는 한족의 역사와는 거리가 먼 곳인데 말입니다."

지성의 말에 이제껏 침묵하고 있던 윤 교관이 말했다.

"맞아요. 저는 만주 지역을 다섯 번 가봤어요. 우리 역사와 문화가 그대로 남아 있었는데, 날이 갈수록 점점 사라지고 없어요. 중국 정부가 자꾸 탈색시키려는 것 같아요. 하지만 맘대로 없애라고 하지요, 뭐. 한류 열풍으로 새로운 우리 문화가 중국으로 수출되니까요."

"그래요, 윤 교관이 많이 섭섭했나 봅니다. 요하 문명의 유물들은 지금 내몽골 적봉 지역에 모아 둔 것으로 판단됩니다. 아무튼 중국은 경제적인 발전에 발맞춰 국제 정치적으로 대국이 되고 싶어 합니다. 실제로 지금은 빅 쓰리에 들어가는 대국이 됐어요. 헌데 한 가지 허전한 것이 있다고 보는 것 같아요. 바로 역사적인 무게입니다. 영토는 넓고 인구는 많지만 역사의 무게가 가벼워 주위로부터 멸시를 당하거나 아니면 스스로 일어서는데 한계가 초래될지 모른다는 위구심을 갖고 있다고 봅니다. 또 국민을 통합할 막강한 정신적인 구심점이 필요하다고 본 것입니다. 지금 중국은 부패가 만연해 있거든요. 현 상태로는 중국의 미래를 보장받을 수가 없는 것입니다. 그래서 만든 것이 남의 역사를 제 역사로 편입하여 튼튼한 기반으로 삼으려는 것입니다."

강 원장의 설명을 들으며 지성은 분노에 가까운 기분을 맛보았다. 그리고 도대체 우리 정부와 권력자들은 어째서 이와 같은 중국의 역사 침탈에 대해 유구무언인지, 언제까지 침묵으로 일관할 것인지 두려워졌다.

강 원장의 유장한 설명은 이어졌다.

"중국 정부는 중화민족의 기원을 세 뿌리로 정리했습니다. 하나는 중원의 염제 신농씨의 화華족 집단, 다른 하나는 동남 연해안의 하夏족 집단, 그리고 동북 연산 남북의 황제黃帝족 집단으로 정리했는데, 사실 황제족이란 이전에는 전무했던 족으로 이번에 새로 생긴 것입니다. 원래 황제는 동이족의 일파였는데, 거꾸로 동이족을 황제족의 일원으로 편입시켜 버린 것입니다."

"아니, 그럼 동이족은 사라진 것이군요?"

지수가 분하다는 어조로 묻자 강 원장이 말했다.

"그렇죠. 또 한 가지가 더 있어요. 중화문명의 뿌리가 황하 유역이 아니라 요하 지역이라는 주장을 공식화했습니다. 요하지역은 상나라·주나라 때부터 중원 왕조에 속해 있었다고 얼토당토않은 말을 지어냈지요. 그리고 요하문명을 이끈 소수 민족들은 이미 다원일체多元一體 관계로 중화민족 안에 들어 있다고 홍보하고 있습니다. 그러니까 우리 선조들은 아득한 옛날부터 중화민족의 틀 속에서 살았다 이 말이지요. 이것이 바로 동북 공정의 틀을 강화시키는 것입니다."

이때 지성이 물었다.

"아니, 예맥족이 우리 조상으로 알고 있습니다만, 그렇다면 홍산문화의 주인공은 중화족이 아닌 예맥족이어야 하지 않습니까?"

"맞아요. 그런데 이 예맥족을 중국은 황제족의 후예라고 주장합니다. 단군조선의 근간인 홍산문화를 주도한 예맥족은 황제족의 후예들로서 남하해 고구려 등을 세운다는 엉뚱한 주장을 펼치고 있는 것입니다. 심지어 경철화耿鐵華라는 통화사범대 교수는 '요서 지방에서 발생한 홍산문화가 서쪽으로 가서 은나라를 세우고, 동쪽으로 옮겨와 고구려와 부여 같은 나라의 기원이 되었다' 고 주장합니다. 단군, 해모수, 고주몽 등이 모두 황제족의 일원이 되고 만 것입니다. 한민족은 아예 싹부터 중국 황제족의 일원이 되고 만 것이지요."

"원장님, 우리 아이들에게 앞으로 어떻게 역사를 가르쳐야 할지 모르겠습니다. 정말 혼란스럽습니다."

지수가 이렇게 말하자 지성이 울분을 참지 못하고 말했다.

"정말입니다. 민족의 뿌리가 흔들리는 상황에서 그대로 앉아 있기만 하다가는 안 되겠습니다. 고구려 땅이 한강까지였으니 내 놓으라고 중국이 달려들지 모르는 일 아닙니까?"

강 원장은 한동안 조용히 있다가 차분하게 결론을 내려주었다.

"영토와 국민을 빼앗기고 나면 이처럼 역사까지 남의 것으로 우롱당하는 법입니다. 제발 우리는 후대들에게 조상의 바른 역사, 웅혼했던 문화와 문명에 대해 잘 알려주어야 합니다. 그렇지 못하면 이 좁은 땅에서 살아가는 아이들은 아주 좁은 사고와 편견과 이기심만을 키울 따름입니다. 그리고 한·중·일 삼국이 함께 공존 공영할 수 있는 지혜를 찾아내야 합니다. 한·중·일 삼국은 가위바위보와 같다고 생각합니다. 가위바위보 이 셋 중에서 어느 하나만 빠져도 한쪽이 일방적인 피해를 당합니다. 그래서 이 삼국은 적절한 견제와 균형을 통해서 함께 잘 살아가야 합니다. 그 균형추가 어디냐, 바로 우리나라입니다. 중국과 일본의 사이에서 적절한 균형추 역할을 해야 하는 것입니다. 중국과 일본의 사이에 낀 샌드위치가 아니라 대륙과 해양을 연결하는 균형추 역할을 해야 한다는 말씀입니다. 이른바 동북아 공동체를 만드는 데 중핵적 역할을 우리가 담당해야 합니다. 우리의 역할은 결국 우리만 살려는 것이 아니라 아시아 전체를 살리는 일이기도 합니다. 우리 민족은 '융融의 철학'을 삶의 지표로 해왔습니다. 그것이 뭐냐 하면 바로 화합이요 대통합입니다. 아무튼 두 분께서는 앞으로 큰일들을 하실 것입니다. 앞으로 적당한 기회에 우리 역사와 민족과 문화가 숨 쉬는 고대사 지역을 답사하시기 바랍니다."

"원장님, 많은 것을 깨우쳐주셔서 감사합니다."

"저도 많은 것을 배웠습니다. 교사로서 부끄럽지 않도록 더 많이 연구하고 공부하겠습니다."

두 사람은 강 원장과 윤 교관의 배웅을 받으며 선무대를 내려왔다.

지성은 고 선생을 태우고 덕산의 남명 조식 선생 사당과 대원사를 다녀왔다. 함께 다니면서 두 사람은 역사에 대한 많은 이야기를 주고받았다. 단성의 지수네 집 부근에 차를 세우고 나서 지성은 말했다.

"어때요, 금년 여름방학 때는 백두산과 만주를 함께 가보지 않을래요?"

지수 역시 아버지가 수차례 함께 가보자고 한 것을 차일피일 미룬 터여서 언젠가는 꼭 한번 가보고 싶다는 생각을 했었다. "아버님이 가실 거예요. 대학생들을 데리고 가실지, 아니면 혼자 가실지 몰라요. 기회를 만들어 몇 사람이 함께 갔으면 싶군요."

"그것 좋은 생각이네요. 고 선생이 추진위원장을 맡아주세요."

"호호, 무슨 그런 거창한 말씀을……."

두 사람은 거기서 헤어졌다. 잠깐 죽간 선생을 찾아뵐까 하다가 지성은 그만두었다.

15. 역사 신드롬의 정체

　서울로 올라온 지성은 고민하기 시작했다.

　'서른이 된 나이에 역사 공부를 해서 무슨 가치가 있을까. 사학 전공자들도 펀펀히 놀고 있는데, 경영학도가 역사 공부를 한다고 얼마나 깊이 할 수 있을까. 또 취업은 어찌 연결될 수 있을까. 그보다도 이 일이 내 일생의 직업이 될 수 있을까.'

　하지만 한번 빠져든 역사 이야기는 그야말로 그에게는 역사 드라마를 보는 즐거움이었다. 역사라는 것을 암기 과목 정도로 알고 지내왔던 그에게 산청 땅을 더듬어 다닌 일은 의외의 수확, 아니 대어를 낚은 것이나 진배없었다. 아니다. 수석壽石에 미친 사람이 예기치 않은 계곡에서 보물 같은 돌을 발견한 기쁨이랄까. 이러한 지성 자신의 기호 변화는 다분히 상황의 변화에 영향을 받았음을 부인할 수가 없는 일이었다.

　1990년대 중반, IMF 구제금융으로 온 나라가 절망에 빠져 있을 때부터 우리 사회에는 역사 드라마 신드롬이 번지기 시작했다. 여기에는 역사라는 테마가 드라마로 만들기에는 여러 면에서 좋은 점이 많다는 점을 빠뜨릴 수가 없다. 역사란 일단은 있었던 사실이니까 구성 자체를 이끌어 가는데 무리가 없고, 거기에 시청자의 기호에 맞춰 사랑이나 질투, 변질이나 배신 등의 조미료를 화학적으로 가미하면 사람들은 역사를 현실로 인식하거나 드라마를 통해 즐거움과 교훈을 얻고 또 역사를 배우고 익힌다. 내용이 사실과 거의 반절은 틀린 것인데도 말이다.

1970년대부터 역사 드라마는 본격적인 붐을 탔다. 하지만 소재는 사색 당쟁과 치정과 음모 일색이었다. 1980년대 중반이던가. 의정부에 사는 고모가 집에 찾아와 저녁을 먹으면서 TV 화면에서 장희빈 드라마가 방영되는 장면을 보다가 이렇게 물은 적이 있었다.

"얘, 장희빈은 왜 그렇게 자주 독살당하냐?"

식구들은 모두 배꼽을 잡고 웃었지만 사실 생각해 보면 그동안 장희빈은 수없이 죽어나갔다. 그래서 사극하면 장희빈부터 떠오르는지 모른다.

사학가 이덕일 씨의 견해를 들어보면 국력과 역사 서술은 불가분리의 관계가 있다고 한다. 백제의 17대 근초고왕은 고구려와 싸워 고구려 고국원왕을 전사시킨 승전보를 올린 뒤에 고흥高興이란 사람에게 《서기書記》라는 역사책을 쓰게 했다. 신라 진흥왕은 영토 확장으로 4대 순수비를 세운 뒤에 거칠부居柒夫를 시켜 《국사國史》를 편찬케 했다. 국사라는 용어가 우리나라에서 처음 쓰인 것이 이때부터가 아닌가 한다. 한편 고구려 26대 영양왕은 수나라의 4차에 걸친 침입을 물리친 뒤 태학박사 이문진李文眞에게 지난 역사서 유기 100권을 묶어 《신집新集 6권》으로 저술케 했다. 이로서 삼국의 역사책이 처음으로 당대에 기록되게 되었다. 물론 이 책들은 나라가 망하거나 전란에 화를 입어 본문이 사라지고 일부분만 다른 문서에 기록되어 있다. 특히 일제의 식민사학과 분서갱유에 의해 전통 사서 중에서 약 20만 권이 불타 없어지면서 거의 사라지고 말았다.

반면에 역사서 편찬은 나라가 어려울 때도 시도된다. 13세기 후반 고려는 원의 침입을 맞아 40여 년간 고난의 세월을 보냈다. 이때 일연一然이라는 스님이 《삼국유사三國遺事》를 기록해 남겼다. 또, 한말의 망국 위기에 처했을 때는 박은식, 신채호, 정인보, 최남선 등이 민족주의 역사서를 썼다. 이중에서 신채호의 《조선상고사》는 주체적 민족사관에 입각하여 기술된 역사서로서 큰 반향을 일으켰다.

21세기에 접어들어서도 역사서는 많이 출간되고 있다. 전문 역사 연구가뿐만 아니라 다양한 전공자들이 다양한 시각으로 우리 역사를 조명하여 역사의 대중화에 크게 기여하고 있다. 여기에는 열강의 역사 침탈이 자극제가 되었고, 국민들로 하여금 시대 변화에 낙오되지 말아야 우리가 살 수 있다는 자각이 커졌기 때문이라고 보겠다.

가장 먼저 역사 드라마에 큰 불을 댕긴 것은 〈용의 눈물〉이었다. IMF의 구제금융을 받던 시절, 임금조차 울어야 하는 절박한 시대 상황의 반영이랄까. 그 뒤로 〈허준〉이 서민을 눈물바다로 몰고 가는 공전의 대 히트를 했다. 이 두 드라마는 현재의 어려움을 달래고 옛 조상들의 무용담이나 난관 극복 의지를 보면서 힘과 용기를 얻게 했다. 그 뒤를 이어 〈불멸의 이순신〉, 〈태조 왕건〉, 〈해신 장보고〉, 〈서동요〉, 〈대장금〉 드라마가 국민의 아픈 가슴을 위무해 주고 용기를 주었다.

그런데 재미있는 현상은 사극의 시대적 배경이 날이 갈수록 점점 고대로 거슬러 올라간다는 점이다. 왜 그럴까. 사료도 적고 역사적 고증도 어려운 고대사를 다루기 시작한 것은 무슨 까닭일까. 그것은 조선조 궁중 비사에 국한했던 사극이 소재 빈곤에 빠졌다는 점, 일본과 중국의 역사 침탈이라는 유사 이래 처음 맞는 위기의식이 찬란했던 고대사의 조명을 재촉했다고 볼 수 있다. 특히 영웅 드라마는 리더십의 빈곤에 허덕이는 국민의 욕구를 반영한 것이라 할 수 있다.

2006년부터는 〈주몽〉, 〈연개소문〉, 〈대조영〉이 삼각 편대로 드라마를 석권했고, 그중에서 〈주몽〉은 시청률 50% 이상의 큰 반응을 몰고 왔다. 이 세 드라마는 단연 리더십의 문제가 부각된 작품이다. 그만큼 우리가 한민족의 위대성의 재발견과 리더의 역할에 갈증을 느꼈다는 반증이다. 앞으로 광개토대왕의 일대기를 다룬 〈태왕사신기〉가 방영될 것이고, 단군을 소재로 한 역사 드라마도 준비 중인 것으로 알려지고 있다.

우리 민족이 이렇게 살아 번영하고 있는 데에는 장구한 역사를 만든 사람들의 힘과 역사의식을 갖춘 훌륭한 지도자의 활동 때문이라고 할 수 있다. 역사의식이 실종되면 한국문명은 뿌리째 흔들리고 만다.

지성은 자기 내부로부터의 역사의식의 태동으로부터 일종의 소명 같은 것을 느끼기 시작했다. 그로 인하여 더 많은 역사 지식에의 갈증에 목말라하면서 틈을 내어 국내 여러 지역을 더듬어 나가기 시작했다.

그해 여름이 시작되기까지, 그러니까 산청 땅으로 무작정 만유를 떠났던 시기로부터 단 3개월 동안 지성은 많은 역사 서적을 탐독했다. 또 강남구 사장이 이끄는 출판사에 일자리를 얻었다.

지수는 지성의 취업을 자기 일처럼 기뻐해 주었다. 실제로는 무보수 자리여서 앞으로 글을 쓴다는 조건부 입사였을 뿐이건만 아무도 그런 줄을 모르고 있었다.

"안 선생, 입사를 축하합니다. 앞으로 독서 광풍을 일으켜 보기로 합시다."

강 사장의 말에 이어 최승희 부장도 "앞으로 잘 부탁드립니다. 작가 선생님……." 하고 밝은 웃음으로 맞이해주었다.

오월의 훈풍이 한강에 생선비늘과 같은 잔물결을 만들어내는 시절에 지성은 출근이라는 것을 처음으로 하게 되었다. 그가 하는 일은 신문 보고, 작품 구상하는 것이었다. 아무도 간섭하지 않는 그만의 세상에서 지성은 도리어 무서운 공포와 책임감을 느꼈다.

4부

요동의 북소리

16. 가자, 요동으로!

　여름방학에 접어들자 출판 시장은 더 한가해지기 시작했다. 사람들은 해수욕장으로 산으로 떠나고, 일부는 해외여행을 떠났다. 텅 빈 도시는 지하철만이 까만 먼지를 날리며 땅속을 흔들고 지나다닐 뿐이었다.

　방학을 맞이한 고지수 선생은 아버지의 계획표를 파악하느라 며칠을 끙끙댔다. 분명 방학 때는 아버지가 중국으로 가실 텐데, 어떻게 하면 동행할 수 있을까. 그것도 지성과 함께 가는 방법은 없을까. 취업을 한 사람으로 자유롭게 활동할 수 있는 것일까. 이런 생각을 하면서 어느 날 아버지에게 물었다.

　"아버지, 이번에도 중국 가세요?"

　그러자 죽간 선생은 의외라는 듯이 딸에게 되물었다.

　"왜 그러느냐. 너도 가보련?"

　"네. 한번 가보고 싶어서요. 중국이 어떻게 변했는지 보고 싶기도 하구요. 아이들 중에는 여름방학에 중국을 다녀오는 애들이 많아요."

　"그래? 선생이 중국을 모르면 안 되지. 이번에 같이 가자. 참, 요즘 안 군과는 연락하느냐?"

아버지가 갑자기 지성의 근황을 묻자 지수는 난처해졌다. 하지만 이번에 함께 간다면 좋겠다는 생각을 은연중에 내비치고 아버지의 반응을 살폈다.

"지금 출판사에 취직해서 일한대요. 중국을 꼭 가보고 싶어 하구요. 아버지의 강의를 못 들어서 애가 타는가 봐요."

"허허허. 그래? 이번에 함께 가자고 말해 보려무나. 아마 몇 사람이 함께 갈 것 같으니 잘 됐지. 내일 당장 연락해 봐라. 방학 때라 비행기표가 많지 않다. 예약하려면 시간이 없다."

"네, 아버지."

그날 밤 지수는 지성에게 연락을 취했고, 지성은 조금 망설였다. 돈 때문이었다. 백수 주제에 해외여행을 가려면 만만치 않은 돈이 들 것은 뻔했기 때문이었다. 허나 죽간 선생과 지수 씨가 동행한다는 말에 어떤 일이 있더라도 가야겠다고 생각을 굳혔다.

다음날, 지성은 출판사 강 사장에게 이번 역사 답사에 대해 상의를 했다. 그러자 강 사장과 최 부장이 기다렸다는 듯이 환호했다. 먼저 최승희 부장이 강 사장에게 말했다.

"사장님, 역사 전문가 선생님이 동행하신다니 이런 기회가 흔치 않아요. 꼭 가도록 해요."

그러자 강 사장 역시 하절기 휴가 겸 취재겸 하여 가기로 했다.

이제 강 사장과 최 부장, 지수와 지성, 그리고 죽간 선생, 이렇게 해도 다섯 명이 되었다. 나중에 공항에서 안 일이지만 화가 부부와 여행사 사장, 지수와 한 학교에 근무하는 여선생까지 하여 아홉 명이 되었다.

출발 날짜는 8월 15일 이후로 잡았다. 그때쯤이면 관광 성수

기가 어느 정도 끝나 덜 복잡하다는 죽간 선생의 제안에 따른 것
이었다.

지성은 아버지에게 돈 얘기를 꺼낼 엄두가 나지 않았다. 연금
으로 근근이 살아가는 처지에 제가 벌어서 보태야 할 형편인데,
거금 백만 원을 달라는 말은 할 수가 없었다. 며칠을 끙끙대던
그에게 서광이 비쳤다. 의정부 고모 집에 안부전화를 했다가 우
연히 대어(?)를 낚은 것이다.

"지성이냐? 너 우리 찬수 좀 어디 데리고 갔다 올 수 없겠냐?
외국 바람이라도 쐬면 좀 나으려나. 도대체 뭘 하려는 녀석인지
아주 죽겠다."

"그래요? 그럼 고모 제게 좋은 수가 있어요. 중국을 한번 다녀
오게 하면 어때요? 고모님의 부탁이라면 제가 데리고 갔다 올게
요. 가서 철저히 교육을 시키죠, 뭐."

"응, 그런 방법이 있구나. 언제 갈 테냐. 돈은 얼마나 들구? 네
비행기 값은 내가 대주마. 고 녀석 인간만 만들어 다오."

그렇게 하여 여행 경비를 해결하게 되자 지성은 한시름 놓았
다. 다만 골칫덩이라고 말하는 사고뭉치를 어떻게 꼬드겨 잘 데
리고 갔다 오느냐 하는 문제만 남았다.

박찬수는 위로 누나 셋을 둔 막내였다. 느지막이 아들을 낳아
온 집안이 큰 기대를 한 것은 그런 집안들이 대개 그렇듯이 고모
네도 같았다. 하지만 찬수는 기대와는 정반대로 행동하여 말썽
만 피어대다가 파출소를 제집 드나들 듯하였다. 다행히 경찰로
퇴직한 외삼촌의 도움으로 풀려나길 여러 차례였다. 고등학교
조차 시멘트 바닥에서 모래 씨름하듯 억지로 마친 찬수는 도통
생각 없이 굴었다. 오토바이를 타다가 다리가 부러진 후유증으

로 현역 입대를 면제받은 뒤 공익근무 요원으로 병역 의무를 때우면서도 녀석은 수시로 돈을 가져가는 바람에 고모 속을 어지간히도 썩였다. 벌써 스물다섯의 나이인데도 노는 것은 까까머리 고등학생 같았다.

고모의 허락을 받은 뒤 지성은 찬수 핸드폰 번호를 알아내어 전화를 걸었다.

"찬수야. 나 지성이다. 서울 사는 형이야."

"어? 형이 어쩐 일로 전활 다 했수?"

"음, 그동안 잘 있었어? 너 나랑 외국 구경 한번 안 갈래?"

지성은 단도직입적으로 닦아세웠다. 이런 친구들에게는 막무가내로 밀어붙이는 것이 화끈하다며 의외로 잘 다가오는 수가 있다고 믿기 때문이었다.

그러자 예상이 빗나가지 않아 찬수가 밝은 음성으로 물었다.

"형, 어딜 가는데? 언제 가려고?"

"중국에 놀러 가자. 한 일주일 정도 걸릴 거야."

지성은 자기가 이번에 작은 사업을 하여 돈을 벌었는데, 여름철에는 파리만 날리는 업종이어서 중국 바람이나 쐬고 오려고 그런다고 말해 주었다. 그렇게 하여 지성은 찬수를 서울로 불러내어 확약을 받았다.

찬수는 어머니와 지성과의 공모를 전혀 눈치 채지 못했다.

답사 일정은 죽간 선생이 여행사 사장과 상의하여 마련했다.

드디어 8월 17일 오전 열 시. 일행 열 명을 태운 KAL 858기는 요녕성을 향해 날아갔다.

만주 땅의 심장부와 같은 심양으로 날아가는 비행기 안에서 지성은 기대감에 설레었다.

'아, 드디어 만주 땅을 밟는구나. 한민족의 웅혼한 역사가 잠든 만주 땅은 어떤 모습일까. 그곳에는 과연 우리 민족의 혼이 생동하고 있을까. 우리의 웅혼했던 고대사는 진정 살아있으며, 동포들은 어떻게 살아가고 있을까.'

이런 상념은 지수에게도 마찬가지였다. 찬수는 마냥 좋기만 한지 창을 통해 밖을 내다보느라 정신없었다. 강남구 사장과 최승희 부장은 다정한 모습으로 이어폰을 나누어 귀에 꽂은 채 눈을 감고 있고, 고지수와 그녀의 친구 김선영 선생은 도란도란 얘기하고 있었다. 죽간 선생은 일정표를 뒤적이며 계획을 체크하느라 여념이 없고, 화가 부부는 피곤한지 곤하게 잠들어 있었다.

비행기는 얼마 지나지 않아 심양 도선桃仙공항에 도착했다. 두 시간도 채 걸리지 않은 거리였다. 공항 건물은 새로 지은 듯 깨끗하고 웅장했다. 옛 공항 건물이 옆에 나란히 있어서 중국 경제의 발전상을 보여주는 것 같았다.

출구를 나서자 챙이 넓은 모자를 쓴 젊은 여자가 '죽간 선생님' 이라 쓴 종이 피켓을 들고 일행을 맞았다. 스루가이드 송미란이라고 했다. 나이는 20대 중반쯤 되었을까. 키가 크고 까무잡잡한 피부의 미인이었다. 송미란은 죽간 선생과 구면인 듯 반갑게 달려와 인사를 했다.

"중국이 먼 줄 알았는데 참 가깝네."

버스에 올라 자리에 앉으며 지수가 말하자 선영이 말을 받았다.

"그러게. 이렇게 가까운 거리인데 왜 그렇게도 멀게만 느꼈는지 몰라." 하고 말했다.

찬수는 젊은 여성들 여럿이 일행이 되자 신이 난 듯 "형, 저 여자들하고 함께 여행 다니는 거야?" 하고 물었다.

“그래. 하지만 조심해야 돼. 잘못하면 여선생님들한테 뺨 맞는다.”

지성의 말이 끝나갈 때쯤 동행한 여행사 사장이 일어나 인사를 했다.

“안녕하세요. 전 동북아문화개발 박기대라고 합니다. 저희 회사에서 죽간 선생님을 여러 차례 중국에 모셨는데, 이번에는 제가 직접 모시고 왔습니다. 편의상 제가 일행을 소개해 드리겠습니다.”하더니 열 명의 식구들을 일행에게 소개했다. 뒤를 이어 “그리고 이런 여행에는 단장이 한 분 계셔야 하는데, 죽간 선생님을 단장 겸 지도교수님으로 모시면 어떻겠습니까? 동의하시면 열렬한 박수 부탁합니다.”하고 동의를 구하는 것이었다.

모든 사람들이 박수로 동의를 표하자 죽간 선생이 일어나 입을 열었다.

“제가 몇 번 왔다고 박 사장이 이런 책임을 맡기는가 봅니다. 자, 모두들 건강하게 와주어 고맙습니다. 허나 지금부터 행복한 고생을 시작하니까 마음들 단단히 먹어야 합니다. 이번 답사단 명칭을 ‘고구려 백두산 답사단’ 이라고 붙였습니다. 다만 중국이 이런 내용의 플래카드를 차에 내거는 것을 막기 때문에 우리들 마음속으로만 지녀야 하겠습니다. 그리고 열 명의 단원들에게 직함과 책임을 부여하겠습니다. 힘든 여정을 소화해내려면 모두가 합심해야 되고, 그러려면 작은 짐이나마 나누어 져야 한다는 뜻이니까 너무 부담 갖지 마시기 바랍니다. 먼저 제가 존경해 마지 않는 예술가 부부가 오셨습니다. 김철 화백과 부인 한애란 님을 예술 담당으로 위촉합니다. 총무에는 박기대 사장, 위생 담당에는 김선영 선생이 수고해 주시고요, 가장 젊고 용감한 박찬수 씨는 경비 담당 겸 회식 담당으로, 출판사 강 사장과 최승희 부장은 출판 준비와 사진 담당, 그리고 섭외 담당으로 남자 측은 안지성, 여자 측은 고지수 선생이 담당해 주기 바랍니다."

여기까지 말하고 나자 강남구 사장이 웃으며 입을 열었다.

"와, 우리 팀은 쌍지가 섭외하시니 잘 되겠네요. 잘 부탁합니다. 지성과 지수니까 쌍지 아닙니까?"

일행은 폭소를 터뜨렸다. 그러고 보니 지성과 지수는 남매처럼 이름이 닮았다. 두 사람은 밀회를 즐기다가 들킨 듯이 서로를 바라보며 얼굴을 붉히고 말았다.

"자, 그러면 서로 도와서 이번 답사를 성공적으로 마칠 수 있도록 합시다. 출발합시다."

그 시간부터 일행은 각자의 직분에 충실하려 애를 썼다. 인원이 적고 각자 자기 짐만 챙기면 되는 관계로 큰 어려움은 없었지만, 단체를 위해 무언가 책임을 공유하고 있다는 생각이 알게 모르게 각자의 행동을 조신하게 해주었다.

송 가이드는 일행의 화기애애한 모습을 보고 이렇게 말했다.

"손님 여러분, 참 보기 좋습니다. 저는 조선족 3세입니다. 연변에서 태어났구요. 연변대학을 나와 가이드 시험에 합격하여 5년째 안내원 생활을 하고 있습니다. 앞으로 최선을 다해서 선생님들을 안내하겠습니다."

원래 지역마다 로컬 가이드가 나오는 것이 원칙이지만 죽간 선생이 지도교수로 명성이 자자하고, 이 지역은 송 가이드가 잔뼈가 굵은 곳이라서 혼자 해도 된다고, 그래야 예산도 절감할 수 있다고 말했다. 일행은 그녀의 말에 또 박수로 화답했다.

송 가이드는 공항에서 심양 시내로 들어가는 도중에 심양에 관한 지리와 역사, 정치, 행정, 경제 등에 대해 가이드다운 수완을 발휘하며 설명을 해주었다. 다만 만주 역사에 대해서는 청나라에 관한 것만 아는 듯 그 이상은 설명하지 못했다.

심양은 만주의 중심 도시이자 요녕성의 성도省都로서 중국의 5대 도시로 동북 평원의 중앙에 위치한 전략적 요충지이자 교통의 요지이다. 또 동북 공업 지대의 중심지로서 철강과 항공산업 등이 발달한 곳이다. 청나라 때는 봉천이라고 했다가 국민당 정부 때 심양으로 불렀다. 그 후 1930년대 만주국 시절에는 또 봉천으로, 1949년 중공 정권 수립 이후에 심양으로 명칭이 바뀌었다. 시내 인구는 약 450만 명이지만 주위까지 아울러 800만 명으로 통칭한다. 예로부터 동북아를 장악하려면 요동을 필두로 만주를 장악해야 했다.

이때 김 화백이 감개가 무량한 어조로 잠시 마이크를 잡았다.

"저의 부친이 이곳 심양에서 사셨습니다. 그래서 저는 언젠가는 한번 아버님의 발자취를 따라 오고 싶었는데, 이렇게 오게 되어 감회가 큽니다. 제 부친께서는 생전에 꼭 한번 와보고 싶다고 늘 말씀하셨는데 그 소원을 이루지 못하고 돌아가셨습니다. 이제 아들 며느리가 아버지의 옛 발자취를 따라 걷겠습니다. 감사합니다."

김 화백의 말이 끝나자 모두가 박수를 쳐 격려했다.

이번엔 가이드가 마이크를 넘겨받았다.

"저는 이곳에 연고를 가진 동포 분들을 만나면 그렇게 반가울 수가 없답니다. 그리고 고국 동포들을 안내하다 보니 역사 공부를 많이 하게 되어 감사드립니다. 제가 알기로는 이 만주 지역에

는 역사가 펼쳐진 이래로 숱한 전쟁이 있었습니다. 아득한 고대
에 한나라와 부여·고구려의 전쟁은 물론이거니와 수나라·당나
라와 고구려의 전쟁, 당과 발해의 전쟁, 그 뒤를 이어 요나라·원
나라·금나라·청나라 등이 만주를 장악하기 위해 피 터지는 싸
움을 했고, 승리한 측이 만주를 장악했지요. 자연히 그 세력은
중원을 장악했구요. 그래서 만주를 장악한 세력이 동북아를 제
패한다고 하는 말이 전해옵니다. 또 19세기 말부터는 러시아와
일본이 만주 진출을 위해 청일전쟁과 러일전쟁을 치렀지요. 지
금은 중국이 장악하고 있습니다만."

지성은 가이드의 말에 귀를 기울이며 만주 벌판을 내다보는
사이에 버스는 심양 시내로 들어서고 있었다.

"예, 이 강이 혼강渾江입니다."

송 가이드가 창밖을 가리키며 말했다. 창밖에는 제법 큰 강이
흐르고 있었다.

"이 혼강을 사이에 두고 남북으로 음양으로 갈라집니다. 심양
은 강의 북쪽에 있어서 양이라 심양이라고 부르지요. 이 강이 아
래로 흘러 그 유명한 요하로 들어갑니다."

일행은 혼강을 바라보았다. 강물이야 한국이나 만주나 같을
테지만 어쩐지 혼강은 더 예스러운 강일 것 같은 느낌이 들었다.

이때 죽간 선생이 말문을 열었다.

"다 잘 아시겠지만, 만주라는 지명은 찰 만滿 자나 섬 주洲 자
에 모두 물 수水인 삼수변이 들어가지요. 또 혼강이란 합수合水의
의미를 가지고 있어서 수많은 물줄기가 하나로 모인다는 뜻도
있습니다. 앞으로 우리가 가는 곳마다 수많은 강과 물줄기를 만
날겁니다. 그만큼 만주는 물이 많아서 사람과 동식물이 살아가

는 데 편한 곳이지요. 그리고 청나라의 청淸 자 역시 물수 변이 들어가지요. 명나라가 밝을 명明으로 불을 상징하는데 이를 제압하려면 물이 필요하다고 해서 청이라 국호를 지었답니다. 원래는 금나라요 후금이었지요.”

아까부터 골똘히 생각에 잠겨 있던 김선영 선생이 말했다.

“세상에, 나라 이름조차 그런 의미가 있군요. 청과 명나라의 국호에 그런 뜻이 들어있다는 것을 처음 알았습니다.”

이때 송 가이드가 나섰다. 그녀는 어제 한국 여행단을 떠나보내고 오늘 다시 이 팀의 가이드를 맡았다면서 감성이 풍부한 어조로 말을 이었다.

“저는 조상님들에게 자랑과 고마움을 갖고 살고 있습니다. 왜냐하면 우리말과 글을 잊지 않고 가르쳐서 민족의 얼을 지키도록 해준 것이 오늘날 이렇게 생업으로 이어지게 되었기 때문이지요. 만약에 중국 내 다른 소수 민족처럼 우리말과 글을 잃어버리고 민족의 고유한 전통과 문화를 지니지 못했다면 한국에서 오는 관광객을 어떻게 안내할 수 있었겠어요. 조국이 잘 살기 때문에 이렇게 많은 관광객들을 상대로 하는 직업을 얻었으니 조상님과 조국 동포들에게 고마울 뿐이지요. 다른 소수 민족들은 조선족들을 부러워합니다. 자기들은 중국 안에서 쪼그라들어 사는데 조선족은 잘 사는 조국이 있고, 또 그들이 중국에 많이 찾아오고 많은 일을 하면서 국가 간에 협력을 하고, 그 가운데에서 한국인을 안내하는 큰일을 하니까 얼마나 좋겠냐고 말합니다.”

지성은 전혀 뜻밖의 말을 듣고 코끝이 찡해 옴을 느꼈다. 송 가이드는 잠시 간격을 두고 말을 이었다.

“손님 여러분, 연변 조선족자치주 아시지요? 그곳에서는 젊은

이들이 생산적으로 일할 수 있는 일자리가 아주 적답니다. 연변 자치주에서 생산 시설로 볼 수 있는, 연기가 피어오르는 공장이 라고는 몇 개 안 됩니다. 고등교육을 받은 젊은 조선족 청년들이 일할 일터가 없어요. 중국의 실업이 늘어나는 판에 소수 민족이 자기네 삶의 터전에서 일을 못 구하고 외지에 나오면 살아갈 길 이 막막한데, 우리말과 글을 알고 있기 때문에 가이드 직업을 얻 어 살고, 중국 정부와 사회에 대해 떳떳하게 행세할 수 있으니 좀 좋은 일입니까. 중국 전역에 흩어져 안내를 하는 머리 좋은 수많은 조선족 청년과 처녀들은 한국인 관광객이 아니었으면 실 업자가 되거나 고통과 좌절 속에서 살아갈 것입니다. 이런 점에 서 한국 관광객은 중국 동포들에게는 삶의 활력을 제공하는 원 동력이니 앞으로 많이 놀러 오세요. 중국에는 볼 게 많습니다. 유네스코에 등재된 명소가 30군데나 있는, 중국을 골고루 돌아 보며 새로운 세상을 열어 주세요. 최선을 다해 안내하고 봉사할 테니까 중국 동포 청소년들에게 삶의 희망을 주는 관광과 답사 를 계속해 주세요. 앞으로 조선족 4세, 5세가 되면 더 나은 삶의 터전을 마련할 것이니 많이 지도하고 밀어주세요. 저는 중국 교 육을 받아 우리 역사와 문화를 잘 모르지만 이런 역사 답사가 많 아질수록 더 많이 배우고 깨우치게 되니까 많이 찾아와 가르쳐 주고 도와주세요.”

그녀의 진심어린 이야기를 들으면서 지성은 가슴 한쪽이 뭉 클해 졌다. 그런 느낌은 일행을 숙연하게 만들어 주었다.

김 화백과 한 여사는 감정이 북받친 듯 손수건으로 콧물을 훔 쳤다.

- 미니 버스는 시내 번화가로 접어들었다. 수많은 자전거 대열

이 물결치는 옆으로 큰 건물이 많이 들어선 것에 일행은 놀라움을 금치 못했다.

얼마쯤 시가지로 들어가다가 청년 위원회라는 간판이 걸린 식당에서 점심을 들었다. 중국에 와 처음 먹는 중국음식 앞에서 찬수가 말했다.

"형, 오늘 오리지널 짜장면을 먹어 볼 수 있겠네. 그쵸?"

그러자 박 사장이 웃으며 말했다.

"박 선생, 어쩌죠? 중국에는 짜장면이 없거든요. 사천성에 가야 짜장면이 있는데, 우리나라 것과 천양지차예요. 짜장면은 한국인이 만들어낸 음식이라고 해도 과언이 아닙니다."

일행은 가볍게 웃으며 둥그런 테이블에 순서대로 나오는 음식을 조금씩 덜어 먹었다. 밖은 찌는 듯한 더위가 기승을 부리고 있었지만 식당 안은 에어컨이 잘 작동하여 그런대로 시원하였다.

17. 청나라는 신라의 후손 국가

점심을 먹은 일행은 곧장 고궁故宮으로 향했다.

고궁은 청태조 누루하치가 1625년에 짓기 시작하여 1636년까지 11년에 걸쳐 완공한 청나라의 첫 황궁이다. 이곳에서 2대 황태극청태종까지 살았고, 그 뒤 청태종의 아홉 번째 아들인 청세조가 1644년 명나라를 몰아내고, 중국 황제의 자리를 차지하면서 수도를 북경의 자금성으로 이전했으니 고궁은 청나라의 시원으로서 여진인들, 즉 만주족에게는 정신적 고향이다. 북경의 자금성 다음으로 중국에서 큰 성으로 60,000㎡ 가량 되는 터에 90여 개의 건물이 300여 개의 방을 갖고 있다. 심양 고궁은 청세조 이후 황제의 순회 통치 장소로 봉천행궁이라 불렸다. 하지만 퇴락한 궁전을 보면서 일행은 이상한 기분을 맛보았다. 아니나 다를까, 김철 화백이 죽간 선생에게 물었다.

"고 선생님, 고색이 창연한 청조清朝의 궁궐이 왜 이렇게 퇴락했습니까?"

"글쎄요. 중국 정부의 일이니까 뭐라 말할 수는 없지만, 제 소견으로는 청나라를 일으킨 족이 이른 바 한족이 아니라 만주족이기 때문에 그런 것이 아닌가 합니다. 또 한 가지는 수도 북경이 아니라 만주의 심양에 있는 시설이니까 손이 덜 갔을 수도 있 겠지요."

"아무리 그래도 그렇지요. 중국 정부가 들어선 지가 언젠데 청조의 발상지인 고궁을 이렇게 방치하다니 좀 심하다는 생각이 듭니다."

"그래요. 나도 동감입니다. 허나 남의 나라 일이니 내버려 두 는 수밖에요. 아무튼 이곳은 만주족의 심장부입니다. 만주족은 여진족의 후신으로 우리와 같은 북방 족입니다. 대대로 동북 지 방에 살아온 숙신·읍루·말갈·물길·여진 등이 그 조상입니다. 그들은 고유한 만주어와 만주 글자, 만주 문화를 지녔지요. 하지 만 이제는 다 사라지고 980만 명 정도의 만주족 중에 만주어를 사용하는 사람은 얼마 안 된다고 합니다. 만주족은 동북 삼성에 약 700만 명이 있는데, 이곳 요녕성에는 490만 명이 삽니다. 중 국에서 만주족이 가장 많이 사는 곳이 이 요녕성이지요. 영토를 잃어버리면 언어와 문화와 역사까지도 잃어버린다는 것을 입증 하는 자료로 삼을 밖에요."

죽간 선생은 처연한 표정으로 말했다.

일행은 대화를 나누며 누루하치가 정사를 보던 대정전大政殿을 중심으로 팔기군八旗軍 지휘부가 있는 곳으로 발걸음을 옮겼다.

찬수가 건물의 배치에 대해 물었다. 찬수로서는 한번쯤 의미 있는 질문을 해서 젊은 여성들에게 자기의 존재를 보여주고 싶 었는지도 모른다.

"교수님, 저 건물들이 왜 이렇게 좀 삐딱하게 늘어 서 있어요?"

의외의 질문에 일행은 의아한 눈으로 주위를 둘러보았다. 정 말이었다. 대정전을 머리 부분에 두고 양쪽으로 5개의 건물이

청의 고궁 안에 팔기군 지휘소가 있던 건물들

조금씩 밖으로 벌어진 형태를 취하고 있었다.

죽간 선생이 찬수를 보며 말했다.

"찬수 군, 참 눈이 밝군. 잘 보았어요. 대정전 앞의 두 건물은 좌우 대장의 집무실이고, 그 아래로 좌우 네 개씩 서 있는 건물은 팔기군 대장의 지휘숩니다. 팔기란 여덟 개의 깃발인데, 청나라 이전 여진족 시절부터 각 부락의 자위를 위한 전투 체제였습니다. 15세에서 60세까지 여진의 남자들은 평소에는 모두 생업에 종사하다가 필요한 시기에는 동원되어 훈련이나 전투에 참전하는 병농일치제의 군사를 가졌습니다. 그런데 병사들은 식량에서 병기에 이르기까지 모두 자급자족으로 자기가 준비

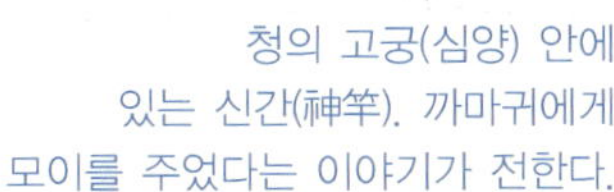

청의 고궁(심양) 안에 있는 신간(神竿). 까마귀에게 모이를 주었다는 이야기가 전한다.

하여 소집에 응합니다. 팔기병은 처음에는 4개의 기로 시작했는데, 부대를 황黃 백白, 홍紅, 남藍의 4개 색깔 기로 구분하여 부락을 지키다가 1614년에 팔기로 확대하게 됩니다."

이때 지성이 물었다.

"그러니까 싸우면서 일하는 정규군인 셈이군요."

"그런 셈이지요. 그런데 1636년에 청나라로 바뀌면서 몽고팔기와 한군팔기가 더 생깁니다. 이것은 한족이 만주족에게 완전 편입된 것을 의미하는데, 이 한군팔기는 중원 대륙 전체에 흩어져 행정과 군사 등을 총괄하는 막강한 힘을 발휘하지요. 몽고팔기도 마찬가지입니다. 이로서 만주족·몽골족·한족이 각기 팔기군을 갖게 되어 총 24기 약 15만 명의 군대를 갖추게 되는데, 이들이 청나라를 이끈 최정예 군사력입니다. 만팔기는 청나라 황궁을 지키는 한편 몽팔기와 한팔기는 각기 몽골족과 한족이 사는 지역의 치안과 군사, 행정 등을 총괄했지요. 참고로 1기의 군대 규모는 약 7,500명입니다. 이중 만주족 팔기군의 지휘부가 바로 이곳입니다. 자, 저길 보세요. 대정전에서 앞으로 내려올수록 각 지휘 본부 건물이 조금씩 밖으로 밀려나 있지요? 이것을 저 아래에서 보면 한자로 여덟 팔八 자가 되는데, 팔기군을 의미하는 것입니다. 어때, 찬수 군 알겠어요?"

일행은 죽간 선생의 설명을 들으며 중국 청나라의 실체에 대해 많은 것을 알게 되었다.

일행은 흐르는 땀을 훔치며 바삐 소릉으로 갔다.

소릉昭陵이란 북릉공원이라고도 불리는 곳으로 청태종 부부가 묻혀 있는, 일종의 국립묘지와 같은 곳인데, 심양 시민들에게는 공원으로 개방되어 있었다.

김 화백 부부는 소릉의 정취에 취한 듯 연신 소나무 사진을 스케치하거나 촬영하기에 여념이 없었다. 소릉 안에는 수백 년 된 듯한 적송이 많았다. 또 왼편의 연못에는 연잎이 가득했다.

이동하면서 송미란 가이드가 설명을 하기 시작했다.

"이 북릉공원은 넓이가 약 100만 평입니다. 청태종 황타이지와 황후의 무덤이 있는 곳으로 1927년에 공원으로 꾸몄습니다. 심양 시민들이 놀 곳이 마땅치 않아서 이곳으로 많이 놀러옵니다. 저기 보이는 무덤이 청태종 부부의 무덤입니다."

그녀의 말을 듣던 김선영 선생이 물었다.

"세상에, 왕의 무덤에 시멘트를 씌웠네요. 우리나라에서는 상상도 못할 일인데요. 또 무덤 정상에 나무가 자라고 있는데, 큰 불효가 아닌가요?"

김 선생의 말에 박 사장과 지성도 동조했다. 그러자 난감한 표정을 짓고 있던 송 가이드가 말했다.

"네, 한국에서라면 큰일 날 일이지요. 하지만 중국에서는 별일이 아닙니다. 무덤을 보호하기 위해서 시멘트를 바른 것이고, 무덤 위에 난 나무는 하늘과 땅을 이어주는 역할을 한다고 믿으니까요."

그녀의 설명에 일행은 어이가 없었다.

무덤과 여러 시설물들을 돌아보고 나오다가 죽간 선생은 돌다리 옆 계단에서 잠시 휴식하자고 말했다. 그 사이에 찬수는 아이스크림을 파는 리어카로 달려가 아이스크림을 사들고 와 하나씩 나눠주었다. 그가 한 말이 걸작이어서 사람들은 밉지 않게 웃어주었다.

"제가 여러분의 경호 담당이자 회식 담당 아닙니까. 자, 더운데 하나씩 드시구요. 돈은 나중에 받겠습니다.”

“찬수 씨, 역시 멋쟁이시네요.”

지수가 칭찬하자 찬수는 얼굴을 붉히며 고개를 숙였다. 그의 순진함에 일행은 박수를 쳐주었다.

지성은 죽간 선생의 설명을 잘 들을 수 있도록 일행을 계단에 앉게 하였다. 죽간 선생은 일행을 돌아보며 입을 열었다.

“여러분, 만주란 어떤 곳입니까. 만주는 요하 문명을 일으킨 우리 민족의 발상지이고, 우리 선조들이 약 수천 년 동안이나 살았던 고향입니다. 그래서 우리 역사와 문화가 가장 많이 남아있는 곳이기도 하지요. 그런가 하면 민족의 성지로서 백두산과 천지가 있고, 피어린 항일 독립투쟁의 현장이기도 합니다. 10만 여 명의 독립군들이 싸우다가 1만여 명이 전사한 곳입니다. 또 하나 과거의 역사만이 아니고 우리 민족의 미래가 함께 펼쳐지는 21세기 진정한 세계화의 청사진을 펼칠 무대인 것입니다. 역사를 보면 만주를 영유한 자가 동북아를 제패했습니다. 우리 역사상 제국은 모두 만주를 근거지로 하여 일어났고 발전했습니다. 저는 이곳에 오면 도처에서 조상의 혼령을 만납니다. 고조선과 부여·고구려·발해로 이어지는 영광의 역사가 숨 쉬는 곳이어서 그런지 감회가 남다르고, 또 제 가슴에 충만한 기운을 담아가게 됩니다.”

죽간 선생이 점점 열기를 더하여 설명하기 시작하자 송미란 가이드가 수첩을 꺼내어 메모하기 시작했다. 지성과 지수, 그리고 김 선생도 메모하기에 여념이 없었다.

“10여 년 전에 나는 구 요녕성박물관에 들어가서 홍산문명과 요하문명의 유물들을 볼 기회가 있었습니다. 그때 내가 본 것으

로는 고조선의 비파
형동검, 청동제 다뉴
세문경, 민무늬토기,
빗살무늬토기 등과
고구려 개마기마군이
썼던 철제 투구와 쇠
못신, 고구려 왕관의
부품, 마장구, 각종 보석

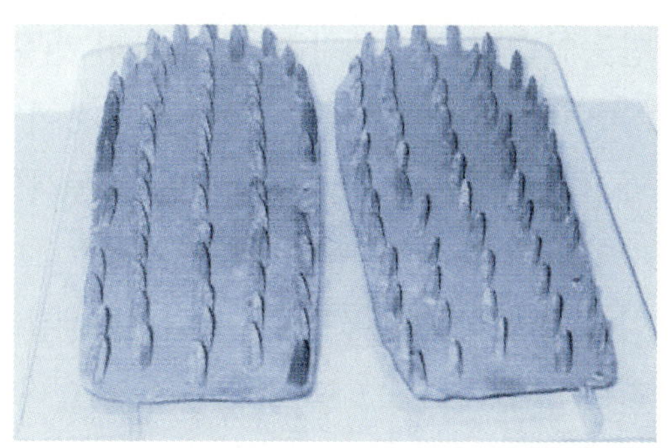

고구려 개마기마군이 신던 쇠못신.

등입니다. 그리고 고대의 무덤을 발굴하는 많은 사신이 있었습니다."

일행은 카랑카랑한 죽간 선생의 말을 한 마디도 놓치지 않으려는 듯 집중하여 듣기 시작했다. 10여 명의 중국인들이 일행이 앉은 주위에 서서 구경하고 있었다. 죽간 선생은 그들에게 들으라는 듯이 더 힘주어 말했다.

"만주는 청나라의 고향이지만 우리의 조상이 살던 곳이기 때문에 남의 땅이 아닙니다. 청나라를 만든 여진족은 동이의 갈래족으로 우리와 형제였지요. 더구나 여진족은 만주족으로 바뀌어 고조선과 고구려의 융성한 역사를 그대로 재현하여 청나라를

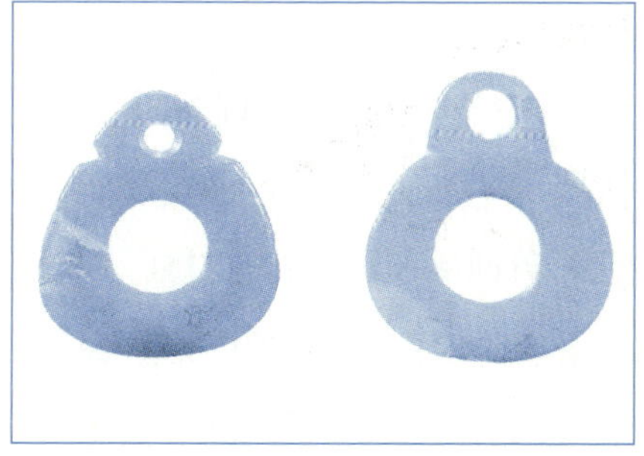

고조선의 유물인 옥 제품

고구려 군사들이 쓰던 철모.

만들었습니다. 300만 명에 불과한 만주족이 1억이 넘는 한족을 274년간 지배한 것은 무슨 힘 때문이었을까요? 아까 말씀드린 팔기군을 중심으로 한 철기병과 동서양의 각종 문물과 제도를 수입하여 응용한 실용주의적 정치, 그리고 다민족 국가로서의 힘을 최대한 활용한 때문입니다. 말갈족으로 불리던 이들이 여진족이 됩니다. 그 당시 여진족은 요나라의 핍박 속에서 힘들게 지냈습니다. 그 후에 만주족으로 명칭을 바꾸고 세력을 넓혀가면서 금나라를 세우고 1616년에 누르하치가 후금을 세워 1636년 청으로 국호를 바꾸었지요. 금나라가 청나라의 어머니인 셈이죠. 그런데 금나라가 일어서는 데 결정적인 역할을 한 사람들이 누군지 아십니까? 아마 놀래실 겁니다.”

죽간 선생의 이야기를 열심히 필기하던 지수가 물었다.

“저어, 만주 지역의 어떤 종족과 연대를 해서 금을 건국한 것이 아닌가요? 아님 고구려와 발해의 후손들 중에 어느 세력이 그때까지 남았다가 힘을 합쳤던가 말입니까?”

지수의 질문에 죽간 선생은 엷은 미소를 띠며 입을 열었다.

“그렇게 생각할 수도 있겠지요. 하지만 신라의 귀족 층이 금나라를 세우는데 큰 힘이 되었답니다.”

“네에? 정말이세요?”

지수가 의외라는 듯 재차 물었다.

“그렇습니다. 신라의 마지막 왕인 경순왕 대에 마의태자가 금강산으로 들어간 것으로 알려졌지만, 강원도 현리 옆에 다물리라는 마을에 성을 쌓고 신라의 부흥을 위해 준비를 했었지요. 다물이라는 용어가 그곳에도 있어요. 성 이름이 다물성인 것을 보면 다물, 즉 ‘되물린다, 되찾는다’ 는 정신을 신라 지도층도 알고 있었던 같습니다. 마의태자의 행방에 대해서는 그 이상 알 수가 없는데, 신라 귀족 중에 김함보라는 사람이 함경도 너머 간도 지방에서 활약하던 건주 야인과 힘을 합쳐 새로운 정치 세력을 만들어냅니다. 야인들은 신라 귀족의 등장을 맞아 새로운 힘을 모아 금나라를 세우는데 그 시조가 아골타지요. 그 아골타가 누구냐, 바로 김함보라고 합니다. 서기 1115년 여진족의 아골타가 나라 이름을 '대금大金'이라 칭하며 왕위에 올랐습니다. 아골타가 금나라를 건국하기 전까지 여진족은 거란의 요나라에 속해 있었는데, 요나라가 해마다 더 많은 공물을 요구하자 참다못한 아골타가 부족장들을 모아 요나라와의 전쟁을 벌였습니다. 여진족은 2만의 군대로 요의 70만 대군을 무찌르며 연전연승하였고, 요동 땅 대부분을 점령한 아골타는 마침내 '금'을 건국했지요. 아골타는 요나라를 없애고 나라를 세웠지만 피로가 원인이 되어 1123년 56세로 숨지고 그의 동생이 뒤를 이었습니다. 여진족은 오랜 역사를 가진 민족으로 '숙신'·'말갈'·'여진' 등으로 불렸는데, 명나라 말기인 1635년 청태종은 '만주족'이라 바꿔 불렀습니다. 만주족은 이후 명나라를 무너뜨리고 청나라를 건국했지요. 신라 귀족 김함보가 만주에서 여진을 지도하여 금나라를 세웠으니 얼마나 기가 막힌 역사입니까? 그 당시 만주 지역은 군웅할거의 땅이었지요."

이제까지 침묵을 지키던 강남구 사장이 놀란 눈으로 말을 이었다.

"정말 놀라운 사실입니다. 금나라를 세운 핵심 인물이 신라인이었다는 것은 제가 이제까지 해온 역사 공부를 원점으로 돌려놓는 충격입니다."

"그렇습니다. 그림 공부를 하는 저로서도 놀랍다는 느낌뿐입니다. 그런데 어째서 그 사실이 이제껏 알려지지 않았을까요?"

김 화백이 거들고 나섰다.

최승희 부장은 강의가 열기를 더해 가자 카메라를 들고 사진을 촬영하였다. 한참 침묵이 흐른 뒤에야 죽간 선생이 말했다.

"여러분이 놀란 것도 무리가 아닙니다. 신라가 망한 뒤 고려 왕조가 들어선 것이 신라 후대의 역사를 폄하하는 계기가 되었을 수도 있습니다. 또, 고려 왕조의 관경이 한반도로 국한되었기에 만주 일대의 역사에 대해 오랑캐의 발흥으로 인식한 탓도 있을 것입니다. 신라가 삼국 통일을 했다고 해도 그 지역은 평양—원산을 잇는 13만㎢에 불과했기 때문에 통일 이후 330년간 평안도, 함경도 이북에 대해서는 아무런 정보도 가지고 있질 않았다고 봅니다. 아무튼 별 힘을 쓰지 못하던 여진이 갑자기 금이라는 막강한 국가로 등장한 데에는 문명이 발달한 신라인들의 도움이 컸습니다. 거듭 말씀드리지만 이 금이 누르하치에 의해 후금으로 이어지는데, 누르하치도 금나라의 가치를 알고 있었다는 얘기지요. 그 후금이 누르하치의 아들에 의해 청으로 국호가 바뀌었으니 청나라는 신라뿐 아니라 한반도 안에 살던 사람들을 적으로 생각하지 않았습니다. 이 같은 인식은 조선조 중기까지 이어집니다. 그런데 우리 조정 대신들은 사대숭명 정책에 빠져서 누르하치의 제의를 일거에 거절하고 청나라를 적대시했지요. 심지어 임진왜란이 났을 때 누르하치는 조선에 사신을 보내 3만 명의 지원군을 보내겠다는 제의까지 합니다. 그 결과 어땠습니까? 고지수 선생, 조선이 어떤 비극을 당했는지 잘 알지요?"

갑자기 질문을 받은 지수는 생각을 가다듬어 막힘없이 말을 이어나갔다. 역시 교단에 서는 선생님들은 어디가 달라도 다르다고 지성은 생각했다.

"네. 정묘호란과 병자호란이라는 양 호란을 겪었습니다. 그런데 호란이라는 말이 좀 어폐가 있다는 생각이 듭니다. 호족이 침입해서 당한 난리라는 의미인데, 만주족을 호족이라고 한다면 오랑캐라는 뜻이고, 또 우리와 갈래 족이라는 선생님의 말씀과는 정면으로 배치되지 않나 생각합니다."

"고 선생, 역시 교사답게 잘 아시네요. 호란이니 왜란이니 하는 것은 침입자를 비하하는 뜻이 담겨 있어요. 양요洋擾라는 말도 마찬가지지요. 준비하지 못해 외적으로부터 침략을 당하고서 상대방에게만 책임을 전가하는 소극적인 표현입니다. 아무튼 조선이 임진년에서 정유년에 걸쳐 7년 동안 왜적과 싸워 힘든 상황에서 대륙에는 만주족이 일어선 것입니다. 선조의 뒤를 이은 광해군은 초기에는 청나라의 비위를 거스르지 않으면서 명나라에 대해서도 일정한 거리를 두고 좋은 외교술로 대처하여 난을 막았습니다. 강홍립 장군이라고 아시지요?"

죽간 선생이 지성을 바라보고 말하자 지성이 입을 열었다.

"네, 광해군 때 후금과 명나라가 만주 무순 지역에서 전투를 했습니다. 사얼후 전투라고 합니다. 그 당시 명나라는 새로 부상하는 후금을 제거하기 위해 조선에 원병을 요청했는데, 광해군은 강홍립 장군과 김응하 장군 등에게 1만 5,000명의 군사를 주어 명을 돕도록 원군을 파병했습니다. 그런데 광해군이 강홍립 장군에게 밀명을 내렸지요. 대륙의 정세가 심상치 않으니 가급적 한 편에 치우치지 말고 중립을 지키라는 것이었습니다. 무순 벌판에서는 후금 팔기군 8만 명과 명나라와 조선 연합군 15만

명이 대치하게 됩니다. 강홍립 장군은 팔기군의 승리와 명의 쇠락이 눈에 보이기 시작하자 조용히 후금군 진영을 찾아가 항복합니다. 그때 강홍립 장군이 한 말이 유명합니다. '우리가 그대들과 싸우고 싶어서 온 것이 아니다. 임진란 당시 명나라가 원군을 보내주어 왜군을 물리친 일이 있는데, 그에 대한 의리로 나왔을 뿐이다. 우리는 싸울 의사가 없다.' 라고 한 것입니다. 강홍립 장군의 기지로 조선군은 단 한 명의 손실도 없이 귀국하고, 강홍립 장군만이 8년 동안 후금군 진영에 인질이 되어 있으면서 후금과 명나라의 정세를 파악하여 보고했습니다. 그로 인하여 조선과 청나라는 정상적인 관계를 가지게 되었는데, 한마디로 이는 등거리 외교로 국가 안보를 이끌어낸 좋은 선례라고 생각합니다."

지성의 유장한 설명이 끝나자 일동은 박수를 쳤다.

지수와 김 선생은 물론 최승희 부장, 그리고 송 가이드까지 힘찬 박수로 격려했다.

지수는 지성이 언제 저렇게 역사 공부를 했는지 놀랐다. 김선영 선생 역시 교사 못지않게 논리정연하게 설명하는 지성에 대해 호감을 갖게 되었고, 송 가이드는 입을 다물 줄 몰랐다.

지성의 설명을 듣고 난 죽간 선생은 대단한 젊은이라고 생각했다.

"안 선생의 말이 맞습니다. 광해군은 초기에는 현군으로 큰 칭송을 받았지요. 그러나 생모가 비명에 간 것을 알고 난 뒤부터 포악해졌고, 급기야 인조반정이 납니다. 문제는 인조반정이 있었더라도 조정이 청의 비위를 거스르지 않는 노련한 외교를 전개했더라면 난을 피할 수 있었을 것입니다. 내부 문제와 국익 사이에 우선권이 내부로 돌아서면 외침은 자명하게 됩니다. 특히 인조반정의 논공행상에서 더 큰 문제가 나타나고 일부가 후금으로 망명을 하는 등 자중지란에 빠져 결국 후금의 침략을 맞게 됩니다. 더구나 후금의 뒤를 위협하는 평안도 철산 지역에 명나라 모문룡 군대를 주둔케 함으로써 후금의 비위를 건들이게 됩니다. 드디어 1627년에 후금군은 아민 장군이 3만 명을 이끌고 침입하였고, 인조는 강화로 소현세자는 전주로 피신하는 등 전국이 전란에 휩싸입니다. 이것이 정묘호란이지요. 조선은 불리한 '정묘약조'를 체결하고 후금과 형제가 되기로 약조합니다. 또 후금에 압록강 이남 변경 지역을 떼어주겠다, 명의 모문룡 장군을 잡아 보내겠다, 명나라 토벌에 조선 군사 1만 명을 지원하겠다, 조선 왕자 1명을 인질로 보내겠다. 1629년부터는 매년 목면 300필과 흰모시 300필, 호피虎皮 등을 세폐歲幣로 보낼 것을 약속했습니다. 허나 조선은 그 약속을 지키지 않고, 후금에 대해 적대 정책을 계속했습니다. 지금 돌이켜보면 조선은 국제 외교에 매우 서툴렀지요. 정묘호란으로 끝날 일을 더 큰 환란을 만들고만 것입니다. 그게 바로 1636년의 병자호란이지요. 그럼 병자호란이 무엇인지 아이들을 가르치는 교사들이 잘 아실 테지요. 이번에는 김 선생이 좀 부연해 주시겠어요?"

죽간 선생은 노련했다. 자기가 설명을 해도 될 일을 참가자들의 입을 빌려 말하게 했다. 그럼으로써 모든 사람이 역사에 깊은 관심을 갖게 되고, 더 아는 계기를 만들어나갔다.

18. 호란의 악몽과 환향녀의 슬픔

그때였다.

북릉공원 인공호수에 십여 마리의 까마귀가 날아오더니 일행이 대화를 나누는 부근의 버드나무 가지 위에 앉았다. 까마귀는 누르하치를 구해준 영물이라는 전설을 지닌, 만주족이 신조神鳥로 숭앙하는 새였다.

김선영 선생은 죽간 선생으로부터 갑자기 질문을 받고 좀 당황했지만 교대에서 사회과 교육을 전공한 실력을 발휘하여 설명을 해나갔다.

"제가 아는 대로 말씀드리겠습니다. 인조가 친명 배금정책을 고수하고 정묘호란에서 약조한 형제의 맹약을 지키지 않고 명나라와 동맹 관계를 지속하자 1636년 12월에 용골대, 마부대 등이 쳐들어온 사건이 병자호란입니다. 겉으로는 후금의 태종이 등극한 것을 알리고, 인조 비 한씨의 문상을 한다는 것이지만 실제로는 보복의 의미가 컸다고 생각합니다. 아무튼 12만 명의 병력으로 쳐들어온 청군은 14일 만에 개경을 함락시킵니다. 이에 인조와 왕손들은 서둘러 피신하려 했지만 청군의 움직임이 빨라그만 남한산성으로 피신하고 말았지요. 이때 청태종이 직접 내려와 청군 20만 명이 남한산성을 포위합니다. 그런 판국에 강화도는 함락당합니다. 정말로 풍전등화 같던 때였지요. 그런데도 조정에서는 주전파와 주화파로 나뉘어 싸움을 계속했고, 급기야 더는 산성에서 버틸 수 없게 된 인조가 500여 명의 신하 왕신들을 데리고 삼전도에 나와 청태종에게 항복합니다. 그 후 조선은 청나라에 '군신의 예'를 다하겠다는 약조를 합니다. 잘 모르지만 여기까지입니다."

김 선생의 설명에 일동은 또 박수를 쳤다. 특히 지성은 또박또박 말하는 김 선생의 설명에 감탄을 했다. 김 선생의 설명을 듣고 난 죽간 선생이 다시 일어섰다.

"김 선생, 수고 했어요. 아주 핵심을 짚어주셨습니다. 에, 여러분 삼배구고두례三拜九叩頭禮라는 말을 아십니까?"

이때 강남구 사장이 대답했다.

"제가 어떤 소설에서 읽은 것인데, 인조대왕이 청태종에게 항복할 때 행한 치욕스런 행동, 아니 의식이라고 합니다만……."

"맞습니다. 1637년 1월 30일 지금 송파 지역인 삼전도에 청태종이 와서 172계단의 수항단受降壇을 쌓고, 그 위에 앉습니다. 여러분 지금으로부터 370여 년 전의 1월 30일 한강변은 살을 에는 추위가 엄습하는 곳입니다. 인조는 수항단 아래서 세 번 무릎 꿇어 절하고 나서 아홉 번 이마를 언 땅에 찧으면서 자기의 잘못을 청태종에게 고합니다. 이마를 땅에 찧을 때 청태종의 귀에 그 소리가 들리도록 하라는 지시대로 머리를 찧느라 인조의 이마는 피투성이가 되었지요. 얼어붙은 어름판에 피를 흘리며 이마를 찧으면서 항복하는 조선의 대왕 인조의 모습, 여러분 상상이 됩니까? 이것이 패전국의 고난이요 치욕입니다. 아니 세계 정세에 눈이 어두웠던 나라의 말로입니다. 그로 인해 청과 조선은 아까 김 선생의 말씀대로 '임금과 신하'의 관계로 전락하고, 조선은 청이 명나라에 원정할 때 군대를 동원해 준다, 청에서 도망온 조선인 포로와 여진 출신 귀화인들을 모두 돌려보낸다, 어떤 형태의 재무장과 군비 강화책도 금한다, 해마다 청나라에 세폐를 올린다는 등 자주국으로서 견디지 못할 치욕스런 약조를 합니다. 그리고 소현세자와 봉림대군, 그리고 삼학사 등 수많은 사람들이 잡혀갑니다. 삼학사 아시죠?"

죽간 선생의 설명을 듣던 찬수는 속으로 걱정을 했다.

'참, 나는 도대체 무엇을 공부했는가. 무엇을 아는가. 아무것도 아는 것이 없구나. 창피하다. 얼굴을 들 수가 없군. 혹시라도 선생님이 나를 지목하면 뭐라 답변하지?'

다행이랄까. 죽간 선생은 찬수에게는 질문을 던지지 않았다.

이번에는 한애란 여사가 조용히 말했다.

"저어, 병자호란 때 청나라 심양으로 끌려온 척화파 세 사람이죠. 홍익한, 윤집, 오달제라는 대신들로 알고 있습니다만……."

그러자 부창부수夫唱婦隨라고, 김 화백이 말을 받았다.

"삼학사는 이곳 심양에 잡혀 10년 동안 인질로 있으면서 온갖 회유에 시달렸다고 합니다. 그러나 끝내 청태종에게 머리를 숙이지 않자 처형을 당하고 말았습니다. 제 아버지께서 이곳 심양에 사셨는데, 중국 말만 나오면 삼학사 얘기를 하시곤 했지요. 그중에서 오달제 씨는 '나는 죽음을 두려워하지 않는다. 내 머리를 어서 자르고 두말하지 마라.'라고 청태종에게 항거했다고 합니다."

두 사람의 부연 설명에 이어 죽간 선생이 말했다.

"두 분 말씀 맞습니다. 삼학사는 현재 심양 시내에서 가장 큰 가전 상가가 있는 사거리에서 처형당했습니다. 그리고 소현세자와 봉림대군도 세자관 또는 심양관, 현재 심양어린이도서관 건물 자리에서 10년 동안이나 인질 생활을 했는데, 특히 소현세자는 인질 생활 도중 서구 문물에 눈을 뜨고, 천주교를 배우는 등 국제 정세의 변화 등을 조정에 보고하는 '심양장계'를 올렸습니다. 그 뒤 귀국하여 큰 꿈을 펴보지 못하고 1년 만에 죽고, 봉림대군이 세자로 책봉되어 제17대 효종이 되어 북벌 정책을 펴기 위해 준비하였으나 즉위 10년 만에 돌아가시고 말았지요. 그와 함께 북벌의 꿈은 사라지고 말입니다. 참으로 안타까운 일입니다."

일행은 죽간 선생의 열변을 들으면서 시간 가는 줄을 놀랐다.

잠시 침묵이 흐른 뒤 죽간 선생은 "참, 양 호란 당시에 끌려온 포로들에 대해서는 안지성 군이 좀 설명해 주시기 바랍니다. 너무 슬픈 역사가 있어요."라고 말했다.

마치 기다렸다는 듯이 지성이 설명하기 시작했다.

"예. 양대 호란 당시에 60여 만 명의 포로가 만주 땅으로 끌려

소현세자와 봉림대군, 삼학사가 억류돼 있던 세자관 또는 심양관.
지금은 삼양시 어린이도서관이 되어 있다.

왔다고 합니다. 임진왜란, 정유재란 당시 7년 병란 중에 일본으로 끌려간 포로가 3만에서 10만 명이라고 하는데, 청나라에 끌려온 포로는 그 10배가 넘습니다. 여기 보이는 이 돌다리와 호수는 비극의 산물입니다. 정묘·병자 양대 호란 당시 조선에서 끌려온 남녀노소 포로가 맨 처음 한 일이 바로 이 인공호수를 판 것입니다. 여긴 원래 평야 지대였는데, 이 넓은 호수를 파서 그 흙으로 산을 만들었으니 포로들의 고통이 어떠했겠습니까? 만주는 사람이 귀하여 조선 포로들이 온갖 궂은일을 다한 것이지요. 전란이 끝난 뒤 포로들은 노예처럼 매매되다가 속량贖良을 주고 조선으로 돌아갈 수 있는 길을 터주었는데, 그 포로들을 매매하던 장소가 바로 이 석교에서부터 저 아래 공원 입구까지, 그리고 남탑 부근입니다. 여기에 늘어서서 고국에서 찾아온 혈육들이 돈을 내고 사람을 찾아가는데, 병든 노인들은 거저 보내고 팔팔한 장정

삼양 북릉공원 안의 인공호수 위에 걸쳐 있는 돌다리.
인공호수와 돌다리는 호란 때 끌려온 조선 포로들이 만들었다.

이나 처녀들은 비싼 돈을 내어야 돌아갈 수 있었답니다. 그들이 압록강을 건너 고국으로 돌아가는 중에 많은 사람들이 자살했는데, 특히 여성들이 목숨을 끊는 일이 많았습니다. 정절을 소중히 여기는 전통 때문입니다. 이에 인조가 귀국하는 여성들이 한양 홍제천을 넘을 때 홍제천에서 몸을 씻으면 정숙한 여자로 인정을 해주라는 포고문을 발표하면서 서서히 민심이 안정을 찾기 시작합니다. 그 여인들이 바로 고향으로 돌아온 여자라는 환향녀입니다."

이 말을 들으면서 지수는 통곡할 것 같았다. 여성의 애환이 병란에서 비롯된다는 것은 동서고금의 진리이지만, 우리에게 이런 슬픈 역사가 있었다는 것을 알고 나니 슬픔을 가눌 수가 없었다.

'세상에 얼마나 많은 여인들이 목숨을 끊었을까. 고려 시대에는 공녀로 몽고에 잡혀가더니 조선조 때는 만주로 일본으로 수많은 여성들이 끌려가 노예로 살다가 죽었고, 일본 강점기에는 20만 명의 처녀들이 일본군의 성노리개로 끌려가 죽거나 고초를 당했으니 이 땅의 여성 수난사는 왜 이리 질긴 것인가.'

북릉공원 호숫가에 앉아 죽간 선생의 역사 강의를 듣기 시작한 지도 두 시간이나 지나고 있었다. 송 가이드는 초조해졌다. 오늘 밤에는 단동으로 내려가 자야 하는데, 시간을 너무 지체하는 것 같았기 때문이었다. 하지만 일행이 하도 진지하게 역사 토론을 하는 바람에 자기도 거기에 빠져들고 말았다.

"자, 이제 이동해야 할 시간입니다. 갈 길이 멀어서 그만 일어서시지요."

끝으로 죽간 선생이 효종의 북벌론이 실패한 이유를 설명해 주었다.

　"우리 역사상 왕이 직접 북벌론을 주창한 것은 드문 일입니다. 조선조 17대 효종은 훈련도감을 설치하고 이완 장군을 훈련대장으로 삼아 북벌을 준비했습니다. 또, 친위병 1,000명을 기병으로 대체하는 등 기동성 있는 군대 양성에도 주력했지요. 그런데 그만 아깝게도 재위 10년 만에 갑작스레 돌아가시는 바람에 북벌은 수포로 돌아갔습니다. 조선의 북벌 정책이 실패한 이유는 또 있습니다. 몇 가지 열거하면 조선 군대의 확충에 대한 청나라의 엄중한 감시, 매년 이어지는 자연 재해와 기근, 인조의 항복 이후 왕권이 실추되어 신료들이 조정을 기피하는 풍조가 만연했습니다. 또 소현세자의 죽음에 석연찮은 면이 많고, 원손들이 유배를 가고, 형수 강빈이 사사당하는 등 궁내의 문제도 컸지요. 백성들의 생활이 핍박해져 군사력 증강에 어려움이 많았고, 신료들이 북벌론에 대해 반감이 컸던 것도 큰 이유 중의 하나입니다."

　일행은 일어나 공원 정문으로 걸어 나오면서 큰 동상을 만났다. 죽간 선생이 일행을 세운 뒤 말했다.

　"이 동상은 청태종 홍타이지의 동상입니다. 이 앞에 쓰인 글씨를 보세요."

　일행은 그가 안내하는 곳으로 가서 동상의 하단부에 노랗게 새긴 한문 글자를 보았다.

　"애신각라 황태극愛新覺羅 皇太極이라 쓰여 있지요? '애신각라'란 중국어로 '아이신쥐러'인데, 신라를 사랑하고 신라를 잊지 말자는 의미입니다. 청태종의 동상에 새겨진 이 말이 의미하는 것은 무엇이겠습니까? 바로 신라의 혈통을 자랑스럽게 생각한다는 것이지요. 혹자는 아이신이란 만주 말로 금이라고 하니까,

심양 북릉공원 안에 서 있는 청태종 비

신라와는 거리가 멀다고 하지만 금나라의 금은 김이라 읽고, 신라인 김함보의 후손임을 입증하는 것이 아닐까 합니다. 신라 말기에는 김씨 왕조였거든요. 일설에는 안동김씨 시조가 권행權幸인데 그가 고려를 도와 견훤을 쳐부수는 데 공로를 인정받아 안동 김씨의 성씨를 왕건 태조에게서 받았다고 합니다. 김함보는 경순왕의 사위인 권행의 세 아들 중 한 명이며, 마의태자와 신라 부활 운동을 펼치다 마의태자가 숨진 뒤 만주로 진입해 여진족의 일부인 완안 부족의 추장이 됐다는 것이라고도 합니다. 마의태자가 웅거했다는 설악산 권금성이 권 장군과 김 장군이 쌓은 성이라는 전설, 1011년 여진의 함

심양 북릉공원(소릉)에 있는 청태종 부부의 무덤

선 100여 척이 안동 인근 경주 지역에 출몰했다는 기록이 이를 뒷받침한다는 주장도 있습니다."

일행은 죽간 선생의 설명을 듣고 놀라움에 입을 다물지 못했다. 황태극의 동상에는 1592년~1643년이라는 연도가 새겨져 있어서 그가 임진왜란이 나던 해에 태어나 51세에 죽었음을 알려 주었다.

송 가이드는 걸음을 빨리했다.

심양의 뜨거운 햇볕은 오후 다섯 시가 넘자 조금씩 열기가 약해지고 있었다.

"자, 손님들. 이젠 서탑가로 갑니다. 어서 차에 오르세요."

서탑가西塔街는 심양시의 서쪽에 자리 잡은 한국촌이다. 송 가이드는 차 안에서 서탑가에 대해 말했다.

"이곳은 조선 시대부터 평안도에서 넘어온 동포들이 살기 시작한 곳입니다. 지금도 5,000여 명의 동포들이 모여 삽니다. 이곳에는 서울에서 파는 물건은 거의 다 있습니다."

이번에는 지성이 다물 학교에서 발행한 책에서 읽은 이야기를 소개했다.

"이곳 서탑거리는 19세기 말부터 조선 사람들이 집단 거주하여 항일 독립투쟁의 배후 근거지 역할을 했던 곳입니다. 일제가 이곳을 강점했을 당시에는 1

일본 강점기부터 조선인이 많이 살았던 심양 서탑가. 지금도 한류의 한 거점이 되고 있다.

만 여 명의 동포 집단 거주지였고, 서로군정서 소속 독립군 부인 8명이 모여 국밥집을 하여 독립자금을 제공했다는 8과부촌이 유명했다고 합니다. 말이 과부촌이지 남편을 독립전쟁에서 잃은 쓰라린 여인들이 만든 독립군 후원 가게였지요. 사람들은 그 여인들이 운영하는 국밥집에 장사진을 쳐 독립 군자금을 모으는 데 도움을 주었다고 합니다. 이렇듯 우리 민족은 나 개인보다는 나라를 생각하는 애국심이 강한 민족입니다."

지성의 설명에 일행은 색다른 느낌을 갖게 되었다.

서탑가에 다다르자 김 화백이 감개무량한 듯이 말했다.

"저의 부친이 이곳에서 사셨는데, 독실한 크리스천이셨어요. 이곳에 가면 교회가 있다고 생전에 여러 번 말씀하셨는데, 가이드 양! 이곳에 오래된 교회가 있나요?"

그러자 송 가이드는 기다렸다는 듯이 "네, 아, 저기 보입니다. 길 건너 큰 빌딩 사이에 거무스름한 작은 교회가 보이지요. 저것이 심양 서탑가에서 가장 오래된 교회 건물입니다." 하고 다급하게 외쳤다.

일행은 가이드가 가리킨 곳을 보았다. 정말이었다. 참새처럼 아주 작은 거무튀튀한 건물이 십자가를 머리에 이고 앙증맞게 서 있었다. 김 화백은 감격에 겨워 눈물을 글썽이며 말했다.

"아아, 이제야 아버님의 소원을 풀어드립니다. 천국에 계신 아버님께서도 지금 아들의 눈을 통해 저 교회를 보고 계실 것입니다. 그렇게도 생전에 보고 싶어 하시고 가고 싶어 하시던 교회인데……. 감사합니다."

일행은 김 화백 부부에게 축하의 박수를 보냈다.

서탑가에서 일행은 한국식 저녁식사를 하였다. 점심때 좀 니

글니글한 중국음식을 먹은 탓인지 된장국에 김치는 최상의 요리
였다.

저녁을 먹으면서 지성이 안내를 했다.

"혹시 몸에 이상이 있으신 분은 말씀하세요. 위생 담당 김 선
생께서 응급약을 가지고 계십니다. 아무리 더워도 구입해 드리
는 생수 이외에 드시면 안 됩니다. 중국의 수돗물은 못 먹습니
다. 대신 음식점에서 끓여 나오는 차는 괜찮습니다. 그리고 오늘
저녁은 여기서 290km 남쪽으로 내려간 단동에서 잠을 자게 되
어 있습니다. 날이 너무 늦기 전에 떠나야 하니 서둘러 주시기
바랍니다."

저녁식사 후 잠시 짬을 내어 김 화백 부부는 서탑교회에 달려
가 기념사진을 찍고 왔다.

미니 버스에 오르면서 찬수는 지성에게 이렇게 말했다.

"형, 선생님에게 말씀 좀 잘 해줘, 응? 질문하지 말아 주십사
하고. 난 아무것도 모르잖아. 역사는 깡통이잖아. 제발……."

"그래? 그럼 이번 여행 동안 사고 안 칠 거지? 가장 모범적으
로 지낼 거지? 그렇잖아도 너를 주시하는 여자들이 꽤 있는데,
무식이 탄로 나면 큰일 아냐?"

"알았어요, 형. 모범생이 될게."

그 후로 찬수는 가장 모범적으로 행동했다. 그 결과 우연찮게
도 송 가이드의 마음에 자리를 잡는 행운까지 누렸다.

이번에는 김 선생이 지수에게 말했다.

"고 선생, 어쩌면 좋아. 앞으로 많은 질문이 우리 두 사람에게
쏟아질 텐데……. 답변 못하면 어쩌지? 이럴 줄 알았으면 역사
공부 좀 하고 올 걸."

“나도 마찬가지야. 우리 아버지 정말 미워. 딸을 골탕 먹이려고 작정하셨나 봐.”

“설마, 그러실 리야 있겠어?”

“암튼 긴장이 돼. 물음에 답변 못하면 선생이 그것도 모르느냐 하실 것 같아 마음이 조마조마해져.”

“참, 안지성 씨는 누구니?”

김 선생이 지수에게 다그치듯 묻자 지수는 내심 속을 들킨 것 같아 섬뜩했지만 태연하게 되물었다.

“왜?”

“아냐. 그냥……”

“너, 그냥이 아닌데? 관심 있지. 그치?”

“정말 아니래두. 처음 보는 사람인데, 뭐 하는 사람인 줄도 모르고……”

“뭐하는 사람인 줄 알면 되구?”

“얜, 말꼬리 잡긴……”

“나도 몰라. 정체불명, 오리무중의 남자야.”

“그렇지만 좀 신비스럽지 않니?”

“글쎄다. 잘 모르겠어.”

지수는 김 선생을 경계해야겠다는 생각이 들어 일부러 시큰둥하게 대답했다.

한편 찬수는 가이드 송미란 씨에게 관심을 가지고 있었다. 지수나 선영에게 접근하긴 스스로 뭔가 꿀리는 게 있는 것 같기도 했지만, 그보다는 만주에 사는 예쁜 처녀라는 데 더 호감을 가진지도 모른다. 미란 씨도 강한 인상을 주는 찬수에 대해 은근한 호감을 가지고 있었다.

19. 요하문명은 세계 최고最古 문명

일행은 발길을 재촉하여 단동으로 향했다.

저녁 6시라지만 여름 해는 아직도 제 힘을 자랑하고 있었다. 심양에서 안산을 향해 내려오다가 붉은 녹물로 강둑이 벌겋게 변한 작은 강을 만났다. 밖을 내다보던 죽간 선생이 말했다.

"여러분, 밖을 보세요. 저것이 요하입니다. 본류는 더 서쪽으로 가야 만나지만 지류를 만났군요. 안산제철소에서 나오는 폐수가 정화가 덜 되어 녹물이 되어 흐릅니다. 안산제철소는 중국의 제철산업에서 큰 위치를 차지한답니다."

그러자 지수가 물었다.

"요하를 보니까, 요즘 요하문명이라는 용어가 가끔씩 신문지상에 나오던데요. 그것은 동북 공정과 어떤 연관이 있는 것입니까?"

딸이 진지하게 물어주는 것이 죽간 선생은 고마웠다. 혹시 부녀간이라 오해를 살 만한 일이 생기지 말아야 할 텐데 하고 생각했었는데, 딸이 이런 아버지의 우려를 말끔히 씻어주었던 것이다.

"음, 고 선생이 적절한 질문을 해주었네요."

죽간 선생은 지수의 물음을 전체에게 환기시키면서 말했다.

이제부터 차내 강의가 이어질 참이었다.

"바로 요하문명론이라는 것이 동북 공정의 원편이고, 그 다음이 백두산 공정과 한반도 공정으로 이어집니다. 먼저 요하문명론에 대해 말씀드리기 전에 왜 중국이 갑작스레 요하 지역을 중시하게 됐는지 그 이유부터 알아보는 게 순서일 겁니다."

일행은 죽간 선생의 입을 주시하였다. 특히 송 가이드는 두 귀를 바싹 기울이는 모습이었다.

"지난 2007년 4월, 중국 원자바오 총리가 이렇게 말했지요. 한국과 중국은 아무런 영토 문제가 없다. 동북 공정은 단지 역사 문제일 뿐이라고 말입니다. 이 말은 만주 땅과 동북 공정에 대해 현실적으로 아무런 문제가 없으니 한국에서는 문제 삼지 말라는 극히 완곡한 메시지이지요. 그런 중에도 중국 학자들은 입에 거품을 물고 요하문명론을 강조하고, '요하문명전' 이라는 희한한 전시회를 2006년 가을부터 심양의 요녕성박물관에서 장기간 열었습니다. 중국 학자들은 세계사를 새로 써야 할 만큼 중요한 단서가 요하 일대에서 발굴되었다고 흥분하고 있습니다. 그것은 황하문명보다 훨씬 앞선 신석기문명이 요하 일대에서 발견된 때문이지요."

죽간 선생의 말에 일행은 흥분하기 시작했다. 김선영 선생이 조금은 들뜬 어조로 말했다.

"선생님, 요하문명은 한족의 문명이 아닐 텐데요."

김 선생의 말에 한애란 씨도 거들었다.

"맞아요. 제가 역사 시간에 배운 상식으로는 요하는 고조선부터 발해 때까지 우리 조상들이 대대로 살던 곳인데, 거기서 발견된 유물이라면 당연히 우리 선조들의 것이지요. 그러니까 요하

문명이라 이름 붙인 신석기문명 역시 고조선문명일 것이구요."

"두 분 말씀이 맞습니다. 제가 더 설명을 드리지 않아도 다 잘 알고 계시는군요."

죽간 선생의 이 말에 도리어 송 가이드가 끼어들며 말했다.

"선생님들 말씀을 듣고 보니 제가 모르는 것이 참 많다는 생각이 듭니다. 비록 중국에서 태어나 살고 있지만 조상의 뿌리는 제대로 알고 살아야 하질 않겠습니까? 자세히 설명 좀 해주시지요."

세 여성의 말을 듣고 있던 죽간 선생이 마이크를 잡고 자리에서 일어났다.

"여러 유물이 발굴되었지만 현재까지 알려진 고대사를 끌어올린 유물은 4가지입니다. 약 8,000년 전에 만들어진 것으로 보이는 옥 귀걸이가 내몽골 적봉시 홍륭와촌에서 발굴되었는데, 그 옥은 압록강에서 머지않은 개현의 수암岫岩이라는 곳에서 나왔지요. 옥 광산과 그 옥으로 귀걸이를 만든 문명이 450km나 떨어져 있어요. 그것은 요서 지역과 요동 지역이 그때 이미 교류하고 있었고, 같은 나라였다는 것을 입증하는 것이지요."

여기까지 말하자 지성이 궁금증을 이기지 못하여 말했다.

"그 정도라면 서울에서 부산보다 긴 거리인데요. 어떤 교통 수단을 썼을지 궁금합니다."

"글쎄, 아무래도 만주 지방에 발달한 교통 수단은 우마차였으니까, 말이 끄는 수레로 이동하지 않았을까 생각되는군요."

"참 선생님, 옥 귀걸이라고 하셨죠? 옥은 다루기가 여간 어려운 돌이 아닌데, 그것으로 귀걸이를 만들었다면 대단한 세공 기술입니다. 사진이라도 볼 수 없을까요?'

김 화백의 부인 한애란 씨가 정색을 하고 말했다.

"네, 예술가는 다르시군요. 미적 감각이 탁월하시니 그런 생각을 하시는 것도 무리가 아닙니다. 옥은 참 다루기 힘든 보석이죠. 고대에는 가장 존귀한 보석으로 왕족과 귀족들이 패용하던 패물이지요. 그런데 더 놀라운 것은 그와 비슷한 옥 귀걸이가 한반도에서 나온다는 겁니다. 제게 사진을 실은 도록圖錄이 있으니 이따가 보시기 바랍니다."

여기까지 말을 마친 죽간 선생은 물을 청하여 목을 축이고 나서 덧붙였다.

"그 다음 유물은 용의 모습을 돌로 형상화한 석소룡石塑龍이 나왔는데, 약 7,600년 전에 만든 유물입니다. 다 아시다시피 중국인들은 용을 좋아합니다. 그런데 그 용의 형상이 요하에서 시작되었다는 것을 알고 중국인들은 흥분한 것이지요. 용은 조선왕들의 곤룡포에도 있고, 일본 천황의 즉위식 때 입는 옷에도 용이 있습니다. 그만큼 용은 동북아의 공통적인 패션 내지 브랜드라 할 수 있지요."

지성은 용에 대해 알고 싶은 것이 많았다.

"선생님, 저 어렸을 때 시골에서 용을 보았습니다. 여름날 소나기가 쏟아지기 전에 큰 저수지에서 시커먼 구름이 올라가는 것을 보고 사람들이 용이 올라간다고 하더군요. 지금 생각하면 농사를 주로 하는 시골에서는 물과 하늘의 보살핌이 없이는 농사를 지을 수가 없어서 용이라는 상상의 메신저를 만들어 놓은 것이 아닐까 생각합니다. 그러니까 용은 농업 문명의 산물이라고 봐도 좋은지요."

지성의 질문에 죽간 선생은 대답했다.

"요하 일대는 아마 황하보다 더 오래전에 고대 농업 문명이 시작된 곳이라고 볼 수 있어요. 왜냐하면 바이칼 호 일대의 빙하가 녹아 흘러내리면서 생기기 시작한 것이 요하와 대능하입니다. 그러니 물을 이용한 어로와 낮은 수준의 농업이 요하 일대에서부터 시작됐다고 볼 수 있습니다. 흠, 그리고 놀랄만한 두 가지 유물이 더 있습니다. 한자의 기원으로 보이는 도부문자陶符文字가 요하 일대의 도기에서 발견되었습니다. 이것을 갑골문보다 더 오랜 글자로 해석을 합니다. 그리고 요하의 우하량 동산취라는 유적지에서 여신상이 발굴되었는데, 그 여신상의 눈에는 옥으로 만든 동공이 박혀 있답니다. 여신의 눈이기 때문에 그 당시 가장 귀중한 옥으로 눈을 만들어 박은 것이지요. 그 부근에서 제단과 신전 터가 발굴된 것을 보면 여신상이 틀림없습니다. 그런데 그 여신상은 지금으로부터 5,500년 전에 만들어진 유물입니다."

그러자 지수가 놀란 눈으로 말했다.

"아니, 그럼 웅녀상이 아닐까요?"

그러자 일행이 지수의 질문에 죽간 선생이 어떤 답을 줄지 그의 입을 주시했다.

"아, 웅녀라. 그럴 수도 있겠군요. 환웅족과 웅씨족이 만나 혼사를 한 곳이 요하에서 대능하 사이라고 생각하기 때문에 웅씨족의 처녀가 자라서 또 강력한 신적인 존재로 하늘에게 제사 지내는 신녀가 되어 활동한 지방일 가능성이 크지요. 아, 참. 웅녀니 신녀니 하는 말은 결국 마고할미의 후신입니다."

그의 설명을 잠자코 듣고 있던 찬수가 엉뚱한 질문을 퍼부었다.

"저어, 마고할미가 아니라 마귀할멈이 아닌가요?"

일행은 찬수의 질문에 배꼽을 잡고 웃기 시작했다. 죽간 선생 역시 모처럼 웃으며 대답했다.

"허허허. 마고할미와 마귀할멈이 구분이 안 될 걸세. 특히 서양 전래동화를 많이 읽고 자란 신세대들은 마귀할멈에 더 익숙하지."

"그럼 전혀 다른 사람인가요? 아니면 귀신인가요?"

찬수의 거듭되는 질문에 죽간 선생이 웃음을 이어가자 지성이 대신해 답했다.

"마귀할멈은 기독교에서 말하는 사탄의 일종으로 사악한 인성을 가진 못된 사람이지. 심술궂고……. 하지만 마고할미는 고대 사회에 대표적인 신녀를 말하는데, 고대 사회는 모계사회여서 여성의 사회적 지위가 우세하여 신을 모시는 역할은 여성 지도자가 담당한 것으로 알고 있어. 또 마고란 마麻, 즉 삼을 짜는 할머니라는 의미도 있다고 보는데, 옛날 사람들에게 가장 소중한 것은 마를 이용하여 옷을 잘 짜는 손재주를 가진 여성이었을 거야. 그래서 마를 잘 짜는 여성은 신적인 존재로까지 칭송받았을 거야. 고구려 때까지만 해도 각종 기술자를 신적인 존재로 모셨던 것을 생각하면 충분히 알 수 있는 일이야."

지성의 설명을 지긋이 듣고 있던 죽간 선생은 '음, 대단한 추리력이야. 저 정도의 상상력과 문화적인 소양이 있다면 키워볼 만한 인물이야.' 라고 생각하며 지성을 다시 한 번 바라보았다. 한편 지수 역시 지성의 풍부한 상상력과 논리정연한 설명에 감탄을 금치 못하였다.

그가 잠시 뜸을 들이는 동안 죽간 선생이 말을 받았다.

"마고할미가 죽은 뒤 사람들은 베를 잘 짜는 할머니의 공적을 하늘에 새겼답니다. 그것이 뭐냐. 바로 직녀성입니다. 직녀織女란 베를 짜는 여자란 뜻이지요. 그 직녀성에게 외로움을 덜게 해 줄 요량으로 사람들은 견우성牽牛星를 만들어 칠월칠석에 만나도록 배려해 주었지요. 이승의 사랑이 하늘나라의 사랑으로 승화된 전형적인 러브 스토리라고 볼 수 있지요. 또, 그 직녀는 베만이 아니라 인간사를 조직하고 풀어내는 재주를 말하는 것이라고도 생각합니다."

버스 안에서 시작된 특강은 시간이 흐를수록 열기를 더해 갔다.

사람들은 피곤한 줄도 모르고 만주 대륙을 달리는 버스 안에서 고대사의 향연을 새기며 듣고, 또 모두가 자기 의견을 마음껏 말했다.

얼마쯤 갔을까. 쭉 뻗은 아스팔트 길이 도무지 중국 땅이라는 느낌을 주지 못했다.

통운보通運堡 휴계소에 들러 잠시 휴식한 후 죽간 선생이 다시 말을 이었다.

"여기서 대련 방향으로 나가면 요하와 만나고 그곳을 건너면 서토입니다. 즉, 요서 지방이지요. 그곳은 옛날에는 열하성이라 불렸습니다. 연암 박지원 선생이 지은 《열하일기》는 그가 압록강을 건너 요서 지방으로 통해 연경, 즉 지금의 북경으로 들어가는 길에 보고 들은 것을 적은 책이지요. 박지원 선생은 1790년 청나라 건륭황제 70회 생일 축하 사절로 가는 길에 만주 땅에 도착하곤 이마를 땅에 찧으며 이렇게 말했습니다. '가히 크게 한 번 울만한 땅이로다. 수천 년 지켜온 광활한 만주 벌판, 우리가 오랑캐라고 무시하던 여진족에게 뺏기고, 그 나라 속국이 되어

진하 사절進賀使節로 가는 내 신세가 서럽다.’ 라고 말입니다. 박지원 선생의 통곡을 이곳에 오면 진하게 실감합니다.”

사람들은 숙연한 표정이 되었다.

분위기가 조금 침울해지자 그는 새로운 화두를 꺼냈다.

“여러분, 안시성을 아시지요? 고구려 양만춘 장군과 당태종이 사활을 걸고 싸운 전쟁 말입니다.”

“네. 안시성이 여기서 멉니까?”

김 화백이 묻자 강 사장과 박 사장도 눈을 들어 함께 물었다.

“심양에서 대련으로 가는 고속도로를 따라 요양, 안산을 지나면 해성시에 도착합니다. 그 해성에서 동남쪽으로 1시간 정도 들어가면 옥이 많이 나오는 수암岫岩이라는 지명이 나오고, 그곳을 지나면 중국군 대부대의 주둔지를 만납니다. 그 부대 앞 들판 건너 산 아래에 안시성이 나와요. 지금은 영성자산성英城子山城이라는 표지가 붙어 있지요. 나는 10년 전에 두 번 올라가 봤습니다. 지금은 외부인 접근 금지 지역이 되어 들어가질 못합니다.”

“선생님 어떻습니까? 철옹성이라면서요?”

여행사 박 사장이 물었다.

“아닙니다. 아주 소박하게 생긴 토성이지요. 성벽 길이는 약 2.5km 정도이며 서쪽으로만 성문 흔적이 있고, 동쪽과 동북쪽은 깎아지른 절벽입니다. 북쪽은 고지에서 내려다보는 형국이구요. 넓지 않은 분지 비슷한 곳에서 5만 명의 고구려 군사와 성민이 당태종의 대군을 물리쳤다는 것이 실감이 나지 않을 정도입니다. 중국의 《성경통지盛京通誌》라는 책에 보면 당태종이 ‘어니아’ 에서 생명의 위협을 받아 고구려 원정을 중단시켰다고 나옵니다. 그만큼 당으로서는 위협을 느낀 것이 안시성 전투였던 것입니다. 성내 여기저기에 널려 있는 유물을 보면 수긍이 갑니다. 한 예로, 고구려 병사들이 곡식을 갈아 먹던 맷돌이 있는데, 둥그런 맷돌의 지름이 2m가 넘습니다. 그런 맷돌을 여러 개 보았어요. 그리고 성내는 지금 과수원으로 경작되어 성의 모습이 거의 사라졌는데, 여기저기에 수많은 기념비들이 뒹굴고 있어요. 서쪽 성문 부근에는 인위적으로 당군이 쌓은 토성의 흔적이 보입니다. 그곳에서 나는 고구려 군사들의 함성과 피비린내가 진동하는 전쟁의 상흔을 느낄 수가 있었답니다. 앞으로 중국이 안시성을 공개해야 합니다."

"맞습니다. 동북 지방의 역사가 중국 것이라고 강변하면서 공개 못할 것이 뭐 있겠어요?"

김 화백이 맞장구쳤다.

죽간 선생은 잠시 마이크를 놓고 자리에 앉았다. 피곤이 밀물처럼 스며 들어 눈을 감았다.

해는 서산으로 기울기 시작하고 있었다.

요녕성의 고구려 안시성 안에 한 농가의 담으로 쓰이고 있는 고구려 대형 맷돌, 지름이 2m가 넘는다.

지성은 비몽사몽간에 기이한 체험을 했다. 고구려와 수나라. 당나라 군사들의 함성이 환청처럼 들리기 시작하면서 조금 전에 들었던 안시성의 혈전이 생생하게 눈앞에 파노라마처럼 전개되는 것이 아닌가. 참으로 기이한 체험이었다.

조용한 차내는 이따금 가볍게 코 고는 소리만 들릴 뿐 적막하기 이를 데 없었다.

지성은 수첩을 꺼내어 〈나 죽어 요동에 묻힐 수만 있다면〉이라는 글을 썼다.

나 죽어 요동에 묻힐 수만 있다면 혼백이라도 활을 들고 성을
지키리
수나라 100만 대군, 당나라 30만 대군 도도한 침략의 칼을
내 두 손으로 맞잡아
시퍼런 피를 흠뻑 뿌려도 하냥 좋으리
만주 땅 요동의 길목을 지키던 용맹한 고구려 군사의 눈이 되고
손이 되고 발이 되어 무주공산 훨훨 떠다니며
5,000년 선조의 얼과 넋을 위무하리
아아, 동방의 패자 고구려
해동성국 발해가 만주 벌에서 스러진 지 겨우 1,000년
그동안 한배달 한겨레는 왜 잠을 깨지 못했는가
왜 역사의 뒤안에서 헤매였는가
어이타 20세기를 허송으로 보내고
허리가 동강난 육신, 머리가 병든 정신으로 안에서 다투고만
있는가
그대는 못 듣는가.

중원 대륙을 누비던 고구려 개마기마군단의
우렁찬 말발굽 소리
그대는 못 보는가.
또 다시 쳐들어오는 오랑캐 무리의 자욱한 먼지바람을

죽으려 작정하면 살고, 살려고 버둥대면 죽는 법
이제 우리 요동에 뼈를 묻을 각오로 일어서자
내 한 몸 만주 땅에 뼈와 살을 묻어, 훗날 1억의 한민족이 웃으
며 화락할
홍익 사회를 만드는데 한 줌 퇴비로 스러질 수만 있다면
이제 죽어도 울지 않으리
아무도 돌봐주지 않는 고구려 옛 땅, 요동 한 자락에 두 눈 부
릅뜨고 누워
대능하 건너 밀려오는 황진黃塵, 새로운 침략의 마수를 감연히
잘라 내리니
아, 나 죽어 요동에 묻힐 수만 있다면
한번 태어난 생명으로 행복하게 웃으며 눈을 감으리.

20. 위화도와 호산장성의 통곡

　일행은 본계시와 봉황성을 거쳐 3시간 가까이 남진하여 압록강 북변의 단동에 도착했다. 해는 완전히 서산으로 넘어가고 단동 시가지엔 가로등이 휘황하게 켜져 있었다.

　송 가이드가 일행을 깨우면서 단동 소개를 했다.

　"단동은 요녕성에서 여섯 번째 도시입니다. 인구는 240만인데 시내 인구는 70만 정도입니다. 조선족은 2만 명 정도가 살고 있고, 만주족은 100만 명입니다. 요녕성은 청나라의 발원지라서 만주족이 많이 삽니다. 여기 사는 조선족은 한족과 통혼을 잘 안 합니다. 그리고 시내에는 북한에서 운영하는 음식점이 있습니다. 물론 한국에서 온 사람이 운영하는 음식점도 있구요."

　이때 김 화백이 물었다.

　"가이드, 여긴 원래 안동이었는데 언제 단동으로 이름이 바뀌었어요?"

　"네. 1965년부터 시행된 문화혁명 때 지명이 안동에서 단동으로 바뀌었습니다."

　시내는 중국풍과 한국풍, 그리고 일본풍의 건물들이 섞여 있었다.

가이드의 설명에 이어 죽간 선생이 말을 이었다.

"에, 이곳은 원래 안동安東이었습니다. 그런데 문화혁명 때 '동쪽의 평안한 땅' 을 단동丹東, 즉 '동쪽의 붉은 도시, 충성스러운 땅' 으로 바꿔버렸습니다. 지명조차 혁명의 도구로 쓴 겁니다. 아무튼 단동은 지난날 대륙 세력이 한반도로 들어오고, 또 한반도 내지 해양 세력이 대륙으로 들어가는 입구 같은 곳으로 전략적으로 아주 중요한 곳입니다. 단동은 압록강 하구에 자리 잡은 항구 도시인데 압록강 건너에 바로 북한의 신의주가 있습니다. 여러분은 지금 타임머신을 타고 고대 고조선에서부터 21세기로 넘어왔습니다."

단동 중연호텔에 여장을 풀자마자 일행은 누가 말한 일도 없는데 압록강으로 나갔다.

한여름 밤의 단동항은 휘황한 불빛과 관광객으로 붐비고, 압록강 물빛은 색색으로 빛났다.

지성은 압록강 너머 어둠 속에 묻힌 신의주를 건너다보았다. 참으로 이해할 수 없는 체제 속에서 신음하는 동족이 사는 곳, 암흑의 땅 신의주를 건너다보면서 단동과 너무나 다른 풍광에 가슴이 아팠다.

그는 한만 국경을 마주한 압록강 철교 부근으로 다가가 철교 밑으로 흐르는 물을 바라보았다.

'저 물은 백두산에서 발원하여 여기까지 흘러왔을 테지. 같은 물을 사이에 끼고 발달한 도시가 이토록 다르다니……. 아아, 역사의 강, 압록강은 왜 말이 없는가.'

그는 어둠 속을 응시하며 상념에 잠겼다. 간헐적으로 출렁이는 물결에 가로등 불빛이 비쳐 흡사 고기 비늘 같이 파닥였다.

그는 고개를 들어 철교 아래에서 신의주 방향으로 천천히 눈을 옮겼다. 압록강 중간쯤인가. 분명 물인데 물처럼 보이지 않는 부드러운 무엇이 그 물결 위에 흔들리며 떠다니고 있었다. 그것은 새였다. 수많은 검은 새들이 물결 위에 조용히 앉아 이쪽을 바라보고 있었다. 새들은 간혹 날개를 퍼덕이기도 했지만, 대부분 파도에 몸을 맡긴 채 조용히 기다리고 있었다. 아니 더 큰 비상을 위해 지금 잠들어 있는지도 모른다.

지성은 자기도 모르게 조용히 노래를 불렀다.

"새야 새야 파랑새야 녹두밭에 앉지 마라 녹두꽃이 떨어지면 청포장수 울고 간다……."

검은 새들은 조용히 그의 노래를 듣고 있었다. 검은 새들에게 왜 파랑새 노래를 들려주었는지, 북한의 김정일과 녹두장군 전봉준은 전혀 다른 성격의 인물이요 혁명도 다른 성격의 것이건만 새를 보고 부를 수 있는 노래는 그 것뿐이었기 때문일까? 상념에 빠져 심란해진 그는 다시 한 번 그 노래를 불렀다. 그러자 강에 앉아 있던 큰 새 한 마리가 푸드덕! 하는 소리를 내며 그의 머리 위로 날아와 한 바퀴 선회 비행을 하곤 강으로 돌아가는 것이 아닌가. 지성은 새의 움직임에 놀라 머리를 낮추었다. 그 바람에 목에 건 카메라가 강둑의 보호 말뚝에 부딪쳐 투박한 소리를 냈다. 그는 카메라를 움켜쥐며 그 자리에 주저앉고 말았다.

"아니, 안 선생님 아니세요? 왜 그리 놀라세요?"

어느새 다가왔는지 지수와 선영이 그의 등 뒤에 서서 웃고 있었다. 지성은 깜짝 놀라 두 여인을 바라보았다. 어느새 갈아입었는지 두 여인은 밝은 원피스를 입고 있어서 어두운 밤 풍경 속에서 꽃처럼 아름다웠다.

“방금 전에 새가 날아와서 그만…….”

“새라구요? 밤에 다니는 새도 있어요? 저흰 못 보았는걸요.”

두 여인은 웃으면서 말했다.

“아마 착각하셨을 거예요. 안 선생님은 전부터 검은 새를 자꾸 찾으셨잖아요.”

지수의 이 말에 김선영 선생이 물었다.

“안 선생님은 새를 좋아하시나 봐요.”

대답이 궁하여 머뭇거리는 그를 쳐다보던 지수가 화제를 돌렸다.

“지성 씨, 여기가 압록강 맞아요?”

그녀는 안 선생이라는 말 대신 지성 씨라고 불렀다.

“네, 압록강입니다. 청둥오리 머리처럼 푸른 강이라는 뜻에서 오리머리 압鴨 자에 초록빛 록綠 자를 쓰는데 어둠 속이라 물빛을 가늠할 수가 없네요.”

“아, 그렇군요. 압록강이라는 명칭이 그런 뜻을 간직한 줄은 몰랐는데요.”

김 선생이 말을 받았다.

세 사람은 강변을 거닐며 명암이 엇갈린 단동과 신의주를 보면서 여러 말을 나누었다. 세 사람은 지성의 카메라로 사진을 찍었다.

다음날 아침, 지성은 눈을 뜨자마자 호텔 창문을 통해 압록강을 바라보았다. 폭이 넓은 강물이 그의 눈앞에 펼쳐졌다. 강 건너에는 주위 풍광과는 어울리지 않는 압록강각이라는 냉면집과 어린이 놀이터 시설이 보이고, 벌겋게 녹이 슨 십여 척의 배들이 정박해 있었다.

TV를 켜자 북한 방송이 보였다. 평양TV 방송을 단동에서 시청할 수 있다는 것이 신통했다. KBS1, MBC, SBS-TV도 나왔다. 다른 채널을 돌리자 공자 정신을 배우자는 선전 문구가 역동적으로 나타났다. 인의예효仁義禮孝라는 문자가 강렬한 시그널 속에 화면에 투영되었다. 중국은 지금 공자 부활 운동을 전개하고 있는 것이다. 그 이유는 자본주의가 확산되면서 물질 위주의 정신이 생활을 지배하는 바람에 수많은 부정부패와 비리가 판을 쳐 정신적 공황을 극복하기 위해 몸부림치고 있는 것이다.

지성은 서둘러 밖으로 나와 강쪽으로 다가갔다. 강에 낚싯대를 드리우고 있는 사람, 조깅을 하는 사람, 물이 빠진 개펄에 들어가 뭔가를 줍는 사람, 관광객을 맞을 차비를 차리는 장사치들로 압록강 북안은 붐비기 시작했다. 반면에 강 건너 신의주 쪽은 고요 그대로였다.

아침을 들고 일행은 압록강 유람을 시작했다. 조그만 유람선에 올라 기세 좋게 물살을 가르며 북한 가까이 다가가 주민들의 모습을 보았다.

김 화백 부부는 그 틈새에도 북한의 모습을 스케치하고 사진을 촬영하기에 바빴다. 죽간 선생은 일행이 부담 없이 국경의 모습을 감상할 수 있도록 가이드에게 안내를 맡기고 침묵하였다.

"세상에, 저런, 저 아이들 좀 봐. 아무것도 안 입고 수영하고 있어."

최승희 부장이 카메라를 줌인하여 강 사장에게 보여주며 말했다.

"저 강둑을 보세요. 사람들이 낚시하고 있어요. 어, 손을 흔드네요."

지수가 어느새 지성에게 다가와 말했다. 지성은 말없이 그쪽을 향하여 손을 흔들어주었다.

더운 날씨 탓인지 북한 사람들은 어른 아이 할 것 없이 강물에 뛰어들어 멱을 감고 있었다. 또, 작은 무동력 목선을 가지고 나와 강에서 투망질을 하고 있었다.

다시 유람선을 타고 가난에 찌든 북한 쪽 신의주항으로 다가갔다.

가까이 다가가 본 북한 선박들은 거의가 폐선이나 다름없는 수준이어서 일행의 가슴을 아프게 했다. 관광선이 선수를 돌려 압록강 철교 아래를 지나 상류로 올라가고 있었다. 말없이 전방을 주시하던 죽간 선생이 일행에게 큰 소리로 말했다.

"저기, 앞에 섬이 보이지요. 저게 위화도입니다. 이성계가 회군한 위화도 말입니다."

그랬다. 역사의 섬 위화도가 바로 눈앞에 있었다. 고려가 망하고 조선이 들어서는 데 결정적 증인이 된 위화도. 평안북도 의주군 위화면에 딸린 섬이다. 위화도威化島는 단동과 신의주 그 한가운데에 떠 있는 하중도河中島 삼각주 평야였다. 해안선 길이가 21km, 면적 11.2km²인 위화도는 압록강이 운반한 토사의 퇴적으로 이루어진 섬이다. 고려 우왕 14년 서기 1388년 5월, 요동 정벌을 떠난 이성계 장군이 이곳에서 회군을 단행함으로써 조선 시대를 연 역사적 계기가 된 곳이다. 압록강의 길이는 총 803km, 압록강에는 205개의 크고 작은 섬이 있는데, 원래 한국인들이 거주하면서 농경에 종사했고, 지금은 북한 사람들이 들어가 살고 있는 곳이 많다. 위화도는 현재 북한 영토이다. 압록강 안에 있는 205개의 섬 중에서 가장 큰 섬이 위화도이고 두 번째로 큰 섬이 황금평이다. 북한과 중국은 1962년 조중변계조약_{朝中邊界條約}을 맺어 북한이 127개, 중국이 78개의 하중도를 나눠 갖기로 합의했다. 중국에서 발간된 압록강 지도에는 위화도_{12.27km²}와 황금평_{11.45km²}은 물론 다지도_{9.55km²}·구리도_{6.6km²}·우적도_{4.1km²}·유초도_{2.82km²} 등 큰 섬들이 모두 북한 땅으로 나타나 있다.

죽간 선생의 설명은 계속됐다.

"고려 말, 원나라에 반기를 들었던 공민왕이 죽고, 그 아들 어린 우왕이 등장한 이래 조정은 신진 세력들로 들끓었습니다. 원나라를 축출하고 새로 들어선 명나라는 철령 이북의 고려 땅을 넘겨달라고 고려에 요청했고, 고려는 최영 장군을 중심으로 명나라가 차지한 고구려 옛 땅 요동 지방을 회복해야 한다고 군사를 파병하기에 이르렀습니다. 1388년_{우왕 14년} 5월 우도도통사 이성계와 좌도도통사 조민수를 필두로 한 고려군은 요동 회복을 위해 출병했습니다. 지금 생각하면 결과가 위화도 회군으로 끝났지만, 원명_{元明} 교체기의 절묘한 시기에 고구려의 후신인 고려 조정이 요동을 회복할 수 있는 절호의 기회였는지도 모릅니다. 역사에는 가정이란 통하지 않는 법이지만, 요동을 회복했더라면 조선의 강역은 적어도 요하 일대에까지 미쳤고, 중국과의 국경선 역시 요하로 정해져 있을 것이 아닙니까. 그러면 조선은 고구려에 이어 또 한 번 동북아의 패자로 군림하였을 테고, 그 뒤 우리 민족의 역사는 달라졌을 것입니다."

여기까지 설명을 한 죽간 선생은 목이 메는지 잠시 밭은기침을 했다.

"그러나 명을 치러 나섰던 고려 원정군은 이성계 장군 등 신진 세력의 반발로 회군을 단행하고 말았습니다. 서기 2007년 지금으로부터 619년 전, 역사의 수레가 압록강 한가운데의 위화도에서 멈추고 말았던 것입니다. 당시 이성계 일파가 내세운, 요동 정벌을 할 수 없다는 '4대 불가론'이라는 것은 한낱 핑계에 불과하고 그보다는 정권 장악을 위한 쿠데타의 명분 쌓기, 주원장의 명나라와 새로운 교섭을 위한 사대주의의 기본 노선에 불과했던 것입니다. 우리 역사상 위화도 회군 같은 철병은 처음입니다. 어찌 생각하면 명분과 실리가 교차하던 때에 민족의 명운이 걸린 전략적 결정이 이루어진 곳이지만, 돌아보면 가슴이 쓰린 상흔이 배인 곳이 저 위화도입니다."

일행은 위화도 50미터까지 접근했다. 다가갈수록 교교한 땅, 뭔가 모르게 아득한 옛날 이야기가 꾸역꾸역 밀려나올 것 같은 곳, 갑자기 어디선가 큰 칼을 휘두르며 고려 군사들이 나타날 것만 같은 환상에 젖어 지성은 울렁거리는 가슴을 안고 카메라 셔터를 연신 눌러댔다. 가슴이 뭉클해지면서 자신도 모르게 '언젠가는 저 땅에 올라가 걸어보리라. 혹시 유적이라도 남아있다면 복원하여 역사 교육 자료로 삼으리라.' 하고 생각했다.

섬을 한 바퀴 돌아보고 싶었지만 북한 측으로의 접근은 불가능하다며 고개를 젓는 선장의 말에 따라야 했다.

뱃머리를 돌려 다시 압록강 철교 밑을 지나 단동항으로 돌아오면서 일행의 가슴은 착잡했다. 냉혹한 국제 정세의 변화를 타고 정권을 장악한 무인들, 요동을 향한 진군의 나팔소리가 멈춰버린 위화도 앞에 서서 600년이 지난 후세의 가슴은 허망하고 분하고, 그리고 안타까웠다.

하지만 역사의 교훈이라는 것은 반드시 뒤에 나타나는 것이라는 점, 우리는 앞으로 후손을 위해 무슨 역사를 어떻게 써야

압록강 철교와 단교(우)

할 것인가를 진지하게 고민해야 한다는 점을 뼈아프게 반추하면서 배에서 내려섰다.

일행은 다시 압록강 단교斷橋로 올라갔다. 중국은 미국의 폭격으로 끊어진 다리라 하여 단교라고 부른다.

송 가이드는 단교 위에서 소개했다.

"압록강 철교는 1909년서부터 11년까지 일본이 안동-봉천 간 철도 건설 당시 만든 철교입니다. 1937년에서 43년까지 대폭 수리했습니다. 길이는 943m, 폭은 11m입니다. 1950년 11월 9일에 유엔군이 중공군의 남침을 막으려고 폭격을 하여 끊어지고 말았지요. 지금은 두 개 다리 중에 하나만 쓰는데, 중조우의교라고

중국 요녕성 단동시의 압록강 단교. 중간에 다리가 잘려 기념 시설로 쓰인다.

부르는, 현재 사용 중인 철교는 1943년에 건설했구요. 철도와 도로가 나란히 놓인 다리로서 중국과 북조선 간에 물자와 사람을 운송하는 중요한 다리입니다."

가이드가 설명하는 도중에 갑자기 찬수가 끼어들었다.

"가이드님, 중공군이 6.25전쟁을 일으켜 남침을 하지 않았다면, 또 200여 만 명의 중공군을 파병하지 않았다면 유엔군이 폭격하지 않았을 것 아닙니까?"

송 가이드는 이 돌연한 질문에 잠시 당황함을 감추지 못했다.

그때, 여행사 박 사장이 두 사람 사이의 서먹함을 풀어주려 말했다.

"6·25전쟁은 모두에게 불행이지요. 스탈린과 모택동이 김일성을 사주하여 일으킨 전쟁인데, 유엔군의 반격이 대공세로 바뀌자 중국에서는 유엔군이 만주에 쳐들어올까 봐 1951년에 대병력을 파병한 것으로 압니다. 이미 반세기 이상 지난 6·25전쟁의 가해자와 피해자가 누군지는 다 규명된 일입니다. 흐루시초프 회고록에 보면 6·25는 공산 측에서 일으켰다고 실토했거든요. 중국인들은 6·25에 대한 깊은 교육을 받지 못합니다. 가이드도 마찬가지입니다. 그쯤 이해해 주시는 것이 어떨까요."

그러자 송미란 가이드가 조금은 미안한 투로 말했다.

"박 사장님 말씀대로 저는 중국 공민으로 중국 정부에서 발행한 교과서로 공부했습니다. 그래서 깊은 내막을 잘 모릅니다. 저도 답답합니다."

송 가이드의 말을 듣고 나자 찬수는 그녀에게 다가가 덥석 악수를 청했고, 얼떨결에 송 가이드는 그의 손을 잡았다. 일행은 박수를 쳤다.

지성은 철교 위에서 다시 한 번 위화도를 내려다보았다. 북한인들이 농사를 짓고 사는 듯 섬 안에는 붉은 벽돌집들이 여남은 채 보였고, 미루나무가 섬 주위에 방풍림처럼 심어져 있었다. 죽간 선생도 처연한 심정으로 위화도와 북한 땅을 번갈아 바라보고 있었다.

시내의 가일식당에서 점심을 든 일행은 호산장성虎山長城으로 향했다.

동북쪽으로 20여 분 달리자 아담한 시골 동네가 나왔다. 입구에 다다라 앞을 보니 가파른 고지 위에 산성이 보였다. 입구에는 사람의 얼굴을 한 거대한 석조물이 활을 쏘는 자세로 산성 입구를 가리키고 있었다.

일행은 땀을 뻘뻘 흘리며 가파른 산성을 올라가 북한 땅을 내려다보았다. 죽간 선생은 일행이 땀을 닦고 나자 지형 설명부터 시작했다.

"여러분, 수고하셨습니다. 역사 답사는 발로 하는 것이기 때문에 건강까지 챙길 수 있는 소중한 체험이지요. 자, 저기 바라보이는 곳이 북한입니다. 단동에서보다는 좀 더 멀리 보이지만 사실은 바로 여러분의 발아래에 보이는 논밭이 북한입니다. 위화도보다 더 가깝지요. 여기는 호산장성이라고 중국이 설명하지만 원래는 고구려의 박작성입니다. 하산하면서 고구려 시대에 쌓은 성의 흔적을 볼 수 있습니다. 연암 박지원 선생이 바로 앞에 보이는 좁은 강을 건너 중국 땅으로 상륙하여 연경으로 갔습니다. 여러분은 연암 선생의 발자취를 따라 온 것입니다. 또, 이 성을 보면 고구려 돌이 아닙니다. 명나라 말기에 전塼, 즉 구운 벽돌로 쌓았습니다. 그런데도 불구하고 중국은 이 호산장성이 진나라 때 쌓은 만리장성의 동쪽 끝이라고 허위 선전을 하고 있습니다. 진시황이 만리장성의 동쪽 끝으로 확인하고 돌아간 곳은 화북성의 진황도로서 산해관 옆입니다. 이곳은 진한 시대와는 거리가 먼 우리 민족의 고유 영토이고, 우리가 성을 쌓은 땅입니다.”

죽간 선생의 말을 듣던 박 사장이 흥분하여 말했다.

“아니, 진시황이 쌓았다는 만리장성이라는 것도 사실은 중국 섬서성과 화북성 일대에 일부의 토성에 불과한데, 이곳까지 성을 쌓았다구요? 만리장성의 끝이 압록강 호산장성이라니 정말로 역사 왜곡의 극치입니다.”

이에 질세라 강남구 사장도 거들었다.

“자고로 한족은 성을 쌓지 못합니다. 더구나 석성은 쌓은 일이 없어요. 이 성을 보니까 벽돌성인데 분명이 명나라가 만주를 석권한 뒤에 쌓은 것이에요. 박작성은 고구려가 압록강 입구를 지키는 성으로서 대련에 있는 비사성처럼 외적의 침입을 사전에 막는 역할을 한 것이 분명합니다.”

“저, 그렇다면 요하 일대도 중국이 진나라 때부터 지배했다는 말이 아니에요?”

지수가 되묻자 죽간 선생이 대답했다.

“여러분의 말씀이 다 맞습니다. 중국은 동북 공정과 요하문명론의 근거를 바로 이곳 고구려 박작성에 만들려고 시도하고 있고, 그래서 호산장성에 막대한 자금을 들여 복구하고 있는 것입니다. 하지만 역사는 흙으로 덮는다고, 벽돌을 갈아 끼운다고 바뀌는 것이 아닙니다. 요동성·신성·백암성·건안성·안시성·비사성·봉황성·구련성 등 호산장성 앞에 있는 고구려성이 중국의 성

단동 호산장정 뒤쪽에 있는 일보과(一步跨).
한 발짝만 건너면 북한 땅이다.

이었다고 어떻게 둘러댈 수 있겠습니까. 그보다도 수많은 사서에 기록된 중국과 동이족의 싸움은 어떻게 수정하려고 그러는지 모를 일입니다. 참으로 안타깝습니다.”

“중국이 말이죠. 일본 보고 역사 왜곡한다고 항의하던데, 자기들의 역사 왜곡은 일본보다 더 깊고 원초적이군요.”

조용히 있던 한애란 씨가 한마디 거들었다.

일행은 가파른 계단을 타고 내려와 북한과 중국의 국경이 가장 가깝다는 일보과一步跨라는 곳으로 내려갔다. 중국 말로 이뿌콰란

단동 부근 호산장성 아래에 있는 북한땅 우적도(우). 가운데 물줄기가 국경선이다.

'한 걸음 넘어서지 말라' 는 의미였다. 돌 두 개에는 '일보과一步跨', '지척咫尺' 이라는 단어가 새겨져 있었다.

가이드가 말했다.

"이곳은 우적도라는 섬입니다. 중조 국경 중에서 가장 가까운 지역입니다. 저 물 건너가 북한이니까 그야말로 지척이지요. 퇴적 작용으로 아예 중국 쪽에 붙어버려 10m 거리 정도밖에 안 되는 거리라서 사실 섬이라고 할 수도 없습니다."

그랬다. 건너뛸 수 있을 만큼 가까운 개울 너머에 인민군 깃발을 꼽고 한창 작업 중인 100여 명의 인민군이 보였다. 평화로운 시골 풍경 같은 곳에서 북한 인민군을 보게 되다니 지성은 휴전선에서의 긴장이 떠올라 자기도 모르게 눈에 힘이 들어갔다.

우적도를 돌아 나오는 길에 죽간 선생은 일행을 밭 끄트머리로 안내하여 고구려 석성의 편린을 보여주었다. 길이가 3, 4m 되는 석성의 모습이 여러 곳에 보였다.

"이것이 고구려 박작성의 모습입니다. 이 석성 위에 명나라가 벽돌 성을 쌓은 겁니다. 고구려 시대에 이곳에는 고구려의 압록강 방어성이 있었다는 증거입니다. 여러분, 서울 광진구의 아차산에 가면 고구려 성이 있습니다. 한강을 굽어보면서 적의 침입을 지키던 고구려 성입니다. 이 박작성은 압록강 입구에서 그런 역할을 해낸 것입니다."

죽간 선생의 설명을 듣던 송 가이드는 수첩에 열심히 적고 있었다. 그리곤 죽간 선생을 존경의 눈으로 바라보았다.

'참으로 대단하신 분이구나. 어쩌면 저렇게 속속들이 역사를 알고 계실까. 여기에 사는 나도, 수백 번을 이곳에 온 나도 모르는 일을 저분은 어찌 저리 잘 아실까. 과연 중국은 고구려 역사를 빼앗았을까? 정말 그랬다면 그것은 역사에 큰 죄를 짓는 일이 아닐까?

그녀는 이런저런 생각을 하다가 시계를 보았다. 오후 3시가 조금 지나 있었다.

"자, 손님들 빨리 이동하셔야 겠습니다. 오늘 중으로 집안에 도착해야 하는데, 여기서 집안까지 230km이지만 에둘러 가면 300km가 넘습니다. 도중에 환인엘 들러야 합니다. 서둘러 주세요."

일행은 단동 시내로 나오다가 동북방으로 난 길로 들어섰다.

21. 다물의 원향原鄕 흘승골성紇升骨城

지성은 생각했다. 어제 오전에 인천공항에서 비행기를 탔는데 단 하루 만에 이런 엄청난 체험을 할 수 있다는 것이 신기할 정도였다. 또, 전 대원이 역사에 관심이 많고, 골치를 썩일까봐 걱정했던 찬수가 제 몫을 훌륭히 해내 주고 있어 속으로 여간 기쁘지 않았다.

'이번 여행을 마치고 돌아가면 좀 달라질 거야. 역사라는 거창한 콘텐츠를 어느 정도 섭렵하면 자기도 모르게 마음이 넓어지고 생각이 커지거든. 고모님 속도 이젠 덜 썩이겠지.'

이런저런 생각을 하면서 주위를 돌아보니 아까 호산장성에 올라갔다 온 것이 힘이 들었던지, 대부분 눈을 감고 있었다. 지성은 가져온 가곡 CD를 가방에서 꺼내어 송 가이드에게 건네어 주었다. 운전사 설씨도 동포지만 가이드의 위상을 세워주는 것이 좋겠다는 생각에서다.

운전사가 CD를 플레이어에 꽂자 스피커에서는 감미로운 가곡이 조용히 흘러나왔다. 아무도 눈치 채지 못한 일인 줄 알았더니 지수가 눈을 뜨고 지성을 바라보곤 곱게 웃어주었다. 지성도 따라서 웃어주었다. 따뜻한 공감의 미소가 두 사람을 더 가깝게 해주고 있었다.

미니 버스는 두 시간 가까이 성능을 자랑하며 달렸다. 큰 버스 같았으면 더 많은 시간이 소요될 텐데, 인원도 적고 민첩한 미니 버스라 시간이 제법 절약되었다. 아직 해는 많이 남았지만 만주의 오후는 어둠을 빨리 몰고 오는 듯, 논에서 일하는 사람들이 하나둘씩 집으로 돌아가고 있었다.

얼마쯤 달렸을까. 앞이 훤히 트인 길이 나오고 오른편 저 멀리 우뚝 솟은 정말 이상하게 생긴, 어쩌면 고구마를 옆으로 싹둑 잘라놓은 듯한 모양의 고원이 나타났다. 커다란 새가 날아가다가 주저앉은 형상 같기도 하였다. 지성은 자기도 모르게 감탄사를 발했다.

"와! 대단한 고원이군. 저 위에서도 사람이 살려나?"

그때 죽간 선생이 눈을 뜨며 차를 세웠다. 길가에 서서 선생은 일행에게 설명을 시작했다.

"자, 저길 보세요. 이상한 고원이 하나 보이지요. 가까이 보이지만 여기서 가려면 차로 30분 이상 달려야 합니다. 저것이 바로 고구려의 첫 수도 홀승골성입니다. 중국에서는 오녀산성이라 부르는데, 주몽이 바로 이곳에 수도를 정했지요. 물론 고구려가 도읍을 정하기 전에 이곳에는 많은 소국들이 존재했습니다. 여러분이 주몽 드라마에서 보셨듯이 주몽은 북부여에서 내려온 해모수의 후손으로 왕족입니다. 그가 이곳에 정착하기 위해서는 수많은 어려움을 이겨내야 했었는데, 그 방법으로 소국들과 하나씩 손을 잡아 자기 세력으로 만들어 나갔습니다. 주몽 드라마에 나오는 소서노라는 여인과의 만남도 바로 이 지방 세력과의 연대입니다. 역사상 고구려는 두 개가 나옵니다. 그 하나는 한

무제가 고조선을 멸하고 요서 지방에 세운 한사군 중 현도군이 있는데, 현도군의 치소治所가 고구려현입니다. 그러니까 현도군 안에 고구려현이 있었지요. 그만큼 고구려족들은 서기전 2세기부터 모여 살면서 힘을 모았습니다. 그 현도군 안의 고구려현은 나중에 유리왕 때에 고구려에 의해 멸망당합니다. 그것을 두고 중국에서는 고구려는 현도군 안의 일개 현이었다고 폄하하는데, 그것은 주몽이 세운 고구려가 아닙니다. 한 가지 더 말씀드리면 한나라가 세웠다는 한사군은 만주와 한반도에 있었던 것이 아닙니다. 난하와 요하 사이에 설치했습니다. 오늘날 화북성의 난하欒河는 고대에는 요수遼水라 불렀지요. 중원에서 멀어 통치하기가 힘든 곳이라는 뜻입니다. 이 요수 동쪽을 요동이라 했는데, 구체적으로는 난하에서 대능하, 그리고 현재의 요하 서쪽입니다. 그곳에 낙랑·임둔·진번·현도의 네 성을 만들어 그 지역을 통치했습니다. 대동강 유역에 있던 낙랑국이란 최리라는 고조선의 지도자가 세운 제후국으로서 고조선이 약해지자 고구려 미천왕 때 고구려에 통합된 우리 민족의 정통 세력입니다.”

“선생님, 고구려현이라는 말은 처음 듣는데요.”

강남구 사장이 말하자 최승희 부장도 동감을 표했다.

“그럴 겁니다. 고대에는 비슷한 명칭을 쓰는 공동체가 많았습니다. 한 예로 기자조선이다 위만조선이다 하는 것도 고조선이 망하고 등장한 국가가 아니라 고조선의 삼한 중에서 번한 지역, 즉 아까 말씀드린 고대 요동 지역에 연나라에서 피신한 사람이 만든 아주 작은 국가이지요. 조선이라는 브랜드 가치가 크니까 그 이름 앞에 제 이름을 붙여 나라 이름을 만든 것입니다. 자, 이 곳은 서기전 37년부터 서기 2년까지 40여 년 동안의 초기 고구려의 수도입니다. 높이가 해발 820m이고, 넓이는 10만여 평에 달합니다. 축구장 30개 정도지요. 꼭대기는 보시다시피 평평하고 둘레가 16km입니다. 상당히 넓은 곳인데, 저 위에 남향으로 지은 7칸으로 된 궁궐터가 있고, 병영터가 있습니다. 병영터는 병사들이 거주하던 건물터로 성의 남쪽에서 여러 개가 발견되었습니다. 바닥에는 온돌을 설치했던 흔적이 남아 있고요, 파수형 무문토기와 화살촉, 낫, 삽, 도끼, 갑옷 등의 유물이 발굴되었습니다. 그리고 북쪽에는 장방형의 큰 물웅덩이가 있는데 '천지天池'라는 표지석이 서 있습니다. 천지의 규모는 현재 길이가 14m, 너비 6m, 깊이가 2m 정도입니다. 천지에는 항상 물이 마르지 않고 고여 있습니다. 또 군사를 지휘하던 장대將臺, 연자방아를 돌리던 밑돌, 도교사원 터 등이 발견되었습니다. 또, 고구려 고유의 붉은 기와가 두터운 층을 이루고 있는 곳도 있습니다. 홀승골성은 고구려 초기의 산성으로 서쪽은 산봉우리를 이용하여 장벽을 만들고, 동남북 삼면에는 돌덩이를 가지고 성벽을 견고하게 쌓았습니다."

여기까지 설명을 마치고 가이드에게 추가적인 설명을 부탁하자 송 가이드가 입을 열었다.

"네, 선생님 감사합니다. 이곳은 환인현 환인진 유가구촌이라는 곳입니다. 환인현은 이곳에서 동남쪽으로 8.5km 지점에 있는데 만족 자치현입니다. 조선족은 거의 없다고 할 만큼 찾기가 어렵습니다. 조금 가시다 보면 많은 강물줄기와 만나는데 이곳을 통하는 강이 혼강渾江입니다. 혼강이란 여러 물이 하나로 합수한다는 의미도 담고 있습니다."

뒤이어 지성이 추가 설명을 했다.

"혼강은 비류수라고 불리는 강이지요. 주몽이 부여에서 이복 형제들의 위협을 피하여 건너온 강입니다. 엄사수, 엄리수 등으로도 불리는데 고구려 건국과 밀접한 연관을 지닌 강입니다. 《삼국사기》에 보면 주몽이 여러 소국들을 복속시키면서 이 혼강 상류로 올라가는데 강물에 많은 채소 찌꺼기와 쌀뜨물이 흘러내려 오는 것을 보고 큰 나라가 있음을 직감하였다 합니다. 더 올라가다가 나이 든 비류국의 송양왕을 만납니다. 지금으로 보면 통화 위쪽 유하현 일대에 비류국이 있지 않았나 합니다. 아무튼 송양왕과 활쏘기 시합을 하여 주몽이 이겨서 비류국을 병합하고, 그 땅을 다물도라 명하였고, 송양왕은 다물도주로 임명했다고 합니다. 다물도주란 다물 제후국을 다스리는 실질적인 지도자를 말하는데, 고구려는 개국 초기에 주요 세력가들을 제후국의 왕이나 후로 봉하여 그 지방을 다스리도록 합니다. 다물도는 나중에 비류부로 개칭되어 고구려 중앙 정권의 관리가 비류부장으로 파견되어 통치하게 됩니다. 참고로 하나 더 말씀드리면 이곳에서 집안으로 도읍을 옮긴 유리왕은 태자 해명을 졸본의 왕으로 임명하여 지역을 통치합니다. 이곳은 고구려가 개국한 곳이자 시조묘가 있는 곳이기 때문에 아주 중시했던 것입니다. 그러니까 이곳은 고구려의 다물 정신이 시작된 유서 깊은 지역입니다. 고구려 말로 다물이 무슨 뜻인지 잘 아시죠?"

지성이 이렇게 말하며 지수를 쳐다보자 지수는 남몰래 곱게 눈을 흘기며 대답했다. 아버지에게서 배운 내용이었다.

"제가 알기로는 다물이라는 용어는 순 우리말로 되찾는다, 되무른다는 의미를 가졌습니다. 그러니까 주몽은 고조선의 옛 땅을 되찾을 야망을 이곳에서 지피기 시작한 거죠. 안 선생님, 그런데요, 아까 고구려 시조묘가 이곳 환인에 있다고 하셨는데, 북한에서는 평양에 동명왕릉이 있다고 하질 않습니까? 어느 것이 맞는지요?”

지성이 지수로부터 의외의 반격을 받았다. 지성이 말머리를 준비하느라 잠시 머뭇대자 죽간 선생이 말했다.

“맞아요. 고구려의 발흥지가 바로 이곳 환인의 홀승골성이고, 여기서부터 고구려의 국력이 주위를 아우르면서 주몽의 큰 뜻이 펼쳐집니다. 이곳은 유리왕 22년까지 약 40여 년 동안 고구려의 도읍으로 크게 쓰입니다. 그런데 주몽의 무덤이 이곳 환인 혼강 유역 미창구米倉構에 있는 장군묘가 아닐까 하는 주장이 있습니다. 미창구 나루터 건너 언덕을 오르면 편평한 들판이 나오고 남쪽으로 장군묘라 불리는 높이 7m, 둘레가 150m, 동서 길이 45m, 남북 길이 41m의 봉토 석실묘가 있습니다. 이 지역에는 장군묘 이외에도 10여 기 정도의 고대 무덤이 있다고 하는데 다 없어지고 밭으로 바뀌고 말았습니다. 장군묘는 이 지역에 남은 유일한 고분 벽화가 있는 무덤입니다. 고구려 역사를 보면 수도를 옮긴 후에도 역대 왕들이 시조묘에 제사를 지냈다는 기록이 있는 것으로 보아 이 무덤이 주몽의 무덤일 가능성이 크다고 생각합니다. 영류왕 2년에는 흘본에 가서 시조묘에 제사를 지냈다는 기록이 있습니다. 또, 이곳은 고구려의 개국지이고, 주몽이 이곳에서 서거한 유일한 왕이기 때문에 무덤이 여기에 있다는 것은 자연스런 일이라고 생각합니다. 그런가 하면 중국 요녕성 문물고고연구소의 무가창武家昌 씨는 발기 장군의 후예의 무덤일 가능성을 제시하기도 합니다. 발기 장군은 고구려 제8대 신대왕의 장자였는데, 아버지가 서거하고 동생이 고국천왕으로 왕위를 계승하자 화를 참을 수 없어 소노가와 함께 하호下戸 3만여 명을 거느리고 공손강公孫康에게 나아가 항복하였다가 다시 고구려로 돌아와 고국천왕의 용서를 받고 비류수에 정착했다고 합니다. 이를 근거로 발기 장군의 무덤이거나 그 후예의 무덤일 가능성을 주장합니다. 그 무덤이 서기 4, 5세기경에 축조된 것이기 때문에 발기의 후예의 무덤이 아닌가 주장하는 것입니다. 하지만 나는 달리 생각합니다. 고구려 광개토대왕이나 장수왕 때의 무덤 양식이라 할지라도 후손이 조상의 시조묘를 더 크고 아름답게 치장하기 위해 애를 썼다고 생각하면 장군묘는 주몽의 무덤일 가능성이 더 크다고 봅니다. 이에 대해서는 앞으로 많은 연구가 필요한 중요한 일입니다.

"선생님, 그렇다면 평양의 동명왕릉은 가짜라는 말씀이신가요?"

지성의 물음에 죽간 선생은 처연한 얼굴로 대답했다.

"물론 조상의 뿌리를 찾고 잘 모시려는 정성은 아름다운 일입니다. 그런데 평양은 주몽이 서거한 서기전 19년보다 446년 뒤에 도읍이 된 곳이기 때문에 주몽의 무덤이 그곳에 있다는 것은 좀 무리가 아닐까 합니다. 그래서 제가 생각건대 평양성에 동명성왕의 사당이 있었지 않았나, 왕들이 환인까지 가서 제사 지내기가 어려워서 평양에 동명사당을 짓고 거기에 제사를 지내지 않았을까, 묘는 일종의 가묘假墓로 볼 수도 있겠지요. 한 예로 남해에 가면 충렬사가 있는데, 그 뒤에 이순신 장군의 묘소가 있습니다. 그 묘는 이순신 장군이 전사한 직후에 임시로 안장한 가묘로서 실제 묘는 충남 아산에 있습니다. 이와 같은 일이 평양 동명성왕릉에도 있지 않았을까 추측합니다."

환인의 상고성자성터

김 화백은 한번 가 볼 수 없느냐고 물었고, 송 가이드와 박 사장은 지금 그곳은 큰 저수지가 가로막아 배를 타고 들어가야 하는 등 어려움이 많고 시간이 촉박하다고 말했다. 죽간 선생은 다시 설명을 시작했다.

"자, 고구려 성에 대해 조금 말씀드리겠습니다. 저 흘승골성은 유사시에 쓰이는 산성이고, 평시에는 평지성에서 정치를 합니다. 이곳에는 두 개의 평지성이 있습니다. 상고성자성은 혼강가에 자리잡고 있는데, 지금은 상고성자고분군으로 불릴 정도로 성은 거의 흔적이 없고 27기의 무덤이 있습니다. 하고성자성은 환인에서 3km 정도 떨어진 곳에 있는데, 현재 약 1km 길이에 2m 정도의 높이로 토성터가 남아 있습니다. 성내에서는 석추, 석모, 석촉, 토기 등이 나타났고, 고구려 수막새와 시루편, 고구려 철촉 등이 발굴되었다고 합니다. 그러니까 고구려는 평지성과 산성 이 두 종류의 성을 만들어 활용한 민족입니다. 아무튼 생각할수록 참 역사란 무섭고, 또 사람의 결심과 단합은 엄청난 위력을 발휘한다고 생각합니다. 이 좁은 계곡에서 시작한 고구려는 약 400년 뒤인 광개토대왕 시절에 무려 84만km²의 영토를 확보합니다. 남북한 합친 땅의 4배에 달하는 넓이니 상상해 보세요. 우리 역사에, 지금으로부터 1,600년 전에 그만한 땅을 통치한 우리 조상들이 자랑스럽지 않습니까?"

고구려의 첫 도읍지 흘승골성(오녀산성). 중국 환인에 있다.

죽간 선생의 설명을 듣고 있던 찬수는 가슴에 벅찬 희열과 감동을 맛보았다. 정말 우리 조상이 이토록 위대한 역사를 중국 땅에 만들어 놓았다니 놀랄 지경이었다. 아울러 어렴풋이 국사책에서만 배운 고구려 건국에 대한 역사 이야기를 현장에 와서 들으니 더 실감이 났다.

날은 어느새 어둑어둑해 져서 조금 있으면 차의 전조등을 켜고 달려야 할 정도가 되었다. 일행은 환인 시가지로 들어서서 간단한 저녁식사를 했다. 제법 규모 있게 개발된, 그러나 쓸쓸함이 가득 배인 시가지를 빠져나오면서 일행은 상고성자 성터를 살펴보고 차에 올랐다.

밖은 어느새 칠흑 같은 어둠으로 채색되고 가끔씩 시골 농가에서 나오는 불빛만이 이곳이 사람 사는 동네라는 것을 알려주고 있었다.

그날 밤 9시경, 일행은 드디어 고구려의 두 번째 수도인 국내성

고구려 국내성 서벽의 일부(집안시)

집안集安에 들어섰다. 송 가이드는 "이제부터 집밖에서 집안으로 들어오셨으니 편히 쉬시라."라고 농을 하여 피곤한 일행에게 웃음을 주었다. 또, 환인에서 가볍게 저녁을 먹은 뒤 밤길을 달려와 배가 출출할 것이라고 하면서 라면과 빵을 사서 나눠주었다.

C빈관에 든 일행에게 죽간 선생은 몇 가지 주의 사항을 환기시켰다.

"이곳은 위험한 변경이니 함부로 나다니지 마세요. 내가 5년 전에 M호텔에 들었다가 마취 강도를 당하여 돈도 다 털리고 사경을 헤맨 경험이 있으니 문단속을 잘 하세요. 공안에 신고해 봐야 아무 효과가 없습니다. 만일 열쇠가 작동을 잘 안하면 방을 바꿔달라고 하세요. 남자들은 인력거꾼들의 꼬임에 빠져 여권을 압수당하지 않도록 해야 합니다. 한국인 관광객들이 순진해서 많이 당합니다. 여기서는 공안원이 말하는 것이 곧 법입니다. 가급적이면 밤엔 외출하지 마세요. 여기 노래방은 노래방이 아닙니다. 자칫 잘못하면 망신당하는 곳이에요.”

이렇게 말하자 여성들이 키득거렸다. 말을 마친 죽간 선생은 일행을 방으로 올라가게 하고나서 호텔 로비에 있는 작은 커피숍에 들어갔다. 여러 번 들른 일이 있는 곳이어서 지성을 데리고 들어갔다. 툭 터진 로비의 커피숍은 구멍가게 같았다. 40대 초반쯤 되어 보이는 동포 아주머니가 선생을 알아보고 인사를 했다. 이때 여행사 박 사장이 주위를 둘러보다가 두 사람을 발견하곤 합석했다. 세 사람은 커피를 마시면서 어제 오늘의 일정과 답사에 관한 문제 등에 관해 이야기를 나누었다.

밖엔 비가 추적추적 내리고 있었다. 만주 여름 날씨는 참 변덕이 심하고 또 자주 비가 내려 여행하기에 곤혹스럽다고 박 사장이 투덜거렸다.

차를 마신 뒤 죽간 선생은 일행이 별다른 일 없이 이틀간을 보낸 데 대해 조금은 안도하는 마음으로 침실에 들었다.

하지만 우려했던 사건이 터지고 말았다.

그날 밤, 12시경이었다.

김 선생이 갑자기 복통을 일으켜 난리를 쳤다. 곁에서 어찌할 바를 모르며 발을 동동 구르던 룸메이트 지수가 옆 방문을 두드렸다.

“박 사장님, 김 선생이 많이 아파요. 토하고 난리예요. 어떻게 해요? 좀 구해 주세요.”

“네에? 김 선생님이요?”

그는 황급히 김 선생을 들쳐 업고 나왔다. 다행히 커피숍 아주머니의 도움으로 집안 시내 병원으로 달려가 응급조치를 했다. 라면을 먹은 것이 급체했다고 했다. 고 선생과 박 사장은 병원

로비에 앉아 김 선생이 깨어나길 초조하게 기다리고 있었다. 다행히 한 시간쯤 지나 김 선생은 응급조치로 살아났다. 그날 밤, 병실에 있어야 한다는 병원 측의 만류에도 불구하고 김 선생은 퇴원했다.

호텔로 돌아와 박 사장은 손님 걱정 때문에 퇴근도 못하고 있는 착한 커피숍 아주머니에게 감사를 표했다.

"아주머니, 감사합니다. 아주머니 안 계셨더라면 큰일 날 뻔했습니다."

"아유, 별 말씀을요."

그날 밤의 소동은 세 사람만 아는 비밀로 하였다. 다만 송미란 가이드가 어떻게 알았는지 늦게 찾아와 미안하다며 사과를 하였다.

이튿날 아침, 선영은 지수에게서 어젯밤 일에 대해 소상히 듣고 얼굴을 붉혔다. 박 사장의 등에 업혀 병원으로 갔다는 사실이 쥐구멍을 찾을 만큼 창피했던 것이다. 아침 식탁에서 그녀는 미음만 조금 먹고 말았다. 선영이 응급실로 업혀가는 그 시간에 송 가이드는 찬수의 제의로 압록강변을 거닐었다. 미란은 찬수가 처음엔 좀 엉뚱한 사람 같았으나 시간이 갈수록 순진하고 의협심이 강한 그에게 마음이 끌렸던 것이다. 이런 감정은 찬수 역시 같았다. 이제껏 살아오면서 변변한 여자 친구 하나 사귀지 못한 그로서는 만주에서 예쁜 동포 처녀와 데이트를 한다는 것이 그렇게 기분 좋을 수가 없었다.

5부

고구려가 죽어야 중국이 산다?

22. 장수왕릉이 무너지고 있다

만주의 새벽은 한국보다 빨리 시작되는가.

8월이라지만 새벽 5시인데 사람들이 부산하게 움직이는 소리가 길가에서 들려왔다.

찬수는 어느새 일어나 강변로를 달리고 있었다. 하루라도 운동을 못하면 근질거려 죽을 것 같은 찬수에게 압록강변은 새벽 조깅에는 안성맞춤 장소였다. 비가 개인 삽상한 아침에 북한을 바라보며 긴 강둑을 따라 약 2㎞를 왕복한 그가 정리 운동을 할 때쯤에야 동료들이 하나둘씩 압록강으로 나왔다. 어느새 일행은 ‘압록강鴨綠江’ 표지석 앞에 서서 단체 사진을 찍었다.

단동에서 건너다보았던 압록강은 하류였기에 크고 넓었지만, 이곳은 상류에 가까운 탓에 강폭이 좁아 북한 땅이 정말 건너다보일 정도였다. 강물은 비 온 뒤라 매우 흐렸다. 강둑에서 100m 정도 떨어진 ‘벌등도伐登島’라는, 백두산에서 내려오는 뗏목이 잠시 쉬어가는 섬에는 북한 사람들이 농사를 짓고 있다는 말을 듣고 일행은 깜짝 놀랐다.

집안은 고구려 유리왕 22년서기 3년부터 장수왕 15년서기 427년까지 424년간 고구려의 정치·문화의 중심지였다. 원래 명칭은 황

집안에서 건너다 본 북한. 집안시 아파트 뒷편에 북한의 민둥산이 보인다.

성皇城이었다. 황제가 사는 성이라는 표현이다. 그것을 집안輯安으로 부르다가 1973년부터 한자어만 다른 집안集安으로 통칭하고 있다. 인구 약 20만 명인 소도시로 조선족 동포는 10분의 1이 채 못 된다. 그래서 그런지 한글 간판이 거의 눈에 띄지 않는 곳이다. 집안에는 1만 2,000여 기의 고분이 산재해 있어 고분의 도시, 사자死者의 도시이다. 그래서 모일 집集 자와 편안 안安 자를 도시명으로 하였는지 모를 일이다.

유리왕이 이곳으로 수도를 옮기게 된 이유는, 졸본성이 산악지역으로 협소한 평지와 지역적 폐쇄성으로 인하여 발전에 어려움이 많았기 때문이었다. 반면에 국내성은 온난한 기후와 비옥한 전답과 천혜의 산세로 수도로서 적지였던 것이다.

중국은 2005년에 이곳을 유네스코 세계문화유산으로 등재하는 데 성공, 고구려 역사를 중국화하는 데 앞장섰다.

일행이 아침 식사 후 먼저 찾아간 곳은 집안시박물관이었다.

1958년에 건립된 박물관은 300여 평의 작은 건물로 중앙인 정청正廳에 들어서니 광개토대왕 비문 탁본이 걸려있었다. 천장에 닿을 정도의 거대한 탁본 4장이 일행을 내려다보고 있었지만 글자는 흔적만 겨우 알아볼 수 있을 정도였다. 좌우로 나뉜 전시실에는 집안에서 발굴된 농기구와 병기, 각종 생활도구 등이 진열되어 있었다. 청동솥과 정교하게 만든 철제 낚싯바늘, 철제 4지창, 등자鐙子가 보였고, 설상 전투에 사용된 것으로 보이는 쇠못신은 기마 자세를 안정시키는 용도로 사용한 것으로 보였다. 신묘년서기 391년에 만들었다는 글자가 새겨진 청동 방울은 2004년에 호태왕릉에서 발굴한 것인데, 용도는 굿할 때 사용하는 요령인 듯하였다. 그리고 구리로 만든 인장銅印章과 동 화폐는 고구려 주조 기술의 우수성을 보여주었다. 금세공으로는 금가락지와 금귀걸이, 금실과 금바늘 등이 있었다. 농구로는 철칼도끼, 낫, 폭 60㎝ 정도의 보삽이 있었는데 보삽은 한나라 때 것이라는 설명서가 있었지만 한나라는 역대로 집안 지역을 통치한 적이 없기 때문에 고구려 농업 문명의 유산이다. 귀면기와와당는 관람객에게 친밀한 감정을 갖게 해주었고, 귀가 4개 달린 큰 고구려 도자기, 태왕릉에서 발견된 벽돌과 정교한 구리 탁자 등이 시선을 끌었다. 한마디로 웅장한 고구려 유물은 간데없고 그 대신 정교한 농기구, 아름다운 복식, 금도구, 철제무기 등만을 전시해 놓아 고급스럽고 강한 고구려 기백의 일부나마 엿볼 수 있었다. 또한 지도에는 현도군 안에 고구려를 작은 현으로 표시함으로써 고구려의 위대성을 깎아내리려는 저의가 확연하였다.

더 가관인 것은 고구려와 주몽을 폄하하는 내용의 전거들을 내걸었다는 점이다. "고구려인들은 성질이 흉악하고 급하다其人

性凶急……, 《후한서》〈고구려전〉"는 등의 문구를 전거에서 찾아내어 일부러 걸어놓은 듯 보였다. 그래도 송 가이드가 정성껏 설명을 해주는 바람에 어느 정도 분을 삭일 수가 있었다.

지수와 선영을 비롯하여 여성들은 금실과 금바늘 앞에서 떠날 줄을 몰랐다. 청동기 철기와 토기 등의 유물 속에서 찬란한 금바늘과 금실은 여성들의 눈을 끌기에 충분했다.

박물관 안에서는 사진 촬영이 금지되었다. 또, 감시원들이 줄줄이 따라다니며 한국 관람객의 일거일동을 감시하고 있어 불쾌함을 넘어 모욕감까지 느끼게 했다.

박물관을 나와 기념 촬영을 하면서 찬수는 투덜거렸다.

"가이드님, 왜 이렇게 감시가 심합니까? 우리가 뭐 도둑이라도 됩니까?"

찬수의 말에 일행은 모두 "그래, 해도 너무하는 거 아냐?" 하는 등 찬수의 말에 동조했다.

송 가이드는 당국의 방침이니 이해해 달라, 미안하다고 말했다.

고구려 제20대 장수왕의 능 장군총

일행은 뒤이어 장수왕릉으로 알려진 장군총將軍塚으로 향했다. 집안 동쪽 5㎞의 용산 기슭에 자리 잡은 장군총은 동양의 피라미드로 불리는 유명한 적석 무덤이다.

죽간 선생은 일행을 장군총 앞에 세운 뒤 간단한 묵념을 하게 했다. 오매불망 그리던 고구려의 혼을 만난 오늘, 옛 조상의 무덤 앞에 제물을 올리지는 못할망정 마음으로나마 조의를 표하고, 후손으로서 진실한 삶을 다짐하자는 취지에 일행은 공감했다.

"이곳이 유명한 장군총입니다. 서기 413년부터 491년까지 무려 78년 동안 고구려를 동방의 패자로 사리잡도록 큰 활약을 하신 장수왕의 무덤입니다. 적석총인데 4세기 말에서 5세기 초에 유행한 양식으로서 광개토대왕릉보다 더 정밀한 것으로 보아 장수왕릉이 분명합니다. 그리고 총이란 말은 능과 달라서 매장자의 신원이 확인되지 않은 능 급의 무덤을 일컫는 말입니다만, 이곳은 분명히 장수왕 생전에 준비한 장수왕의 능입니다. 중국이 계속 장군총이라 하지만 우리는 장수왕릉이라고 불러야 한다고 생각합니다. 장수왕은 서기 427년에 평양으로 천도한 다음 남쪽으로 영토를 넓힙니다. 서기 475년에는 백제의 한성을 함락시켜 개로왕을 전사시키고 태후와 왕자 등 8,000여 명을 인질로 잡아옵니다. 그 뒤 문주왕이 수도를 웅진으로 천도하면서 백제는 남쪽으로 세력을 축소하게 되지요. 이른바 한성백제가 500여 년 만에 웅진백제로 바뀌지요. 에, 다시 능에 대해 말씀드립니다. 1만 1,000톤의 화강암으로 만든 이 능의 기단은 35.6m이고, 사다리꼴의 7층으로 남은 높이가 12.4m입니다. 화강암을 매 단마다 안으로 들여쌓았는데, 이것은 고구려 축성 기법과 동일한 안정적인 방법입니다. 4개의 변에는 3m가 넘는 큰 버팀돌이 3개씩 놓여 있는데, 이를 정호석이라고도 합니다. 이 돌은 능의 밑 기단이 밀려나지 않게 하기 위해 받쳐놓은 받침돌이라는 설도 있고, 12지를 나타낸다는 설도 있습니다. 아무튼 호석 중에서 가장 작은 돌의 무게가 15톤 정도입니다. 그런데 안타깝게도 뒷면 중앙에 있던 호석이 사라져버렸습니다. 그 탓인지 이 능 전체가 균형을 잃어버리고 왼쪽 상층부부터 무너지고 있어서 가슴이 아픕니다."

아까부터 유심히 능을 바라보며 설명을 듣던 박기대 사장이 장탄식을 하며 입을 열었다. 죽간 선생이 설명을 중단하고 그의 말을 듣자고 말했다.

"이건 정말 대단한 건축물입니다. 제가 건축을 공부했습니다만, 이 장군총을 단순한 무덤이라고 보면 안 되겠습니다. 현대의 첨단공법도 이 정도의 작품을 만들어내기가 어렵습니다. 그런데 1,500년 전에 이런 무덤을 설계하고 공사를 했다는 것은 참으로 놀라운 일입니다. 정말 안정적이고 튼튼하고 예술적인 능입니다. 아, 제가 너무 놀라운 나머지 선생님의 설명 도중에 끼어들었군요. 실례했습니다."

박 사장이 조금 멋쩍은 듯 머리를 긁적이자 죽간 선생이 도리어 칭찬하고 나섰다.

"박 사장이 건축학 전공자라는 것은 내가 알고 있었지요. 설계뿐 아니라 직접 건축회사를 운영했다고 들었습니다. 이 능뿐 아니라 답사지에서 만나는 건축물에 대해 느끼신 점이 있으면 언제든 말씀해 주세요."

"아, 아닙니다. 역사 지식이 없는 제가 어찌 감히……."

여기까지 말한 그는 얼굴을 붉히고 외면했다. 선영은 그 순간 박 사장이 참 순진하고 정직한 사람이구나 하고 생각했다. 또 그가 간밤에 자기를 업고 병원으로 달려갔다는 생각이 떠오르자 조금 창피한 생각도 들었다.

"자, 능의 각 단 사이는 흙으로 틈을 메꾸어 융동을 막았지요. 그리고 기단을 보면 배구공만한 둥근 받침돌을 깊숙이 총총히 박아 무덤을 튼튼하게 지탱해 주고 있습니다. 그 뭐냐, 건축에서는 이런 공법을 뭐라 하던데……"

이 말에 박 사장이 부연 설명을 했다.

"그 공법은 그렝이공법이라고 합니다. 원래 건축지에 천연 암반이 나오면 그것을 제거하지 않고 주춧돌 성격으로 활용하기 위해 그 돌 위에 얹는 돌이나 벽돌은 밑돌의 모양에 따라 깎아서 올려놓습니다. 그러면 건축물이 안정을 찾습니다. 자연석이라는 것은 아주 오랫동안 그곳에 박혀 있었기 때문에 다른 어떤 것보다 위치가 안정적이거든요. 만약 그런 천연 암반이 없으면 큰 둥근 돌을 땅에 박아 사용하기도 합니다. 장군총이 그렝이공법을 사용했다는 것은 정말 놀라운 건축술입니다."

여기까지 일사천리로 말을 마친 박 사장은 장군총에 도취되어 있었다. 일행은 박수를 쳤다. 김선영 선생은 점점 박 사장의 정체에 대해 궁금해지기 시작했다. 건축학을 전공하고, 건축회사를 차려 운영했다는 사람이 왜 여행사를 운영할까. 그녀의 그에 대한 관심은 시간이 갈수록 점점 깊어가고 있었다.

죽간 선생이 박 사장의 말에 이어 입을 열었다.

"음, 박사장이 말씀하신 그렝이공법이라는 것에 대해 피상적으로 알고 있었는데, 잘 알려주어 고맙습니다. 저, 능의 묘정을 보세요. 피라밋이 올라가다가 윗부분이 잘린 것 같죠? 어떻게 생각합니까."

"아무래도 원래부터 저런 형태였다고는 생각이 안 되는데요. 너무 불안정한 모습이거든요."

지수가 말하자 이번에는 지성이 조금 뜸을 들이다가 말했다.

"제가 역사책에서 읽기로는 저 묘정墓頂에 큰 목조 건물이 있었다고 합니다."

"맞는 말입니다. 6년 전에 저 위에 올라가보니까 약 50톤에 달하는 거대한 개정석蓋頂石이 묘의 상부를 덮고 있더군요. 그 돌의 가장자리에 20여 개의 구멍이 있고, 많은 기와 파편이 주위에 흩어져 있는 것으로 보아 목조 건축물이 있었을 것으로 추측합니다. 세월이 흐르다 보니 목조 건축물은 삭아 없어지고 석축 부분만 남은 것입니다. 바닥의 흙과 계단의 돌, 그리고 묘정의 목조 건물 이 셋이 조화를 이룬 작품입니다. 또 개정석 하단에는 빗물이 묘실 안으로 들어가는 것을 방지하기 위해 돌아가며 홈을 파 놓았습니다."

죽간 선생의 설명은 이어졌다.

"여러분, 제일 궁금한 것이 묘실이지요? 묘실은 제5단의 중앙에 만들어져 있는데, 지금 보이는 저 네모난 문 같은 곳입니다. 자, 올라가 안에 들어가 볼까요?"

일행은 능의 왼편에 붙여 만들어 놓은 목제 계단을 타고 묘실로 들어갔다. 김 화백 부부는 휘둥그런 눈으로 묘실 안을 둘러보았다. 그러나 아무것도 없는, 심지어 벽화 하나 없는 데에 크게 실망하곤 한애란 씨가 남편에게 물었다.

"세상에, 벽화 한 점 없네. 장군총이 이 정도라면 다른 무덤은 볼 게 더 없는 것 아니예요?"

김 화백 역시 실망한 기색이 역력했다.

이 때 송 가이드가 부연 설명을 했다.

"원래는 부장품이 많이 있었답니다. 그런데 고구려가 망한 뒤 1,000여 년 동안 돌보지 않아서 다 파괴되고 도둑을 맞은 것입니다. 여기 두 개의 관대가 있는데 하나는 왕이 누운 자리이고 옆에 것은 왕후가 누운 자리입니다."

일행은 쓸쓸하게 관대 두 개만 놓여 있는 장군총 묘실을 둘러보고 밖으로 나오자 바로 왼편에 압록강 건너 북한이 보였다. 큰 굴뚝 하나가 연기를 품고 있었고, 강변을 따라 길이 나 있을 뿐 사람들의 이동은 보이질 않았다. 아득한 고구려 유적을 보다가 갑자기 북한을 바라보면서 사람들은 착잡한 감정을 지울 수가 없었다.

일행은 오른편 뒤쪽 계단으로 내려왔다. 정말 장군총의 뒷면이 무너져 내리고 있었다. 호석 하나를 누군가 파괴하여 주위에 버린 듯 큰 돌의 파편이 여기저기 널려 있었다. 강남구 사장은 부아가 치밀어 화를 버럭 내며 중국 측을 힐난했다.

"정말 나쁜 사람들이군. 이렇게 부서지도록 내버려두다니. 입장료는 받아 어디에 쓰는가 말이야."

"이대로 두었다간 얼마 못가 무너져버리겠는데요."

최승희 부장도 사진을 찍으며 말했다. 모두가 한입으로 중국 측의 무성의에 대해 비난을 하면서 뒤쪽에 있는 고인돌 모양으로 생긴 배총陪塚으로 갔다. 가이드의 말에 의하면 이 배총은 장수왕을 모신 신하의 무덤이거나 아니면 묘지기의 무덤일 것이라고 했다.

23. 광개토대왕비는 충견忠犬이 지킨다?

　일행은 다시 버스를 돌려 광개토대왕비가 있는 곳으로 갔다.

　광개토대왕비는 장군총에서 집안 시내 방향으로 1㎞ 정도 내려오면 만난다. 주차장에는 이미 많은 버스들이 도착해 사람들이 태왕비를 관람하고 있었다.

　가이드는 일행에게 행동을 빨리 취해달라고 부탁했다. 다른 팀들은 유람 삼아 오지만 죽간 선생이 인솔해 오는 팀은 역사 공부하러 오기 때문에 봐야 할 코스가 많다는 이유에서였다.

　광개토대왕비는 투명한 플라스틱으로 보호벽을 친 속에 서 있었다. 전에는 송아지만한 개 세 마리가 광개토대왕비 주위에 둘러서 있었는데 지금은 자취를 감추었다. 그 대신 남녀 감시원과 군복 차림의 한 남자가 비 주위에서 사냥개처럼 사람들을 감시하고 있었다.

　"세상에, 광개토대왕비는 개가 지키는 것 같군."

　누군가 말을 뱉어내듯 던졌다.

　보호벽 안으로 들어가서 죽간 선생은 설명을 시작했다.

　"여러분, 어떻습니까? 책에서나 보고 또는 TV에서나 보던 고구려 제19대 영락대제, 즉 광개토대왕의 비입니다. 이 비는 제20

대 장수왕이 아버지 광개토대왕이 돌아가신 다음해인 서기 414년에 세웠습니다. 무게가 37톤이 나가는 응회석회암입니다. 석질이 좀 약한 돌인데, 집안 부근에서는 나지 않는 돌입니다. 내가 그동안 연구한 바로는 백두산 천지 앞 계곡에서 가져온 돌로 생각합니다. 높이가 6.39m이니까 아파트 3층 높이입니다. 넓이는 모서리가 1.35m이고 앞뒷면은 2m입니다. 또 개석이 없는 고구려 특유의 비로써 여기엔 44행 1,775자의 한문 글자가 새겨 있는데 현재 해독이 가능한 글자는 1,590자입니다. 원래는 1,804자였는데 29자가 떨어져 나갔습니다. 1,000여 년 동안 땅속에 묻혀 지내다가 청나라 말기에 초씨草氏라는 사람이 아들과 함께 밭을 개간하다가 발견했다고 합니다."

죽간 선생의 목소리는 비장하기까지 했다. 지성은 이 거대한 역사 앞에 금방이라도 광개토대왕이 눈앞에 나타날 것만 같아 머리가 숙여졌다.

"이 비문은 편의상 3부로 나누어 분석합니다. 제1부는 1면 1행부터 1면 6행까지인데, 고구려 건국신화와 대주류황제부터 광개토대왕까지의 세계世系와 약력, 비의 건립 경위 등이 적혀 있습니다. 비에 의하면 주몽은 천제 해모수와 하백의 딸 사이에 태어난 신성한 인물로서 북부여에서 남하하였습니다. 이어 비류곡沸流谷의 홀본성忽本城에서 나라를 세웠고, 유리왕을 거쳐 17세 손인 광개토대왕이 18세에 등장한 후 39세에 사망했다는 내용입니다. 참고로, 중국 측이 주장하고 있고 이제까지 알려져 왔던 졸본성은 홀본성으로 바꿔 불러야 할 것입니다. 그리고 제2부는 1면 7행부터 3면 8행까지인데 광개토대왕의 7차에 걸친 정복 활동과 토경 순수土境巡狩 기사가 연대순으로 기록돼 있습니다. 즉,

영락 5년의 비려거란 정벌, 6년의 백잔국백제 정벌, 8년의 숙신 정벌, 10년의 신라·가야 정벌, 14년의 대방 정벌, 17년의 후연 정벌, 그리고 20년의 동부여 정벌 등 총 64성 1,400촌을 정벌했다는 내용입니다. 광개토대왕은 재임 중 서쪽으로는 요하 넘어 후연을 격파하고 북위를 공격하여 위의 태조를 요산으로 몰아냈습니다. 북으로는 송화강까지 진출하여 거란과 숙신과 북부여·동부여를 병합하여 만주 일대를 완전 장악했습니다. 남으로는 백제·신라·가야를 정벌하여 한수 이남까지 영토를 넓혔습니다. 또, 왜를 공략하여 대마도까지 세력 범위에 넣은 분입니다. 제3부는 3면 8행부터 4면 9행까지로 능을 지키는 수묘인의 연호와 수묘 지침, 수묘인 관리 규정 등을 기술했습니다. 광개토대왕은 자기 묘를 관리하는 수묘인 제도를 점령지의 다민족 대통합의 기회로 삼았던 것 같습니다. 집안 일대의 왕릉을 지키는 수묘인을 총 330호로 정하고, 그 330호의 출신지를 고구려 사람 110호, 예족과 한족 등 속민 220호로 정했습니다. 묘지기를 성스런 직업으로 인정하여 매관매직을 금하였고, 왕릉 이외에는 묘지기를 둘 수 없도록 하여 왕권을 강화하는 데 이용했습니다. 아무튼 광개토대왕은 재위 23년간 동방 천하를 제패한 대왕으로서 역사상 가장 강력한 국가를 만든 분입니다. 동아시아에서 이처럼 확실한 역사 기록 석물石物은 드뭅니다. 그래서 나는 이 비를 석책石冊, 즉 돌로 만든 역사책이라고 말합니다. 이 자리에 설 때면 언제나 가슴이 떨립니다."

죽간 선생의 목소리는 열에 들뜨기 시작했다. 한숨을 돌린 죽간 선생에게 찬수가 생수 병을 건넸다. 목을 축인 죽간 선생은 다시 말을 이었다.

　"이 비의 원 명칭은 국강상광개토경평안호태왕비國岡上廣開土境平安好太王碑였습니다. 나라의 가장 중요한 언덕, 즉 국강 위에 모신, 국토를 넓히고 백성을 평안하게 하신 태왕의 비라는 의미입니다. 그러니까 이 비가 있는 지명은 국강입니다. 행정 지명으로는 태왕향太王鄕이었는데 2004년부터 갑자기 대비촌大碑村이라 바뀌었습니다. 중국은 태왕이라는 용어가 싫었던 것이지요. 태왕이란 뜻이 뭡니까. 바로 '왕 중의 왕' 이란 의미이거든요. 광개토대왕은 왕 중의 왕이었다는 표현이 중국인들 비위에 거슬렸던 것 같습니다. 그래서 마을 이름도 갑자기 큰 비석이 있는 촌으로 격하되어 버리고 만 것이지요. 참, 그리고 이 돌은 응회석회암이라고 화산 돌입니다. 백두산 천지폭포 아래 소천지 입구에 보면 이런 거대한 돌들이 많습니다. 그곳에서 힘들여 운반해 온 것으로 추측합니다."

　죽간 선생의 말을 들으면서도 지성은 일본이 왜곡 변조한 부분이 어디인가 궁금하여 견딜 수가 없었다. 이것은 지수도 마찬가지였고, 여러 번 다닌 박 사장도 마찬가지였다. 그런 궁금증은 역사를 조금이라도 아는 사람이라면 당연한 것이었다.

　"선생님, 일본이 이 비의 일부를 왜곡 변조하여 자기네에게 유리하도록 만들었다는 부분이 어딥니까?"

　드디어 지성이 물었다.

　"에, 기다렸던 질문입니다. 바로 391년 신묘년 기사입니다. 먼저 알아야 할 것은 이 비는 광개토대왕의 업적을 기리기 위하여 세웠지, 왜의 활동을 자랑하고자 세운 비가 아니라는 점입니다. 그리고 서기 391년이면 왜라는 존재는 아주 미미하여 일본에서 대군을 이끌고 한반도로 침략을 감행할만한 세력이 못되었다는 점입니다. 이 두 가지를 알아야 일본의 변조를 이해할 수 있습니다. 또 하나, 1865년 일본 육군합동참모본부 사코 가게노부酒勾景信 중위 일당이 왜 이곳을 다녔느냐 하는 점입니다. 그 당시 청나라는 말기 증상을 보여 열국의 싸움터가 되어가고 있었지요. 특히 만주 일대는 무주공산이나 다름없는 땅이었습니다. 조선은 쇄국의 문을 닫고 있어 국력이 약화되어 가던 참이었습니다. 일본은 발 빠르게 서구 문물을 받아들여 개화하기 시작했고, 군벌들은 만주 진출을 노리고 있었습니다. 만주 땅에 대한 연결 고리를 찾으려고 혈안이 돼 있었던 차에 정찰대를 보낸 것입니다. 몇 년을 찾아다니던 그들의 눈에 광개토대왕비가 띄었지요. 탁본을 해보니 영광된 고구려 역사이지만 몇 자만 고쳐놓으면 일본에게 유리하게 이용할 수 있겠다는 얄팍한 생각에 손을 댔습니다. 특히 이 비가 석질이 약하여 잘 부서지고, 이미 많은 글자가 부식되어 알아보기 힘들다는 점을 이용하려 했던 것입니다. 일본 정찰대는 비문을 탁본하면서 쌍구가묵법을 사용했습니다. 이것은 비에 한지를 발라 두드려서 글이 있는 파인 부분은 그대로 두고, 글이 없는 부분은 붓으로 먹물을 칠하는 방법인데, 그렇게 먹물을 칠해가다가 글자가 없거나 마모된 4자를 변조한 것입니다. 1면 8행과 9행 상단에 있는 이른바 신묘년辛卯年 기사입니다. 일본이 적어놓은 것을 보면 '백잔과 신라는 예로부터 일본의 식민으로서 조공을 바쳐왔다. 왜가 신묘년에 바다를 건너와 백잔과 가야와 신라를 파하고 신민으로 삼았다.百殘新羅 舊是屬民 由來朝貢而 倭以辛卯年來渡海 破百殘伽倻新羅 以爲臣民' 입니다. 여기서 백잔이란 백제를 말하는데, 고구려는 백제가 아직 망하지 않은 부여족의 잔당이라고 폄하하여 백잔이라고 표현했습니다. 그런데 가만히 생각해보세요. 백제와 신라는 예로부터 왜의 속민이 아니라 고구려의 속민이었습니다. 백제와 신라는 고구려에게 조공을 바쳤다는 것은 역사가 증명합니다. 그런데 힘도 없는 왜라는 오합 집단이 서기 391년 신묘년에 바다를 건너와 백제는 물론 가야와 신라까지 쳐서 신민, 즉 부하로 삼았다는 대목에 이르면 실소를 금할 수가 없습니다. 왜가 국가 형태를 갖춘 것은 서기 601년 백제의 성덕태자가 나라奈良에 가서 궁궐을 세워준 뒤부터입니다. 백제가 없으면 왜는 없었다고 할 만큼 왜는 백제를 부모 나라로 여기며 살았습니다. 《일본서기》에 보면 서기 660년 나당 연합군에게 백제가 망하자 왜는 부모 나라를 구하기 위해 400여 척의 배를 동원하여 백마강까지 옵니다. 그것은 신묘년 이후 270년이 흐른 뒤의 일입니다. 결국 백제가 망하자 백성들이 땅을 치며 '어버이 나라上國가 망했으니 이제 어디 가서 조상의 묘에 성묘할꼬' 하면서 울었다고 합니다. 여러 상황을 살펴보면 '백잔과 신라는 예로부터 고구려의 속민으로 고구려에 조공을 바쳐왔는데, 이들이 조공을 바치지 않으므로 광개토대왕이 즉위한 신묘년에 바다를 건너 백제와 왜를 파하고 신라의 항복을 받아 신민으로 삼았다'고 해석해야 합니다. 이렇게 해야 뜻이 통하고 한자의 어순이 맞습니다. 그렇다면 어떤 글자를 어떻게 바꾸었나. 올 래來 자가 아니라 아닐 미未 자입니다. 와서 조공을 바쳤다來朝貢가 아니라 조공을 바치지 않았다未朝貢가 맞습니다. 사코 가게노부의 탁본을 보면 앞의 래來는 뒤에 나오는 래來와 글자의 모양이 확연히 다릅니다. 변조했다는 확증이지요. 도해渡海가 아니라 그냥 도渡가 맞습니다. 도渡 자에는 물을 건너다라는 뜻이 다 포함되는데 도해渡海라고 할 까닭이 없어요. 그리고 뒤 문장의 주어가 왕王인데 이것을 바다 해海 자로 바꾸어 앞에 붙여버렸습니다. 고구려 광개토대왕이 백잔과 왜를 패배시키고, 신라의 항복을 받은 것이 진실입니다. 파백잔가야신라破百殘伽倻新羅가 아니라 왕파백잔왜王破百殘倭 항신라降新羅입니다. 항降에는 항복하다는 뜻과 함께 항복을 받는다는 뜻이 있어요. 그런데 글씨가 부서진 대목을 교묘히 바꾸어 왜가 백잔과 가야와 신라까지 파하여 신민으로 삼았다고 했습니다.”

설명을 하는 죽간 선생의 눈은 형형하게 빛나고 있었다. 말 한마디 한마디에 열정이 들어가 사람을 압도했다. 얼굴 표정은 마치 선인처럼 근엄하였다. 비를 구경하던 많은 사람들이 쥐 죽은 듯이 선생의 말에 귀를 기울이고 있었다. 아마 40명은 족히 되었다. 죽간 선생은 잠시 뜸을 들였다가 말을 이었다.

“여러분, 이 비는 《삼국사기》보다 700년이나 앞서는 풍부한 기록입니다. 고구려 역사는 물론 고대 동양사 연구에 소중한 사료입니다. 어느 후손이 자기 조상의 묘비에다 허위 사실을 기록

광개토대왕비가 유리 안에 보존되어 있다. (집안시)

하겠습니까. 그것도 일반인이 아니라 동방의 패자 고구려 광개
토대왕비입니다. 일본은 이 비를 자기네 나라로 가져가려고 군
함을 끌고 집안항까지 와서 집안군수를 회유하기도 했습니다.
만일 그때 일본이 이 비를 군함에 실어갔더라면 지금쯤 일본은
가관이었을 겁니다. 남의 조상의 무덤 앞에 세운 비까지 사다가
자기네 역사를 호도하려 했던 일본의 역사 안목이 한심합니다.
일본은 경제는 발전했는지 몰라도 우리에게 역사 콤플렉스가 있
습니다. 우리가 만들어준 나라요 우리 후손들이기 때문입니다.
그들이 끝없이 역사 왜곡을 하려고 악을 쓰는 것도 바로 이 때문
입니다."

죽간 선생의 말에 많은 사람들이 박수를 치며 환호했다.

"옳소!"

"선생님 말씀이 맞습니다!"

"참, 시원스럽게 설명해 주시네요."

"어휴, 이제야 속이 확 풀리네."

이구동성으로 칭찬하는 말에 선생은 소년처럼 얼굴을 붉히며
인사를 했다.

끝으로 죽간 선생은 한마디 했다. 비를 감시하는 중국 공안원
이 우리말을 다 알아듣는다는 것을 알고 나서부터 의례적으로
하는 인사말이었다. 아닌 게 아니라 푸른 제복을 입은 남자 공안
원이 선생의 강의 내용을 속속들이 듣고 있었다.

"아무튼 1,600년 전에 세운 광개토대왕비가 이렇게 보호되고
있어 우리가 찾아와 볼 수 있는 것도 참 다행입니다. 저는 한국
과 중국이 지난날의 역사 유물을 가지고 다투는 것을 원치 않습
니다. 서로 협조하면서 지켜나가야지요. 안 그렇습니까?"

그가 이렇게 말하자 일행 중에 많은 사람들은 그의 의도를 알아차리고 박수로 화답해 주었다.

설명이 끝나 비 밖으로 나와 기념 촬영을 끝내고 나자 함께 설명을 들었던 한국인 여럿이서 죽간 선생과 사진을 찍었다.

일행은 죽간 선생의 해박한 역사 지식에 새삼 감탄했다. 김 화백 부부는 죽간 선생에 대해 존경심이 절로 났다.

"여보, 고 선생님 같은 애국자도 드물지 않을까요?"

"맞아요. 저런 분들이 대학에서 역사 교육을 맡아야 하는데, 강단 사학자들이란 억지만 쓰는 작자들이야. 하기야 식민사학자들에게서 공불 했으니 다른 말이 나올 수가 없겠지. 안 그래?"

"맞아요. 역사 교육은 이렇게 현장 교육을 해야 효과가 있을 것 같아요. 내년에는 미국 가 있는 애들도 한번 데리고 옵시다."

김 화백 부부는 참 잘 온 여행이라고 만족해 했다.

지성은 감시원의 눈을 피해 광개토대왕비를 만져 보고 쓰다듬어 보았다. 1,600년의 세월과 더불어 조상의 강한 호국 의지가 핏줄을 통해 감전된 듯 떨려 올라왔다. 그런 지성의 모습을 보던 지수와 선영이 함께 비석에 손을 대었다가 얼른 떼었다.

"이 비석이 그토록 장엄한 역사를 안고 있다니 놀라운 일이지?"

"정말이야. 그나저나 지수 아버님은 정말 훌륭하시다. 너무 멋지시구……."

"이제야 알았어?"

두 사람은 마주 보고 웃었다.

"참, 근데 지성 씨랑 잘 아는 사이야?"

"왜, 관심 있어?"

"너, 내 눈은 못 속인다. 이실직고해."

"김선영 선생님! 학생지도 담당 아니랄까 봐 여기서도 티내시네. 좋으실 대루 해석하시죠."

"어쩌지? 나도 저 사람에게 호감이 가는데……."

"아니 한 사람이면 족할 텐데, 왜 자꾸 여기저기 기웃거리우?"

"무슨 소리야?"

"왜, 찔리는 데 있어? 어머, 저기 박 사장님이 언닐 부르시는데……."

"뭐야? 누굴 약 올리는 거야?"

김선영 선생은 지수보다 두 살 위였다. 평소에는 친구처럼 지내다가도 적절하게 언니로 부르고 있었다.

"자, 이쪽으로 서둘러 이동해 주세요."

송 가이드의 말에 일행은 비에서 서쪽으로 200m 정도 떨어져 있는 광개토대왕 능으로 갔다. 일행이 비 앞에서 완전히 떠나자 일행을 지키던 충견忠犬들도 자리를 떴다.

24. 태왕릉 앞에 엎디어

 광개토대왕 능이라는 것을 입증한 것은 아주 작은 벽돌이었다.
이 능을 발굴하는 과정에서 나온 전博:벽돌의 모서리에서 '원태
왕릉안여산고여악願太王陵安如山固如岳'이라는 글자가 새겨져 있어
태왕릉이라고 불렀다고 한다. 이 말은 '원하옵건대 태왕릉이시
여 산처럼 안전하고 단단하소서' 라는 의미로 이 묘가 오래오래
튼튼하게 보존되기를 기원하는 것이었다. 아니, 단순히 묘소만
을 위한 기원석이라기보다는 고구려 왕조가 반석 위에 서기를
기원한 것인지도 모른다.

 태왕비에서 능까지는 서쪽으로 조금 오르막길인데 그것은 묘
소로 향하는 접근로이자 제를 지내는 제단으로 가는 길이었다.
묘지는 정방형, 한 변의 길이가 66m이므로 장군총의 네 배 규모
로 추정된다. 높이는 많이 무너진 상태에서 14.8m에 이른다. 이
태왕릉 역시 적석총으로 장군총에 비하여 기단 부분만 석축 계
단식으로 쌓았을 뿐 상층부로 올라갈수록 작은 돌과 흙으로 메
워져 있고, 4면에 정호석을 받친 것은 장군총과 같았다. 이 정호
석 역시 남쪽과 동쪽 면을 제외하고는 다 부서져 능이 더 빨리
무너지는 원인을 제공한 것처럼 보였다.

일행은 능 위에 오르기 전에 제단祭壇이라 쓰인 석물 표지 앞에서 잠시 묵념을 했다.

송 가이드는 흰 페인트가 칠해진 계단을 이용하여 묘정墓頂으로 안내했다.

"어? 왜 이렇게 묘실이 작아요?"

지수가 지성을 보며 말했다. 지성으로서도 의외였다.

"글쎄요. 왜 그런지 알 수가 없네요."

묘실널방로 들어가는 널길은 겨우 두 사람이 허리를 반 이상 숙이고 들어가야 할 정도로 낮고 좁았다. 또 묘실 역시 장군총에 비해 4분의 1 규모도 되지 않은 것 같았다. 안에는 두 개의 관대가 나란히 놓여 있어 광개토대왕과 왕후가 묻힌 무덤임을 짐작게 했다.

일행은 외형상으로는 거대한 광개토대왕 능이 이렇게 작은 묘실을 가진 것을 이해할 수가 없었다. 죽간 선생은 일행의 궁금증을 풀어주려고 애썼다.

"내 생각에도 왜 이렇게 묘실이 작은지, 묘실로 향하는 널길이나 이음길도 작고 낮은지 잘 이해가 안 됩니다. 여러모로 생각건대, 이 묘는 광개토대왕이 생전에 준비했거나 아니면 아들 장수왕이 만들었을 텐데, 아마 왕의 유언으로 묘실의 규모를 작게 한 것이 아닌가 추측합니다. 또 하나는 큰 규모의 분묘이지만 시신이 안치된 묘실이 어딘지 잘 알 수 없도록 하기 위해 이렇게 묘실을 아주 작게 만들지 않았나 생각해 볼 수도 있습니다. 자, 나를 따라 오세요."

일행은 죽간 선생을 따라 남쪽으로 10m 정도 이동했다. 거기에는 능을 도굴한 구멍이 아직까지도 선명하게 남아 있었다.

"이걸 보면 재미있는 현상이 유추됩니다. 묘실이 아주 작고 단단하게 만들어졌는데 묘의 상단에 있거든요. 헌데 도굴 구멍을 보면 묘정에서 10m 이상 내려와 있습니다. 그런 방법으로는 묘실을 뚫고 들어갈 수가 없는 것 아닙니까? 이런 현상을 보면 도굴을 예방하기 위한 것이 아니었나 싶기도 합니다. 아니면 광개토대왕 스스로가 유언으로 자기가 죽어 묻힐 묘실은 검소하고 아주 작게 만들라고 했는지도 모를 일입니다. 고구려 역사를 기록한 이문진의 《신집6권》이 남아 있다면 이런 의구심은 풀어줄 수 있지 않았을까 생각해봅니다."

아무려나 시원한 대답은 어디에서도 들을 수가 없었다. 아니 어느 기록에도 나와 있지 않은 의문이었다. 지성은 무너진 태왕릉 앞에서 한동안 자리를 뜨지 못했다.

'한 때는 대륙을 호령한 광개토대왕의 사후에 우린 무엇을 했기에 무덤 하나 온전히 지키지 못했나.'

가슴 깊은 데서부터 치밀어 오르는 까닭 모를 분노에 몸을 떨었다. 그리곤 수첩을 꺼내어 격한 감정을 적었다.

머릴 숙인다고 용서해 주실까
울부짖는다고 꾸짖지 않으실까
무너져 내린 태왕릉 앞에서
가슴을 치며 하냥 우웁는데
가슴 밑바닥에선
허공을 두드리는 북소리가 들립니다.

1,600년 전에 누우신 이곳을

300년도 지키지 못하고 떠난 못난 후손들이
이제야 찾아와 백 번 절한다고
무너진 봉분, 텅 비어버린 현실(玄室)에
다시 돌아와 누우실까
아아, 고구려는 살아 돌아올 수 있을까.

자, 이제 그만 눈물을 거두고
우리들 심장에 비(碑)를 세우자
조선의 '사명당비' 처럼 나라가 위태로울 때면
뜨겁게 울 줄 아는 비를 세우자
통곡의 역사를 대신하여
7,000만 배달겨레의 가슴에 '대동이' 의 기상을 담아 줄
뜨거운 비(碑) 하나씩을 안고 가자.

25. 고분 벽화 속의 삼족오

　일행은 깔끔하게 정돈된 길을 따라 태왕릉에서 조금 떨어진 5회분 5호묘로 이동했다.

　먼저 도착한 팀이 무덤 안에 들어가 있는지, 경비하던 공안이 기다리라는 신호를 보냈다.

　그 틈을 이용하여 죽간 선생으로부터 설명을 들었다.

　"자, 여기가 유명한 고구려 벽화가 남아있는 고분입니다. 서양 학자들은 벽화가 있는 민족은 핵무기를 가진 민족보다 강하다고 말합니다. 지금 들어가는 5호묘는 7세기경에 만들어진 것으로 왕족의 무덤으로 보입니다. 5회분 5호묘란 다섯 개의 투구 모양의 분묘 중에서 다섯 째 분묘라는 의미입니다. 회盔 자는 투구를 뜻합니다. 묘의 모양이 투구처럼 둥글다는 것이죠. 이 주위에 보면 다섯 개의 같은 형태 무덤이 보이지요? 집안에는 여러분이 교과서에서 보신 여러 벽화 무덤이 있습니다. 장천 1호 고분, 무용총, 삼실총, 각저총 등이 대표적인 벽화 무덤인데 유감스럽게도 개방된 곳은 이곳뿐입니다."

　그때 일단의 관람객들이 무덤에서 나오면서 한마디씩 했다.

　"어우, 무덤 속이라 그런지 아주 선선해. 냉장고가 필요 없겠어."

“난 춥던데.”

“대단한 그림이야. 천 년이 넘었다는 데 무엇으로 칠했을까.”

이러한 말들을 쏟아놓으며 멀어져 갔다.

이번에는 일행이 들어갈 차례이다. 송 가이드는 카메라 촬영 금지를 다시 강조하면서 앞서서 무덤으로 들어갔다.

입구의 널길을 지나자 이음길이 나타나고 그 끝에 널방이 있었다. 널방에 들어서자 철망이 둘러쳐진 백열등을 손으로 이동시키며 송 가이드가 설명을 했다. 지성은 희미한 벽면의 그림을 자세히 볼 수 있도록 레이저포인터를 비쳐주었다. 송 양은 지성의 친절에 감사를 표했고, 죽간 선생이나 지수 역시 지성의 준비성에 감탄했다. 제복을 입은 공안원이 앞뒤로 포위하듯 서서 일행을 감시하고 있었다.

“이 벽화는 지금으로부터 1,400년 전의 것으로 추정합니다. 공개되어 외부 공기에 노출되는 바람에 벽화의 상당 부분이 많이 변질되었습니다. 4면 벽에는 불로장생을 기원하고 묘지 수호를 위한 사신도가 그려져 있는데, 먼저 남쪽에는 주작朱雀이 있지요. 동벽에는 청룡과 인동 및 화염 무늬로 채워진 연속 귀갑문이 보입니다. 또, 서벽에는 백호와 변형된 귀갑문 안에 화염문과 연꽃 무늬가 연결되어 있는 것으로 보아 불교의 영향이 컸던 것으로 보입니다. 그리고 북면에는 뱀과 거북이가 엉킨 현무도가 있는데, 뱀과 거북의 머리가 마주보고 있고, 입에서는 화염이 뿜어져 나오고 있어서 힘찬 고구려의 기상을 보여줍니다. 그리고 바닥을 보시면 3개의 관대가 놓여 있는데, 무덤의 남자 주인과 두 부인의 것으로 추정합니다. 자, 보세요.”

가이드의 설명을 따라 눈을 옮기며 살펴본 벽화는 정말 환상

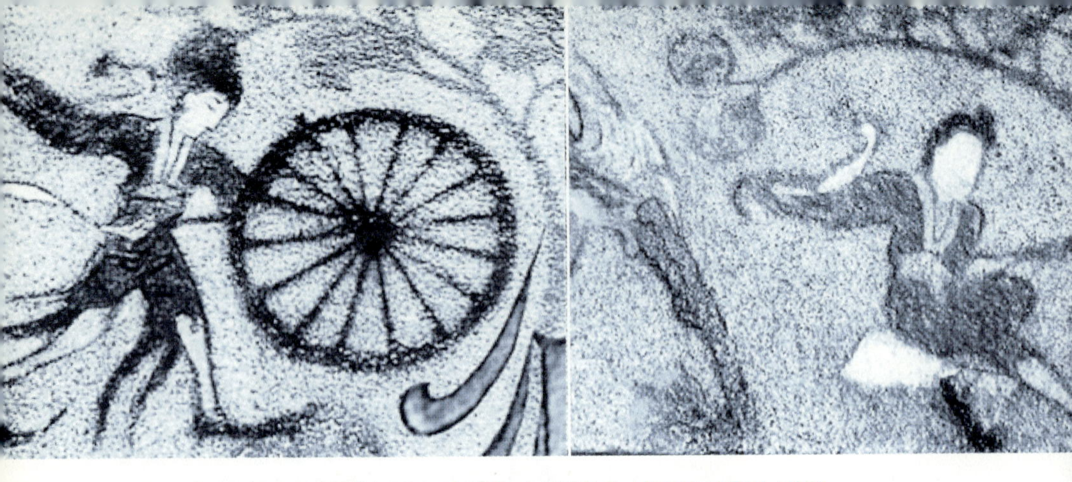

적이었다. 중국 한족의 무덤에는 없는 사신도 四神圖, 우리 동이족의 무덤에만 있는 사신도가 선명하게 남아 있어 놀라움을 금할 수가 없었다.

"놀라워, 정말 놀라운 일이야."

김 화백이 감탄을 하자 한애란 씨도 연이어 감탄사를 발했다.

"위를 보세요. 천장에는 북두칠성과 남두칠성이 표시되어 있고, 그 아래 둘레에는 일월신, 농사의 신, 제륜신, 야철신 등 문명 발달에 기여한 신들이 있습니다. 고구려인들은 기술자를 신성시했다는 점을 알 수 있습니다. 그리고 여기저기 신선 사상을 표현하는 선녀와 악기 연주하는 모습 등이 빈틈없이 그려져 있습니다. 그리고 용이 참 많지요? 고구려는 용의 문화를 가지고 있었던 것 같아요."

선영은 휘둥그레진 눈으로 사면 벽을 둘러보고 놀라움을 금치 못했다. 미술에 남다른 흥미와 소질을 가진 그녀에게도 고구려 벽화 체험은 충격적이었다.

"허허, 이것 큰일입니다. 이 좋은 국보급 유물에 물이 흘러들어 퇴색하고 있으니 이것을 막을 방도는 없나요?"

5회분 5호묘의 벽화. 달의 신(좌)과 해의 신(우)

지성이 가이드에게 물었다.

"사람의 훈기 때문에 생기는 결로結露, 즉 이슬이 맺히는 현상이라고 합니다. 한 10년 전만 해도 이보다 훨씬 깨끗하고 색깔이 선명했는데, 시간이 갈수록 흐려지고 있어 안타깝습니다."

송 가이드 역시 안타까운 표정으로 대답했다.

뒤에 기다리는 다른 팀을 위해 일행은 밖으로 나왔다.

일행은 죽간 선생의 설명을 더 듣기로 했다.

"여러분, 송 양이 설명을 참 잘 해주었습니다만, 몇 가지 부연해드리겠습니다. 윗부분에서 해의 신과 달의 신을 보았을 겁니다. 해의 신은 태호 복희씨가 태양을 머리에 이고 있는데 태양을 숭상하는 부계를 의미합니다. 그런데 그 태양 안에 삼족오가 있었지요. 세 발 달린 까마귀 말입니다. 태양 안에 까마귀를 모시고 그것을 남자가 머리에 받들어 모시고 있습니다. 이 삼족오는 고구려인들의 신앙이자 부적과 같은 것입니다. 고구려인들은 삼족오를 태양새라고 여겼고, 태양의 심장에는 바로 이 삼족오가 산다고 믿었습니다. 여러분 난생신화를 아시지요. 주몽이 태어날 때 유하부인이 알을 낳았다고 했고, 그 알을 마구간이나 돼

지우리에 버려도 태양 빛이 찾아들어와 결국 그 알 속에서 주몽이 태어났다고 합니다. 알과 햇빛과 주몽 이 셋을 동시에 표현하는 것이 무엇일까요. 바로 태양 안에 삼족오를 모시고 하늘 높이 받드는 자세일 겁니다. 빛은 북부여에서 왔다고 했습니다. 주몽은 북부여 해모수 단군의 후손이라고 했습니다. 알은 둥글고 태양도 둥급니다. 그 둥근 알 속에 주몽이 들어있었습니다. 그 주몽이 곧 삼족오입니다. 새가 알을 낳고 알이 어린 새를 낳는 왕조 창업의 역사의 법칙을 읽을 수가 있습니다. 태양새 삼족오는 빛을 찾아 남하한 새로운 개척의 무리가 새로운 나라를 세우는 데 지혜와 용기를 준 상징입니다."

지성은 눈이 번쩍 뜨였다.

'음, 삼족오란 그런 새였구나. 상상 속의 새가 아니라 고주몽을 상징하는 새였구나. 아니 조상을 상징하는 새였구나. 그래서 죽간 선생이 단성의 '다물정사'에서 삼족오란 조상새라고 하셨구나. 아아, 이제야 조금 알겠다.'

삼족오를 설명하는 죽간 선생의 눈빛은 형형하게 빛났다. 마치 먼 '역사의 계곡'에서 찾아온 선지자처럼 신비로운 기운까지 풍기기 시작했다.

"또, 다른 해석이 있습니다. 삼족오는 다리가 셋인데, 이 세상에 기형이 아니고는 다리가 셋 달린 새는 없을 겁니다. 그것은 우리에게 무엇을 의미하는가. 바로 인간의 바른 삶을 지탱하는 하늘과 땅과 인간 이 셋을 하나의 몸통에 붙여 하나로 만든 조상의 지혜입니다. 인간이 따로 독립적으로 떨어져 사는 존재가 아니라 하늘의 뜻과 땅의 보살핌을 받아 훌륭한 인성을 가꾸어 살아가야 한다는 것을 의미한다고도 합니다. 그 새를 우리는 상상

속에서 봉황으로 형상화합니다. 나는 중국인들이 봉황을 존중하거나 상징으로 쓰는 것을 못 보았습니다. 그저 용만을 생각합니다. 우리는 예로부터 봉황 무늬나 수장을 좋아하여 지금도 많은 곳에서 쓰고 있습니다. 청와대 대통령 집무실 벽에도 봉황이 있고, 각종 훈장이나 상장 상패에도 봉황을 수놓거나 새깁니다. 그것은 북방에서 내려와 문명을 연 조상의 가호를 바라는 뜻이라고 생각합니다. 이왕 말이 나온 김에 봉황鳳凰이라는 한자에 대해 알아보겠습니다. 봉鳳 자에는 새 조鳥 자가 안에 들어 있는 것을 보아도 '새 중의 새'를 뜻합니다. 그리고 황凰은 임금 황皇 자가 안에 들어가 있으므로 봉황은 임금의 새입니다. 그런데 황皇은 '백왕白王', 즉 '배달나라의 왕'을 뜻하기도 합니다. 중국의 옛날 역사책에는 '배달민족'은 백민白民으로 나오니까 '배달나라의 왕'은 백왕白王 즉 황皇이 됩니다. 반대로 중국에 황제가 나타난 것은 '진시황' 때부터이지요. 진시황의 시황은 '시작하는 황제', '첫 황제'라는 얘기입니다. 즉 진시황 이전에는 중국은 황제의 나라가 아니라는 이야기입니다. 중국의 황제 칭호는 그 역사가 2,300년에 불과합니다. 진시황 이전에는 수천 년 간 배달민족의 나라배달국-고조선의 임금이 황제였고, 그래서 황皇 자는 '배달나라의 왕'을 뜻하는 '백왕白王'을 한 글자로 쓴 것입니다. 또한 백白은 밝-박을 거쳐 나왔고, 배달은 밝달밝은 땅의 옛말-박달-백달에서 나왔습니다. 참고로 아사달은 '아사의 땅'이니 '아침의 나라'를 말합니다. 그러므로 봉황鳳凰은 '새 중의 새', '배달나라 임금의 새'를 뜻하는 말이고, 왕이 있는 시대는 아니지만 지금도 청와대의 상징 문양으로 쓰이는 이치가 거기에서 비롯된 것입니다. 봉황은 짐작건대, 현조검은새의 새로운 표징이 아닐까 합니다. 검은 새를 높이고 기리는 우리는 후대에 와서 검은 색 대신 더 고급스런 황금색으로 치장을 한 것으로 보입니다. 또, 봉황을 보면 다리가 여럿입니다. 날개깃과 꼬리가 길고 머리에 있는 단정丹頂이 현조와 비슷합니다. 황제의 옷과 치장이 금박이므로 새조차 금박색을 띤 것이 아닐까 싶습니다. 우리가 새를 숭상하는 것은 북방 민족이며 유목민이라는 증거가 아닐까요? 중국은 농경 문화를 전통으로 하기 때문에 새가 아니라 용을 숭상하여 모든 문양에 용을 우선합니다. 중국에는 용춤이 있고, 우리에게는 학춤이 있습니다. 그리고 현실적으로 우리는 삼족오를 까마귀로 해석합니다. 이 까마귀는 우리나라뿐 아니라 만주족과 일본에서도 좋아하고 숭상하는 새입니다. 여러분, 심양의 고궁에서 누르하치가 황후와 후실들이랑 지내는 곳이 있는데, 거기에 가면 까마귀를 불러 모이를 주는 신간神竿이라는 장대가 있어요. 누르하치가 싸움터에서 말에서 떨어져 적에게 죽임을 당하려던 찰라 수많은 까마귀가 날아와 누르하치 몸을 덮쳐 마치 죽은 시체로 보이게 하여 구해 주었다는 이야기입니다. 그래서 만주족들은 까마귀를 좋아합니다. 그리고 까마귀는 참 영리하고 힘이 센 새입니다. 또, 효도의 새로 알려져 있습니다. 이 세상의 수많은 새 중에서 제 어미가 병들어 누워있을 때 모이를 물어와 어미를 봉양하는 새는 까마귀뿐이라고 합니다.”

여기까지 말하고 죽간 선생이 숨을 고르는 사이에 박 사장이 말했다.

“일본에서 까마귀에 대한 기막힌 실험 결과가 있습니다. 신간선 철도 곁에는 수많은 까마귀들이 사는데, 열차가 오기 전에 아주 작은 돌들을 주둥이로 물어 철로 위에 일정한 간격으로 늘어

놓고 숨어 기차가 지나가면서 내는 소리를 감상한다고 합니다. 그리고 공원이나 산에서 딱딱한 열매를 따면 시내로 물고 들어와 건널목 신호등을 바라보면서 도로에 떨어뜨려 차바퀴를 이용하여 깬 다음 신호를 기다렸다가 내려와 먹는답니다. 참 영리한 새임에는 틀림없는 것 같습니다."

"아, 그런 일도 다 있어요?"

지수와 승희가 동시에 놀라며 깔깔 웃었다.

"이제부턴 새 대가리라고 놀리면 안 됩니다. 까마귀의 아이큐가 90이라는 통계도 있으니까 말입니다."

"그래요. 이제부터 까마귀를 신성한 새로 다시 봐야겠네요."

선영이 박기대 사장을 보며 말했다. 박 사장은 선영의 고운 눈웃음에 어쩔 줄을 몰라 했다.

그 말을 듣는 순간 지성은 산청 불이함 토정 스님의 방에 걸려 있던 검은 새가 바로 삼족오라는 생각에 이상한 전율을 느꼈다.

여러 사람의 이야기를 듣던 죽간 선생이 다시 말을 이었다.

"여러분, 왜 우리가 새해 아침이면 해맞이를 합니까. 태양을 해라고 하고 해맞이를 하고 새해를 맞는다고 합니다. 해는 일 년마다 바뀝니까? 아니죠. 사람이 새로운 한 해가 되기를 태양을 바라보며 비는 것인데, 그 태양을 내 마음에 받아들이는 의식이 곧 해맞이입니다. 따라서 해맞이는 조상을 경배하는 경건한 의식입니다. 우리는 해를 바라볼 때마다, 아니 햇빛을 받을 때마다 역사와 조상을 생각하고, 더 나은 세상을 만들기 위해 밝은 태양을 물어 나르는 까마귀가 되어야 합니다. 특히 나라를 이끄는 지도층은 더 크고 튼튼한 태양의 메신저가 되도록 노력해야 합니다. 여러분 제 의견에 동의하십니까?"

죽간 선생이 이렇게 묻자 일행은 모두 큰 소리로 박수를 쳤다.

송 가이드는 시계를 자꾸 쳐다보았다. 오전 견학을 이쯤해서 끝내고 점심식사 후에 나머지 코스를 돌려면 조금 서둘러야겠다고 생각했기 때문이었다. 다행히 인원이 적어서 집합이나 탑승과 하차에 시간을 빼앗기지 않을 것이기에 조금은 여유가 있었다.

그러나 죽간 선생의 설명은 이어졌다.

"그리고 태양을 머리에 이고 하늘을 나는 남신 옆에 여와로 불리는 여신이 있었지요? 머리에 달을 인 달의 여신인데, 그 달 안에는 두꺼비가 있었습니다. 두꺼비는 다산과 풍요의 상징입니다. 그런가 하면 주몽의 어머니 유화를 상징하기도 합니다. 유화柳花란 버들 아씨라는 의미입니다. 농사를 지도하던 하백이라는 분의 딸인데 부여의 고두막 단군과 혼인하여 주몽을 잉태합니다. 까마귀가 해모수를 뜻하면 두꺼비는 유화를 상징합니다. 그리고 달과 해는 음양의 이치를 표현하는 것으로 남녀와 음양, 유목 족과 농경 족을 상징하기도 합니다. 자고로 음양의 조화 속에서 모든 것이 이루어지기 때문에 고구려인들은 여성도 남성과 동등한 신으로 추앙을 하였습니다. 어찌 보면 우리 민족은 고대로 올라갈수록 남녀평등이 더 잘 되었던 것이 아닌가 합니다."

송 가이드가 다시 시계를 보았다. 벌써 12시였다. 죽간 선생은 자리에서 일어나 걸으면서 이야기하자고 말했다. 일행은 미니 버스가 있는 주차장으로 걸어가면서 설명을 들었다.

"에, 무덤 천정을 보면 아래는 넓은데 위로 올라갈수록 좁아지는 것 보셨지요? 마름모꼴로 각을 줄이면서 올라가다가 묘정을 덮는 큰 돌 하나만 남게 만들지요. 이것을 말각조정식末角調整式이라고 하는데, 중앙아시아 등에서 발원한 천장 처리 방식인 걸

보면 고구려가 서역과 교류가 있었던 것이 증명됩니다. 그리고 고구려는 철을 잘 다룬 민족입니다. 그래서 벽화에도 야철 하는 대장장이와 수레바퀴를 만드는 신을 모십니다. 이 철을 다루는 기술이 고구려 철기 문명을 꽃 피워 요동을 장악하고 개마기마 군단을 만들어 강력한 철기군을 양성합니다. 여러분, 어제 오시면서 제가 잠깐 말씀드린 안시성 전투에서 양만춘 장군이 사용한 철궁은 사거리 280보를 자랑하는 강력한 활입니다. 또, 철을 이용해서 투구와 철갑 형태의 갑옷도 만들어 군대와 말에게까지 입혔습니다. 발에는 쇠못신을 만들어 신기구요. 30만 명의 상비군 중에서 이 개마기마군이 10만 명입니다. 이 10만 명이 결국 고구려의 강력한 국방력이 되고, 나중에 이 고구려 철기군이 몽골로 넘어가 칭기즈칸의 군대의 무기 체계로 이어지는 것입니다. 아무튼 철을 잘 다루는 기술이 오늘날 한국의 산업화 근대화를 이루는 데 초석이 되었지요. 철강, 조선, 자동차 등 철과 연관되는 산업이 발달한 것은 실로 고구려 시대부터인 것입니다. 다른 고분 벽화에서는 수렵도, 기마도, 건축물과 생활도구, 옷차림, 오락과 경기, 음악과 무용, 무기와 무장 등이 많이 보입니다.”

죽간 선생의 설명을 듣던 김선영 선생이 말했다.

“선생님, 이 무덤 외에 다른 고구려 벽화까지 포함해서 말씀하시는 거죠? 이 무덤엔 생활 풍습 등에 대해서는 안 나오기에 드리는 말씀입니다.”

“그래요, 김 선생 말대로 무용총이니 각저총이니 하는 무덤들, 그리고 북한의 안악고분 벽화 등에 나오는 그림을 말씀드린 겁니다.”

“그런데 한 가지 궁금합니다. 왜 이런 벽화를 남겼을까요. 아이들이 질문하게 되면 무엇이라고 설명하면 좋겠는지요?"

"하하하, 역시 직업은 못 속인다니까요. 선생님이시니 그런 생각이 당연하지요. 에, 고구려인들은 죽어서도 생전과 같이 삶을 지속할 것을 바라면서 무덤을 사후의 생활 공간으로 구성하려 했지요. 우리가 집 벽에 도배를 하고 서화를 거는 이치와 같다고 할까요. 그래서 고구려 무덤의 벽이나 천정에는 고구려인들의 생활과 신앙 양상이 그림으로 남은 겁니다."

"네, 감사합니다."

김 선생은 진심으로 고마움을 표했다.

"아무튼 우리는 고구려 고분 벽화에서 우리 민족이 상무 민족이고 기술 민족이라는 점을 확인하게 됩니다. 에, 고구려 벽화에 대해서는 우리 김 화백님께서 좀 설명을 해주시지요."

김 화백은 아직도 벽화를 본 감격이 가시지 않아 이런저런 생각을 하던 차였다. 그는 갑작스런 요청에 당황했지만 일행의 박수 소리에 앞으로 나갔다.

"저는 그림쟁이입니다. 아내도 마찬가지구요. 그런데 그림으로만 보아오던 고구려 벽화를 오늘 보고 가슴이 떨렸습니다. 벽화를 왜 만들었는지에 대해서는 고 선생님이 잘 말씀해 주셨기 때문에 저는 벽화의 기술적인 문제를 좀 생각해 보았습니다. 먼저 고구려 벽화에 대해 조잡한 그림이 아닐까 생각했던 것을 이번에 완전 수정해야겠습니다. 참 대단한 그림입니다. 더욱이 아무것도 칠하지 않은 자연 돌에다 물감으로 그린 그림이 1,400년 이상을 지탱해 왔다는 것은 참으로 놀라운 일입니다. 무엇으로 그렸기에 돌 위에 그림이 이렇게 오래 갈 수 있었을까. 그것도 습기 많은 지하에서 말입니다. 여러 자료를 검토하고 또 제가 오늘 확인한 바로는 벽화의 안료는 주사朱沙, 석록石綠, 석청石淸, 석황石黃 등 천연 물질이 주로 사용된 것 같습니다. 또 식물성 특수 재료로 황금, 백은, 주분朱粉 등과 산화연酸化鉛이 사용된 것 같습니다. 조금 전문적인 용어라서 이해가 쉽지 않으시겠지만 산화연과 채유菜油와 유연묵油煙墨이 잘 배합되어 알맞게 채색된 것으로 보입니다. 밑그림을 목탄이나 먹 바늘을 이용해서 그린 뒤 칠을 하는 경우가 있는데, 이 벽화도 그렇게 하지 않았나 생각합니다. 그리고 색채는……, 한애란 화가가 색채 전문가니까 말씀을 좀 들어보겠습니다."

그는 아내에게 말할 기회를 주었다. 한애란 씨는 차분한 어조로 말을 받았다.

"보는 사람마다 다르겠지만 무덤에 쓰인 돌과 그 돌 위에 채색한 색채를 조화시키려는 노력이 보입니다. 아무 색깔이나 현란하게만 칠하지 않은 고상함과 사자에 대한 배려가 돋보입니다. 무덤 칸의 분위기를 부드럽고 차분하게 하는 갈색 계통이 많아요. 그리고 흑색과 황색, 자색, 청색, 녹색 등이 함께 사용됨으로써 생전의 아름다운 세상과 사후의 세계를 이어놓는 독특한 색채 세상을 만듭니다."

두 화가의 설명을 듣는 동안 버스는 식당 앞에 섰다.

일행은 묘향산이라는 식당에서 점심을 들었다. 북한에서 운영하는 호텔 겸 식당인데 이름이 자주 바뀌는 이유를 죽간 선생은 안다. 1990년대 중반에는 고구려호텔이었다가 2000년에 천지호텔로 2006년에 묘향산으로 바뀌었다. 그렇게 개명을 하게 한 사람이 바로 죽간 선생이었다. 바로 선생이 이곳에서 마취 강도를 당하고 나서 항의했지만 아무런 조치도 받지 못하고 귀국

한 뒤 언론을 통해 문제 제기를 하였었다. 그 결과인지 영업을 중단하다가 이름을 바꿔달고 새로 영업을 하는 방식을 택하는 것 같았다. 식당 안에는 오십여 명의 한국인들이 식사를 하면서 북한 여성 접대원들의 미니공연을 즐기고 있었다. 식당 한편에 작은 무대를 만들어 놓고 식사를 나르는 짬짬이 여성 접대원들이 반주에 맞춰 노래를 불러주었다.

"참, 기분이 묘하군요. 여기서 북한 여성의 접대를 받다니……. 선생님, 저 여성들이 돈을 벌면 어찌 쓰일까요?"

출판사 강남구 사장이 말하자 죽간 선생이 설명했다.

"북한은 3가지 방법으로 외화 벌이에 나서고 있습니다. 아니 혈안이 되어 있다고 할 수 있겠지요. 정상적인 교역으로는 돈을 벌 수가 없는 취약한 경제 구조 때문에 이렇게 젊은 여성들까지 파견 근로를 시켜 달러를 벌어들입니다. 저 여성들도 3년간 중국에 와서 돈 벌어 당에 바치곤 다시 돌아갑니다. 여기뿐 아니라 한국인들이 많이 다니는 관광지에는 의례 북한의 직영 식당이 있습니다. 북경·천진·심양·단동·집안·연길 등에 북한 식당이

단동의 모 북한 음식점에서
노래하는 북한 여종업원

있지요. 그 외에 외화 벌이 방법으로 무기 수출인데 미국 등 열강이 제일 걱정하는 것이 핵무기 수출입니다. 그리고 마약 밀매와 밀수도 외화 벌이 수단으로 쓰입니다. 최근에는 개성공단의 인부들 임금과 금강산 관광 대금 등이 외화 벌이의 주요 수단이 되고 있습니다."

"경제가 어렵다 하더니 정말 그렇군요."

"어려운 정도가 아닙니다. 북한은 국가로서의 기본적인 구조를 상실했어요. 그래서 중국에 달라붙어 기생하고 있습니다. 식량의 40%, 에너지의 60%를 중국에 의존하고 있는 형국입니다. 김정일이 선군 정치다 강성 대국이다 하면서 군부를 앞장세우는 것도 일종의 막가파식 공포 정치의 일종이라고 저는 봅니다. 세계 어느 나라가 정치, 행정, 외교보다 군부를 전면에 내세워 통치하는 지도자가 있습니까? 그건 북한 지도층의 통치가 한계점에 이르렀다는 반증입니다."

간이 무대에서는 아가씨들이 교대로 간드러지게 노래를 부르고 있었다.

김 화백 부부는 많이 듣던 북한식 노래를 고구려 국내성, 그것도 눈앞에 북한을 지척에 두고 들으면서 기분이 묘하여 서로 어색한 웃음을 지었다. 십여 곡의 노래 연주가 끝나자 식당 안은 잠잠해지고 새로운 손님을 맞기 위해 접대원들은 분주하게 움직이고 있었다. 일행은 큰 테이블 하나에 다 앉았다.

"아니, 이게 웬 떡이야?"

김선영 선생이 활달한 어조로 말하자 "어디, 떡이 있어요?" 하며 찬수가 저분을 들고 물었다.

찹쌀 인절미였다. 알맞게 부드러운 인절미가 한 접시 올라와 있었다. 죽간 선생이 찬수에게 접시를 밀어주자 찬수는 정말 맛있게 두 개를 먹었다.

"찬수 씨, 복 받으시겠어요. 어쩜, 음식을 저렇게 맛있게 먹을까?"

한애란 씨가 아들뻘 되는 찬수를 칭찬했다.

상에는 맥주도 두 병 올라와 있었다. 기본 서비스라고 했다. 박 사장이 병을 따서 권하며 너스레를 떨었다.

"자, 오전 답사를 성공적으로 끝낸 데 대해 자축하는 의미로 우선 목부터 축이시죠."

죽간 선생이 먼저 잔을 받고 서로 맥주잔을 부딪치며 축배를 들었다.

"암튼, 참 의미 있는 곳에서 이렇게 좋은 강의를 듣고 좋은 분들과 지내게 되니 다시 회춘하는 기분입니다."

김 화백이 건배를 했다. 선영은 박 사장이 맥주잔을 부딪치려고 얼굴을 돌리는 순간 짙은 남자의 냄새를 맡고 말았다. 땀 냄새겠지 생각했지만 뭔가 다른 냄새였다.

잔을 놓고 박 사장이 오후 일정을 안내했다.

"오전에는 여러분이 잘 협조해 주셔서 시간을 많이 절약하였고, 좋은 강의도 잘 들었습니다. 오후에는 환도산성과 국내성터를 둘러보시고, 만포철교에 갔다가 국동대혈로 갑니다. 국동대혈 가는 중간에 길가에 있는 모두루 장군 묘지도 잠깐 들르겠습니다."

26. 저것이 환도산성 황궁皇宮터야!

8월 한낮의 태양은 이글거렸다.

그러나 환도산성으로 들어가는 왼쪽으로 흐르는 통구하通溝河는 푸른 물살을 자랑하고 있었다. 집안에서 북쪽으로 2.5㎞ 거리 약 10분을 달려가니 환도산성이 나타났다. 환도산을 중심으로 둘레가 약 7㎞에 달하는 고구려의 전시 수도이다.

일행은 주차장에서 내려 산성의 흔적이 남은 옹문甕門 부근에서 기념 사진을 찍고 점장대占將臺로 올라갔다. 오르막길 왼편에는 수박밭과 원두막이 보였다.

일행이 점장대에 오르자 송 가이드가 말했다.

"자, 오시느라고 수고 많으셨습니다. 여긴 전시에 전방을 바라보는 관측소입니다. 여러분이 올라오신 곳이 이 성의 입구인데 오목하게 굽어 있어 이중으로 성을 쌓았습니다. 적이 이 옹문에 들어서면 좌우의 능선과 후미에서 화살이 비처럼 쏟아져 적을 궤멸시킵니다. 올라올 때 과수원 건너편에 음마지飮馬池라고, 옛날 이 산성의 말들에게 물 먹이던 연못이 있었습니다. 지금은 흙으로 다 메워져 버렸는데, 5년 전만 해도 흔적이 잘 보였습니다."

송 가이드는 죽간 선생에게 설명을 부탁드렸다.

땀을 닦던 죽간 선생이 일행을 점장대 뒤편의 소나무 숲으로 데리고 가 이야기를 시작했다.

"여러분, 집안은 유리왕 3년에 이전한 고구려의 두 번째 수도입니다. 이곳에서 424년간 국정을 펴고 장수왕 때에 평양으로 천도하여 241년을 보냅니다. 집안 시내에 있는 국내성은 평소에 국왕이 집무하는 평지 성이고, 반면에 이 산성은 유사시에 사용하는 전시 성입니다. 물론 환도산성에서 장기간 집무한 왕도 있습니다. 산상왕 때 13년간, 고국원왕 때 3년을 궁궐로 사용했습니다. 이 환도산성은 난공불락의 천연 요새로서 외침하기가 매우 어려운 지형입니다만, 고구려가 서기 242년에 위나라의 서안평을 공격하자 서기 244년에 위나라의 관구검이라는 장수의 침략을 받은 일이 있습니다. 또, 서기 342년에 전연의 모용황이 침입하여 고구려 15대 미천왕의 묘를 파헤치고 왕의 생모인 주씨朱氏와 남녀노소 5만여 명을 포로로 잡아간 일도 있습니다. 에, 고구려 산성은 방어하기가 쉽고 공격하기 어려운 지세와 산세를 택해 만듭니다. 돌이나 흙을 혼합하여 만들되 현지에서 구하기 쉬운 것을 활용합니다. 그래서 토성도 있고 석성도 있습니다. 약 100여 개에 달하는 산성이 있는데, 요하에서부터 이 환도산성에 이르기까지 4개 선으로 남북을 잇는 모양을 쌓아 외적을 막습니다. 산성 안에는 반드시 물이 있습니다. 전투 시에 물이란 성을 지키는데 없어서는 안 될 식량과 같은 것이기 때문이지요. 참, 이 환도산성은 고대에는 위나암성이라 불렀고, 유리왕이 이곳에 도읍을 옮기기 전부터 있어왔는데, 유리왕이 크게 보수한 것으로 압니다. 지금 여러분이 있는 이 소나무 숲은 점장대에서 근무하던 고구려 척후병들이 숙소로 쓰던 건물이 있던 터입니다. 여러분이 앉은 바윗돌들이 바로 주춧돌이지요."

이때 최승희 씨가 소나무 숲 반대편 산 아래에 펼쳐진 밭처럼 생긴 곳을 촬영하고 있다가 물었다.

"선생님, 저 건너편의 공터는 무엇입니까. 무슨 절터 같기도 한데요."

"음, 하마터면 빼먹을 뻔했군요. 저건 산성 황궁터입니다. 환도산성에 지었던 궁궐터인데, 가로가 95m 세로 76m인데 초석이 5m 간격으로 놓여 있습니다. 최근에 발굴을 시작하여 얼마 전에 일반에 공개했는데, 무기류 453점이 발굴되었다는 얘기만 전해질 뿐, 다른 어떤 유물들이 나타났는지는 중국 측만 알고 있습니다. 한번 가보실까요."

일행은 서둘러 가이드의 뒤를 따라 황궁터로 향했다. 정말 큰 초석들이 질서정연하게 놓여 있는 것으로 보아 큰 궁궐터가 분명했다.

집안시 북쪽에 있는 고구려 환도산성의 일부

"저, 소설가 최인호 씨가 쓴 《왕도의 비밀》이라는 책을 읽었는데요. 그 안에 환도산성에서 찾아낸 고구려 기왓장이 나오는데, 기왓장에 우물 정# 자가 쓰여 있었다고 합니다."

지수가 어느새 기왓장 파편을 주워들고 죽간 선생 곁에 와서 물었다.

"맞아요. 최인호 선생은 대단한 작가입니다. 바로 저 밭에서 그 기왓장을 찾았거든요. 그런데 그 우물 정 자가 바로 백두산 천지를 뜻한다고 주장했지요. 일리가 있는 주장입니다. 왜냐하면 집안에 있는 큰 무덤들의 묘실에 있는 관대를 보면 하나같이 동북방으로 53도 정도를 향하고 있는데, 그 방향이 바로 백두산 천지의 위치와 일치한다는 것입니다. 고구려인들은 백두산 천지를 역사의 근원, 고구려의 시원으로 본 것입니다."

이 말을 듣던 지성이 물었다.

"그렇다면 선생님이 주장하신 광개토대왕비를 만든 돌을 천지폭포 아래에서 가져왔을 것이라는 말씀도 그와 맥을 같이 하는 것입니까?"

"그래요. 더 확실한 것은 그 돌은 응회석회암이라는 화산암이라는 겁니다. 집안 일대에서는 나지 않는 돌입니다. 내 생각으로는 37톤에 달하는 무게이지만 한겨울에 얼어붙은 강을 이용하여 백두산에서 이곳까지 끌고 왔으리라 봅니다."

일행은 산성에서 내려와 산성 아래 고분군을 돌아보았다. 크고 작은 수많은 고분들이 정말 돌처럼 많은 무덤의 도시였다. 이곳 통구하 일대에만 1,582기의 무덤이 있다고 하니, 보는 곳마다 무덤이 있는 것은 당연한 일이었다. 돌아나오는 길에 일행은 통구하와 압록강이 만나는 부근에서 국내성 서쪽 벽을 만났다. 국내성터 중에서 그런대로 원형이 남은 곳이어서 치(雉)도 보였다.

국내성은 평원 성지로 총 길이가 2,686m이고 넓이가 1만 3,000여 평이라 하니 궁궐이 있는 성만을 말하는 것이리라. 서민들이야 궁 안에서 사는 것이 아니라 궁 밖에서 살았을 테니까.

궁궐은 구 집안시 인민정부(시청) 터라고 한다. 발굴이 한창이었는데, 그 속을 알 수가 없다고 가이드가 말했다.

차가 떠나기 전에 죽간 선생은 비장한 어조로 이렇게 말했다.

"여러분, 집안은 우리 민족의 보물입니다. 그런데 강을 끼고 발달한 문명은 강의 양 안에 고루 발달합니다. 이 점에 비추어 고구려 집안의 424년의 문명도 압록강 건너 북한 땅에까지 미쳤을 것은 분명합니다. 즉, 우리는 지금 강북 지역만을 답사하고 있는데 강남 지역인 북한 땅에도 고구려 집안시의 문명이 남아 있을 것이라는 말씀입니다."

"아, 그렇군요. 선생님 말씀에 공감합니다. 강남·북은 동일 문명권이거든요."

김 화백이 말하자 강남구 사장도 말을 보탰다.

"서울이나 우리나라 어느 도시를 봐도 강남·북이 강의 혜택을 고루 받으며 문명을 만듭니다. 그러고 보니 집안을 이곳으로만 한정한다는 것도 무리가 있겠는 데요."

이번엔 선영이 말했다.

"하천 문명이란 양 안에 고루 발달한다는 선생님의 말씀이 옳다고 생각합니다. 북한이 이런 사실을 안다면 아마 대대적인 발굴 작업을 벌일 텐데요……."

죽간 선생은 일행의 말을 듣더니 탄식조로 말을 이었다.

"그렇지 않아도 집안에는 북한에서 넘어오는 유물들이 있습

니다. 진위 여부는 알 수 없지만 북한에서 발굴된 고대 유물이
싸구려로 중국인들의 손에 넘어가는 것은 큰 문제가 아닐 수 없
습니다. 또 하나 감춰진 사실을 말씀드립니다. 이곳 국내성 이외
에 대규모 성터가 2006년에 발굴되었습니다. 여기서 동북방으
로 100㎞쯤 가면 백산白山이라는 시가 있는데, 그곳의 삼도구라
는 곳에 폭이 2㎞에 달하는 큰 성이 있는 것을 발견했습니다.
2000여 기의 무덤과 석성도 있었습니다. 가뭄이 극심해지면서
저수지 물이 줄어들어 자연스레 모습을 드러낸 고대 도시였습니
다. 어찌 보면 제2의 집안시 규모입니다. 그런데 그 유적지를 제
대로 조사조차 안 하고 중국측은 그것이 한漢 대의 성이라는 발
표만 한 채 매몰시켜 버렸습니다. 중국 한나라가 이곳에 도시를
건설한 일이 없었다는 것은 역사가 증명합니다. 또 한나라는 석
성을 쌓은 일이 없습니다. 중국측의 몰역사적인 행동으로 인해
고대의 소중한 거대 유적지 하나가 물에 잠겨버렸으니 언제 그
것을 찾을 지 막막합니다.”

　죽간 선생의 말을 듣고 난 찬수가 투덜거렸다.

　“참, 해도 너무 하네요. 자기네 역사도 아니면서 왜 묻어버려
요?”

　찬수는 애꿎은 송 가이드만 쳐다보다가 이내 얼굴을 돌렸다. 하
지만 그의 볼멘소리는 모든 사람의 생각을 대변하는 것이었다.

　일행은 버스를 타고 국동대혈國東大穴로 향했다.

　집안에서 동쪽으로 압록강을 끼고 약 5㎞ 정도 가면 하해방촌
下海放村이 나온다. 중간에 차를 세우고 오른편 밭 가운데 있는 모
두루 묘를 보았다. 모두루牟頭婁는 고구려의 장군으로 광개토대

왕 때 북부여를 평정한 공신이다. 이 무덤은 1935년 10월에 발견되었다고 한다. 무덤 안에는 긴 두루마리 형태의 묵서墨書가 벽에 걸려 있었다. 그 벽서에는 '하백의 손자이고 일월의 아들인 추모성왕은 원래 북부여에서 나오셨다河伯之孫日月之子鄒牟聖王元出北夫餘, 천하 사방에서 이 나라가 가장 성스럽다天下四方知此國郡最聖' 라는 대목이 적혀있다고 한다.

가로와 세로로 선을 긋고 그 안에 세로 10자씩 가로 약 80행으로 모두 800여 자를 써넣은 이 묵서는 지금 약 250여 자가 판독이 가능한데, 글자의 필치는 거칠고 엉성하다고 한다. 1·2행은 모두루 묘지의 제기題記이며, 제3~10행은 그의 선조의 사적, 제10~40행은 그의 조상인 대형大兄 염모苒牟의 사적, 제40~44행은 그의 할아버지와 아버지, 제44행 이후는 모두루의 행적을 기록하고 있다. 광개토대왕릉비와 함께 고구려사 연구에 귀중한 자료이며, 4~5세기 고구려 왕권의 실상, 고구려의 지방 지배 방식 등을 살펴볼 수 있는 사료인데, 길가에서 100여 m 떨어진 밭에 있는 그 모두루 묘는 나무로 가려져 잘 보이지 않게 차단해 놓았다.

모두루 묘에서부터 약 10km를 더 올라가 홍동자汞洞子라는 마을에 도착했다. 일행은 차에서 내려 좁은 산길을 따라 올라갔다. 입장권을 파는 허름한 초소에 열쇠가 채워져 있는 것을 보면 사람들이 잘 찾아오지 않는 곳이 분명했다.

그때 송 가이드가 웬 중국인 남자를 대동하고 올라왔다. 이곳을 관리하고 입장료를 받는 사람이란다.

"형, 이런 산속에 뭐가 있어요?"

고구려의 왕들이 매년 10월 하늘에 제를 지내던 국동대혈(폭 25m, 높이 10m)

찬수의 뚱딴지같은 질문에 지성이 조용히 하라며 답해 주었다.
"국동대혈이라구, 성스런 굴이 있단다."
왼편으로 오른편으로 꺾어져 올라가는 길은 매우 가팔랐다. 개 짖는 소리를 들으며 소로를 따라 산 중턱까지 걸어 올라가느라 일행은 비지땀을 흘렸다. 입간판이 하나 보이는 너머로 시커

먼 굴이 보였다.

"어머, 이런 곳에 굴이 있네."

지수가 말하자 지성이 더 빨리 올라갔다.

입간판 너머로 바위 위에 붉은 글씨로 국동대혈國東大穴이라 쓰여 있고, 그 오른편으로 더 깊은 어두컴컴한 속에 빨간 천을 두른 석고상이 하나 좌정해 있었다. 신선이나 산신령처럼. 그 앞에 눈 수신지위隨神之位라는 신위가 놓여 있고 향로도 있었다.

죽간 선생이 땀을 훔치고 나서 말했다.

"이곳이 국동대혈입니다. 나라의 동쪽에 있는 성스런 혈이란 의미입니다. 혈이란 혼이라는 말과 같다고 봅니다. 고구려 왕들은 이곳에 와서 제를 지냈습니다. 대혈大穴, 수혈隨穴, 신혈神穴 등으로 불리기도 하고 수신隨神이라고도 합니다. 보시다시피 굴의 방향은 동남방이고 입구의 높이는 대략 10m, 폭이 25m, 깊이가 20m나 됩니다. 우리가 서 있는 곳이 굴의 입구입니다. 이곳에서 매년 10월에 고구려 임금이 군신들과 함께 주몽왕과 유화부인을 맞아 신위神位에 모시고 국가적인 제사를 지낸 다음 상하관민이 함께 노래하며 춤추는 축제를 벌였습니다. 나라에서 가장 큰 행사인 국중대회國中大會로도 불린 이런 추수감사제 같은 행사를 뭐라 하지요? 자, 우리 예쁜 선생님들이 맞춰보실까요?"

죽간 선생은 웃으며 지수와 선영을 번갈아보며 대답을 재촉했다. 선영이 먼저 말했다.

"동맹東盟이라고 알고 있습니다. 부여의 영고迎鼓, 동예 무천舞天도 같은 성격의 것이라고 생각합니다."

"맞습니다. 이 축제 때는 활쏘기, 말타기, 씨름 등의 무술 경기도 함께 벌였습니다. 이런 고구려의 정신과 생활 풍습은 고구려의 벽화에 잘 나타나 있습니다. 각저총에 보면 서역인들까지 참여한 씨름대회가 열린 것을 보면 이 국중대회의 규모가 대단했다는 것을 알 수 있지요. 그런데 이 대혈에서 100여 m를 더 올라가면 또 하나의 동굴이 있습니다. 높이가 6m, 폭이 20m, 깊이는 16m인 통천동通天洞입니다. 그곳은 통천, 즉 하늘로 통하는 곳이라 신성한 천신을 맞이하는 곳이고, 여기 대혈은 국조 신앙과 추수감사제를 지낸 곳입니다."

죽간 선생의 설명을 듣던 지성이 물었다.

"선생님, 그러면 국동대혈이라는 것은 통천동과 대혈을 합하여 부르는 말입니까?"

"예, 안 선생이 바로 맞혔습니다. 고구려의 제천 행사는 점령지의 다민족을 포용하는 국민 화합적인 성격도 갖고 있지요."

해는 완전히 서쪽으로 넘어가고 어스름이 산 마을을 서서히 덮고 있었다. 송 가이드는 하산을 재촉했다. 일행은 내려오면서 다시 대화를 시작했다. 김 화백이 조심스럽게 말했다.

"고구려의 동맹 같은 행사는 참으로 중요합니다. 그것은 현대적인 개념의 국경일인데, 우리로 치면 개천절이겠지요. 10월이라니까 추수도 끝나고 조상과 나라와 이웃을 두루 생각하는 아주 좋은 행사입니다. 그런데 우리는 개천절도, 추수감사제도 시원찮고, 국민이 모여 즐겁게 노는 가을 행사가 점점 시들해져 가고 있어요. 30년 전만 해도 동제洞祭 같은 것이 있어서 온 마을이 하나가 되어 놀고, 그때 마을의 중요한 일을 논의했는데, 요즘은 다 개인주의로 흐르는 바람에 전통적인 의식이 시들해져 큰일입니다."

그러자 강남구 사장이 말했다.

"김 화백님 말씀에 동감합니다. 요즘은 나라를 생각하는 축제는 적어졌지만 다른 축제가 다양하게 전개되고 있다고 생각합니다. 전국 규모의 스포츠 경기나 영화제, 가요제, 연극제는 물론 각종 동호회나 친목 모임 등이 옛날의 동맹 같은 행사를 대행하는 것이 아닐까 합니다. 그리고 나라와 겨레를 생각하고 앞날을 걱정하는 모임이 횃불 시위나 세미나 토론회 등으로 나타나고 있어요. 당돌한 의견인지는 몰라도 전 그렇게 생각합니다."

강 사장의 말에 최승희 부장이 딴죽을 걸었다.

"저는 고대의 제천 행사를 현대적인 개념으로 비꿔 생각하는 것에 좀 문제가 있다고 생각합니다. 제천은 인간 세상의 기본을 하늘의 뜻과 일치시키는 소중하고 성스런 의식임에 반해 스포츠나 예술 행사는 지극히 편협한 인간들의 자기 만족을 위한 행사로 바뀌고 있거든요. 그 예를 들면……."

여기까지 말하자 지수가 나섰다.

"두 분 말씀 다 맞아요. 고대와 현대의 시각 차이가 아닐까 해요. 자, 그 문제는 차츰 더 말씀 나누기로 하지요."

"그럽시다. 근데 밥은 언제 먹어요. 아니지, 회식은 언제 합니까?"

찬수가 큰 소리로 묻자 사람들은 깔깔거리며 웃었다.

"제가 뭐, 배고파서 그런 게 아니구요. 제 역할이 회식 담당인데, 여태껏 한 일이 없잖아요."

찬수의 변명을 듣고 보니 딴은 맞는 말이었다.

이때 송 가이드가 찬수에게 다가가 뭐라 귓속말을 하자 찬수의 얼굴이 이내 밝아졌다.

버스를 타고 일행은 집안 시내로 들어와 압록강변에 있는 '심연불고기' 라고 쓰인 집으로 들어갔다.

호텔이나 식당에서처럼 정결하게 만든 집은 아니었지만 숯불갈비를 그럴 듯하게 준비해 놓은 것을 보고 일행은 탄성을 질렀다.

"역시 금강산도 식후경이라니까."

벽돌만한 나무 걸상에 쪼그리고 앉으며 강남구 사장이 말했다.

한 테이블에 4명씩 앉다보니 자연스레 짝이 맞춰졌다. 죽간 선생은 김 화백 부부와 마주 앉았다. 강남구 사장 커플은 지성과 지수랑 한 테이블이 되었고, 박기대 사장은 김선영, 박찬수와 한 테이블에 앉았다. 그러나 찬수는 송미란 가이드와 회식 준비에 바빠 거의 자리에 앉지 못했다. 뭐가 그리 바쁜지 주방을 들락거리며 테이블마다 빈 곳이 없는지 채우느라 누가 종업원인지 모를 정도로 열심이었다.

"자, 고기는 충분합니다. 송아지 다리 두 개를 준비했으니까 실컷들 드세요. 술도 덜 독한 것을 준비했습니다. 37도 밖에 안 되니 그냥 음료수로 알고 목이나 축이세요."

찬수의 너스레에 일동은 웃음바다를 이뤘다.

"참, 박 군을 회식 담당에 임명한 것은 적재적소인 것 같군."

죽간 선생이 술잔을 들어 건배를 제의하며 말하자 "정말 딱입니다. 앞으로 요식업 부문에 진출하면 크게 성공할 것 같습니다." 하고 김철 화백이 웃으며 말했다.

일행은 술을 곁들여 유쾌한 저녁식사를 했다.

술이 두어 순배 돌자 송 가이드가 말했다.

"오늘 저녁에 통화역에서 밤 10시 기차를 타고 백두산으로 갑니다. 오늘 수고 많으셨습니다. 잘 드시고 피로를 푸세요. 박찬수 씨도 고맙습니다. 그만 앉아 식사를 하세요."

찬수는 그제야 김 선생 옆에 앉았다.

선영은 어제 저녁의 일이 떠올라 박 사장의 얼굴을 보기가 민망하였는데, 찬수가 오자 마음이 좀 가벼워졌다. 하지만 음식 먹기가 여간 겁이 나질 않아 조심조심 고깃점 몇 개를 씹다가 일어섰다. 아무래도 또 탈이 나면 큰일이라 싶어서다.

그녀가 자리를 뜬지 10여 분 뒤 박 사장은 그녀를 찾아 나섰다. 북한을 지척에 둔 국경 도시에 젊은 여자 혼자 야밤에 다닌다는 것은 위험천만한 일이기 때문이었다.

박 사장이 막 음식점 대문을 벗어나자 앞에서 시정하는 듯한 여자의 목소리가 들렸다. 부리나케 달려가 보니 음식점 부근에 죽을 치고 앉아 한국인을 상대로 돈을 뜯는 장애인들이 김 선생의 바짓가랑이를 잡고 반 희롱 겸 사정을 하고 있었다.

"좀 도와주기요. 우리 장애인이요."

"이거 놓으세요. 왜 이러세요. 아악!"

김 선생은 있는 힘을 다해 남자의 손을 뿌리치려 했으나 그 남자는 짧은 한국말로 능글거렸다.

"돈 줘요. 천원만 줘요. 나 아픈 사람입니다. 도와줘요."

그러면서 그녀를 향해 더 집요하게 달려들었다. 그들은 마음 약한 한국 여성을 잡고 늘어지면 돈이 나온다는 것을 알고 있는 상습범들이었던 것이다.

박 사장은 우선 큰 기침을 하며 "뭐야!" 소리 치면서 거만한 몸짓으로 그들 앞에 다가가 김 선생의 바지를 잡은 남자의 손목을 비틀어 뿌리쳤다. 그리곤 재빨리 김 선생의 손을 잡고 그곳을 빠져나와 식당 안으로 들어왔다. 김 선생은 아직도 무서워 떨고 있었다. 그는 그녀를 식당 안의 내실로 데리고 들어가 잠시 쉬도록 해주었다.

밤 8시경, 일행은 만족한 기분으로 차를 타고 통화를 향해 떠났다.

지성은 버스가 집안 고개를 넘을 때 뒤돌아보면서 일행에게 말했다.

"여러분, 이제 집안을 떠납니다. 우리 모두 손이라도 흔들어 줍시다. 집안과 이별하는 겁니다."

그의 말을 들은 일행은 어둠이 까맣게 묻은 차창을 향해 손을 흔들어 무언의 석별의 정을 나누었다. 통화까지는 113㎞. 가로등이 없는 산길이라 두 시간은 족히 걸리는 거리이다.

사람들은 빡빡한 일정에 지쳤는지 어느새 곤히 잠이 들어 버렸다. 그런데 참 재미난 현상이 차 안에서 일어나고 있었다. 죽간 선생은 맨 앞자리에 원래부터 혼자 앉아 있었고, 김 화백 부부와 강남구 최승희 커플은 심양에서부터 짝지어 앉아왔었다. 그런데 박 사장과 김선영 선생이 한자리에 앉고, 지성과 지수가 한자리에 앉는 아주 자연스런 좌석 배치가 되어 있었던 것이다. 더 재미난 것은 송미란 가이드가 맨 뒷자리에 앉아왔는데 그녀 옆에 찬수가 앉아 있는 것이었다.

고지수 선생이나 김선영 선생은 고단한 터에 마신 술이 단잠을 불러온 듯 세상모르게 잠에 떨어져 있었다. 지성은 지수가 자기 어깨에 얼굴을 기댈 때마다 무언가 생의 환희 같은 것이 저 깊은 곳에서부터 올라오는 기쁨을 맛보았다.

그는 호주머니에서 수첩을 꺼내 들고 미등을 켜고 글을 썼다.

집안아, 너를 보면 시집간 내 누이의 뒷모습이 생각난다.

수줍은 듯 돌아앉아 압록강 바라보며
조상의 태胎를 아가처럼 품에 안고
젖꼭지 물린 순박한 내 누이
424년 고난과 영광의 역사를 지키고 가꿔온 내 누이야.
하지만 텅 빈 무덤 속에 충만한 슬픔들이
철모르는 자운영 풀꽃에 전설처럼 흔들리는 곳,
사냥개 세 마리 지켜선 광개토대왕비 앞에서
나는 눈을 끔적이며 내 누이의 피눈물을 보았노라
아, 태왕이시여 어디 계시나이까
이 거대한 돌무덤 속에 누워 계시던
동방 천하의 패자 담덕談德 어른이시여
후손들의 늦은 성묘를 뿌리치지 마옵소서.

오냐, 그래 어디 한번 해보자
환도산성 무덤 떼가 고구려의 국립묘지로 다가서는
어스름 내린 산성山城 아래엔
1만 2,000여 선조들의 장한 외침이 들린다.
통구하通勾河 푸른 물결이
태극의 회오리를 똬리처럼 휘몰아
압록강 물길 따라 서해바다에 파도치리
8,000만 한민족의 비원悲願의 물고기를 잠재우는
그물로 던져질지라도
이제는 슬퍼하지 않으리.
까마귀를 머리에 인 태양의 남자처럼
두꺼비를 머리에 인 달의 여신처럼

하늘을 이고 땅을 밟으며 앞으로 앞으로 나아가리
국내성 서벽과 북벽을
아니, 온 국내성을 다시 쌓아올리고, 갑옷을 챙겨 입고
고구려의 활을 들고 둥둥둥, 북을 울리리라.
아아, 고구려의 황성皇城 집안이여
배달겨레 번영의 요람으로 다시 태어나거라.
능마다 묘마다 대륙을 호령하시던 조상의 혼백이 충만할지니
곡식과 나무와 흙과 물이 내 고향 그것과 똑같은 이 땅,
2만여 집안 동포여 힘내어 일어서라.
압록강 건너 북한 땅 만포진·고산진에서
빙벽氷壁에 갇혀 신음하는 동포들을 위해
옥수수 한 자루라도 더 심어다오.

이제는 눈물 흘리지 않으련다
900년 고구려 역사가 찬연한 기록으로 살아있는 이곳,
발해를 거쳐 요나라·원나라·금나라·청나라로 이어져
동이의 형제들이 부대끼며 살아온 땅이 아니더냐.
아아, 지금 고구려는 우리들 심장과 팔다리에
개마기병鎧馬騎兵의 창으로 갑옷으로 살아있노라
우리들 형형한 눈빛에 천년 성벽의 우람한 기상으로
박혀 있노라.

도도히 흐르는 압록강물, 병풍처럼 둘러친 환도산성은 말한다.
"광개토대왕비를 날조한 일본, 동북 공정으로 조상의
역사를 빼앗아간 중국

그들의 만행을 영원히 기억하라."고.
이제는 잊지 않으련다
환도산성 황성 궁궐터에 자란 무성한 잡초와
철없이 뒹구는 소똥을 생각하자.
아아, 영토를 빼앗기면 역사와 유물조차 빼앗기나니
겨레여 어찌 할까, 무엇을 할까.
이래도, 너요 내요 다툼질할 건가
한반도의 네 배나 되는 땅을 빼앗기고
그나마 허리 잘린 국토 안에서
언제까지나 소탐小貪에 허우적댈 건가.
이제는 큰 마음을 갖자.
압록강변 묘향산 주점에서 노래 부르던 앳된 북녘
처녀를 생각하자
그녀들은 또 다른 내 여동생이 아니더냐

자, 그만 떠나자
목메게 이별의 노래를 부르며 노령고개를 넘으며
되돌아본 집안
어둠에 묻힌 시가지에 깜박이던 불빛은 내 누이가
흔드는 애절한 손수건,
그러나 너는 내 가슴에 영원히 살아 있는 사랑할
수밖에 없는 사람
그대 집안은 이제 내 가슴에 영원히
큰 돌 하나로 자리잡았다.

27. 통화, 비류수와 신흥무관학교

　버스는 여름밤 불나방이들이 자동차 조명등을 향해 눈처럼 달려드는 산길을 헤치며 내달렸다. 통화역에 닿기 30분 전 가이드는 일행을 깨웠다.

　"이제 30분 후면 통화역에 도착합니다. 짐을 챙겨주시구요. 통화에 대해 잠시 말씀을 드리도록 하겠습니다. 괜찮으시겠죠?"

　그녀의 친절한 안내에 일행은 박수로 환영의 뜻을 표했다. 죽간 선생 역시 송미란 가이드의 직업의식에 감탄을 했다.

　"통화는 중국 동북 지구 길림성 남동쪽 혼강, 그러니까 비류수 유역에 있는 공업도시입니다. 인구는 212만 명이지만 시내 인구는 43만 명이고 조선족 동포는 3만 명 정도입니다. 철강공업이 발달했고, 각종 약재와 포도주가 유명합니다. 여러분이 이제부터 통화 시내로 들어가는 동안 길 좌우로 많은 제약회사를 볼 수 있을 겁니다. 내륙 지방이기 때문에 북한에서 온 탈북자들도 별로 없는 것으로 알려져 있습니다. 잠시 죽간 선생님의 말씀을 듣도록 하겠습니다."

　죽간 선생은 그 자리에서 마이크를 잡고 설명을 했다.

　"에, 이곳 통화는 고구려 건국과 융성의 중심지이면서 최초의 독립군 기지가 있는 곳입니다. 일본 강점기 때 민족주의 진영의 독립운동 기지가 되었던 유서 깊은 곳입니다. 통화 시가지를 가로지르는 강이 비류수입니다. 이 강을 중심으로 고구려가 발달했고, 이곳에서 북쪽으로 올라가면 유하라는 곳에 도착하는데 그곳은 신흥무관학교가 세워졌던 곳입니다. 신흥무관학교는 1909년 안중근 의사의 독립 전쟁론과 무장 투쟁론에 의거, 국내의 여러 독립운동 세력이 연합하여 일제의 손길이 미치지 않는 이곳 통화 지역 유하현에 독립군 기지 건설을 결의한 뒤 청년들에게 구국 이념과 항일정신을 고취시켜 조국 광복의 중간 간부로 양성시킬 목적으로 설립한 학교입니다. 이회영, 이동녕, 주진수 일가가 집단 이주하여 유하현 삼원보 지역에 경학사耕學社와 부민단扶民團, 신흥강습소를 차례로 설립하면서 주경야독과 훈련을 한 곳입니다. 그 당시 교관으로는 지청천, 이범석 등 우수한 무관들이 있었고 1920년 폐교될 때까지 3,000여 명의 독립군을 양성했습니다. 일제에 의해 폐교된 후에는 청산리대첩 등 독립 전선에서 주역으로 활동한 바 있습니다. 특히 이회영 일가는 당시 600만 원이라는 재산을 정리해가지고 이곳으로 이주하여 신흥무관학교를 설립하고 키우는 데 다 바쳤습니다. 1910년대 600만 원이라면 지금 돈으로 600억 정도의 거금입니다. 그런 분들의 희생적인 봉사로 만주에서 활동하던 10만여 명의 독립군들이 목숨 걸고 조국 광복의 성업에 뛰어들 수가 있었던 것입니다. 오늘날로 말하면 노블리스 오블리주, 나라의 공덕을 입어 돈과 지위와 명예를 가진 사람들은 나라가 어려울 때 그 책임을 다하는 정신을 그분들은 실천했던 것입니다."

지성은 신흥무관학교라는 학교가 만주 어딘가에 있었다는 전

설 같은 이야기를 읽은 바 있었지만 바로 이곳이 그런 땅이라는
설명을 듣고 나자 가슴이 울렁거렸다.

“선생님, 무관학교라면 사관학교 같은 곳이었습니까?”

지성의 질문에 죽간 선생이 말했다.

“그런 셈이지요. 그 당시에는 조선사관학교는 없었을 때니까.
그래서 육군사관학교의 모체라고들 말하지요. 다행히 중국이
일본의 만주 진출을 저지하기 위하여 음양으로 우리의 활동을
방해하지 않은 것이 운이었다고 할 수 있습니다. 신흥무관학교
는 4년제 본과와 6개월 장교반, 1개월 특별 훈련반, 3개월 하사
관반 등으로 구성돼 있습니다. 교육 훈련 내용을 보면 기갑·보
병·포병·공병·수송 병과 교육을 하고 내무령과 교련, 야외 훈
련과 체육 활동을 포함하고 있습니다. 저는 신흥무관학교 하면
‘선열의 혼’ 이라는 글이 떠오릅니다. 무관학교 훈련생이나 교관
들이 일구월심으로 명심하고 지낸 교훈과 같은 것입니다. 제가
암송해 보겠습니다. 하나, 나는 조국을 광복고자 이 몸을 바쳤노
라. 하나, 나는 겨레를 살리고자 이 생명을 바쳤노라. 하나, 나는
국혼을 찾아서 세사를 잊었노라. 하나, 나는 뒷일을 겨레에게 맡
기노라. 하나, 나를 따라서 조국과 겨레를 지키라. 이 얼마나 비
장한 유언과 같은 교훈입니까.”

죽간 선생의 말을 들으면서 일행은 고구려와 한말 독립운동
이 시간적으로 2,000년이나 떨어진 역사이건만 같은 공간에서
이루어졌다는 사실이 믿기지가 않은 듯, 아니면 시차를 겪으면
서 느끼는 어지러움 비슷한 느낌을 가졌다.

‘참, 역사란 이렇게 흐르고 반복되고, 앞으로도 비슷한 상황
이 연출되겠지. 지금은 잃어버린 땅이지만 언제 다시 한민족이

이곳을 경략할 줄 알랴?'

지성은 착잡한 가슴을 안고 지수의 짐을 챙겨주고 자기 짐도 챙겼다.

통화역에 도착한 것은 밤 9시. 운전사 설씨와는 이곳에서 헤어졌다. 그는 오늘 밤에 다시 220㎞를 달려 심양으로 돌아간다.

짐을 챙겨 1등대합실로 들어선 일행은 기차를 기다리며 잠시 휴식을 하였다. 단 3일 만에 일행이 겪은 일들은 한 권의 역사책으로도 모자랄 지경이라, 모두들 피곤한 기색이 역력했지만 지나온 여정을 돌아보고 미래의 여정을 점검하느라 조용조용히 대화를 나누었다.

조금 있으니 송 가이드가 차표를 가지고 들어와 좌석 배정을 해주었다.

"우리는 연와석軟臥席을 탑니다. 네 사람이 한 방에 들어가는 침대칸인데요. 아래위로 두 개씩 좌우로 나뉜 침대이기 때문에 방 3개가 할당됐습니다. 물론 문은 달려 있구요. 매 칸마다 3명 내지 4명씩 할당하면 좋겠습니다. 방 배정은 박 사장님과 박찬수 씨가 해주시겠습니다. 백두산으로 가는 길이니 좋은 꿈 꾸세요."

그녀의 말이 끝나자 침대칸 배정이 발표되었다. 죽간 선생과 지성과 지수가 1호실, 김 화백 부부와 강남구 최승희 커플이 2호실, 박 사장과 김선영 박찬수, 그리고 송미란 가이드가 3호실이었다.

지성은 1호실에 들어가자마자 지수를 이층으로 올리고 고 선생과 자기는 아래 칸에 자릴 잡았다. 그래야 지수가 마음이 편할 것 같다는 생각에서다. 지수는 아버지를 모시고 자게 되어 다행이라는 생각과 더불어 지성 씨와 한방에서 밤을 샌다는 데에 마음이 조금 들떠 있었다.

3호실도 들떠 있기는 마찬가지였다. 선영은 자기만 빼놓고 갔다고 지수를 향해 눈을 흘겼지만 지수는 '젊은 남녀 두 쌍이 한 방에 있는 것도 괜찮을 것 같지 않수?' 하곤 혀를 내밀곤 제 방으로 들어왔다. 박기대 사장은 선영이 한 호실로 배정되자 가슴이 진정되질 않았다. 35세의 어리지 않은 나이지만 미혼인 그에게 선영의 교양과 미모를 갖춘 모습은 가히 충격으로 다가왔던 것이다. 더구나 집안에서 혼수상태에 빠진 그녀를 업고 병원으로 달려가 보호자 역할을 했던 자기가 아니던가. 하지만 여성과 한 방에서 밤을 지낸다는 것에 대해 자기보다 선영 씨가 더 신경을 쓸 것이라는 생각에 그녀를 윗간으로 올려 보내고 박찬수 군과 아래 침대에 들었다.

기차가 덜컹거리며 서서히 움직이기 시작하자 방마다 이야기 꽃이 피기 시작했다. 거기에 촉매 역할을 한 것이 통화포도주였다. 박 사장이 덩샤오핑이 즐겨 마셨다는 포도주를 각 방에 한 병씩 넣어준 것이 분위기를 부드럽게 해주는 데 큰 역할을 한 것이다.

2호실의 김 화백 부부와 강남구 커플은 자연스럽게 화제를 찾아서 많은 대화를 해나갔다. 출판과 그림이 궁합이 잘 맞는 방이었다.

1호실은 죽간 선생이 술을 잘 못하여 지성과 지수가 밋밋하게 있는데, 찬수와 송미란 씨가 들락거리며 죽간 선생에게 술을 권하여 어느 정도 취기가 오르면서 선생 역시 즐거운 표정으로 노래까지 불렀다. 복도에 나와 바람을 쐬며 지수가 말했다.

"세상에, 지성 씨! 난 우리 아버지 노래 소릴 처음 들어보는 것 같아요."

"참 기분이 좋으신가 봅니다."

"그래요. 그것만은 틀림없어요. 어지간히 좋은 기분이 아니면 저렇게 술을 마시고 노랠 못 부르신다니까요."

"선생님은 나 때문에 기분이 좋으신 겁니다."

"네? 무슨 말씀이세요?"

"아, 사윗감이 든든하니 기분이 좋아서 그런 것 아닙니까? 안 그래요?"

"참 내, 어이가 없네요. 떡 줄 사람은 생각지도 않는데 김칫국부터 마시긴요⋯⋯."

"떡이요? 지수 씨가 떡이군요. 난 어제 집안 묘향산 식당에서 떡 먹었는데⋯⋯."

"어휴, 대책이 안 서시는군요."

"그럼, 제가 생계 대책 세워 드리면 안 될까요?"

그때 2호실에 들어갔다 나오던 송 가이드가 그 앞을 지나던 박찬수와 정면으로 이마를 부딪쳤다.

"아이쿠!"

"엄마야!"

두 사람은 이마를 잡고 그 자리에 주저앉았다. 지수와 지성은 그 모습이 하도 우스워 깔깔거렸다.

"찬수야, 너 미란 씨한테 정식으로 사과해야 겠다. 내가 보니까 네 잘못이 크다."

지성이 말하자 찬수가 미란 씨에게 머리를 조아리며 사과하는 모습이 귀엽게 보였다.

"찬수 씨, 괜찮으세요? 제가 그만 서두르다가⋯⋯. 죄송합니다."

"아닙니다. 제가 사과할게요. 뭐든 시키는 대로 다하겠습니다. 용서해 주세요."

지수는 웃음이 나와 어쩔 줄을 몰라 하다가 방으로 들어갔다.

그날 밤, 찬수와 미란은 각방을 다니며 지원한다는 핑계로 내내 통로에 머무르며 찧고 까불었다. 미란은 가이드 생활 5년 만에 이런 해방감은 처음 맛보는 것 같아 기분이 좋았다. 대개 한국인들은 가이드를 하인처럼 막 대하려는 경향이 있는데, 이번 팀은 참 친절하고 유식하여 미란이 많은 것을 배우는 중이었다. 특히 박찬수와 미래의 꿈을 은밀하게 설계해 보느라 하루하루가 즐거웠다. 3호실에서는 박 사장과 선영이 12시가 넘도록 많은 대화를 나눴다. 홀짝홀짝 마신 포도주가 선영에게 큰 용기를 주었는지도 모른다.

"전 명색이 건축회사 사장이었죠. 그런데 IMF의 후폭풍이 제 꿈을 순식간에 앗아갔답니다. 그래서 그런지 제가 나이 좀 들어 보이지 않습니까? 김 선생님, 저 몇 살쯤으로 보이세요?"

"글쎄요. 나이 든 체하는 남자들은 의외로 나이가 어리지 않은가요? 그걸 확인받고 싶으신 거죠?"

"아차! 들켰습니다. 족집게시네요."

"나이 많은 체하셔도 딱 30대 중간이신데요."

"와, 정말 놀라우셔라. 선영 씨는 저 보기에는 이칠이나 이팔이십니다."

선영은 그의 눈썰미에 놀랐다. 서글서글한 그의 얼굴과 선한 웃음이 첫날부터 싫지 않았는데, 건축학도에 사업을 경영해 본 경력이 그의 사람됨을 단단하게 만들었지 않았을까 생각해 보왔다.

"여행사는 재미있으세요?"

선영이 화제를 돌렸다.

"사실 처음에는 울적한 마음을 여행이나 하면서 달래려고 시작했었죠. 그런데 삼사 년 하다보니까 이게 미래 산업으로 가능성이 크다는 점을 발견했습니다. 특히 역사 테마 여행은 전문성을 갖춘다면 경쟁력이 있어요. 저도 그래서 우리 역사 공부를 많이 합니다. 우선 제가 알아야 고객을 확보할 수 있으니까요."

"그러시군요. 며칠 뵈니까 일을 아주 즐기면서 하시는 것 같았어요."

"그렇게 보였습니까? 감사합니다."

박 사장은 진심으로 김 선생에게 고마움을 표했다. 부모조차도 아직 인정하지 않으려는 해외 역사 답사 전문 여행사 운영에 대해 선영이 인정하는 말을 하자 감격한 것이다.

"참, 교사 생활은 얼마나 되셨어요?"

박 사장의 질문에 선영은 장난끼를 실어 되물었다.

"학부모님 같은 질문을 주시네요. 박 사장님 아이 또래들을 가르치고 있어요."

이 말을 들은 박 사장은 처음에는 그 뜻을 몰라 머뭇거리다가 조금 후에야 선영이 자기를 학부모로 오인하는 줄 알았다.

"어이쿠! 김 선생님 생사람 잡으시네요. 전 아이는커녕 면사포 못 써 봤어요."

"네? 면사포를 못 써 보셨다구요?"

두 사람은 배꼽을 잡고 웃었다.

그날 밤 두 사람은 역사와 인간과 교육에 대해 많은 말들을 나누었다.

덜컹덜컹 소리를 내며 달리던 기차는 제법 오랜 시간 멈춰 섰다. 어디쯤 왔을까. 지성은 교교한 달빛이 비치는 창을 통해 밖을 내다보았다. 송강하松江河라는 역명이 희뿌연 목판에 박혀 플랫폼에 서 있었다.

6부

백두산이나 장백산이나

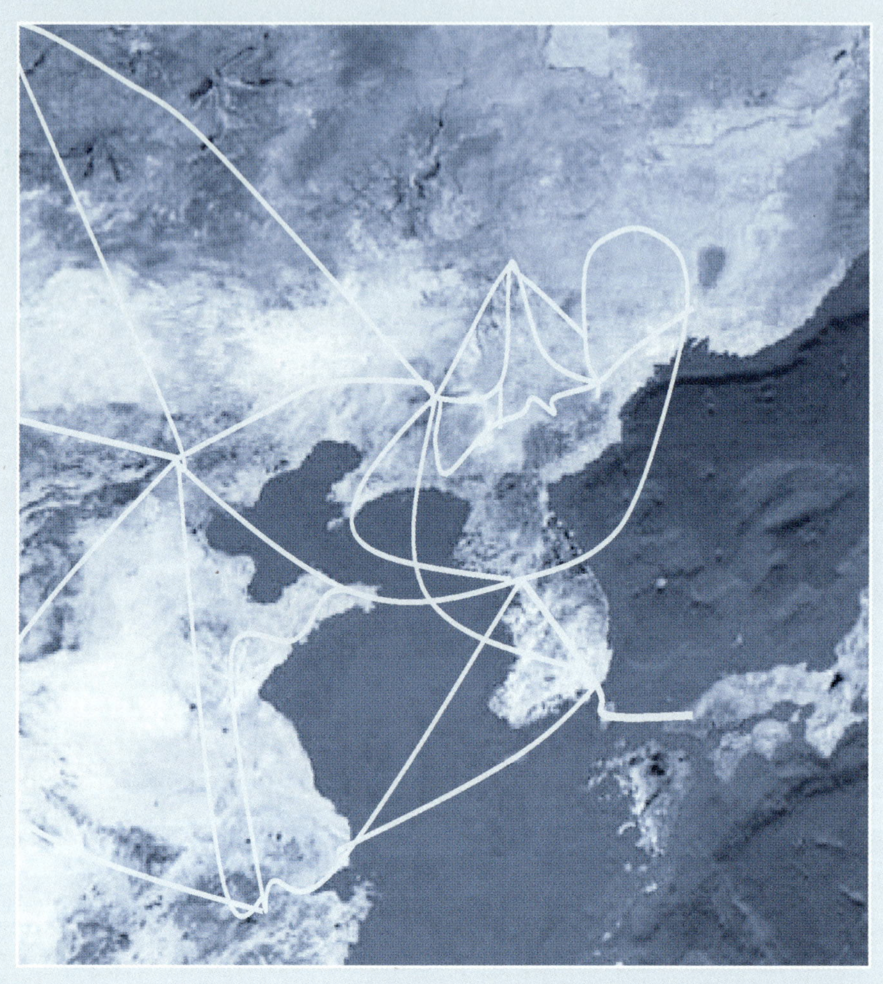

필자의 주요 답사 코스(1993~2007)

28. 백두산 미인송과 K식당

새벽 5시.

기차는 백두산 아래 종착역인 이도백하二道白河역에 도착했다.

일행은 짐을 챙겨 역에 내렸다. 여름 아침이지만 새벽바람이 가을 날씨처럼 삽상했다. 역시 고도가 높고 공기가 맑은 지역이기 때문이리라.

찬수는 일행이 다 내린 호실을 둘러보며 남긴 짐이 없는지 챙기다가 깜짝 놀랐다. 2호실에서 디카 하나를 발견한 것이다. 최승희 부장이 베갯머리에 놓고 잔 것을 목에 건 큰 카메라만 생각하다가 깜빡 놓고 내린 것이었다.

이도백하역은 흡사 장터처럼 붐볐다. 새벽 열차로 도착한 관광객이 지성팀 말고도 여러 팀이었고, 규모가 삼사십 명씩 되어서 이동을 준비하느라 바빴고, 사이사이로 '산삼 사라' 고 설치는 잡상인들로 아수라장이나 다름없었다.

"자, 저기 Y여행사 버스에 타세요."

송 가이드는 날랜 몸놀림으로 일행을 안내하여 버스에 태웠다. 미니 버스보다 조금 커서 일행은 넉넉하게 자릴 잡았다.

역 광장을 벗어나자 소나무 숲이 나타났다. 송 가이드가 말문을 열었다.

"저 나무들을 보세요. 백두산 미인송美人松이라고 합니다. 어때요, 잘 생겼지요?"

그녀 말대로 정말 자태가 곱고 늘씬하게 뻗은 소나무들이 하늘을 향해 뽐내듯 서 있었다. 지성은 그 나무들을 보면서 지수를 돌아보았다.

아침 6시에 도착한 곳은 K식당이었다.

일행은 테이블 2개에 둘러앉아 아침을 들었다. 여기서도 인절미가 나오자 찬수가 좋아하였다. 된장국에 김치를 맛있게 먹으면서 강남구 사장이 말했다.

"여기 오니까 우리 된장과 김치가 나오네요. 역시 신토불이라. 김치 된장국이 없으면 우린 못사는 민족인가 봐요."

그러자 한애란 씨가 버섯요리를 들면서 남편에게 말했다.

"이 버섯 맛 좀 보세요. 이건 백두산에서 나오는 천연 버섯일 거예요."

"음, 밥상에 올라온 모든 재료가 모두 백두산 제품이라 생각하니 더 맛이 있군요."

김 화백은 삶은 토종닭 다리 하나를 덥석 집어 들고 맛있게 먹었다.

식사가 거의 끝나갈 즈음에 숭늉과 누룽지 밥이 나왔다. 죽간 선생은 흰밥에는 손을 안 대고 누룽지 밥을 김치와 맛있게 먹었다.

밤새 달려온 기차 여행으로 깔깔해진 입안을 구수한 된장국과 숭늉으로 달랜 일행은 버스에 올라 백두산으로 향했다. 여기서 약 1시간 가까이 가야 산문에 도달한다고 했다.

송 가이드가 마이크를 잡고 백두산에 대해 설명하기 시작했다.

"백두산은 중국에서는 창바이산, 즉 장백산長白山이라고 합니다. 산꼭대기가 거의 일 년 내내 흰 눈이 덮여있어서 장백산이라고 하지요. 조금 전에 우리가 지나온 이도백하는 연변 조선족자치주 안도현 이도백하진입니다. 연변은 1952년에 중국 정부가 공식 인정한 조선족의 자치주입니다. 연변의 주도는 연길시입니다. 연변과 연길을 혼동하시면 안 됩니다. 연변에는 연길시·용정시·화룡시·돈화시·훈춘시·도문시 등 6개 시가 있고, 안도현과 왕청현이 있습니다. 중국은 1980년에 장백산 일대 21만 ha를 장백산 보호구로 지정하여 보호에 애를 쓰고 있습니다. 앞으로 유네스코 지정 국제 관광지가 되려고 거의 혈안이 되어 있다고 해도 과언이 아닙니다. 그러나 저는 한국인의 피를 이어받은 사람으로서 백두산이라고 부릅니다. 백두산에서 최고봉인 장군봉은 높이가 2,749m이며 총 면적은 8,000㎢에 달합니다. 봉우리가 16개인데 중국 측에 6개, 북한 측에 7개, 그리고 국경선에 3개입니다. 산세가 장엄하고 자원이 풍부하여 한민족의 발상지이자 개국의 터전으로 숭배되어온 민족의 영산입니다. 그런데 청나라 만주족들도 백두산을 만주족의 발상지로 알고 있습니다.”

송 가이드의 설명은 거침이 없었다. 자기 말마따나 고향 연변 땅에 오니 더 신이 난 때문이 아닐까 하는 생각이 들기까지 했다.

“백두산이 형성된 것은 100만 년 전에서 200만 년 전 신생대 제3기라고 합니다. 그때는 공룡이 멸종하고 새로운 매머드가 살던 시기였답니다. 백두산 일대에 사는 식물은 총 2,424종이고, 동물은 400여 종이 됩니다. 나무 성장 한계는 2,000m입니다. 희귀 물고기 12종이 천지를 비롯하여 여러 곳에 살고 있습니다. 그리고 언제 화산이 폭발했는가. 어떤 이들은 약 1,000년 전 발해가 멸망한 이유를 백두산 화산 폭발에서 찾기도 하지만 확실치는 않습니다. 다만 기록에 의하면 1668년부터 1702년까지 34년에 걸쳐 큰 폭발이 여러 번 있었고, 1903년에 화산 활동을 했다는 기록이 있습니다. 그리고 2005년부터 2050년 사이에 대폭발할 가능성이 있다고 합니다. 현재 백두산 지하에서는 끊임없이 유황온천수가 올라오거든요. 그것은 곧 백두산이 활동하고 있다는 증거가 아니겠습니까?"

그러자 김 화백이 점잖은 어조로 물었다.

"송미란 씨, 설명 고마워요. 그런데 백두산 천지에 괴물이 출현한다는 설은 어디까지가 진실인가요?"

그러자 송 가이드는 머리를 긁적이다가 말문을 열었다.

"천지에 괴물이 출현한다는 것은 영국 네스 호의 괴물 출현설과 비슷합니다. 어쩌면 UFO 출현과 비슷한 상황이 아닐까 합니다. 보신 분이 있다고 하고, 아니면 자연 현상의 일종이라고도 하니 어느 게 맞는지 모를 일입니다. 중국 정부에서도 천지 괴물설이 사실이기를 은근히 바라고 있습니다. 그건 떼돈을 벌 수 있는 기회가 되거든요. 아무튼 기록을 보면 1962년 8월에 개머리형상을 한 동물이 천지에서 목격되었다는 보고가 있었습니다. 백두산에 서식하는 곰이 아닌가 해요. 그리고 1986년에는 길이가 2m 되는 황금색 나는 괴물이 나타났다고 합니다. 2004년까지 약 20여 회에 걸쳐 목격자가 증언하고 있습니다. 참, 우리 죽간 선생님께서도 목격하셨다는 얘길 풍문에 들었습니다. 선생님, 설명 좀 부탁드려도 되겠습니까?"

사람들은 이번에는 죽간 선생의 입을 주시했다.

"허허, 이것 참 난감하게 됐군. 뭐라고 해야 되나. 1996년 8월이었습니다. 비가 오다가 천지에 올라가니 씻은 듯이 하늘이 개어서 사람들은 기분이 좋아 덩실덩실 춤을 추었습니다. 하지만 천지는 3분의 1 정도밖에 안 보였고, 그것도 자주 구름에 가려서 제대로 보이지가 않았지요. 그런데 어느 순간 한쪽에서부터 구름이 걷히기 시작하더니 천지의 반 이상이 파랗게 보이는 것이었습니다. 사람들은 와! 하고 환호성을 지르며 천지를 바라보고 있던 찰라, 누군가 '괴물이다!' 하고 소리치는 것이었지요. 나는 엉겁결에 카메라 셔터를 마구 눌러대면서 렌즈 구멍으로 수면을 보았습니다. 뭔가 빠른 속도로 왼쪽에서 오른쪽으로 이동하는데 길고 하얀 장대 같은 것이 머리를 든 체 달려가는 것이었어요. 나는 깜짝 놀라 연속 셔터를 눌렀지요. 한 30초나 되었을까. 그 물체는 온데간데없이 사라지고 사람들은 웅성대더군요. 지금 같았으면 디카로 찍어 리플레이라도 할 수 있었겠지만 그 당시는 필름 카메라라서 귀국 후에 현상을 해본 뒤에야 실체를 알았지요."

　지수와 선영은 물론 김 화백 내외, 박 사장과 찬수까지 침을 삼키며 죽간 선생의 다음 말을 기다렸다.

　"아, 그랬더니 괴물이 아니더군요. 구름과 수면과 햇빛의 조화였어요. 길고 큰 하얀 물체는 비구름이 천지 수면으로 늘어서서 그림자를 만들었고, 그것이 바람에 밀려 이동하는 모습이었지요. 마치 거대한 물체가 빨리 이동하는 모습을 보는 듯한 느낌을 주었지요. 다른 분들이 본 괴물의 실체는 무엇인지 앞으로 더 규명을 해봐야겠지만 내가 본 것은 동물이나 물고기가 아니었습니다. 좀 실망했습니까? 허허허."

　죽간 선생의 웃음소리를 듣고서야 일행은 천지 괴물이라는

것이 다양한 형체를 띤 채 사람들에게 보이는 이유를 알 것 같았
다. 하지만 서운함을 금치 못했다.

　설명을 듣는 동안 어느덧 백두산 입장권을 파는 입구에 도착
했다. 이른 아침이지만 벌써 많은 관광객들이 차에서 쏟아져 나
오고 있었다.

　송 가이드는 일행에게 서둘러야 빨리 올라갈 수 있다고 재촉
하며 입장권을 끊으러 달려갔다. 찬수는 어느새 보조 가이드가
되어 있었다.

　"자, 여러분. 저를 따라 오세요. 우왕좌왕하다가 일행을 놓치
면 못 찾습니다."

　찬수의 안내로 일행은 장백산이라는 큰 입간판이 쓰인 입구
에 도착하여 제일 먼저 산문으로 향하는 가스 버스에 승차하였
다. 이 가스 버스는 환경 보호를 위해 중국 정부가 2006년부터
운행을 시작한 버스로 별도의 요금을 받고 운행하고 있었다.

　버스 안에서는 중국어로 백두산을 소개하는 홍보 영화가 상
영되었다. 그것을 보던 지성이 한마디했다.

　"한 해에 70만 명이 찾아오는 백두산을 안내하려면 영어나 한
국어 일본어 등으로 해줘야지 중국어로만 하면 무슨 고객 만족
이 되겠어요."

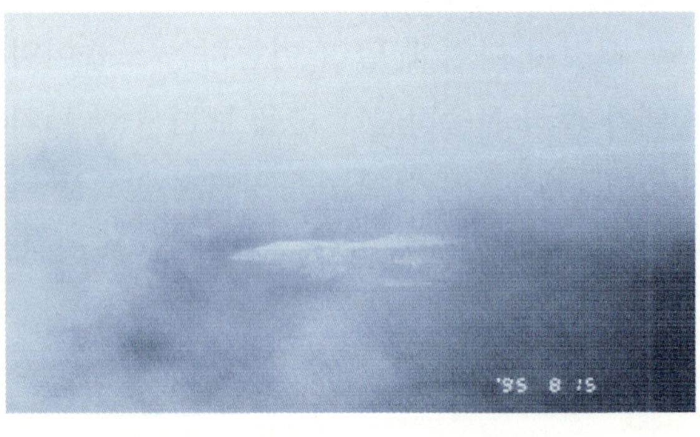

천지에 나타난
괴물이라고 사람들이
소리치는 가운데 찍은 사진.
구름과 안개,
바람과 빛의 조화였다.

　지수가 옆에 있다가 "안내 방송도 그래요. 여기 탄 사람의 80%가 한국인인데 왜 중국어 일색일까요."라고 말했다.

　산문 앞에 내리자 야구장 입구에서나 볼 수 있는 철봉으로 칸을 친 입장 통로가 보였다. 일행은 맨 먼저 그 통로에 줄지어 섰고, 일행 뒤로 서양인 가족 서너 팀이 줄을 섰다. 9시가 되어 입장이 시작되었다. 일행은 천천히 줄을 지어 빙빙 도는 줄막음 철봉을 따라 앞으로 걸어갔다. 그러나 일이 터지고 말았다. 뒤에 있던 중국인들이 외국인 팀과 지성 일행의 앞으로 뛰어나가 너도나도 막아버린 것이다. 그리곤 끊임없이 '인해진술'로 철봉의 밑부분을 통해 침입해와서 일행을 앞서는 것이었다. 무질서의 극치였다. 외국인들은 아연실색하여 '갓뎀'을 연발하고 지성 일행도 그들의 틈입을 손과 발로 막으며 앞으로 나가느라 혼쭐을 치르고 있었다. 그렇게 100여 m를 진출하자, 이게 웬일인가. 천지 올라가는 지프차를 타는 바로 그 계단 옆에 수십 명의 중국인들이 몰려와 앞지르기를 시도하는 것이 아닌가. 참, 해도 너무하는 짓거리였다. 세계올림픽을 하고 세계박람회를 개최한다는 중화인민공화국의 질서가 이 수준밖에 안 되는 것을 보고 일행은 혀를 찼다.

　그때, 송 가이드가 팔을 걷어 붙이고 나서더니 차량 탑승을 지휘하는 완장을 찬 뚱보에게 대들어 대판 싸움을 벌이는 것이었다. 그러나 그 뚱보는 배를 내밀며 송 가이드에게 달려들더니 손찌검을 하려는 자세를 취하며 으름장을 놓았다. 허나 송미란도 만만찮았다. 그녀는 강단 있게 뚱보에게 달려들어 결국 2대의 지프차를 확보하여 일행을 태우고 천지로 향했다. 일행은 여리게 만 보아온 송 가이드의 대찬 행동에 혀를 내둘렀다.

29. 천지여! 오, 천지여!

천문봉 주차장에 내린 일행에게 송 가이드가 신신당부를 했다.

"이곳은 바람이 심하게 불고 또 돌과 흙이 화산재라서 잘 미끄러집니다. 각별히 조심하지 않으면 사고가 납니다."

일행은 천지를 보려고 약 200여 m를 기다시피 하여 올라갔다.

하늘은 약간 흐려 있었고, 구름은 바람을 타고 북에서 남으로 조금 빠른 속도로 내려가고 있었다.

"다행이군. 구름의 방향을 보니 맑은 천지를 볼 수 있을 것 같군."

죽간 선생이 부석浮石：화산석이라고도 하는 물에 뜨는 가벼운 돌이 구르는 기슭을 올라가며 말했다.

먼저 올라간 사람들의 환호성이 들렸다. 지성은 죽간 선생을 모시고 천천히 올라갔다. 2,749m의 고산 지대에 차를 타고 20여 분 만에 올라왔기 때문에 나이 든 사람과 혈압이 높은 사람은 각별히 조심해야 하는 곳이기 때문이다.

한 발자국씩 위로 올라가면서 지성은 아버지를 생각했다. 이 시간에도 자식을 걱정하고 계실 아버지를 언제쯤 백두산에 모시고 올 수 있을까. 이런 생각을 하며 정상에 다다랐다.

"아아, 보인다. 천지다! 천지가 보인다!"

바람은 조금 불었지만 하늘은 맑았다. 새털구름이 천지에 솜처럼 녹아 천지는 마치 솜을 빨아들인 파란 물감 같았다.

사람들은 웃음을 물고 박수를 치며 천지를 조금이라도 더 잘 보려고 애를 썼다. 지성과 지수는 죽간 선생을 모시고 좀 옴팍한 곳으로 내려갔다. 그곳은 바람도 덜 불고 사진 찍기에도 좋았다. 찬수가 어느새 다가와 죽간 선생을 가운데 모시고 지수와 지성을 양 옆에 세운 뒤 사진을 찍어주었다. 지성은 마냥 행복했다. 지수는 더할 나위 없이 만족했다.

'아버지는 벌써 10여 차례나 이런 감격을 느끼셨을 텐데, 얼마나 좋으셨을까. 맞아. 이러니 다시 오시고 싶은 거야.'

죽간 선생 부녀와 지성이 사진을 촬영하고 난 뒤 죽간 선생은 천지를 바라보더니 이런 말을 했다.

"저것이 바로 삼족오야, 삼족오. 하늘과 땅이 맞닿은 곳에 사람이 서 있으니 바로 삼족오 아닌가. 천지는 바로 하늘과 땅이 물을 매개로 하여 맞닿은 곳이지. 아니지, 물은 하늘이고 땅이고 또 사람이야. 사람의 7할이 물이 아니던가. 물처럼 살라, 천지가 속삭이고 있네. 그래, 예로부터 천제를 지내는 천단을 보면 하늘과 땅이 맞닿은 가장 높은 곳이었지."

지성과 지수는 죽간 선생의 독백 비슷한 말을 들으며 삼족오와 백두산 천지에 대해 잘은 모르지만 새로운 느낌을 받았다.

김 화백 부부는 조심조심 이리저리 옮겨다니며 사진을 찍고 있었다. 강남구 사장과 최승희 씨는 출판인답게 각종 장면을 화면에 담느라 여념이 없었다. 박 사장과 김선영 선생도 송 가이드

백두산에 오른 필자

의 도움으로 사진을 찍고, 반대로 송 가이드는 찬수와 사진을 찍
었다. 일행이 어느 정도 사진을 찍었다고 생각하는 시점에 송미
란 가이드가 말했다.

"자, 단체 사진을 찍겠습니다. 다들 모이세요."

그녀는 죽간 선생이 자릴 잡은 작은 바위를 중심으로 일행을
세우고 사진을 찍었다. 사진 촬영을 끝낸 일행은 천지폭포 방향
으로 약 200m쯤 이동하여 푹신한 풀밭에 앉았다. 시간이 많이
없기 때문에 간단한 설명을 듣기로 한 것이다.

"에, 백두산은 북방 동이족 공통의 종조산宗祖山입니다. 한민족
뿐 아니라 숙신, 읍루, 여진, 거란 등이 모두 백두산을 신령한 조
상산으로 모시고 있었지요. 우리에게는 민족의 성산입니다. 역
사에 보면, 《산해경》의 〈대황북경〉에 불함산이라고 했습니다.
최남선 씨에 의하면 '불함'은 '밝음'이란 뜻입니다. 한나라 때

는 단단대령, 개마대산, 도태산, 태백산 등의 이름으로 불렀고, 《삼국유사》〈고조선조〉에 보면 태백산이라고 나옵니다. 우리 문헌상에 최초로 백두산이 등장하는 것은 《고려사》〈광종10년조〉인데, 거기에는 "압록강 밖의 여진족을 쫓아내어 백두산 바깥쪽에 살게 하였다."라는 대목이 있습니다. 백두산은 민족의 영산으로 예로부터 한민족의 강역이었지요. 조선조 세종 16년 1434년에 김종서 장군이 두만강 일대에 6진을 설치하였고, 1443년에는 압록강변에 4군을 설치함으로써 백두산을 중심으로 압록강과 두만강이 천연적인 국경이 되었던 것입니다. 그런데 1712년숙종 38년에 청나라의 제의에 의해서 청나라의 길림 지역을 담당하는 오라총관烏喇總管 목극등穆克登이라는 대표와 조선군관 조태상과 이의복이 백두산에 올라 양국의 국경선을 확정했습니다. 이른바 백두산 정계비라는 것인데, 백두산 정상에 세운 것이 아니라 백두산 동남쪽 4km 되는 높이 2,150m 지점에 세웠습니다. 그러나 정계비를 세운 뒤에도 조선 백성들이 강을 넘어 백두산 일대를 포함한 간도 일대에 이주하여 개간을 하는 등 사실상 이 지역을 조선 사람들이 점유하고 있었습니다. 간도와 정계비 문제는 이따 다시 논의하기로 하지요. 그리고 또 하나 중요한 것은 백두산은 우리 민족의 항일투쟁의 기지라는 점입니다. 이에 대해서는 연길로 가면서 자세히 말씀드리지요."

아까부터 송 기이드는 시간을 측정하고 있었다. 관광 성수기에 백두산에 오르면 관람 시간이 한정되어 있어서 그 시간을 맞춰야 한다. 그렇지 않으면 차량 이용이 매우 불편하고, 가이드에게 혹독한 비난이 쏟아진다. 돈을 많이 벌려고 관람 시간을 단축시키려는 중국 측의 속내가 보이는 짓이지만, 어쩔 수 없는 일이다. 다행히 죽간 선생이 이런 상황을 잘 알고 있어서 오늘은 착오를 면할 수가 있었다.

일행은 아쉬움을 뒤로 한 채 지프차를 타고 다시 하산을 하여 천지폭포로 향했다.

일찍 서두른 탓에 시간은 충분했다. 천지폭포 앞에서 일행은 기념 사진을 찍고 송 가이드의 설명을 들었다.

"이제부터 천지로 올라갑니다. 오른편 계단을 타고 올라가는데, 약 1,000계단을 올라가면 천지 입구인 달문이구요. 달문에서 천지까지는 1,250m입니다. 폭포 높이는 68m이고, 그 폭포물이 떨어져 생긴 구덩이 깊이가 28m입니다. 통천하通天河라고 부릅니다. 사시장철 이처럼 많은 물이 달문을 거쳐 이곳 천지폭포에서 떨어집니다. 여기서 흘러내린 물은 저 아래에서 지하로 스며들어 송화강과 합류합니다. 어떤 분들은 이 폭포에서 내려가는 물길이 두만강이라 하시는데, 두만강은 여기서부터 동남쪽으로

백두산 천지폭포(왼쪽)와 천지로 올라가는 계단

60km 정도 내려가야 합니다. 그리고 천지는 화산이 폭발한 뒤
에 생긴 화구호로서 해발 2,155m에 위치해 있습니다. 수심은 가
장 깊은 곳이 312m, 둘레가 14km, 면적은 약 15㎢에 달합니다.
서울의 여의도 면적과 같다고 합니다. 또, 천지에 고인 물의 양
은 약 40억 톤입니다. 폭포로 흘러내리는 수량은 여름에는 월
600만 톤이고, 겨울에는 200만 톤입니다. 그리고 여러분이 올라
오시면서 보셨던 삶은 계란은 백두산에서 용출되는 유황온천의
수온이 섭씨 68도에서 83도에 이르기 때문에 안에서부터 익는
현상이 나옵니다. 이따 내려가시면서 하나씩 사 드셔보세요.”

송 가이드의 설명을 듣고 난 찬수가 뜬금없이 이런 말을 했다.

“저는 백두산이 이렇게 좋은 명산인 줄 몰랐습니다. 저는 신
혼여행을 이곳으로 오고 싶습니다. 아니, 아예 처갓집을 만주 땅
에서 구할까 합니다.”

찬수의 말을 듣고 일행은 한바탕 웃었다. 그가 말을 끝내고 송
가이드의 눈치를 살피는 것을 지성은 재빠르게 감지했다. 그와
함께 송미란 가이드의 얼굴이 빨개지고 있다는 것도 발견했다.
지성이 생각건대 찬수의 말은 그냥 해본 말이 아닌 것 같았다.

일행의 맨 앞에는 죽간 선생이 섰다. 맨 뒤엔 송 가이드가 뒤
처지는 사람들을 부축하며 올라갔다. 찬수는 당연하다는 듯이
송 가이드와 함께 힘들어 하는 동료들을 돕고 있었다. 누가 봐도
이들은 다정한 연인 관계로 보였다.

천지에 도착한 일행은 김 화백의 선창으로 ‘대한민국 만세!’를
불렀다. 그러자 호수 지역을 감시하던 공안원이 기다렸다는 듯이
달려와 시비를 걸었다. 중국 측은 백두산에서 관광객이 아무 활
동도 못하게 한다. 만세는 물론 노래조차 못 부르게 한다. 만약에

태극기나 단체 깃발을 꺼내어 흔들거나 사진 촬영을 하는 경우에
는 엄한 처벌을 받게 된다. 대개 거금의 벌금을 문다. 그런데 그
벌금이라는 것도 어떤 규정을 들이대고 이해시킨 뒤에 받는 것이
아니다. 담당 공안원이 부르는 게 값이다. 영수증도 발급하지 않
음은 물론이다. 이런 것을 보면 중국 정부는 말단 공안원들에게
외국인들 등을 쳐서 먹고 살라고 지시하는 바나 같다고 죽간 선
생은 늘 생각해 오던 터였다. 그날도 마찬가지였다. 10여 명이 천
지 물가에서 만세 한 번 부른 것을 가지고 기세등등 무례하게 대
들었다. 죽간 선생에게 삿대질을 하고 달려드는 공안원의 행동이
너무 거칠다고 생각한 박 사장이 점잖게 타일렀지만 안하무인이
었다. 급기야 죽간 선생까지 나서서 말했다.

"우리가 만세 한 번 부른 것이 중국 당국에 무슨 해를 끼쳤는
가. 천지 호수를 오염이라도 시켰는가. 무슨 해악을 끼쳤는지 그
것을 대라."

날카롭게 다그치는 죽간 선생의 기세에 눌렸던지 감시원은
송 가이드를 오라고 손짓하더니 숙소로 쓰이는 천막 속으로 들
어갔다. 한 이십여 분이 지나자 가이드가 울상을 한 채 나왔다.
결국 벌금을 물고 나왔다고 했다. 그리곤 도리어 일행에게 통사
정을 하는 것이었다.

"선생님들, 저를 위해서 좀 참아주세요. 선생님들은 한번 왔
다 가시면 그만이지만 저는 여기서 저 사람들 얼굴을 보며 살아
가야 합니다. 저들에게 밉보이면 제 밥줄이 끊어집니다. 중국을
여행하시려면 눈과 귀를 하나씩만 사용해야 합니다. 북경 중앙
정부에서 아무리 좋은 정책을 펴도 지방에서는 대책이 있다고
웃습니다. 제가 동포분들이니까 이런 말씀도 드립니다. 아셨죠?

이만 하산하실까요?”

　일행은 지성의 제의로 송 가이드를 위해 박수를 쳤다. 요란한 박수소리에 공안원이 또 사나운 눈초리를 보냈지만 일행은 껄껄 웃으며 내려왔다.

　천지폭포 구경을 바친 일행은 폭포 아래에서 잠시 휴식을 가졌다. 박 사장과 송 가이드는 점심을 어디서 먹을 것인가, 온천 목욕을 할 것인가 등에 관해 이야기를 나누고 있었다.

　최승희 부장은 무지개를 만들면서 쏟아지는 폭포를 사진에 담다가 감격하여 그 자리에 앉아 글을 썼다.

　저것은 정녕 물이 아니다
　저것은 거대한 영靈의 몸뚱이다.
　천지에서 떨어지는 물소리
　그것은
　하늘이 땅에 전하는 성스런 노래

　우우…… 우우왕…… 우우솨앙
　새겨들어라, 하늘의 말씀을…….
　조상을 알아 뵙거라
　네 부모에게 효도하거라
　한 역사로 살아온 겨레를 사랑하거라
　네 뼈와 살과 영혼이 오롯이 담긴
　나라와 일터에 충실하거라
　한솥밥 먹고 사는
　한 이불 덮고 자는 네 가족에게 헌신하거라.

물길 높이 200자尺
가파른 일천 계단
어머님의 가슴을 더듬는
어린 것들의 고단한 발걸음 속에
무지갯빛 물줄기가 굉음과 함께 떨어지며 말한다

언행이 신실信實하라
행동이 성실誠實하라
마음이 미실美實하라
소리쳐 내지르는 호령을 따라
토문강을 거쳐 송화강 흑룡강으로
만주 땅에 동이겨레의 혼을 담근 지
반만 년 세월이라.
이제 너의 숨소리를
내 심장의 고동으로 바꿔 안고
나도야 가련다
내 인생 저 물처럼 푸르게 만들어
역사의 웅혼한 숨결로 살아가리라
저 도도한 자태
저 벅찬 호흡
잊지 않고 살리라.
　(-천지폭포 앞에서)

일행은 폭포 아래 온천장에서 온천 목욕을 하고 운동원 식당
에서 점심을 먹었다. 운동선수들이 전지 훈련장으로 쓰는 숙소

와 식당을 겸한 곳이었다.

　고구려의 두 번째 수도 집안에서 고단한 일정을 보낸 뒤 밤새 기차를 타고 달려와 맑은 천지를 원 없이 본 일행은, 몸도 마음도 가쁜하여 행복한 마음을 안고 연길로 떠났다.

30. '그럴 줄 알았다' - '백두산의 여인'

백두산에서 연길까지는 4시간 거리이다.

일행은 피곤이 엄습하여 곤한 낮잠에 빠졌다. 창 밖에는 백두산 꿀을 파는 노점들이 일정한 간격으로 일행을 배웅하고 있었다. 한 시간 가까이 달려서 죽간 선생은 차를 세우도록 했다.

"여기까지 왔는데 백두산 꿀맛을 안 보고 갈 수야 있나."

차에서 내린 죽간 선생은 송 가이드를 앞세워 꿀 작은 통 하나를 샀다. 그리곤 그 자리에서 플라스틱 컵에 따라 물을 타서 일행에게 나눠주었다.

김 화백은 백두산 꿀을 마시면서 어린애처럼 좋아하였다.

"정말, 백두산에 와서 꿀을 먹을 줄은 몰랐는걸요."

그러자 죽간 선생이 흐뭇한 표정으로 말했다.

"네. 중국 물건이 가짜가 많다 해도 백두산 꿀은 가짜가 아닐 겁니다. 왜냐? 꿀보다 설탕값이 더 비싸서 꿀에 설탕을 섞을 염려가 없거든요. 하하하. 안 그렇습니까?"

그 말을 듣던 한애란 씨가 웃음을 못 참겠다는 듯이 말했다.

"호호호. 정말 그러네요. 여보 우리 꿀 좀 사갈까요?"

김 화백 부부가 꿀을 사자 너도나도 한 통씩 사들었다. 죽간 선생도 한 통을 사서 지수에게 넘겨주었다. 찬수는 머뭇거렸다. 어머니가 깨를 사오라고 준 돈이 있긴 하지만 꿀을 산다는 것이 영 마음에 내키지 않았다. 송 가이드는 꿀통 뚜껑을 꼭 잠가서 비닐에 싸서 큰 가방 아래쪽에 넣으면 엎질러지지 않을 것이라고 알려주었다. 그리곤 자기도 작은 것 한 통을 받아들고 차에 올랐다. 이건 장사치들이 가이드들에게 주는 서비스이다.

꿀차를 마신 일행은 피곤이 풀렸는지 이런저런 얘길 하며 백두산 지역의 풍광을 즐기고 있었다. 송 가이드는 뒤쪽에 앉아있는 찬수에게 미소와 함께 꿀통을 넘겨주곤 잽싸게 앞쪽으로 오더니 마이크를 잡고 말했다.

"자, 여러분! 천지 잘 보셨지요? 아마 여러분들이 덕을 많이 쌓은 분들인가 봅니다. 천지는 아무에게나 그 얼굴을 보여주지 않아요. 마치 여인네처럼 수줍어합니다. 그리곤 자기의 동정을 바칠만한 사람에게만 온전한 얼굴을 보여줍니다. 아마 백두산을 찾는 분들 중에 처음 오셔서 천지를 오늘처럼 완전히 보실 수 있는 분은 이삼십 프로 정도라고 보시면 됩니다. 여러분은 참 복도 많으신 분들이세요. 약 10여 년 전에 서울의 보성고등학교 이생진 선생님이 천지를 보러 세 번이나 오셨다가 못 보고 가셨답니다. 그 선생님은 하도 애절하고 분하여 이런 시를 남겼다고 합니다. 한번 낭송해 드릴까요?"

"좋습니다. 송 가이드님은 아나운서 같으셔. 말씀도 잘 하시고……."

뒤에서 찬수가 추임새를 넣었다. 사람들은 그의 말에 박수로 동감을 표했다.

"그럼, 낭송하겠습니다. 제목은 '그럴 줄 알았다' 입니다. '알

왔다, 알았다, 그럴 줄 알았다. 나라고 네 얼굴 보여 주겠냐마는, 널 보고픈 그리움 장백송 가지에 새소리 두고 간다. 이제 네 앞에 다시 선들 네 얼굴 보여 주겠냐마는, 아니다, 아니다, 그게 아니다. 북경 장춘 심양 연길로 돌아온 것이 네 비위에 거슬렸다면, 다음엔 개성 원산 청진으로 널 보러올게. 그때면 네 고운 얼굴 고운 모습 얼싸안고 저 언덕 뛰어 오르리라. 아니면 외로운 날 고운 새 한 마리 네 몸을 스쳐가거든, 그게 님이라 꽃처럼 반겨라. 그게 님이라 꽃처럼 반겨라.' 어떻습니까? 참 애절하고 간절한 소원이지요?"

그녀의 애절한 목소리에 일행은 감동했다. 한동안 박수소리가 그칠 줄을 몰랐다.

그때 최승희 부장이 조용히 일어서더니 미소 가득한 표정으로 가이드를 쳐다보며 말했다.

"우리 송 가이드님, 아니 미란 씨는 영판 한국인이세요. 한국에 오시면 아마 미스 대회에 충분히 입상할 수 있을 정도로 미인이시고, 말씀도 잘 하시고, 또 일도 당차게 잘 하세요. 제가 완전히 반했어요. 그런데 상당한 필력을 가진 분 같아요. 남의 시를 암송할 정도면 분명히 자기의 시도 있는 법이거든요. 어때요? 송 미란 씨의 자작시를 한 편 들어보시는 것이요?"

최승희 씨의 말에 일행은 힘찬 박수로 동의했다. 그리고 뒤에 앉은 찬수는 발을 구르며 소년처럼 좋아했다.

"어쩌나. 저는 시인이 아니거든요. 여기 보니 시인과 교수님과 화가님, 출판사 사장님이 계신데 감히 제가 어찌 시를 낭송합니까? 다음에 하지요."

이번에는 박 사장이 말했다.

"다음에는 이 분들을 못 만나잖아요. 그러니 그만 빼시고 한 편만 들려주세요. 안 그러면 노래로 쳐들어갑니다."

그러자 할 수 없다는 듯이 조용한 목소리로 시를 읊기 시작했다. 그녀의 목소리는 천상에서 울려 퍼지는 저녁 종소리 같았다.

"제목은 '백두산의 여인' 입니다. 흠. 그녀는 온통 하얀 옷을 입고서, 영원의 춤을 추고 있었습니다. 흰옷 사이로 가끔씩 자지러들 듯 푸르른, 그녀의 속살이 내비칠 적마다 나는, 그 심연으로 빠져들고 말았습니다. 아무 욕심도 일지 않는, 그 천연의 생명수 앞에, 내 한 몸뚱아리 백 번 천 번 찢어 던져도 아깝지 않았습니다. 천지는, 오호 하늘의 우물은, 내 몸에서 모든 것을 빼앗아갔습니다. 한 올의 살 조각마저 몽땅 거둬갔습니다. 그 대신 그녀는 내게, 인간사 푸르게 보고 살라는 참빛을 주려고, 꼭 한 번, 전라全裸가 되어 나를, 으스러져라 껴안아 주었습니다. 나는 황홀한 영혼이 되어, 두둥실 떠올라 안개 속에 눈물을 뿌리며, 때 절은 옷을 벗어 던졌습니다. 그 옷은 까마귀가 되어 하늘로 날아갔습니다. 나의 몸엔 그녀의 푸른 눈동자만, 가득 박혔습니다. 이상입니다. 부끄럽고 죄송해요."

송미란 가이드의 애잔하면서도 사람의 폐부를 찌르는 듯한 시 낭송은 오전에 본 천지의 풍광과 오버랩되어 일행을 감동시키기에 충분했다.

일행은 박수를 치고 또 쳤다. 한애란 여사는 일어서서 송미란 씨를 꼭 껴안아 주었다. 찬수는 눈물이 글썽거릴 정도로 감격했다. 그녀가 낭송한 시를 꼭 얻어 가리라 마음먹었다.

송 가이드는 노련했다. 자기에게 칭찬이 집중되는 것은 이것으로 족하다고 생각했다. 사실 그녀는 연변대학 시절 문학부장을 지녔고 시인이었다. 다만 삶이 그녀를 속이는 바람에 문학의 길을 접고 이 길로 뛰어든 것이었다. 허나 그녀의 속 깊은 곳에는 언제든지 폭발할 것 같은 문학의 휴화산이 항상 도사리고 있었다.

강남구 사장과 최승희 부장, 그리고 지성은 그녀의 시성詩性에 감탄했다. 그날부터 최승희 씨는 송미란 씨를 송 시인이라 불렀다.

31. 간도 땅은 300년간 한민족이 개간했다

송 가이드는 일행의 달뜬 가슴을 진정시킨 뒤 "백두산에서 연길까지는 290km입니다. 이제 한 시간 반 정도 달리면 청산리전투 현장에 도착합니다. 거기에 도착하기 전에, 아니 백두산의 감격이 사라지기 전에 백두산에 대해 죽간 선생님의 좋은 말씀을 더 듣도록 하는 것이 어떻겠습니까?" 이렇게 말하곤 마이크를 죽간 선생에게 넘겼다.

"참 우리 송미란 씨는 좋은 재주를 가지고 태어났군요. 만주에 와서 여러 번 만났고 많은 도움을 받았지만 오늘처럼 감동을 받아보긴 처음입니다. 고맙고 감사합니다. 에, 마이크를 넘겨받았으니 몇 가지 참고적인 말씀을 드려야겠습니다. 먼저 백두산의 명칭으로 장백산이냐 백두산이냐에 대해 말들이 많습니다만, 저는 장백산맥 안의 백두산으로 부르기를 원합니다. 장백이란 '길다'는 뜻이 있으니 산맥이란 의미일 테고, 백두란 머리가 희다는 뜻이니 산의 의미로 받아들일 수 있을 겁니다. 백두산은 태백산 혹은 백산이라 부르는데,《삼국유사》에 보면 '아득한 옛날, 한인께서 둘째 아들 한웅의 뜻을 알고 태백산이 널리 인간을 이롭게 할 땅이라 여기시고 무리 3,000을 태백산 마루 박달나무 아래에 내리시어 그곳을 신시神市라 했다’는 대목이 있습니다. 그 다음은 백두산 정계비定界碑에 관한 것입니다. 1712년에 조선과 청나라가 압록·두만강을 사이에 둔 땅의 소유권을 확정하기 위해 회담을 벌이고 드디어 양국 대표가 백두산에 올라 국경을 확정하는 정계비를 세웠습니다. 정계비의 주요 내용은 ‘백두산 정상에서 동남쪽으로 내려와서 두 물이 사람 인人자로 흐르는 분수령 위의 호랑이가 엎드린 모양 같은 바위를 그대로 비석의 귀부龜趺로 삼고 너비 두 자, 길이 석 자 가량의 정계비를 세우게 되었다. 그 비에는 ‘대청大淸’이라는 두 글자를 머리에 크게 쓰고, 그 아래에 오라총관 목극등 봉지사변 지차심시 서위압록 동위토문 고어분수령상 늑석위기 청 강희 오십일년 오월 십오일烏喇摠管 穆克登 奉旨查邊 至此審視 西爲鴨錄 東爲土門 故於分水嶺上 勒石爲記 淸 康熙 五什一年五月一五日 이라고 새깁니다. 이는 ‘대청大淸 오라총관 목극등은 변방의 경계를 조사하라는 천자의 명을 받들어 여기에 와서 살펴보니 서쪽은 압록강이요, 동쪽은 토문강이다. 그러므로 분수령에 돌을 새겨 기록하노라. 강희 51년 5월 15일’ 이런 뜻입니다. 조선 말엽에 정계비 답사에 갔던 이정래가 함께 간 포수에게 물어서 확인한 바에 의하면 백두산에서 서쪽의 압록강과 동쪽의 두만강이 아닌 그 사이의 동북쪽으로 흐르는 또 하나의 물줄기가 토문강의 물줄기이며, 그것은 바로 만주 대륙을 남북으로 관류하는 대송화강의 상류라고 하였습니다. 이 정계비에서 보면 분명 토문강土門江을 동쪽의 국경으로 한다고 했지요. 정계비는 백두산 정상에서 동남방 4km, 높이 2,150m의 분수령 지점이었습니다. 정계비의 높이는 72cm, 너비는 55.5cm라고 합니다. 그런데 그 비는 일제가 만주 침략을 본격화하면서 파괴해 버렸습니다. 여기에서 주요 쟁점이 등장합니다. 조선은 토문강土們江이 송화강의 지류인 토문강土們江이라고 주장하고, 청나라는 토문강을 두만강이라고 주장합니다. 하지만 토문土們과 두만豆滿은 그 표기부터가 전혀 다른 이름입니다. 현재 도문시圖們市라고 부르는 지역은 옛날 명칭이 회막동灰幕洞인데 도문 서쪽에 그 이름이 지금도 있습니다. 일제가 1933년에 이곳을 도문圖們이라고 바꿔 부르면서 오늘에 이릅니다. 그러니까 도문이라는 이름은 70년 정도밖에 안 됐지요. 반면에 토문土們은 정계비의 기록으로만 봐도 1712년부터이니 거의 300여 년이 된 땅이름입니다. 고로 토문강은 두만강과 같이 엄연히 존재한 강 이름입니다. 중국이 한자를 몰라서 토문土們을 도문圖們으로 이해하겠습니까? 따라서 정계비의 기록에 따라 토문강－송화강－흑룡강이 우리의 강역이므로 북간도는 당연히 우리 영토입니다. 그런데 중국은 두만강을 도문강圖們江이라고 표기하면서 일제가 만든 도문圖們이 중국어로 투먼圖們으로 발음이 되는 것을 기화로 토문이 투먼과 같다고 주장합니다. 참, 어불성설이지요. 그렇다고 해서 투먼이 토문이 될 리는 없습니다. 또 두만강의 발원지는 백두산 천지가 아닙니다. 천지에서 동남쪽으로 60km 정도 내려가야 나옵니다. 이제 두만강과 토문강이 완전히 별개의 강이라는 점을 아셨습니까?"

죽간 선생은 설명한 내용을 다 아는 지 확인하고 다음 말을 이었다.

"청나라는 백두산과 간도 지방을 조상이 발원한 성스런 땅이라 하여 출입을 금해왔습니다. 그러다가 1881년 청나라가 금봉책을 철회하고 간도 개발을 시작하면서 이미 그 지역에 진출해 농사를 짓고 사는 조선 백성을 소환해 가라고 요구해옵니다. 또,

송화강 상류 토문강

이 지역이 자기네 땅이라고 주장하기 시작합니다. 한편 조선은 1883년에 어윤중을 서북경략사로 임명하여 정계비를 조사시키고, 토문강이 송화강의 상류인 토문강이라는 점을 확인하면서 두만강 중간에 있는 간도는 당연히 조선의 영토라고 주장했습니다. 이때부터 양국은 토문강의 실체에 대해 여러 차례 담판을 벌였으나 해결을 보지 못했습니다. 엄밀한 의미에서 간도는 청과 조선의 공동 소유였던 것입니다. 그러나 1909년에 불행의 획을 긋고 맙니다. 일본이 청일전쟁과 러일전쟁에서 승리하면서 만주 일대가 일본의 야욕을 자극하게 되지요. 청나라는 나약하여 일본의 주장에 끌려다니다가 급기야 1909년에 일본과 '간도협약'을 맺고 일본에게 안동에서 심양까지, 회령에서 길림까지 이른바 남만주철도 부설권을 허용하는 대가로 간도를 일본으로부터 양도받습니다. 한마디로 웃기는 얘기지요. 정계비를 세울 때는 조선 영토라고 인정하고, 일본에게서 간도 땅을 받아가다니 남의 영토를 침략자 일본과 거래하는 웃지 못할 일이 벌어진 것입니다. 그런데도 외교권을 일본에 박탈당한 대한제국은 단 한마디도 청나라에 항의하지 못하고 침묵합니다. 실제로 간도 지역에 사는 사람은 조선인들이 태반인데도 아무 대응을 못한 것입니다. 이처럼 나라를 빼앗기면 해외에 사는 동포들까지 수모를 당하는 것입니다. 한 가지 통계를 제시해 드리겠습니다.”

죽간 선생은 호주머니에서 수첩을 꺼내더니 그걸 보면서 설명을 이어갔다. 지성은 죽간 선생이 고대사뿐 아니라 근·현대사에도 해박하다는 점을 알고 놀라움을 금할 수가 없었다.

“음, 1926년에 일본인들이 조사한 통계를 보면 간도 지방에 중국인 가구가 9,912호인데 비하여 조선족은 5만 2,881호로 5배를 넘었습니다. 농토 소유를 보면 조선족이 52%였는데, 화룡과 연길 지방에서는 평균 72%가 우리나라 사람 소유였습니다. 그러니까 농지 소유나 거주민의 수효나 모든 것을 비교해 보더라도 이 땅은 분명 조선 사람들의 것이었습니다. 1712년 이래 무려 300년 이상 조선인들이 이주하여 경작해온 땅이니만큼 그에 관한 대외적인 협의는 대한제국 정부와 현지 거주민 대표

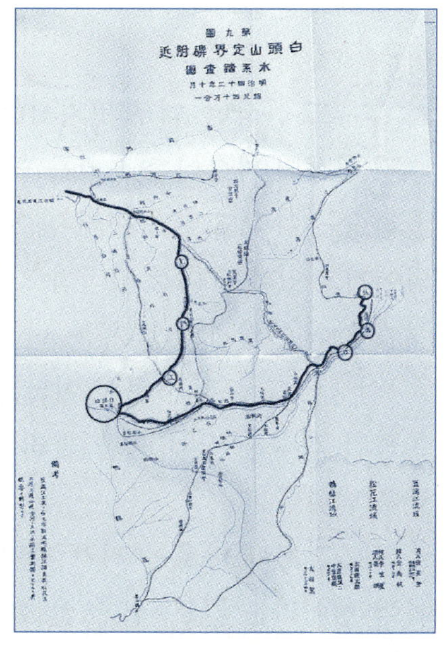

일본이 만든 백두산 주변 수계도.
백두산에서 우측으로 흐르는 두만강.
위쪽으로 흐르는 강을 토문강으로 표기함

들을 외면하고서는 이루어질 수 없는 일이 아닙니까? 그런데도 간도 땅이 청나라로 넘어가고 말았고, 벌써 100여 년이 가까워 오는데도 국제법적으로 어떤 조치를 해야 할 것인지조차 우리 정부와 북한 당국이 연구를 하지 않고 있다니 통탄할 일입니다. 자고로 영토를 빼앗기면 역사와 국민과 문화를 빼앗기고 민족의 혼마저 빼앗기고 맙니다. 지금 중국이 동북 공정으로 만주 일대 의 우리 역사를 송두리째 빼앗아가는 것을 보세요. 그것을 당하 면서도 아무 조치도 못하는 우리 정부의 대응이 너무 한심하지 않습니까?”

죽간 선생의 열변은 갈수록 도도한 파도가 되어 사람들의 가 슴을 쳤다. 박기대 사장은 은근히 겁이 났다. 만일 이런 얘길 중 국 측이 듣는다면 반드시 무슨 사단을 일으킬 게 분명했기 때문 이었다. 지수는 평소 조용하던 아버지의 열강을 들으면서 아버 지의 새로운 모습을 발견한 것 같아 가슴이 찡하면서도 먹먹했 다.

“와, 고 선생님, 너무 멋지시다!”

김 선생이 지수의 옆구리를 찌르며 말했다.

찬수는 아직도 뭐가 뭔지 잘 모를 일이 한국과 중국 간에 많이 벌어지고 있다고 대강 짐작하고 있을 뿐이었지만 갑갑하여 견딜 수가 없어 이렇게 물었다.

“선생님, 간도라는 곳이 어느 지방을 말하는지요?”

죽간 선생은 잠시 숨을 돌리고 나서 지성에게 대답해보라고 말을 넘겼다.

“네. 간도란 바로 우리가 지나는 땅입니다. 한자로 쓰기로는 사이 섬이라는 간도間島, 조선 농민이 개간한 땅이라는 간도墾島,

또 정북과 정동의 사이 방위를 말하는 간도艮島로 쓰기도 합니다. 어쨌거나 참 넓은 곳이지요. 아까 선생님이 말씀하신 토문강을 좌우로 서간도, 동간도로 나뉘는데 동간도를 편의상 북간도라고 부릅니다. 북간도는 연변 조선족자치주로서 그 넓이가 4만 2,700㎢에 달하여 남한의 43% 크기입니다. 또 연해주까지 포함한다면 한반도의 3배에 달합니다. 역사적으로 이 지역은 백두산을 끼고 있어서 우리 민족의 오랜 삶의 터전입니다. 아까 말씀 들으신 대로 1905년 을사늑약으로 대한제국의 외교권을 일제가 행사하면서 청나라에게 넘겨주는 잘못을 범했습니다. 일제 패망 후 일본이 맺은 모든 조약은 무효가 되었기 때문에 따라서 간도협약 역시 무효라고 봅니다. 한 가지 안타까운 것은 국제법 관행상 조약이나 협정 체결 후 100년이 지나면 이의를 제기하지 못한다고 하니 간도는 영영 우리 땅에서 사라질까 두렵습니다.”

지성이 말을 마치자 일행이 박수를 쳤다. 죽간 선생은 속으로 지성을 참 잘 데려왔다고 생각하며 흐뭇해 했다.

성능 좋은 미니 버스는 만주 벌판을 그야말로 무인지경으로 내달렸다. 가끔씩 길가에서 마주치는 소달구지와 이정표 말뚝이 일행을 반길 뿐, 드넓은 논밭에 익어가는 벼와 옥수수가 묘한 대조를 이루고 있었다.

“창밖을 보세요. 말이 수레를 끌거나 밭고랑을 파면 한족입니다. 대신에 소가 달구지를 끄는 곳, 소가 논밭을 김매는 곳은 바로 우리 동포가 사는 곳입니다. 그리고 한족이 사는 집은 지붕이 일자로 되어 있지만 우리 동포가 사는 집들은 합각지붕입니다. 지붕 끝이 아래로 꺾이면서 양 옆으로 갈라져 있지요.”

송미란 씨의 말을 듣고 보니 그랬다. 농사짓는 것이나 사는 집의 구조가 달랐던 것이다.

　얼마큼 달랐을까. 상점 간판이나 도로 표지판에 한글과 한자가 병기되어 나타났다. 이것이 연변 조선족자치주의 특색이라는 설명이다. 간판은 위에 한글, 아래에 한자를 쓴다. 공문서에도 마찬가지이다. 그만큼 조선족들이 주류를 이루고 있다는 증거이다.

　마을을 지나 30분 정도 달리자 폭이 제법 넓은 개울이 나온다. 백두산을 향해 역류하는 기이한 강으로 고동하古洞河라고 하였다.

　"자, 여기서 잠깐 내려서 청산리의 기운을 만끽하시기 바랍니다."

　백두산에서 2시간가량이나 달려 온 곳. 산중의 해는 빨리 넘어가는 듯, 해는 이미 산에 가려 안 보인다. 일행은 길가 우측으로 흐르는 물길 가까이 다가갔다. 강물이 거의 검정색이다. 오염돼서 그런가 했더니 토지가 기름져 그렇다는 설명이다. 그만큼 비옥한 땅이라는 얘기다.

　죽간 선생은 그 검은 하천 물을 바라보면서 10년 전 연해주 고려농장을 찾아 블라디보스토크에서 우수리스크로 넘어가는 길가에서 만난 개울을 생각했다. 그곳에서도 오염되지 않은 천연의 거름이 개울물을 타고 코코아 액처럼 흐르고 있었던 것이다.

32. 청산리대첩은 한국판 '6일 전쟁'이었다

　일행은 잠시 휴식을 한 뒤 풀밭에 앉았다. 죽간 선생이 근엄한 표정으로 말하기 시작했다.

　"자, 장소가 좀 불편하지만 독립군과 일본군들이 시산혈하를 이룬 곳에 왔으니 조금 참아주세요. 에, 저 앞으로 흐르는 강물이 고동하인데, 청산리대첩의 마지막 전투지입니다. 청산리대첩은 청산리라는 작은 마을에서만 벌어진 것이 아니라 화룡에서부터 이곳까지 독립군이 백두산을 향해 후퇴 이동을 하면서 일본군의 반격을 물리친 전반적인 독립전쟁을 말합니다. 1919년 국내에서 3·1운동이 일어나고 상해와 동경에서는 의혈 투쟁이 벌어질 때, 만주에서는 독립군의 무장 투쟁이 전개됩니다. 만주 지역은 우리 동포들의 인적 물적 지원을 받기가 쉽고, 중국 땅이기 때문에 상대적으로 안전하지요. 그래서 항일 독립운동을 본격적으로 전개하는 독립군들이 만주에서 활발하게 활동을 하게 되는 것입니다. 청산리대첩은 갑자기 일어난 것이 아닙니다. 두만강 부근에서 활동하던 독립군들이 함경도에 주둔한 일본군을 기습하면서부터 무장 투쟁에 불이 붙기 시작합니다. 이른바 봉오동전투에서 패배한 일본군이 훈춘사건을 조작하여 일본 정규군의 만주 진출을 합리화하지요. 그 뒤에는 경신대참변을 일으켜 수많은 동포들을 살육하고 독립군들의 뒤를 추격하여 바로 이곳 까지 온 것입니다. 당시 독립군들은 백두산을 최후의 근거지로 삼고 독립운동을 펼치기 위해 만주 지역의 독립군들이 속속 백 두산으로 집결하기 시작한 것입니다.”

죽간 선생의 설명에 열기가 더해지기 시작할 무렵 고동하 건 너 산에서 큰 검은 새 세 마리가 날아오더니 일행이 앉은 곳을 선회 비행하다가 까악! 까악! 소리를 내며 낮게 내려오다가 갑자 기 방향을 바꿔 백두산 쪽으로 날아갔다. 지수가 깜짝 놀라 선영 에게 몸을 기댔다.

“언니, 저거 무슨 새유?”

“글쎄, 지수샌가? 아님 지성샌가?”

선영은 이렇게 말하면서 날아가는 새를 바라보았다. 정말 큰 새였다.

길림성 화룡에 있는 청산리대첩비

“아냐, 조상새일거야. 우 리가 청산리에 온 줄 알고 환 영하는 새일지도 몰라.”

지수의 말이 일행에게 들 렸던지 모두들 웃었다.

“청산리전투는 1920년 10 월 21일 단 하루 만에 끝난 전투가 아닙니다. 21일 아침 8시에 시작되어 26일 저녁까 지 6일간을 꼬박 새우며 싸 운 6일 전쟁, 한국판 6일 전쟁이었습니다. 아랍과 이스라엘이 싸운 6일 전쟁은 1967년이지만 대한독립군과 일본군이 싸운 6일 전쟁은 1920년입니다. 6일 전쟁에 있어서는 우리가 47년이나 앞선 원조인 셈이지요."

조금은 딱딱하게 들릴지 모르는 독립 운동사 설명을 죽간 선생은 부드럽게 하기 위하여 애를 썼다.

"청산리대첩은 독립군이 1920년 10월 21일 아침부터 10월 26일 새벽까지 6일간 연변 땅 화룡현 이도구와 삼도구 일대에서 일본군을 대파한 전투입니다. 이 전투에서 김좌진 장군 휘하의 북로군정서 독립군과 홍범도 장군의 부대원 3,000여 명은 독립군을 토벌하기 위해서 편성된 일본군 동지대東支隊 5,000여 명과 혈전을 벌여 일본 정규군 연대장 1명을 포함하여 1,257명을 죽이고 2,000여 명을 부상시켰습니다. 그런데 일본 측 자료는 사상자가 812명이었다고 기록하고 있습니다. 이 대첩은 비정규군인 독립군이 쟁취한 빛나는 승리이자 민족의 독립 열망을 내외에 천명한 쾌거였습니다."

여기까지 설명을 한 죽간 선생은 잠시 숙연한 얼굴로 무언가를 생각하더니 다시 말을 이었다.

"여러분, 이 대첩이 왜 일어났는가. 그것은 일본군의 만주 점령 기도와 맞물려 있습니다. 조선을 완전히 점령하고 만주를 먹으려고 하는 찰라, 독립군들이 한반도로 건너와 일군을 습격하니까 독립군의 씨를 말리려고 시작한 것입니다. 일제는 만주군벌 장작림張作霖에게 독립군의 토벌을 요구했지만 중국으로서는 항일 투쟁을 하는 독립군의 활동이 고마워 음양으로 지원하거나 묵인하였습니다. 그러자 일제는 '간도지방 불령선인 토벌계획'이라는 것을 만들어 대규모 정규군을 만주에 진격시킵니다. 이

것은 간도 지방에 사는 반일 독립운동가들을 소탕한다는 계획이
지요. 일본군 이소바야시機林 소장이 이끄는 3개 사단과 1개 여단
이 출동하는데 그 규모는 약 2만 5,000명에 달합니다. 놈들은 출
병 후 2개월 내에 독립군을 소탕하고 철수할 계획을 가지고 있
었습니다. 그러자 만주 일대에 흩어져 투쟁하던 독립군들이 하
나로 뭉쳐 전력을 극대화하려고 백두산으로 모이기 시작합니
다. 김좌진이 이끄는 북로군정서 병력 1,600명은 일본군의 공격
을 피해 백두산 골짜기 깊숙이 이동하기로 결정하고 청산리로
들어옵니다. 독립군이 집결한다는 것을 안 일본군이 김좌진 부
대를 추격하여 1920년 10월 21일 아침 8시에 삼도구 청산리 계
곡의 백운평 지역에서 대접전을 벌입니다. 이 백운평전투를 시
작으로 완루구 전투·천수평 전투·어랑촌 전투 그리고 맹개골
·만기구·쉬구·천보산·고동하전투 등 6일간에 걸친 일련의 접
전을 통틀어서 청산리전투 내지 대첩이라고 합니다. 기동력이
뛰어난 일본군의 추격권에 들어간 김좌진은 이범석과 함께 백운
평 계곡 높은 바위에 매복시켜 방어진을 구축하고 적의 침입을
기다렸습니다. 백운평은 좌우측이 수풀과 험한 바위로 둘러싸
여 있어 적을 공격하기에 편리한 곳이었습니다. 일본군이 골짜
기에 들어서는 순간 독립군의 일제 사격이 시작되어 적은 일순
간 아수라장이 되고 말았고, 적의 선발대 200명은 순식간에 죽
어갔습니다. 이 전투는 이튿날 새벽 2시 30분까지 계속되었습니
다. 만주의 10월은 매우 춥습니다. 먹을 것이 부족하고 입고 신
을 것이 시원찮은 독립군들이 이 산에서 밤을 새워 일본군과 싸
웠습니다. 그중에는 싸우다 죽기도 했습니다. 왜 그들은 이 만주
벌판에서 하나밖에 없는 목숨을 바쳐야 했을까요?"

열정적으로 설명하는 죽간 선생의 입가에는 하얗게 소금이 맺혔다. 지수가 생수병을 가져다 드리자 목을 축이고 나서 목이 메는지 말을 잇지 못했다.

"정말 대단한 충신들이요 애국자들입니다. 제 스스로가 부끄러워집니다."

김 화백이 말하자 모두가 처연한 심정이 되었다. 김 화백의 말에 이어 죽간 선생의 말이 이어졌다.

"같은 날 오후에 홍범도 부대는 완루구라는 곳에서 일본군 추격군과 맞닥뜨려 400여 명의 적을 사살했습니다. 그 뒤 김좌진 부대와 홍범도 부대가 연합하여 어랑촌에서 대혈전을 벌입니다. 어랑촌은 백두산으로 가는 길목에 자리하고 있는 마을인데, 매우 협소한 골짜기여서 아무리 대부대가 공격해 온다 해도 일시에 많은 병력을 투입할 수 없는 곳입니다. 10월 22일에 시작된 전투에서 김좌진 부대 600명, 홍범도 부대 1,400명 도합 2,000명이 일본군과 대적했지만 매우 지친 상태였습니다. 더구나 기관총과 대포, 항공기까지 동원한 일본군에 대항한다는 것은 무모하기 그지없었습니다. 단 하나, 방법이 있다면 지형적인 유리점을 활용하는 것이었습니다. 김좌진은 유리한 지형을 선점하기 위해 어랑촌 서남방에 있는 874고지를 점령하였습니다. 아침 9시부터 저녁 늦게까지 계속된 전투에서 독립군 병사들은 굶은 채 싸웠고, 어랑촌 아낙네들이 포탄을 무릅쓰고 행주치마에 주먹밥을 만들어 날라주었습니다. 이에 힘을 얻은 독립군 병사들은 사기충천하여 용감하게 싸웠습니다. 저는 북로군정서 기관총 중대장 최인걸崔仁杰의 얘기를 들으면서 엉엉 울었습니다. 최인걸은 한 기관총 사수가 적탄에 맞아 전사하는 것을 보고 스스

로 자기 몸에 그 기관총을 묶고 고지로 올라오는 일본군을 탄환
이 떨어질 때까지 난사하다가 장렬하게 전사하였습니다."

여기까지 얘기하자 선영이 손수건을 가지고 땀을 닦는 체하
면서 눈물을 훔쳤다. 6·25때 강원도 모 전투에서 중공군과 싸우
다가 전사한 할아버지 이야기가 떠올랐기 때문이었다.

선영뿐만이 아니었다. 월남전에서 동생을 잃은 한애란 씨도
수건으로 콧물을 훔쳤다.

지성은 기관총좌를 철사로 몸에 묶고 쳐 올라오는 적들에게
마지막 한 방까지 쏘고 적탄에 장렬한 최후를 맞는 최인걸 중대
장의 모습이 망막에 파노라마처럼 살아 움직이는 것을 느꼈다.

"자, 일본군은 어랑촌 전투에서 크게 패하여 기병연대장 가노
대좌를 비롯하여 많은 전사상자를 냈습니다. 북로군정서 사령
부는 적의 전사상자가 1,600명, 중국 측 발표는 전사상자를
1,300명으로 추산할 정도로 일본군의 피해는 컸습니다. 하지만
아군 측에서도 적지 않은 피해를 입었습니다. 북로군정서의 피
해만 해도 전상자가 100명에 달했다고 합니다. 이 어랑촌전투
후에도 10월 23일에 맹개골전투·만기구전투·쉬구전투가 있었
고, 24일에는 여러분이 조금만 가면 볼 수 있는 천보산전투·그
리고 10월 25일에 바로 이 자리에서 홍범도 장군이 지휘한 고동
하전투가 일어납니다. 고동하전투를 끝으로 일본군은 패주하고
독립군은 백두산 북쪽의 안도현 방면으로 철수함으로써 6일간
에 걸친 치열한 청산리 독립전쟁이 끝납니다. 청산리 독립전쟁
이 끝난 뒤 적군은 2,000구의 시체와 1,300명의 부상자를 차에
싣고 돌아갔습니다. 2만 5,000 대 2,000명의 대결에서 그것도 일
본 정규군과 게릴라와 같은 독립군의 싸움에서 우리가 승리한

것은 세계 전사에 기록되어 있는 쾌거입니다. 일본군은 이 전투로 인하여 만주 진출 전략을 대폭 수정해야만 했습니다. 청산리 대첩의 승리 요인은 무엇이었을까요. 우연한 승리가 아니었다는 사실을 명심해야 합니다. 무엇보다도 중요한 것은 모든 장병이 강한 애국심을 지니고 있었고, 지휘관의 탁월한 지휘와 시의 적절한 작전이 주효했기 때문입니다. 이 청산리대첩에서 전사한 독립군은 150명입니다. 아직도 그 분들 중에는 이 산하에 뼈를 묻은 채 조국 광복도 못 보고, 고향으로 돌아오지 못한 분들이 많습니다. 그 분들을 위해 묵념을 올리겠습니다."

죽간 선생의 말에 따라 일행은 일어서서 자세를 바로하고 고개를 숙였다. 지성이 묵념을 인도했다.

"이역만리 청산리 계곡에서 조국 독립을 위해 산화하신 호국 영령들에게 묵념을 올립니다. 일동 묵념!"

묵념을 하는 강남구 사장의 귀에 독립군들의 함성이 천지를 두드리는 북소리처럼 들렸다. 고동하 물소리는 침묵과 고요 속에서 더 큰 파도소리로 일동의 가슴을 두드렸다.

33. 연변의 사랑

해가 완전히 산을 넘어갔는지 어스름이 고동하 계곡에 스며
들었다.

일행은 서둘러 버스를 타고 안도현 시가지 중심을 거쳐 연길
시에 접어들었다.

송 가이드는 마이크를 잡고 연길 소개를 했다.

"연길은 연변 조선족자치주의 주도州都입니다. 1949년에는 조
선인들을 위해 연변대학을 설립하고 일간지인 연변일보, 연변
TV 등이 한국어로 발간되고 방송됩니다. 연변대학은 중국 내
100개 대학 중에 들어가는 종합대학입니다. 한국 학생들도 많이
와서 공부하고 있습니다. 보시다시피 연길 시내는 거의 한국어
간판입니다. 현재 연변 조선족자치주의 조선족 비율은 39% 정
도입니다. 갈수록 줄어들고 있습니다. 한국으로 취업나간 분들
도 많습니다. 연길시의 경제 구조는 농업과 서비스업이 주입니
다. 공업이나 제조업이 약하고 과도하게 서비스업이 발달하여
젊은 사람들이 취직할 곳이 마땅하질 못합니다. 제대로 된 공장
이라면 담배 공장, 메리야스 공장, 맥주 공장 등이 하나씩 있을
뿐입니다."

그러자 찬수가 조금 볼멘소리로 말했다.

"아니, 자치주라면 자치를 할 수 있는 산업이 발달해야 할 거 아닙니까? 자치주가 된 지 50년이나 지났는데, 젊은이들이 일자리가 없다면 앞으로 우리 동포들의 미래가 어떻게 되겠습니까?"

"네, 걱정해 주셔서 감사합니다. 여러분들처럼 많은 한국분들이 오셔서 좋은 말씀해 주시고, 관광하시고, 또 투자도 하시고요, 교육 진출도 하시면 점점 나아질 것으로 봅니다."

"맞아요. 중국의 사회주의 시스템이 바뀐 지가 25년 정도밖에 안 됐잖아요."

최승희 부장이 얼른 거들었다.

일행은 한국 음식점에 들어가 된장국에 밥 말아먹고, 새로 지었다는 K호텔에 투숙했다.

호텔 로비에서 방 배정을 끝내고 잠시 로비에 앉아 있는 가이드 송미란은 기분이 좋았다.

'이제 오늘과 내일 밤만 지내면 돼. 그나저나 죽간 선생님은 뵐 때마다 더 많은 연구를 해 오시는 지 배울 게 너무 많아. 아버지 같고, 마치 독립운동가 같구, 참 좋은 분이셔. 그런데 박찬수 씨는 어쩌지?'

그녀는 아직까지 박찬수에 대한 감정을 정리하지 못하였다. 처음 만났을 때는 버릇없이 자란 부잣집 아들 같다는 생각을 했지만 날이 갈수록 자기도 모르게 그의 인간성에 매료되어 갔다.

어쩌면 스물여덟 살 처녀의 순정인지도 모를 일이었다. 수많은 한국 사람들을 만나 안내하면서 그녀는 진정한 젊은이를 만나보기가 매우 어려웠다. 특히 한국 젊은이들은 조선족들을 무시하거나 멸시하는 의식과 태도를 자기들도 모르게 내비치곤 하여 속을 상한 일이 한두 번이 아니었다. 아니, 나이든 어른이 오히려 가이드에게 친절하고 배려하는 정이 깊었다. 젊은이들은 매우 이기적이고 약삭빨라서 인간적으로 정을 주고 대화하기가 겁이 나고 또 싫었다. 하지만 박찬수는 달랐다. 약간 거친 것을 빼면 장점이 훨씬 많은 청년이었다. 무엇보다도 미란이 감동한 것은 그녀가 무엇을 필요로 하는지를 알아 미리 해결해 주려 애쓰는 그의 배려였다. 아무튼 그녀로서는 박찬수와의 만남을 대수롭지 않은 사건으로 흘려보내기가 너무 아깝다는 생각을 하였다.

K호텔 1208호실.

지성과 찬수는 중국에 온 지 처음으로 한 방에 들었다.

아까부터 찬수는 뭐 마려운 강아지처럼 엉덩이를 가만 붙이고 있질 못했다.

"너, 미란 씨 때문에 그러지?"

지성의 말에 찬수는 "형, 무슨 말을……." 하고 어정쩡하게 말했다.

"내가 다 안다. 넌 정직해서 얼굴에 다 쓰여 있거든. 암튼 너 사람 잘 보았다. 내가 봐도 미란 씨는 참 착하고 실력 있고 매너 좋고 훌륭해. 고모님이 보시면 정말 딱이다. 딱이야."

"정말로 형도 미란 씨가 그렇게 보여?"

"하지만 너에게 한 가지 충고할 게 있어. 뭐냐믄 그녀와 결혼을 생각했으면 정말 진지하게 사귀어야 한다. 장난삼아 하질 말아. 알았지?"

"형은 내가 맨날 어린앤 줄 알아?"

"그렇담, 됐어. 로비로 내려가 봐라. 미란 씨가 기다릴 걸."

“형이 어떻게 알아?”

하더니 그는 잽싸게 문을 열고 나갔다.

호텔 로비에는 송미란 씨가 무언가 수첩에 글을 쓰며 앉아 있었다. 찬수는 그녀를 보는 순간 기뻐 어쩔 줄을 몰랐다.

“미란 씨! 여기서 뭐해요?”

“어마, 아직 안 주무시고 왜 나오셨어요?”

“잠이 와야죠. 그리고 이곳은 연변 아닙니까. 저 한국에서 연변에 관한 이야기를 참 많이 들었고, TV같은 데서도 많이 보았어요.”

“어때요? 와 보니까?”

“아직 모르죠. 그냥 창밖으로 눈요기만 하는 데요, 뭘.”

“저랑 차 한잔하실래요?”

찬수는 미란에게 이끌려 호텔 지하로 내려갔다.

“그러지 마시고 우리 생맥주 한잔씩하지요.”

찬수가 말하자 그녀도 그의 말을 따랐다.

두 사람은 오래된 연인처럼 맥주잔을 들며 서로의 눈을 쳐다보며 탐색했다. 아니 무언의 대화를 나누었다. 찬수는 그녀에게 자기 전화번호를 적어주었다. 그러자 미란도 찬수의 핸드폰에 번호를 입력시켜 주었다.

“보고 싶을 땐 언제 건 전화해도 돼요.”

그건 찬수가 미란에게 하고 싶은 말이었다.

“꼭 한번 한국에 모시고 싶습니다. 저는 서울 북쪽 의정부에 살거든요.”

“그래요? 제 대학 친구가 의정부에서 중국어 강사를 한다고 했는데…….”

"그러세요? 귀국하면 만나볼까요? 아니지, 여성이면 안 만나
야지. 미란 씨가 있는데…….”
찬수의 이 말에 미란은 눈을 흘기는 시늉을 했다.

34. 어린아이를 '뀀'한 일본군들의 만행

답사 5일째.

연변의 아침은 삽상했다.

김 화백 부부는 아침 일찍 일어나 호텔 바같으로 산책을 나갔다. 연변은 어느 모로 보나 한국과 비슷한 데가 많아 정이 가는 도시라는 말을 나누며 한 시간 가량 산책을 했다.

지성과 지수는 약속이나 한 것처럼 호텔 로비에서 만나 아침에 열리는 번개시장을 구경했다. 각종 야채와 해물이 주를 이루는 번개시장 옆에 인력시장도 들어선 듯, 실업자들이 일거리를 찾아 거리에 서 있었다. 어떤 사람은 목에 구직판을 걸고 있기도 했다.

"중국도 실업 문제가 심각한가 봐요."

"그럼요. 산업 구조적인 실업이 크답니다. 특히 대졸자들의 실업 문제가 심각하다고 합니다."

지성은 들은풍월만 읊을 수밖에 없었다.

일행은 아침 식사를 일찍 마치고 도문으로 넘어가는 길에 훈춘 방향으로 틀어 봉오동전투 전적지로 향했다. 아침 길이라 막히지 않아서 예상보다 빨리 도착하였다.

봉오동전투 전적비 앞에서 답사단 일동이 독립군의 항일 투쟁 의지를 되새기고 있다.

　봉오동은 옛날에는 봉오골이었다. 현재는 일제와 싸운 반일 전적지이자 거대한 저수지가 되어 도문시민들의 공원이 되어 있었다. 버스에서 내린 일행을 맞이한 것은 큰 소나무 한 그루와 그 옆에 선 기념비였다.

　"자, 잠시 묵념을 하고 설명을 들으신 뒤에 사진을 촬영하는 것이 어떻겠습니까?"

　어느새 지성은 교관처럼 나서서 일행의 의견을 구했다. 묵념을 마친 뒤 전적비 앞 계단에 앉은 일행은 큰 소나무 가지에 아침 해가 걸리는 것을 보면서 죽간 선생의 설명을 들었다.

　"여기가 그 유명한 봉오동전투 현장입니다. 이 비는 그것을 기념하는 것인데 나중에 보시면 전투 상보가 한글과 한자로 써 있습니다. 에, 독립군의 활약상에 대해서는 고동하에서 대충 말씀드렸습니다만, 이곳은 최초의 전투지이기 때문에 큰 의미가 있습니다. 1919년 3·1운동 직후부터 만주 독립군들도 힘을 합치기 시작했습니다. 그해 8월에 30여 개에 달하던 독립군 단체가 대한독립군으로 통합하고 나서 10월부터는 본격적으로 두만강을 넘어 국내 진공 작전을 펍니다. 무려 32회나 일본군 부대와 경찰서 등을 습격하여 국경 부근의 일본 관서를 긴장케합니다. 그러자 함경북도 남양시에 주둔한 일본군 1개 중대가 두만강을 건너 삼둔자_{간평}라는 곳으로 추격해 왔다가 독립군에게 쫓겨 갑니다. 자주 두만강을 넘어 만주로 들어오는 일본군의 동향이 심상치 않자 홍범도, 최진동 등이 지휘하는 연합 부대 약 700명이 이곳 봉오동으로 집결하여 일본군의 침입에 대비합니다. 드디어 1920년 6월 7일에 일본군 19사단 1개 대대가 봉오동에 진입했다가 독립군의 매복 작전에 걸려 섬멸적인 타격을 받습니다. 이 봉오동전투로 일본군 157명이 죽었고, 300여 명이 중경상을 입고 퇴각하고 말게 됩니다. 이것이 우리 독립군이 처음으로 일본 정규군과 싸운 전쟁입니다. 봉오동전투에서 아군은 전사 4명, 부상 2명이라는 경미한 피해만 입어서 일본군들의 간담을 서늘케 합니다. 자, 그 후부터가 큰 문제입니다.”

“선생님, 여기서 멀지 않은 곳에 훈춘이 있습니다. 봉오동과 훈춘사건은 무슨 연관이 있나요?”

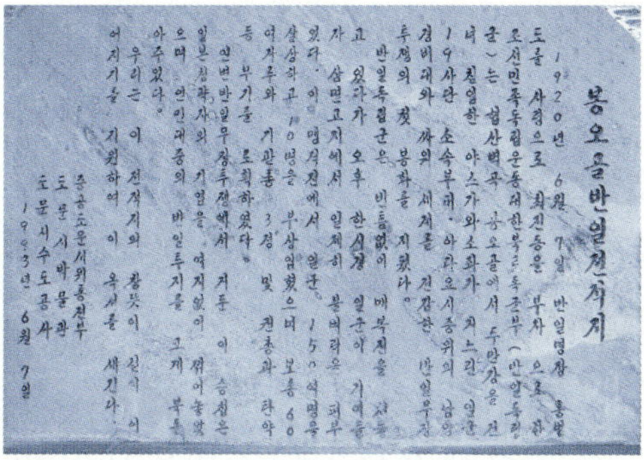

질문을 한 사람은 의외로 송미란이었다. 가이드가 교수에게 강의 내용을 질문하는 것은 극히 이례적인 일이었다. 그만큼 송 가이드

봉오동전투 승리를 기리는 전적비 뒷면에 새긴 승전보

는 일행과 정서적으로 한 몸이 되어 있는 셈이었다. 송 가이드의 질문을 받은 죽간 선생은 만면에 웃음을 띠며 말했다.

"정말 고맙군요. 우리 동포 가이드가 이렇게 질문을 해주니 내가 고맙소. 우리 역사에 대한 궁금증이 많아서 그런 것이니 암, 알아야지요. 에, 또 훈춘은 봉오동 앞길을 따라 1시간 정도 달리면 나옵니다. 얼마 전까지만 해도 중국의 훈춘과 러시아 나홋카, 북한의 나선시를 삼각형으로 묶어 공동 개발하자는 의견이 많이 나왔었지요. 바로 중국의 동쪽 대문과 같은 곳이 훈춘입니다. 아까 말씀드린 봉오동전투에서 패한 일본군은 대군을 동원하여 만주 독립군을 쓸어버리려고 모의합니다. 그중의 하나가 훈춘사건 조작입니다. 그 당시 훈춘에는 일본영사관이 있었습니다. 그런데 일본 측이 만주 마적단을 사주하여 자기 영사관을 습격하라는 지시를 합니다. 참, 세상에 이런 해괴한 일이 또 있습니까? 도둑을 시켜 자기 집을 공격하고 불을 지르라고 하다니, 제정신이라면 못할 짓이지요. 마적들이 돈을 받고 일본영사관을 쳐들어가 보니 다 도망하고 경비원 몇 명만 남아있고 해서 불을 지르지 않았습니다. 그러자 재차 또 그들에게 더 많은 돈을 주어 습격하게 합니다. 이번에는 마적들이 일본영사관에 방화하고 일본인 몇 명을 죽입니다. 이것이 훈춘사건이란 것입니다. 왜 마적들을 시켜 자기네 영사관을 불 지르고 사람을 죽이라고 했겠습니까? 선생님들이 말씀해 보실까요?"

지수가 언젠가 밥상머리에서 들은 기억이 나서 대답했다.

"그건, 간도에 사는 조선 사람과 독립군을 공격할 구실을 만들려고 그런 것 아닙니까?"

그 말에 일행이 동감을 표하자 죽간 선생은 더욱 열을 내어 말했다.

"바로 그거예요. 만주는 중국 땅인데 일본 군대가 명분이나 허락 없이는 진입할 수 없는 일입니다. 일본영사관을 공격한 죄목을 내걸고 자기네 국민을 보호하기 위해 경비병을 보낸다고 하면 중국 정부도 수긍할 것이 아니겠습니까. 그 점을 노린 겁니다. 이렇게 이상한 사건을 만든 일본은 군대를 두만강 너머 만주로 보냅니다. 그 군대가 바로 청산리전투 현장에서 독립군에게 대패하고 말지요. 그 후 일본군은 악에 받쳐 조선인들을 죽이기 시작합니다. 여러분 '경신 대참변'에 대해 들어보셨습니까?"

죽간 선생의 말에 나이 든 김화백이 말했다.

"네, 제가 어렸을 때 듣기로는 만주에서 일본군들이 수많은 동포들을 닥치는 대로 살해하고 불 지른 사건이 있었다고 하는데, 그게 아마 1920년 경신년 사건이라고 압니다. 그러고 보니 청산리전투라든가 봉오동전투 등이 모두 1920년이군요."

"바로 말씀하셨습니다. 1920년 10월 말 청산리전투에서 수천 명이 죽고 다치는 패배를 당한 일본군은 도문·연길·용정·화룡 일대의 동포 1만여 명을 무자비하게 살해합니다. 1920년 10월부터 1921년 5월까지 무자비한 살육이 자행됩니다. 그 당시 만주에 우리 동포가 약 25만 명 정도가 살고 있었는데 그중 1만 명이 6개월 동안에 살육당하는 비극이 벌어집니다. 이것이 경신 대참변입니다. 어느 마을에서는 일본군이 갓난아이의 항문에 대꼬챙이를 꽂아 동네 앞에 내걸기도 했답니다. 교회와 학교, 곡식창고 등을 보이는 대로 다 불을 질러서 거의 폐허나 다름없이 만들었답니다. 당시 일본인들은 미치광이처럼 조선인들을 죽이고 투옥했습니다."

바로 이때였다.

군용 지프차 한 대가 저수지로 들어오더니 일행이 타고 온 버스 앞에 섰다. 두 명의 군인이 내려서 이쪽을 흘깃 쳐다보고 나서 버스를 사진 찍는 것이 아닌가. 다른 사람들은 모르지만 송 가이드는 그들의 행동을 예의 주시했다.

'뭘까? 뭐가 사단이 났나?'

그녀는 은근히 걱정이 되었다. 군인이나 공안 차량이 관광버스를 따라다니는 것은 뻔하다. 무슨 핑계든지 대서 벌금을 매기겠다는 것이다. 어떻게 해서든지 부수입을 올려보자는 얕은 속셈으로 은근히 압력을 넣는 거다.

'교통법규를 위반했나? 아닌데……. 일행 중 누군가가 간밤에 외출해서 일을 저질렀나?'

그녀는 눈에 힘을 주고 그들의 행동을 살펴보았다. 허나 그들은 사진만 찍고는 사라졌다.

그런 가운데서도 죽간 선생의 설명은 계속되었다.

"일본군들이 죄 없는 가족들을 몰살시키면서 독립군을 찾아내려고 혈안이 되자 독립군들은 1921년 1월에 혹독한 추위 속에서 흑룡강을 넘어 연해주 이만이라는 곳으로 이동하여 '대한의용군 총사령부'로 통합하고 기회를 엿봅니다. 연해주는 러시아 땅입니다. 그때 러시아는 볼셰비키 혁명이 성공하여 레닌이 정권을 잡아 극동 지역에도 긴장이 높아지던 시기입니다. 처음에 볼셰비키들은 우리 독립군을 일본군의 진출을 막는데 활용하고자 환영했고, 실제로 항일 투쟁이라는 공동 목표를 가지고 연합 투쟁도 했습니다. 홍범도 장군 같은 분은 레닌으로부터 그 공을 인정받아 권총까지 선물 받은 적이 있으니까요. 하지만 새로운 상황이 발생합니다. 러시아는 독립군의 존재가 점차 자기네들에게 위험 요소가 될 지도 모른다는 생각을 하게 됩니다. 즉, 독립군이 일제의 앞잡이가 될 지도 모른다고 생각하곤 '고려공산당'을 시켜 독립군의 해체와 무장 해제를 요구하도록 사주합니다. 그러나 독립군들이 이에 반발하면서 대사변이 일어납니다. 혹시 '흑하사변'이라고 들어보셨는지요? '자유시참변'이라고도 합니다. 러시아 볼세비키군 29연대가 야밤에 독립군 진영을 기습 공격하여 독립군 272명이 죽고, 280명이 도망하다가 물에 빠져 실종됩니다. 그리고 917명이 러시아군의 포로가 되면서 독립군은 와해되고 맙니다."

죽간 선생은 설명하면서 목소리가 떨렸다. 일행은 같은 심정이었다. 이제까지 만주 독립군의 활약에 대해 아는 게 없었는데, 전투 현장에서 그 장면을 떠올리며 설명을 듣자 가슴이 떨려왔다. 특히 교단에 서는 지수와 선영의 느낌은 남달랐다. 이제부터는 아이들에게 독립군의 활약상에 대해 자신 있게 말해줄 수 있을 것 같았다.

"그 뒤 어떻게 되었느냐. 독립군 지도부는 와해됩니다. 홍범도 장군은 많은 포로들과 함께 러시아 땅으로 끌려가 현재 카자흐스탄 알마티시에 있었던 고려극장 수위로 만년을 보냅니다. 함경도 포수에서 독립군 장군으로 항일 투쟁을 한 장군이 러시아에서 극도의 고난을 받으며 살다가 죽어 크졸오르다 공동묘지에 묻혔습니다. 함께 끌려간 900여 명의 독립군들은 1921년 8월에 중부 시베리아 일쿠츠쿠로 이동하여 러시아 적군 산하에 한인 특별 여단, 일명 88여단으로 편성되어 있다가 1923년에 스탈린의 지시로 모든 한인의 무장 활동이 금지되고 맙니다. 군에서 쫓겨난 독립군들은 황무지 개간을 하는 노동자가 되고 맙니다. 그 후 1937년 스탈린이 연해주에 살던 우리 동포 15만 명을 강제로 잡아 중앙아시아로 보내어 황무지를 개간하게 하는데, 이들이 홍범도 장군의 위업을 기려 알마티 시에 흉상을 세웁니다. 지금은 홍범도 거리, 홍범도 공원도 있다고 합니다. 그만큼 우리 동포들의 노력이 결실을 본 것이지요."

"저, 한 가지 궁금한 것이 있는데요. 그 유명한 김좌진 장군은 어찌 되셨습니까?"

찬수가 조심스럽게 질문을 하자 죽간 선생이 흐뭇한 미소를 지으며 말했다.

"우리 박찬수 씨는 참 의협심이 대단한 청년입니다. 옛날 같았으면 독립군 대장을 할 기개가 있는 청년이예요. 예, 설명을 드리지요. 김좌진 장군 역시 러시아군의 공격을 받고 사경을 헤매다가 탈출에 성공합니다. 그리하여 흑룡강성 영안이라는 곳으로 피신하여 재기를 노리게 됩니다. 김좌진 장군은 영안에 신민부라는 것을 만들어 광복 조국의 입법, 행정, 사법의 기틀을 마련하고, 개인적으로는 방앗간을 운영하면서 준비를 합니다. 헌데 어느 날 박상실朴尙實이라는 청년이 찾아와 김좌진 장군의 수하에서 일하며 지냅니다. 그는 고려공산당이 보낸 첩자였습니다. 기회를 보던 그 자는 권총으로 김좌진 장군을 사살합니다. 1930년 1월 24일음력 1929년 12월 25일 오후 2시, 백야 김좌진 장군은 북만주 영안 산시역 부근의 정미소에서 동족의 흉탄에 맞아 쓰러지고 말았습니다. 장군의 나이 겨우 41세, 아직도 조국을 위해 할 일을 많이 남겨두고 유명을 달리하였으니 애통하기 짝이 없는 일이었습니다. 장군이 서거하자 재만 동포의 슬픔은 두말할 것도 없었고 중국인들까지도 장군의 죽음을 애도하였습니다. 그들은 통곡하면서 말하기를 '고려인의 왕이 죽었다' 고 하였답니다."

죽간 선생의 말은 차라리 절규에 가까웠다. 천천히 하는 말이 어느새 슬픔으로 눅눅히 젖어들었다. 일행은 이 황량한 만주 벌판에서 돌아가신 김좌진 장군의 죽음과 수많은 독립군의 영혼이 주위에 떠도는 것 같아 차마 입을 열지 못했다.

이름 모를 새들이 소나무 위에서 노래하는 가운데 일행은 자리를 털고 일어나 기념비 주위를 돌아보며 청소를 하였다.

7부

연변이 살아야 민족이 산다

35. 선생님 월급이 13만원?

　봉오동에서 나온 일행은 20여 분을 달려 도문시에 당도했다. 두만강을 사이에 두고 북한 함경북도 남양시와 마주보는 곳. 인구는 15만 명 정도의 국경 도시이다. 북한으로 넘어가는 도문교 중간까지 걸어가 북한 땅을 바라보고 돌아 나오면서 지성은 다리 앞에서 '함북×××' 라는 번호판을 단 북한 트럭을 발견하고 가슴을 설레며 사진을 찍었다.

　두만강은 형편없이 좁아져 있었고, 오염되어 있었다.

　송 가이드는 아까 봉오동에서 보았던 군용 지프차를 발견하고 조심스러워졌다. 다행히 일행에게는 어떤 행동도 하질 않았지만 왜 일행이 가는 곳을 따라다니는지 알 수가 없어 좀 불안했다.

　일행은 두만강을 끼고, 북한 땅을 왼편으로 바라보면서 개산툰 지역으로 내달렸다. 용정으로 가는 길에 조선족 소학교를 방문하기 위해서였다. 학교 방문은 죽간 선생과 여러 선생의 제의로 이루어진 프로젝트였다. 지프차는 뒤따라오지 않았다. 박기대 사장이 "두만강 푸른 물에 노 젓는 뱃사공 흘러간 그 옛날에 내 님을 싣고 떠나간 그 배는 어디로 갔소……." 하고 흥얼흥얼 콧노래를 불렀다. 그 뒤를 따라 일행은 누가 시키기라도 한 듯이

도문교 아래로 흐르는 두만강. 건너다 보이는 곳이 함북 남양시

노래를 불렀다.

"그리운 내 님이여 그리운 내 님이여 언제나 오시려나……."

정말 오랜만에 불러보는 두만강 노래. 그것도 두만강에 와서 부르는 감회는 남달랐다.

얼마쯤 갔을까. 차창으로 북한 화물열차가 10여 량의 낡은 화물칸을 달고 힘겹게 달리고 있는 것이 강 건너로 보였다. 버스보다 느린 기차를 바라보며 얼마쯤 더 나가자 강 건너에 작은 역사驛舍가 하나 보였다.

"어? 저건 김일성 사진 아니에요?"

눈썰미 있는 최승희 부장이 얼른 카메라를 들이대며 큰 소리로 말했다.

시골 역사 지붕에 큰 김일성 컬러 사진이 이쪽을 건너다보고 있었다. 정말 어울리지 않는 그림이었다.

"제기랄, 저놈의 유훈 통치遺訓統治는 언제나 끝낼 건지, 원."

죽간 선생의 말에 선영이 "선생님, 유훈 통치라뇨? 그게 무슨 의미예요?"라고 물었다.

"아, 그건 김일성이라는 죽은 귀신이 통치하는 것이지요. 김정일의 통치 역량이 모자라니까 북한 주민들의 김일성에 대한 열광적인 존경과 흠모의 정을 기리면서 자기에게 유리한 국면을 조성해 체제를 이끄는 노련한, 그러나 좀 모자란 통치랍니다."

그러자 지성이 조심스런 어조로 말했다.

"선생님, 김일성에 대해 말씀 좀 해주시지요. 일설에 의하면 김일성이도 항일 투쟁을 했다고 하던데 사실입니까?"

일행은 정말 궁금했던 것을 질문해 주었다는 듯이 지성의 말에 동감을 표시했다.

"에, 그러면 김일성의 정체에 대한 것과 항일 투쟁 부분으로 나눠 잠시 말씀드립니다. 김일성은 본명이 김성주인데, 1912년 4월 15일 평양 부근에서 태어났습니다. 그는 압록강 건너 만주 무송제1소학교에 들어가 공부하다가 이듬해 화성의숙으로 옮겼는데, 그 학교에서 무장 투쟁을 결심했다고 합니다. 사실 14세 소년이 무엇을 할 수 있었겠어요. 1920년대 만주 지역에서 독립 운동이 활발해지자 독립운동이니 무장 투쟁이니 하는 것을 동경하지 않았나 생각합니다. 그리곤 만주 길림에 있는 육문중학을 다니던 18세 때 독서회 사건으로 중국 군 당국에 체포되어 투옥된 바 있습니다. 19세 되던 1930년에는 국경 부근의 일본군을 상대로 소규모 유격전을 전개했고, 1937년 6월 4일 밤에 동북항일연군 제1노군 제2군 제6사 소속 대원 90명을 이끌고 만주 국경 근처의 함경남도_{현재 양강도} 갑산군 보천면 보전리_{옛 이름 보천보}를 습격하여 면 파출소와 시험장, 영림서, 삼림보호구, 소방서를 습격했습니다. 이것이 보천보전투인데, 북한에서는 청산리전투 이상의 의미를 부여하고 있답니다. 사실 전과를 보면 별거 아닙니다. 당시 보천면 파출소에는 7명의 경찰관이 배치되어 있었지만, 일본 경찰을 죽이지 못했고 총기와 탄약을 빼앗고 면사무소, 우체국 등에 불을 지르고 상점과 주택을 습격하여 마을 사람으로부터 현금과 물자를 빼앗았는데, 피해자는 대부분이 조선인이었고, 일본인 한 명이 피살되었습니다. 습격대는 4종류의 삐라를 뿌리고 도주했습니다. 다음날 6월 5일, 일본 경찰이 추격을 개시하자 김일성 부대가 되돌아와서 교전한 결과 경찰관 7명을 죽이고 14명을 부상시켰습니다. 이 사건을 통해 김일성의 이름이 조선 영내에서 알려졌고, 일본 측 관헌도 이 사건을 중요시하여 김일성 체포 현상금을 올림으로써 김일성은 유명해 졌습니다. 사실 보천보는 면사무소를 중심으로 일본인 50명, 중국인 10명, 조선인 1,300여 명이 살던 조그만 마을이었지만, 가까운 곳에 혜산진이라는 주요 도시가 있어서 보천보 습격을 일본 측에서는 중시했던 것입니다. 김일성 부대가 습격한 뒤에는 공포 때문에 주민들이 차례로 이 땅을 떠나 보천보 주변은 인구가 줄어들었다는 연구 결과가 있습니다. 김일성은 중국과 연합한 항일연군 소속의 중대장 정도였던 것 같습니다."

"선생님, 그런데 김일성이 본명이 아니라면 왜 그 이름을 썼는지요."

지성이 다시 묻자 죽간 선생이 말했다.

"그건 김일성 장군이라는 전설적인 인물이 만주에서 항일 투쟁을 하고 있었기 때문에 그의 이름을 땄다고 생각합니다. 일본 육사 출신의 김광서金光瑞라는 분이 1920년부터 1931년까지 만주와 연해주 일대에서 신출귀몰하며 항일 투쟁을 했습니다. 그분이 돌아가시자 김성주가 1932년에 그 이름을 따서 행세를 한 것이지요. 일종의 위광 효과를 노린 것이 아닐까 싶습니다. 그리고 보천보전투 이후에 일제에 쫓긴 김일성은 러시아 하바롭스크로 들어가 러시아군에 편입됩니다. 스탈린의 제자가 된 것이지요. 스탈린은 세계 적화의 꿈을 갖고 제3국의 지도자들을 교묘한 방법으로 키웠는데, 김일성도 그중의 하나입니다. 급기야 해방이 되고 북한 지역에 소련 군대가 진주할 때 김일성이도 함께 들어왔습니다. 북한 주민들은 진설적인 영웅 김일성 장군을 보려고 몰려들었다가 이내 실망해 버립니다. 흰 수염 휘날리며 항일 투쟁하던 영웅을 기대했는데, 43세의 앳된 소련군 대위 계급장을 단 김일성이 나타난 것입니다. 그러나 스탈린의 강력한 후원으로 그는 북한을 통치하는 지위에 오릅니다. 한마디로 코미디 같은 일이었지만 자주 역량이 부족한 우리나라로서는 어쩔 수 없는 일이었지요. 해방 직후 우리가 우리 힘으로 통일 한국을 건국하지 못한 것이 60년이 넘도록 분단의 고통으로 이어지고 있는 것입니다. 안지성 씨, 제가 정치학을 공부한 사람이 아니 돼나서……, 질문에 좀 답이 됩니까?"

"네, 선생님 말씀을 들으니 속이 훤해지고, 머리가 명료해 집니다."

"하하하, 그래요. 김일성보다는 김정일에 대해 더 연구해야 할 거예요?"

죽간 선생은 김일성의 정체에 대해 시원한 답변으로 일행의 궁금증을 풀어주었다.

서쪽으로 내달리던 버스는 북행으로 길을 바꿔 내달리다가 다시 남행하였다.

이미 12시가 지나 시장기를 느낀 일행은 가지고 있는 과일과 물로 허기를 달랬다.

도문에서 출발하여 거의 2시간 가까이 달려 도착한 곳은 용정 지신촌이었다.

북한 회령 방향으로 난 도로를 따라 내려가던 버스는 오른편으로 틀어 다리를 하나 건너 허름한 벽돌 건물 앞에 섰다. 흡사 시골 벽돌 공장 같은 느낌을 주는 이곳이 바로 조선족 소학교라니, 일행은 차에서 내리면서 눈을 의심했다.

교문은 부서져 버렸고 운동장은 황량했다. 잡초가 우거진 화단은 차라리 풀밭이라고 불러야 맞을 것 같았다.

그때, 일행을 향해 걸어오는 30대 중반의 남자가 손을 내밀었다. 그의 얼굴은 까맣게 타 있어 농부 같았다.

"김명석입니다. 여기 교장을 맡고 있습니다."

일행은 교장과 악수를 했다. 그리곤 그의 안내로 교실 쪽으로 가다가 고운 한복을 입고 기다리는 10여 명의 학생들을 만나 기념사진을 찍었다. 방학 중인데도 한국 손님이 오신다고 기다렸다는 말에 일행은 고맙다는 말을 수없이 했다.

교장은 학교 역사에 대해 말했다.

"저희 학교는 1908년에 반일 민족지사인 김약연 선생이 설립한 최초의 민족 교육기관이지만 일제에 의해 1925년에 폐교 당하고 세 번이나 불탔습니다. 당시에는 500여 명의 소학, 중학부를 가진 학교였는데 지금은 이농 현상이 심하여 학생 수가 100여 명으로 줄었지요. 본교 졸업생들은 1919년 '용정 3·13' 반일 시위 때에 반일 대오의 앞장에 섰지요. 당시 명동촌은 반일 민족

윤동주 시인의 모교였던 지신명동학교 교실. 시설이 아주 열악하다.

해방운동의 활동 중심으로 되었습니다. 본교에서 많은 혁명 투사와 문화 명인들이 배출되었는데 대표적인 인물로 윤동주 시인이 있지요."

지수와 선영은 도대체 이런 학교가 한국에 있을까 싶지 않아 망연한 표정으로 주위를 둘러보다가 아이들과 눈을 마주쳤다.

"지수 씨, 정말 해맑은 아이들이야. 그치"

"언니, 맞아요. 비록 가난하지만 마음이 가난한 것 같긴 않네요."

일행은 교실에 들어가 학생들의 환영 공연을 보았다. 유치원 공연보다도 못한 어설픈 공연이었지만 순진무구한 아이들의 몸동작과 율동을 바라보면서 눈시울을 적셨다.

한애란 씨는 기쁨 반 애처로움 반의 심정으로 손수건을 꺼내어 연신 콧물을 훔쳤다.

공연이 끝나자 일행은 큰 박수로 고마움을 표했다.

학교를 방문한 일행에게 환영 공연을 하는 용정 동포 학생들

　지수와 선영은 식당으로 가는 도중에 창 너머로 교실 안을 살펴보았다.

　"아니, 칠판은 있는데 저기에 글씨가 써 질까요?"

　지수의 물음이 공허하게 울렸다.

　오래된 칠판은 분필 글씨가 먹힐 것 같지 않을 정도로 굳어 있었다. 교무실 앞을 지나다가 지수는 슬쩍 문을 밀고 들어가 보았다. 허름한 책상 위에 등사기와 철필, 그리고 등사원지가 놓여 있었다. 그 옆에는 시험지가 여러 종류 인쇄되어 있는 것으로 보아 이것으로 인쇄한 것이 분명했다.

　"세상에, 이건 우리나라에서는 박물관에나 있는데, 여기선 등사기로 인쇄를 하나 봐요."

　"정말 놀랐네요. 참 안타깝네요."

　두 사람은 아픈 가슴을 달래며 음식을 차린 곳으로 갔다. 그건 공사장의 밥집보다 못한 방이었다. 허름하게 옷을 입은 여성 세

명이 식사를 준비하고 있었다.

일행은 그녀들이 차려놓은 푸짐한 닭고기, 돼지고기와 쌈과 국과 떡을 앞에 놓고 입을 벌렸다. 시골 음식으로는 정말 푸짐했다. 자리에 앉자 교장이 환영 인사를 했다.

"멀리서 이렇게 저희 학교를 찾아주셔서 감사합니다. 재주가 없어 잘 차리지는 못했지만 많이 드세요. 우리 여선생님들이 준비한 겁니다."

"네에? 선생님들이세요? 어이쿠, 실례했습니다."

교장의 말을 듣던 강남구 사장이 일어서서 식사를 준비해 준 선생님들에게 정중하게 인사를 했다.

일행은 양껏 먹으며 2세 교육에 관해 이야기를 나누었다. 그리고 교직원의 처우 문제에 대해서도 물었다. 평교사의 월급이 우리 돈으로 13만 원 정도라 했다. 한국에 비해 농산물 가격이 아무리 싸다 해도 생활하고 아이들 교육을 할 수 있는 임금이 아니었다. 게다가 자치주라고 하여 길림성 정부나 중앙 정부의 교육 예산 지원이 거의 없는 상황이라는 말에 일행은 할 말을 잃었다.

식사가 끝나고 밖으로 나와 일행은 나무 그늘에 앉아 많은 이야기를 나누었다. 점심 식사비는 원래 외부 식당에서 매식할 비용을 학교에 주고 부탁한 것이라는 송 가이드의 설명이었다. 하지만 뭔가 찜찜한 생각을 떨쳐 버릴 수가 없어 서로의 눈치만 바라보고 있을 때 찬수가 입을 열었다.

"저는 의정부 변두리에서 학교를 다녔는데요, 정말 이런 시설의 학교는 처음 봅니다. 너무 가슴이 아픕니다. 우리 좀 도와 드립시다. 교장선생님과 선생님들에게 희망을 주고, 아이들에게도 작은 선물이 되도록 하면 어떻겠습니까?"

죽간 선생과 지성은 찬수의 말을 듣고 나서 그를 새롭게 보았다.

찬수는 모자를 벗어 들고 돌면서 찬조금을 받았다. 찬수는 어머니가 깨 사오라고 준 돈을 톡 털어서 냈다.

버스가 출발하자 모든 선생님들이 나와 손을 흔들며 작별을 아쉬어 했다.

버스가 출발하자 송 가이드가 마이크를 잡았다.

"박찬수 선생님, 감사합니다. 여러분 모두 고맙습니다. 열악한 시설에서 후세들을 교육하는 선생님들에게 큰 희망과 용기가 되었을 겁니다."

찬수는 송미란이 제 이름을 호명해 주자 얼굴을 붉히며 어쩔 줄 몰라 했다.

버스는 용정을 향해 내달렸다. 조금 가다가 보니 왼편으로 윤동주 생가 푯말이 보였다.

36. 해란강은 천년 두고 흐른다

　용정 시가지를 거쳐 화룡으로 향하다가 해란강경기장을 끼고 비암산 일송정에 오른 것은 오후 세 시가 다 된 시각이었다.

　"저기 보세요. 멀리 산꼭대기에 정자가 하나 보이지요? 저것이 일송정입니다. 지금은 팔각 정자가 있지요. 일본 강점기 때 독립운동의 혼과 기상을 상징하던 아름드리 소나무가 있었는데 사람들은 큰 정자 같다고 하여 일송정이라 불렀습니다. 독립군들이 저 곳에 모여 회합을 했다고 하여 일제가 그 나무를 표적으로 포사격 연습을 하는가 하면 나무뿌리에 황산을 부어 그 나무는 1937년에 죽었습니다. 그 옆에 있던 선구자탑도 폭파시켜 버렸습니다. 올라가 보시면 정자 옆에 소나무가 한 그루 자랍니다. 여러 번 자리를 옮겨 겨우 커가고 있는데, 그것이 1991년에 백두산에서 옮겨온 소나무입니다."

　송 가이드는 차 안에서 일행에게 열심히 설명을 해주었다.

　가파른 길을 따라 오르며 김 화백 부부는 숨이 찼다. 하지만 일생에 한 번 올까 말까 한 일송정이 아니던가. 부부는 서로 손을 잡아 주면서 땀을 뻘뻘 흘리며 정상에 올랐다. 거리는 얼마 안 되었지만 가파른 능선 길이어서 힘이 들었던 것이다.

“와아. 여보, 여기가 바로 일송정이에요. 선구자가 말 달리던 곳 말이에요.”

한애란 씨는 소녀처럼 좋아했다.

일송정에서 내려다본 용정 시가지는 한 폭의 그림 같았다. 더구나 여인네의 허리처럼 휘어져 흐르는 해란강의 맑은 물빛은 환상적이었다. 한참을 바라보던 찬수가 송 가이드 옆에서 한마디했다.

“해란강, 죽여주는군. 완전 스라인이네.”

“무슨 라인이라구요?”

“아, 스라인 있잖아요. 에스라인…….”

이렇게 말하며 찬수는 두 손을 모아 미란의 몸매를 위에서 아래로 곡선을 긋는 시늉을 했다.

“에구, 찬수 씨는 아무도 못 말려.”

그녀는 아까 돈을 모아 죽간 선생을 통해 김 교장에게 후원금을 전달하게 하는 찬수의 행동에 한마디로 감동 먹었다. 더구나

멀리서 본 일송정 정자. 그 옆에 새로 옮겨 심은 소나무

일송정에서 내려다 본 용정시와 해란강. 용주사 터(점선)

10만 원 봉투를 스스럼없이 동포 학교 발전 후원금으로 내놓는 찬수에게서 무한한 신뢰의 감정을 맛보았던 것이다.

　"저 아래를 보세요. 숲이 끝나는 넓은 잔디밭에 큰 돌이 여러 개 나란히 줄 지어 있지요. 그 것이 바로 용주사 터입니다. 선구자 노래에 나오는 절 이름이지요. 그리고 저 오른편 아래에 하얀 큰 비가 있고, 그 앞에 자연석이 있는데요. 2004년까지 선구자 노래 가사가 실려 있었습니다. 헌대 2005년 여름에 와보니 노래비에 새긴 선구자 가사를 뭉개버리고 용龍 자를 크게 새겼더군요. 생각건대, 조선족이 중국의 선구자로 행세할까봐 겁이 나서 저지른 용렬한 처사가 아닐까 싶습니다. 세계의 중심이라고 자랑하는 중화족의 포용력이 이 정도밖에 안 된다는 것을 입증하는 자료인 셈이지요. 이 역시 동북 공정의 연장선상에 있는 것은 물론입니다."

죽간 선생의 말을 듣고 나서 한애란 씨는 조용히 선구자 노래를 읊조리기 시작했다. 분위기가 고조되자 지성은 전체에게 선구자 노래를 제창하자고 제안했다.

지수가 지휘를 맡았다.

"일송정 푸른 솔은 홀로 늙어 갔어도, 한 줄기 해란강은 천년 두고 흐른다. 지난날 강가에서 말 달리던 선구자, 지금은 어느 곳에 거친 꿈이 깊었나……."

일행이 부르는 노래는 서전벌과 해란강 물 위로 애절하게 흘러들어 갔다.

노래가 끝났지만 아무도 내려갈 생각을 하지 않고 2절 3절을 흥얼거리며 서성였다.

그랬다. 19세기 후반부터 먹고 살기 위해 국경을 넘어 밀려들어온 조선 동포들의 애환이 깃든 땅 용정과 연변이 아니더냐. 또 조국 독립의 웅지를 안고 넘어와 이름 모를 골짜기에서 몸을 던져 죽은 조상의 무덤 땅이 아니더냐. 단군조선에서 부여·고구려·발해를 이어온 조상의 땅이 이제는 '빼앗긴 들녘'이 되고 말았으니 한민족이라면 누군들 일송정이 단순한 관광지에 그치랴.

지성은 착잡한 감정을 억누르며 젊음을 경찰관으로 보낸 아버지를 생각했다.

"그만 내려가셔야지요. 다음에 가실 곳은 대성중학교와 용두레 우물터와 용문교입니다."

송 가이드가 지성에게 다가와 말했다.

"친절한 미란 씨, 고마워요. 우리 찬수가 미란 씨 때문에 잠을 못 자요."

“어휴, 그런 말씀 마세요. 참, 찬수 씨랑 가까우신가 봐요?”

“네, 조카입니다.”

“아, 그러셨군요. 어쩐지 찬수 씨가 안 선생님에게는 깜빡 죽더라구요.”

“아무튼 지나가는 말이 아닙니다. 우리 찬수가 미란 씨를 찜했어요.”

“뭘요, 호기심에서겠지요.”

“그런 것만은 아닙니다. 앞으로 서로 좀 사귀어 보세요. 미란 씨는 우리 찬수에게는 넘치는 분이지만…….”

“에구, 별 말씀을요.”

10여 분만에 도착한 용정중학교 교정은 방학이라 그런지 조용하기만 했다. 다만 윤동주 기념관 앞에 관광버스 두 대가 서 있었다. 그리고 군용 지프차가 이상설 기념관 앞에서 관광객들을 지켜보고 있었다.

서시序詩가 새겨진 기념 시비 앞에서 지수는 소리 내어 시를 읊었다.

“죽는 날까지 하늘을 우러러
　한 점 부끄럼이 없기를
　잎새에 이는 바람에도
　나는 괴로워했다.
　별을 노래하는 마음으로
　모든 죽어가는 것을 사랑해야지.
　그리고 나한테 주어진 길을

걸어가야겠다.

오늘밤에도 별이 바람에 스치운다. 1941.11.20 완성”

　시를 읊고 나자 갑자기 서정주 시인의 《국화 옆에서》라는 시가 떠올라 흥얼거렸다.

　그녀는 견학을 마치고 《하늘과 바람과 별과 시》라는 윤동주의 시집을 한 권 사들고 나왔다. 1945년 28세의 젊은 나이로 일본 후쿠오카 형무소에서 독살당한 윤동주. 혼이나마 그가 살던 만주에 묻혀있다는 것에 대한 후손으로서의 죄의식이 책을 사게 했는지도 모른다고 지수는 생각했다.

　몇몇이 밖에서 대화를 하는 중에 죽간 선생은 이런 말을 했다.

　“연변에서는 8·15를 ‘노인절’로 기념합니다. 사실 일본 제국주의와의 투쟁에 공동 전선을 펴 국권을 쟁취한 한중 양국은 이날을 광복절 혹은 항일 투쟁 기념일로 삼고 있는데, ‘연변 조선족자치주’에서는 이날을 ‘노인절’로 삼고 있는 것을 보고 깜짝 놀랐습니다. 노인 공경의 의미는 알겠지만 어째서 8·15를 ‘노인절’로 삼았는지 그 배경이 의심스럽습니다.”

　일행은 다시 용두레 우물터로 갔다. 송 가이드의 설명에 따르면 1884년에 장인석과 박윤언이라는 두 농부가 두만

용정시 중학교 안에 서 있는 윤동주의 시비

강을 건너와 우물을 발견하고 삶터로 정했던 곳이다. 어쩌면 이주 농민의 초기 애환이 가득 고인 우물일지도 모른다는 생각에 우물을 들여다보았지만 물은 없었다. 한 5년 전만 해도 물을 넣어두고 두레박을 감아올려 퍼 올릴 수 있도록 했는데, 이제는 그마저도 시들했는지 모양만 남았다. 한 가지 고무적인 것은 용두레 우물터를 거룡공원巨龍公園으로 명명하여 시민들의 휴식처로 만들었다는 점이었다.

"거룡이란 큰 용이 아니라, 한국 경남 거제시와 용정시가 자매결연을 한 기념으로 지은 명칭입니다."

송 가이드의 설명에 대한민국 남단 거제 시민이 어떻게 용정 시민들과 자매결연을 할 수 있었을까 신기하기도 했다. 우물터 앞에는 양복과 한복을 기묘하게 받쳐 입은 두 노인네들이 쉬고 있다가 선한 웃음으로 일행을 맞아주었다.

지성이 송 가이드의 설명에 부연하여 말했다.

"만주 지역에 사는 동포들은 발해 이후부터 살아온 분들이 아닙니다. 발해가 망한 뒤에는 1,000년 가까이 요나라·금나라·청나라에 묻혀 나라와 민족을 잃어버렸습니다. 그러다가 조선조 철종 때부터 조선에 기근이 심하고 학정이 심해지자 농민들이 강을 건너 만주로 오게 됩니다. 기록된 바에 의하면 1845년에 평안북도 초산에 사는 농민 80여 세대가 압록강을 건너 요녕성 통화와 관전 혼강 일대에 이주하여 황무지를 개간하여 벼농사를 짓기 시작한 것이 한인 이주의 시초입니다. 그러니까 만주의 벼농사는 우리가 아니었으면 생겼을 리가 없지요. 그 후 1860년대부터 동북 연변 지역으로 함경도 농민들이 이주하기 시작했습니다."

그랬다. 이곳 용정은 조선의 배고픈 농민들의 이주처로 시작하여 오늘의 발전이 이루된 곳이었다.

용문교龍門橋는 시내 중심을 흐르는 해란강 위에 놓인 다리이다. 다리 이름이 용의 무늬와 함께 교각 앞에 서 있고, 다리는 용 무늬로 치장해 놓았다. 아마 농업 지역이어서 용 문양이 호응을 받은 것은 아닐까 하는 생각이 들어 지성은 수염 달린 용의 모습을 만져보았다.

죽간 선생은 용정시가 이러다가는 얼마 못 가 연길시와 통합되지 않을까 하는 걱정을 했다. 아닌 게 아니라 화룡·용정·연길·도문은 머지않아 통합시킬 움직임이 보인다고 가이드가 귀뜸을 해주었다. 그녀는 창 밖에 펼쳐진 과수원을 가리키며 신이 나서 말했다.

"자, 저 과수원을 보세요. 길이가 17km에 달하는 '사과배' 농장인데 아시아에서 두 번째로 큰 농장이죠. 과일 이름이 '사과배'인데 생긴 것은 사과에 가깝고 맛은 배 맛이 납니다. 지금은 추수철이 아니라서 맛을 볼 수가 없는데 참 맛이 달고 물이 많습니다."

연길 시내로 들어서 서시장으로 들어갔다. 연변에서는 가장 크고 유명하다는 곳이다. 허나 송 가이드는 누누이 강조했다.

"여긴 눈 감으면 코 베어 가는 곳입니다. 절대로 떨어져 혼자 다니지 마세요. 여럿이 함께 다니시고 무슨 물건을 사고 싶으면 한 군데서 흥정을 하여 많이 사서 나누시면 쌉니다. 그리고 여권과 돈지갑을 조심하세요. 특히 여권을 분실하시면 큰일납니다. 여기서는 한국 여권만 훔치는 전문 도둑이 있어요."

시장 안은 정말 크고 넓었다. 상품의 양도 많았고, 물건 값도 쌌다. 한애란 씨는 삼베가게에서 흥정을 하여 다섯 명이 모아서 사는 바람에 한국보다 훨씬 싸게 샀다고 좋아하였다.

어디로 얼마나 돌아다녔는지, 시간은 벌써 오후 다섯 시를 넘기고 있었다. 일행은 걸어서 식당으로 갔다. 북한이 운영한다는 유경식당이 제법 큰 건물 안에 있었다. 전에는 두만강식당이었는데 상호가 바뀌었다고 가이드가 말했다.

식당 안에는 이미 많은 한국 사람들이 앉아 식사를 하느라 시끌벅적하였다.

일행이 테이블에 앉자마자 음식이 나왔다. 박 사장이 인절미를 집어 맛을 보며 말했다.

"북한에서는 손님이 오면 인절미 떡을 내놓는 관습이 있나 봅니다."

상차림은 집안의 묘향산식당보다 훨씬 정갈했다. 특히 배추김치는 일품이었다. 아가씨들도 한복이 아니라 푸른 원피스 차림으로 세련된 도시 감각을 갖추었고, 나이도 더 들어 보였다. 한마디로 노련한 여자 공작원 같은 느낌이 들었다.

음식을 맛있게 들면서 일행은 '반갑습니다'를 필두로 북한 식당에서 주로 부르는 노래를 들으며 격려의 뜻으로 꽃 두 송이를 사서 주었다. 꽃 한 송이에 중국 돈으로 50원, 100원하였다.

오늘 밤만 자고 나면 내일 귀국하게 된다는 생각에 일행은 유쾌하게 음식을 들었다. 맥주도 한 병씩 마셨다.

두 시간 가까이 식당에서 보낸 일행은 다시금 K호텔로 돌아와 마지막 정리 행사를 갖기로 했다. 내일은 일요일. 오전 12시에 인천행 직항이 있다. 고로 오늘 저녁에 답사 마무리를 하고 필요한 기념품을 사거나 발 마사지를 할 사람은 하기로 했다. 송 가이드는 로비에서 대기했다.

37. 울분으로 가득 찬 세미나

　호텔의 세미나실에 모인 일행은 지난 6일간의 성과에 대해 나름대로 많은 대화를 나누고 있었다. 사회자 없이 자연스럽게 대화를 나누면서 서로 필요한 것들은 필기하고, 자료를 주고받았다.

　맨 먼저 연장자인 김철 화백이 서두를 열었다.

　"일정이 고단하였지만 참 많은 것을 알게 하고 느끼게 해준 답사 여행이었습니다. 혼자 왔더라면 이런 알찬 체험은 불가능했을 것으로 압니다. 그런 점에서 이번 답사를 준비하고 이끌어주신 고 선생님에게 감사드립니다. 또 많은 여러 젊은이들과 호흡을 같이 하다 보니 내가 10년은 젊어진 것 같습니다. 아무튼 역사의 가치와 한민족의 미래에 대해 좋은 지식과 정보를 얻어 감사합니다."

　일행은 박수를 쳤다. 뒤를 이어 한애란 선생, 강남구 사장과 최승희 씨, 지성과 지수와 선영, 그리고 찬수의 소감이 이어졌다. 박기대 사장에 이어 죽간 선생이 말을 시작했다.

　"에, 여러분과 행복한 시간을 보냈습니다. 저는 벌써 10여 차례 만주를 찾아 왔지만 올 때마다 새롭습니다. 아니 중국의 발전을 보고 연변이 무기력하게 끌려가는 것을 보면 무섭습니다. 여

러분, 내일 아침 연길공항 가는 길목에서 잠시 진달래 광장이라
는 곳에 들르겠지만, 중국의 연변 말살 정책은 본격화되었다고
생각합니다. 제가 요하 공정과 동북 공정에 대해서 심양과 단동
에서 말씀드렸지만, 연변에 오시면 백두산 공정과 진달래 문화
공정을 아셔야 합니다. 중국은 55개 소수 민족과 한족으로 구성
되어 있다고 반세기 이상 한족의 우위를 자랑해 왔습니다. 그러
다가 갑자기 56개 다민족 국가라고, 모두가 다 같은 민족이라고
바꾸었습니다. 이 말은 달리 말하면 소수 민족에 대한 지배 체제
가 완전히 정착되었다는 얘기임과 동시에 앞으로 한족 우위의
지배를 인정하라는 암시와도 같습니다. 제가 연길시를 돌아보
면 큰 상점이나 큰 식당은 주인이나 총경리가 거의 한족입니다.
조선 동포들은 그들의 밑에 눌려 심부름이나 하며 삽니다. 연변
자치주에서조차도 조선 동포는 절대로 높은 직위에 못 올라갑니
다. 연변자치주의 당서기가 한족이라는 것은 다 아실 것입니다.
백두산은 이미 길림성 정부로 관할권이 넘어가 버려 연간 120억
원에 달하는 백두산 입장료는 연변에 단 한 푼도 떨어지지 않습
니다……. 에, 중국의 중화주의 사상의 한계는 극에 달했는데, 그
것을 호도하기 위해 후진타오 정부는 세 가지로 탈출구를 찾았
습니다.”

　죽간 선생의 웅변에 세미나실은 에어컨 소리만 간헐적으로
들릴 뿐 숨소리조차 안 들릴 것처럼 고요와 적막이 지배하기 시
작했다. 그때 문이 열리면서 나비넥타이를 맨 서비스맨이 물과
컵을 가지고 들어와 각자 앞에 놓고 따르기 시작했다. 죽간 선생
은 목을 축이고 나서 말을 계속했다. 물을 따르던 그 친구가 잠
깐씩 행동을 천천히 하며 귀를 기울이는 것 같았다.

호텔 로비에서 기다리는 송미란 가이드는 기분이 이상하다는 것을 느꼈다. 뭔지 모르게 기분이 우울해 지고 불안감이 엄습해 와 안절부절못했다. 벌써 화장실을 다녀온 것이 두 번째이다.

"중국은 지금 세계 자원과 달러를 끌어들이는 거대한 블랙홀이 되었습니다. 겉으로는 베이징 올림픽과 상하이 엑스포를 성공시키기 위해 자원이 필요한 때문이라고 하지만, 14억 가까운 인구가 자원을 싹쓸이하면 다른 작은 나라들은 어찌 하란 말입니까? 생각이 있는 큰 정치인이라면 세계를 생각해야지요. 중국인들만 잘 살면 그만이라는 사고는 지구를 거덜낼지도 모르는 위험한 사고입니다. 이것이 중화주의의 본령은 아닐 것입니다. 또 하나의 탈출구는 영토 야욕과 역사 탈취입니다. 21세기는 거대 제국주의 시대가 아닙니다. 그럼에도 중국은 사상 초유의 중화제국주의를 꿈꾸면서 중국을 둘러싼 여러 독립 국가들의 역사와 영토를 야금야금 먹어 들어가고 있습니다. 원래 한족이라고 불린 족속이 산 땅은 현재 중국 영토의 40% 정도에 불과합니다. 나머지는 한족의 땅이 아닙니다. 타민족의 땅을 뺏은 것이지요. 중국은 작고 단단한 소국들의 연맹국으로 재탄생해야 미래가 있습니다. 러시아를 보십시오. 중국은 구소련 붕괴의 사례를 타산지석으로 삼아야 할 것입니다."

이때 갑자기 정전이 됐다. 암흑으로 바뀐 실내에서 일행은 이상한 공포감을 맛보았다. 다행히 1분도 안 되어 전기가 들어왔지만 최신식 호텔의 정전 사태는 보통 일이 아니었다.

죽간 선생은 물을 마셨다. 일행도 그를 따라 물컵을 비웠다.

"또 중국은 심한 내부 모순을 외부로 치환시켜 주민의 불만을 외부 탓으로 돌리고 있습니다. 중국의 경제 발전에서 나타난 문제, 인권, 환경 공해는 역사상 타의 추종을 불허할 만큼 심각합니다. 그런데도 지도층은 '중화'라는 당의정에 함몰되어 인류 보편의 가치를 무시하고 미래를 어둡게 하고 있습니다. 에, 저는 중국을 비난할 생각은 없습니다. 다만 무엇이 인류 공의에 맞는 일인가를 생각해 보라는 것이지요. 외국인이 중국에 와서 이런 얘길 한다고 해서 콧방귀를 뀌어서는 안 됩니다. 무엇보다 중요한 것은 우리 스스로가 자강 노력을 해야 한다는 점입니다. 그리고 중국 동북 공정과 중화주의 사상의 허구성을 알아야 합니다. 오늘날 중국의 동북 공정이라는 해괴한 역사 침탈과 왜곡은 동북아 역사 전체를 심각하게 훼절시키고 오염시키고 있습니다. 21세기 글로벌 시대에 대국을 꿈꾸는 중국이 고작 한다는 짓이 남의 나라 역사를 빼앗는 것이라면 한심하기 그지없는 일입니다. 또 그럴싸하게 포장하여 중국 국민을 현혹시킨다고 해도 수천 년 이어 내려온 역사 문화와 기록은 지울 수 없는 증거입니다. 그럼에도 불구하고 중국의 동북 공정은 이제 한국에 대한 노골적인 역사 전쟁의 개시라는 점이 분명해졌습니다. 따라서 우리는 중국의 역사 전쟁 선포를 한민족과 대한민국에 대한 중대한 생존 위협으로 인식하고 이에 대항하는 장기적이고 본질적인 승리의 역사 전쟁을 시작할 수밖에 없습니다. 무릇 전쟁을 일으킨 자에게는 응징이 있을 뿐임은 인류 역사가 입증하는 정의요 진리이기 때문입니다. 저는 묻고 싶습니다. 어째서 중국은 역사 전쟁을 선포하는가. 유엔 상임이사국이라는 막중한 국제적인 책무를 짊어진 중국이 어째서 남의 나라 역사를 자기 것으로 만드는 후안무치 반역사적인 폭거를 자행하는가. 이것이 곧 중국의 중화주의中華主義의 본질이라면 실망을 금할 수 없고, 나아가 우리로 하여금 반중국적 사고와 행동을 자제할 수 없게 만듭니다. 앞으로 중국은 남의 역사를 빼앗아 자기 것으로 만든, 인류 역사를 왜곡한 유일한 장본인으로 기록될 것입니다. 여러분이 다 아시다시피 중국 동북 공정의 핵심은 과거 단군조선-부여-고구려-발해가 있던 지역의 왕조와 역사가 모두 한족의 것이라는 주장입니다. 그것은 현재 중국이 지배하고 있기 때문에 과거의 역사도 모두 중국의 것이라는 참으로 우둔한 사고에서 비롯된 것이지요. 이들 고대 국가는 모두 중국의 변방 정권이기 때문에 한족이 이끄는 중국의 일부라는 주장인데, 이런 적반하장이 어디 있습니까. 한 가지만 생각해봅시다. 고구려가 중국의 변방 군주국이었다면 무엇 때문에 수나라와 당나라는 30만 내지 100만 대군을 동원하여 고구려를 치려고 대전쟁을 일으켰을까. 또, 고구려가 발해만에서 삼강평원까지 천리장성을 쌓는 것을 어째서 중국은 가만 두고 보았을까. 그것은 고구려가 중국이 통치권을 행사할 수 없는 독립 국가였기 때문입니다. 만주는 발해가 지배할 때까지 중국 한족의 통치권이 미치지 않는 지역이었습니다. 발해가 망한 뒤에도 거란_요과 몽골_원, 만주족_청 등 북방 족에 의해서 지배되어온 지역으로서 한족이 만주 땅에 발을 딛고 국가 체제를 영위하기 시작한 것은 1949년 모택동에 의한 중공 정권 수립 이후부터였습니다. 그러므로 단 50여 년의 영유를 5,000년으로 소급하여 영유권을 주장하고, 그 역사를 자기 것으로 편입시키는 짓은 반역사적이요 반이성적인 도발입니다.”

죽간 선생의 열변은 시간이 흐를수록 더 격해졌다. 선생은 작심한 듯이 중국의 역사 공정을 신랄하게 비판하였다.

“만주 지역에 대한 역사 침탈은 중국의 미래를 위해서도 불행한 일입니다. 그리고 중국이 주장하는 '소수 민족 보호'라는 것 역시 허구에 불과하다는 스스로 입증하는 짓에 다름 아닙니다. 현재 만주 일대에 살고 있는 재중 동포들의 문화와 삶을 존중하고 자치를 허용한다면 그들의 조상의 역사를 존중하고 인정하는 것은 당연한 것이 아닙니까? 중국의 중화주의가 남의 민족과 국가의 역사를 송두리째 빼앗아 자기 것으로 만드는 속 좁은 이데올로기라면 글로벌 시대에 완고한 성을 쌓는 일에 불과합니다. 남의 나라 역사를 밟고 빼앗은 나라가 인류사에서 어떤 종말을 맞았는지를 중국은 숙고하여 이성적인 판단으로 역사 문제를 풀어나가야 할 것입니다. 혹시라도 어려운 북한을 인질 삼아 한민족사를 빼앗으려 시도한다면, 또 북한 핵문제를 조정하겠다면서 6자회담을 주관하여 한반도 문제를 주무르겠다는 '한반도 공정'의 음모를 즉각 거둬치우지 않는다면 그것은 한중 간의 미래를 불행하게 만드는 전초라는 점을 알아야 합니다."

죽간 선생의 말에 열기가 고조되자 조금 식힐 필요가 있지 않나 생각한 지성이 조심스럽게 물었다.

"선생님, 백두산 공정의 해악은 무엇이라고 보십니까?"

"백두산을 길림성 정부 관할로 넘기면서 연변 주정부의 세입원이 그만큼 줄어드는 것은 물론, 조선족으로부터 백두산은 행정적으로 격리되기 시작했습니다. 우리가 모르는 사이에 중국 정부는 백두산을 한국과 한국의 영향력이 가장 큰 연변 조선족 자치주로부터 분리시켜 버린 것입니다. 이것은 제2의 동북 공정입니다. 이러한 중국의 조치는 동북 공정의 완결은 물론 통일 한국이 제기할 간도 협약 무효화를 위한 사전 봉쇄 전략으로 보입니다. 무송과 단동에 국제공항을 만드는 것은 북한의 삼지연공항 건설이 지지부진하면서 우려했던 대로 중국이 선수를 친 것입니다. 김정일의 단견과 역사의식의 부재로 인하여 백두산 관광 문제가 중국의 손아귀에 넘어가고 말았습니다. 하지만 중국 측으로도 할 말이 있을 겁니다. 증가하는 백두산 관광객들의 편의와 추가적인 관광객 유치를 위해 절실한 사업이지요. 한국인들만 해도 연간 40여 만 명이 중국 관광을 떠나고 있는 상황이지만 연길공항을 이용하여 시간상 불편이 크고, 단기 관광객 유치에 불리한 상황입니다. 또한 중국이 고구려·발해 역사 유적지를 유네스코에 등재한 뒤부터 중국인들의 백두산 관광이 확대되고 있어 백두산공항 건설은 불가피한 상황이었습니다. 우리로서는 북한을 통한 백두산 관광이 최선의 방법인데도 천지의 45%를 차지한 중국 측에 수많은 달러를 제공해야 하는 현실이 가슴 아플 따름이지요. 백두산을 둘러싼 문제에 있어서 북한은 언제까지 침묵 내지 중국 측 비호로 일관할 것인지, 또 '우리 민족끼리'를 외치는 일부 국내 좌파들은 백두산 문제를 중국 측의 전횡에 내버려 둘 것인지, 심각하게 고민해야 할 것입니다. 그리고 백두산을 찾는 우리 국민들은 놀자판 관광이 아니라 겨레와 역사를 생각하고 민족의 앞날을 염려하는 성지 순례단의 마음가짐으로 떠나야 할 것입니다."

무려 1시간 가까운 죽간 선생의 역사 특강은 가히 웅변이었다. 설명을 마친 죽간 선생은 중국의 후진타오 주석에게 보내는 6개 항의 질의문을 발표했다. 그것은 다음과 같다.

38. 중국 후진타오 주석에게 드리는 6가지 질문

1. 백두산 관할권을 왜 연변 주정부에서 길림성 정부로 넘겼습니까?

영토와 인민은 불가분리의 관계에 있습니다. 그 지방의 산하山河와 문물은 그 지방 거주민들의 삶에 큰 영향을 주기 때문에 그 활용 역시 주민들에게 우선권이 주어져야 한다고 생각합니다. 그런 관점에서 백두산長白山에 관한 관할 책임과 의무는 백두산이 위치한 연변 조선족자치주 정부에 있다고 봅니다. 또 중국 정부는 1952년부터 무려 53년이나 그렇게 인정해 왔습니다. 연변 정부는 반세기 이상 백두산을 잘 보호하고 거기에서 나오는 소득으로 주정부 살림을 꾸려나가는 데 큰 도움을 받았고, 낙후한 동북 3성의 경제 재건에도 큰 힘을 얻은 것으로 압니다. 그런데 2005년부터 백두산 관할권을 연변 조선족자치주 정부로부터 길림성 정부로 이관했는데, 이 과정에서 소수 민족의 이익을 보호한다는 원칙은 지켜졌습니까? 연변 조선족자치주 정부의 능력이 부족하고 관할이 잘못된 때문입니까? 길림성 정부로 이관했다면 백두산에서 나오는 수익 중에서 어느 정도나 연변 주정부에 지원을 해주실 방침입니까? 내정 간섭이라 생각마시고 '화교가 중국을 걱정하는 심정' 과 같은 것으로 이해하여 주시기 바랍니다.

2. 관광객의 안전과 호소를 왜 외면합니까?

2002년 8월, 저는 길림성 집안시의 묘향산호텔옛날에는 천지호텔, 고구려호텔에 투숙하여 호텔 안에서 마취 강도를 당해 목숨을 잃을 뻔했고, 돈도 몽땅 털렸습니다. 동료 한 명도 다른 방에서 당했습니다. 2층에는 단 두 사람만, 그것도 층의 양쪽 끝에 위치한 방으로 떼어서 재우고 30여 명의 일행은 모두 3층에 투숙게 했던 것을 보면, 계획적으로 한 일이 분명했습니다. 호텔 측에 신고하자 공안원들이 와서 조사를 해갔습니다. 호텔 측은 관광을 끝나고 돌아갈 때 변상해 주겠다고 하더니 막상 시간이 되자 총경리가 도망을 가버려 아무런 보상이나 치료도 못 받고 귀국했습니다. 그 뒤 여러 군데에 하소연 했지만 아무 조치도, 심지어 단 한마디의 사과조차도 못 받고 있습니다. 이것이 중국의 치안과 외국 관광객 보호의 수준입니까? 유네스코에 등재한 국제 관광지 호텔에 마취 강도가 날뛰는 이런 일들이 중국 어딘들 일어나지 않는다는 보장이 있습니까?

3. 북한을 탈출한 사람들을 잡아서 사지死地로 보내는 것이 옳은 일입니까?

중국 땅에는 북한을 탈출하여 떠도는 탈북자가 많습니다. 오죽하면 고향을 떠나 낯선 타국으로 탈출하겠습니까? 그런데 배고픔과 탄압에 못 이겨 탈출한 북한 인민들을 중국 측에서는 잡아서 강제 송환하여 죽음을 강요하고 있습니다. 동맹국 북한 정권의 살인 행위를 방조 내지 적극 협조하고 있는 것입니다. 이것이 중국 공산당의 인간애요 인권 정책인가요? 현재 한국에는 이십여 만 명의 중국인들이 밀입국하여 불법 취업하고 있지만 우리 경찰이 잡아내어 중국 공안에 인계하지 않고 있습니다. 어찌 보면 중국인들 중에 가난하고 못사는 사람들이 돈 벌어 잘 살아보자고 한국으로 온 것이 아닙니까. 우리나라 고용주들 중에는 외국인 불법 취업으로 처벌을 감수하면서도 중국 인력을 몰래 고용해 주는 사람이 많습니다. 탈북자들에 대한 조치도 상호주의적인 관점에서 죽음으로 몰아내는 행위만큼은 삼가야 한다고 봅니다. 만일 이런 강제 송환을 지속한다면 중국이 비인도적인 국가라고 세계인들로부터 비난을 받을 것입니다. 우리는 우리 동포가 잡혀가 죽임을 당하는 모습을 더는 볼 수가 없습니다. 중국 국내 사정으로 많은 탈북자들을 보호하기가 힘이 들면 난민 지위를 부여하여 제3국으로 자유롭게 갈 수 있도록 보장해야 합니다. 후진타오 주석의 결단을 촉구합니다.

4. 역사 전쟁을 일으킨 죄과를 어찌 받으시렵니까?

중국은 고구려·발해 역사가 중국사라고 주장합니다. 요하문명론을 들고 나와 부여사와 단군조선사도 중국사로 만들고 있습니다. 지금 중국이 지배하는 땅이니까 그 전에 어느 족속과 어느 나라가 있었던 간에 그 역사는 모두 중국 것이라는 주장은 어린애같은 이야깁니다. 고구려는 중국 땅에서 35개 왕조가 명멸하는 동안 동이의 국가로서 동북아를 장악하고 있었습니다. 잘 아시다시피 중국사를 움직인 거대 세력은 진·한·수·당·명을 세운 한족 외에도 흉노 선비족이 세운 위나라, 거란족의 요, 몽골족의 원, 여진족의 금, 만주족의 청나라 등의 북방 족이 있습니다. 중국은 그 북방 족의 영토와 역사를 한족의 역사로 편입시켰습니다. 그것은 그 나라들이 다 망했기 때문에 가능한 일이었다고 보아집니다. 하지만 고구려의 후손들은 망하지 않았고, 대한민국과 북한 정부를 구성하여 7,000만 명이 동북아의 주인공으로 살아가고 있습니다. 또, 중국 땅에도 215만 명이 살아 있습니다. 그처럼 후손들이 살아있는데 어째서 중국은 남의 조상과 역사를 빼앗아 가려고 합니까? 중국 한족에게 타격을 주었던 고구려가 미워서입니까? 역사상 한족은 고구려를 쳐 없애려고 수십 차례 쳐들어 왔었습니다. 그것은 중국사에도 자세히 기록되어 있는 줄 압니다. 중국이 지금 전개하고 있는 '한국 고대사 죽이기' 역사 전쟁은 중국이 먼저 시작한 세계사에 유례없는 전쟁으로서 미래에 한중 간에 큰 문제를 잉태하게 되는 위험한 일입니다. 중국은 더는 일본의 전철을 밟지 말아야 합니다. 중국 지도부의 왜곡된 역사관이야말로 제국주의적 사관의 변형으로 21세기 세계 인민의 발전을 위해 백해무익한 억지 주장이요, 중국인민을 우민화하는 짓입니다. 고구려는 서기 668년까지 만주 대륙뿐만 아니라 한반도의 금강錦江선까지 지배했습니다. 그렇다면 속지주의屬地主義적 관점에서 한반도의 상당 부분도 중국 땅이라는 주장입니까? 연해주 역시 고구려·발해 땅이었으니 러시아로부터 돌려받을 작정입니까? 한국이 만약 속인주의屬人主義를 주장하고 한국인이 집단 거주하는 중국 내의 영토 일부를 한국 땅이라고 주장한다면 후진타오 주석께서는 어떻게 생각하실는지요?

5. 간도 지방에 대한 역사적 해법을 강구하셔야 대국입니다.

중국의 전신인 청나라와 조선은 서기 1712년에 백두산에서 국경을 확정했고, 그에 따라 조선인들은 간도 지방에 들어가 살기 시작했습니다. "동은 토문이요 서는 압록으로 국경을 정한다."라는 정계비는 청나라와 조선이 합의하여 세웠습니다. 그 토문이 송화강의 상류인 토문강이라는 것은 1909년 일본이 작성한 군사 지도에도 선명하게 나와 있습니다. 간도 지방은 지금의 연변 지역입니다. 1712년부터 1909년까지 무려 300여 년간 간도 지방은 한국인들이 개간하고 실효적으로 지배했습니다. 청나라 정부는 조청朝淸 간에 맺은 국경 조약 때문에 국제법적으로 그 지역을 통치할 수 없는 상황이었습니다. 그런데 1894년 청일전쟁에서 패한 청나라가 일본에게 굴복하여 만주 땅에 일본의 진출을 허용하고 1909년 일제와 '간도 협약'이라는 것을 체결하여 간도 지방을 청나라 영토로 편입시켰습니다. 그 당시 청나라는 대한제국 순종황제와 한마디 상의도 없이 조선의 땅을 먹었습니다. 이것은 남의 영토를 불법으로 약탈한 짓입니다. 그에 더하여 1945년 일본이 패망한 후 카이로회담 · 얄타회담 · 포츠머즈회담 등에서 일본이 대외로 체결한 모든 조약이나 협약은 무효가 되었습니다. 그 결과 간도 협약도 무효이고, 그 땅은 당연히 대한제국, 즉 대한민국에 귀속되어야 했습니다. 하지만 중국은 여전히 간도 지방을 점령하고 있습니다. 후진타오 주석께서는 한국과 북한을 상대로 새로운 영토 협약을 체결할 용의는 없습니까?

6. 한중 간 진정한 협조 체제를 구축할 의향은 없습니까?

한국은 중국 땅을 침략하지 않습니다. 중국은 앞으로 한국이 통일되어 중국과 국경을 마주할 때를 대비하여 만주 일대의 군사력을 증강하고 있는 것으로 아는데, 국경 충돌은 걱정하지 마십시오. 한국인은 만주 지역을 돌려달라고 할 생각이 없고, 만주로 밀입국하지도 않을 것입니다. 도리어 중국인들이 한국 땅으로 밀입북하지 않도록 경비를 잘 해주시기 바랍니다. 또한 한민족이 중국사의 발전에 끼친 노력과 역사적 사실을 인정하고 역사를 후대에게 바르게 가르쳐 주시기 바랍니다. 우리는 중국과 충돌을 원하지 않습니다. 더구나 21세기에는 한중 양국이 함께 손을 잡고 동아시아의 새로운 역사를 만들어 나가야 합니다. 후진타오 주석께서도 잘 아시겠지만 한국인은 5,900년의 역사를 이어온 강인한 민족으로서 대단한 문화 창조력으로 21세기 디지털 문명을 석권할 것입니다. 그런 가능성은 지금도 도처에서 목도할 수 있을 것입니다. 중국이 2030년에 세계 1등의 무역 국가가 되겠지만, 통일 한국은 2050년경에는 세계 4위의 경제력을 갖추게 될 것입니다. 중국이 '규모의 국력'이라면 한국은 '질의 국력'을 구축할 것입니다. 바라건대, 미래 동아시아 문명이 서구 문명의 미비점을 보완하여 인류 전체의 복락에 기여할 수 있도록, 중국 정부는 한중 정부 간 또는 민간 레벨에서 새로운 협력의 컨소시엄을 구축할 생각은 없으신지 묻고 싶습니다.

죽간 선생의 마지막 정리 특강을 들으면서 지성은 한편으로는 가슴이 터질 듯이 뜨거워졌다. 끝으로 죽간 선생은 〈다물 아리랑〉이라는 시를 낭송했다.

아리랑 아리랑 아라리요

다물 아리랑 고개를 넘어간다
만주벌 달리던 선조의 말발굽 소리
오늘에야 들었노라 다물의 큰 뜻으로
6,000년 역사 정신 알알이 되찾고
찬란한 문화 지혜 살뜰히 되살려
피땀으로 쌓아올린 어느덧 스무 해

조국이 아파할 때 일어선 의인들
홍익인간 다물 정신 배달의 큰 뜻으로
나라와 겨레 사랑 직장과 직업 사랑
고향과 전통 사랑 가없는 역사 사랑
그 누가 막을 손가 필생즉사 민족혼

아리랑 아리랑 아라리요
다물 아리랑 고개를 넘어가자.

죽간 선생의 시를 듣고 난 일행은 뜨겁게 박수를 쳤다.

김 화백 부부는 눈시울이 뜨거울 정도로 감동을 받고 열렬히 박수를 쳤다. 지수와 선영은 진정한 민족 교육자의 상을 보는 것 같아 가슴이 뭉클하여 강의 내내 숨죽이며 손을 꼭 잡고 있었다.

강남구 사장과 최승희 부장은 죽간 선생을 출판사 고문으로 모시는 문제를 생각하고 있었다. 박기대 사장은 역사 테마 여행의 새로운 영역을 발굴했다는 데에 만족하고 미래를 설계하는 데 여념이 없었다.

지성은 참 잘 왔다는 생각이 들면서 삼족오에 대한 의문이 조금씩 풀리는 것 같아 마음이 가벼워져 옴을 느꼈다.

'아아, 삼족오란 무얼까. 지리산에서, 집안 고구려 고분 벽화에서, 그리고 백두산 천지에서 만난 삼족오란 도대체 무엇일까. 그것은 새가 아니다. 역사와 영토와 인간 세 가지가 삼족오가 아닐까. 어느 것 하나에도 흠결이 생기면 새는 날지 못한다. 그런데 우리는 세 가지 다 도전을 받고 있어 한민족이 웅비를 못한다. 영토와 역사를 빼앗기고, 그리고 동포까지 남에게 빼앗기고 짓밟히는 마당에 과연 민족사의 진운이 가능할까?'

그런 생각을 하면서 지성은 일행과 함께 로비로 내려왔다.

죽간 선생은 먼저 쉬겠다며 방으로 올라갔다.

맨 먼저 로비에 내려온 건 찬수였다.

"찬수 씨, 왜 이렇게 오래 계셨던 거예요?" 하고 송 가이드가 물었다.

"말도 마세요. 선생님의 열강이 얼마나 뜨겁던지 심장을 데일 뻔 했답니다. 자, 이젠 어디 가서 휴식을 좀 해야지요."

"네, 발 마사지하신다고 해서 기다리고 있어요."

일행 중에 죽간 선생을 제외한 나머지는 가까운 발 마사지 전문점으로 들어가 한 시간가량 마사지를 하고 호텔로 돌아왔다. 내일은 좀 늦잠을 자도 된다는 생각에 홀가분한 마음으로 각자 방으로 올라갔다.

39. 죽간 선생을 체포하라

　그날 밤 10시 반경. 미란은 피곤한 몸으로 집으로 향하고 있었다. 언제나 일정을 마치기 전날이면 더 피곤했다. 택시를 타고 집 앞에 막 내리자마자 핸드폰이 울렸다.

　"누나. 큰일 났어. 공안국이 발칵 뒤집혔어. 혹시 누나 안내 팀에 J씨라고 있어?"

　"그래. 그런데 무슨 일이야?"

　사촌 남동생이었다. 공안국에 근무하는 그는 당직을 서다가 K호텔 측의 제보로 상부로부터 이상한 한국인을 내사하라는 지령을 받았다고 했다. 내일 연길에서 출발하는 모든 항공기의 탑승 예약 손님을 조사해 보니 J씨가 있어서 누나에게 확인한 것이었다.

　"누나, 그 사람 귀국 못하고 감옥에 갈지도 몰라."

　"큰 거야?"

　"그래. 주석을 비방했대. 정부를 욕하고……. 암튼 그 사람 내일 공항에서 체포될 거야. 이 전화 지금 밖에서 걸고 있어."

　"알았다. 고마워. 넌 아무것도 모른 체 해. 난 그 손님을 모시고 흑룡강으로 발해 역사를 보러 갈 거야."

송 가이드는 아연 긴장했다. 자기가 직접 죽간 선생의 강의를 듣지 못했지만 K호텔에 나가 있는 외사 공안원의 제보라면 큰 건수임에 틀림없다. 즉각 Y여행사 H부장에게 비상을 걸었다. 사실을 말하고 다른 가이드를 지금 즉시 배치해 달라고 말했다.

"언니, 부탁해. 난 그분을 무사히 귀국시켜야 하거든. 절대 나쁜 사람이 아냐. 지금 당장 잠수할 테니까 공안이 묻거든 발해 역사 유적을 보려고 흑룡강으로 갔다고만 말해 줘. 내일 12시 비행기야. 다른 분들은 아침 9시에 식사를 마치고 집결하기로 돼 있으니까, 언니가 수속 좀 챙겨드려. 다행히 고 선생은 개인비자야. 지금 즉시 호텔 후문으로 아우디 하나 보내줘. 참, 항공 예약권과 기타 서류는 호텔 프론트에 맡겨놓을게."

그 길로 미란은 호텔로 달려가 비상 엘리베이터를 타고 죽간 선생의 방으로 갔다. 새파랗게 질린 얼굴로 문을 두드린 미란을 보고 죽간 선생은 사태의 심각성을 감지한 듯했다.

"선생님, 짐가방 이리 주세요. 빨리 움직여야 돼요. 잘못하면 체제 비판 죄로 재판에 회부돼요. 그렇게 되면 감옥에서 몇 년을 지낼지 모릅니다. 어서 서두르세요. 이와 비슷한 일을 얼마 전에 한국 언론인들이 당했잖아요."

그녀는 죽간 선생에게 "발해 관광차 흑룡강성으로 간다. 먼저 귀국하라."는 메모를 탁자 위에 써 남기도록 했다.

두 사람은 10분도 지나지 않아 짐을 챙겨들고 많은 손님들이 엘리베이터를 탈 때 묻혀서 내려와 후문으로 빠져 여행사에서 VIP용으로 배치한 아우디 승용차를 탔다.

밤 11시. 두 사람을 실은 승용차는 전 속력으로 용정 방면으로 사라졌다.

미란은 죽간 선생의 핸드폰을 이용하여 지성과 통하였다. 아무 말 말고 내일 공항에서 태연하게 귀국하라. 고 선생님은 조금 늦게 귀국할 테니 아무 염려 말라고 말해 주었다.

밤 12시경. 지성의 방에는 일행이 다 모여 긴급 회의가 열려 만일의 사태에 대비하여 입을 맞추었다. 우리는 백두산 관광을 온 사람들이고, 죽간 선생은 며칠 더 역사 유적을 돌아보기 위해 가이드와 흑룡강으로 떠났다고, 일정은 두 사람만이 안다고 입을 맞추었다.

한편 Y여행사 H부장은 사장과 비상 회의를 하고 한 사람의 일정 계획을 추가시켰다.

"지성 씨, 아버지한테 무슨 일이 있으면 어떡해요?"

지수는 제 방으로 건너갈 생각도 잊은 채 수심이 가득한 얼굴로 지성에게 물었다.

"괜찮을 겁니다. 미란 씨가 안내를 하고 있으니까. 내일 아침에 절대로 이상한 티를 내면 안 돼요. 공항에서도 아무 일 없이 즐거운 표정을 지어야 합니다."

지성은 이렇게 말하며 지수의 어깨를 감싸 안았다.

연길국제공항은 아침부터 붐볐다. 여름방학은 백두산 관광의 성수기라서 공항은 북새통이었다. 9시에 H부장의 안내를 받아 공항에 도착한 일행은 짐을 부치는 데는 별 문제가 없었다.

드디어 2층의 출국심사대 앞에 선 일행은 초록색 복장을 한 공안원 두 명이 여권심사대 앞에서 한국인의 여권을 한 사람 한 사람씩 확인하고 있는 것을 보고 긴장했다. 단체비자증을 제출한 일행 역시 한 사람씩 여권을 두 번씩 점검받았다.

‘휴우, 고 선생님이 개인비자이기 백번 잘 됐지.’

H부장은 일행이 모두 출국심사대를 통과하자 심호흡을 했다.

일행은 출국장에서도 남의 이목에 잘 띄지 않게 삼삼오오 모여 무사 출국을 자축하는 한편 죽간 선생의 안위를 걱정했다.

비행기 탑승이 시작되고 드디어 12시 15분, 이륙 시간이 되었다. 그러나 항공기는 엔진소리만 날 뿐 활주로로 나가지를 않았다. 10분쯤 이륙이 지체되었을 때, 공안원 두 명이 뒤에서부터 여권을 재조사하기 시작했다. 거의 30분이 지났다. 탑승객에 이상 없다는 것을 확인한 그들의 신호에 따라 항공기는 활주로로 나아가 힘찬 비상을 시작했다.

일행은 그제야 안도의 숨을 쉬었다. 지성은 옆 자리에 앉은 지수의 손을 꼭 잡아 주었다.

“염려 마. 역사의 혼이 선생님을 지켜주실 거야. 아니, 조상님과 만주 독립군이 선생님을 지켜주실 거야.”

“그래도, 어떻게 해요. 아버진 이런 경험 처음이실 텐데…….”

“괜찮으실 거예요. 아마 우리보다 먼저 와 계실지도 몰라요.”

“정말요?”

지수는 포도 같은 눈망울에 이슬을 단 채 지성의 어깨에 얼굴을 기댔다. 지성은 아이처럼 쌔근거리며 혼곤히 잠에 빠진 지수의 체온을 어깨에 느낀 채 사념思念의 바다로 들어갔다.

‘이제 귀국하는구나. 정말 고난의 행군이었어. 아니 역사의 혼을 좇아 무작정 헤맨 시간들이었지. 나는 역사를 만났는가. 태양새 삼족오는 만났던가. 나는 무엇을 찾았고 무엇을 얻었는가. 그보다 앞으로 살아갈 지혜는 찾아냈는가. 조국과 겨레는 무엇으로 내 머리와 가슴에 와 닿았던가. 동북아의 회오리바람이 점

차 거세어 가는 속에서 대한의 남아로서 어떤 일을 하며 생을 살다 갈 것인가.'

그때 스튜어디스들이 점심을 나누어주기 시작하면서 기내는 좀 부산해졌다. 지성은 지수 앞의 탁자를 꺼내어 올려주고 제 것을 받아 폈다. 곤하게 자는 지수를 깨우고 싶지 않아 혼자 점심을 먹으며 생각을 계속했다.

'그래, 역사 학교를 만드는 거야. 아이들에게 역사를 올바르게 가르치는 일을 내 일생의 직업으로 만들어 나가는 거야. 돈이 될까? 아니지. 내가 좋아 하는 일이면 그 속에서 무언가 소중한 보람과 가치를 창출할 수 있겠지. 박기대 사장님을 봐. 나보다 겨우 여섯 살 위야. 그런데 그는 역사 여행사를 만들어 성공했어. 사람이란 삶이 풍족해 질수록 시원始原과 원초原初에 대한 그리움을 갖게 되는 법. 그래, 성인에게 역사 관광이라면 아이들에게는 역사 교육이 좋겠지. 좋다. 역사 학교를 만들자. 다물 역사 학교를 만들어 역사를 생활 속으로 끌어내자. 연극도 하고 노래도 짓고, 글도 쓰는 그런 학교를 만들자. 여행까지 곁들이면 금상첨화겠지. 그렇다면 지금 당장 구체적으로 무엇을 준비해야 할까. 글을 쓰자. 역사 이야기를 동화로 만들어 나가자. 그래야 아이들에게 역사 교육을 할 수 있는 콘텐츠를 만들어 낼 수 있을 것 아닌가.'

여기까지 생각이 미치자 지성은 스스로에게 만족감을 느꼈다. 이번 여행에서 희망의 길을 찾은 것이다.

한국 시간 오후 3시. 연길공항을 떠난 항공기는 약 2시간 30분 만에 인천공항에 도착했다. 출구를 나온 일행은 누구도 선뜻

헤어지자는 말을 못했다. 죽간 선생의 행방과 안전을 확인하는 것이 가장 큰 공동 과제였기에.

지성과 지수는 다른 분들을 배웅하고 공항에 남았다. 혹시 6시에 도착하는 다음 비행기를 타고 귀국할지 모르는 일이라 일단 기다려보기로 했다. 두 사람은 근심어린 표정으로 도착 문이 열리면 그곳으로 눈을 주었다.

40. 단동항의 기적

　한편 송미란은 죽간 선생을 모시고 그날 밤 11시에 호텔을 빠져나와 전 속력으로 단동으로 내달렸다. 여행사에는 흑룡강성으로 간다고 보고해놓고 허를 찌른 것이다. 또 호텔 방에 남긴 메모지에도 흑룡강성으로 간다고 해 놓았었다. 동쪽으로 간다고 해놓고 서쪽으로 차를 돌려 공안의 의표를 찔렀다. 단체비자를 가진 일행은 H부장이 어련히 준비해서 출국시켰을라구. 어쨌거나 천우신조인지 죽간 선생이 개인비자로 오신 것이 천만다행이다 싶었다.

　성능 좋은 아우디 승용차는 전 속력으로 나는 듯이 달려 용정과 화룡을 지나 백산에 다다라 잠시 쉬었다.

　"송 양에게 미안하구려. 나 때문에 이런 봉변과 수고를 겪다니……."

　죽간 선생은 진심으로 미안함과 고마움을 표했다.

　"아닙니다. 다 제 불찰입니다. 제가 미리 알아차려서 미연에 막았어야 하는데, 봉오동 전적지에서부터 낌새가 좀 이상하다 생각했습니다. 용정중학에서도 그랬구요. 공안이 따라 붙었거든요."

"허, 그랬군. 진즉 말 좀 해주지. 그럼 내가 좀 조심했을 텐데 말이요."

"어쨌거나 선생님은 옳은 말씀을 하신 것으로 압니다. 호텔 측에서 공안에 통보한 것을 보면 선생님이 호텔에서 하신 발언 내용을 문제 삼으려고 한 것이 아닌가 생각합니다. 중국은 체제에 대한 도전이라 생각되는 발언이나 언론 활동은 절대 금지거든요."

"음, 내가 좀 흥분했었나 보오. 설마 우리끼리 나누는 대화를 누군가 엿듣고 그것을 공안에 신고할 줄은 몰랐거든. 참 무서운 나라야."

"어서 여길 빠져 나가셔야 합니다. 오늘 밤 내로 공안이 예상치 못한 곳으로 달아나 귀국 방도를 찾아야 합니다. 그래서 말씀인데요, 선생님 앞으로 6시간 정도 달려야 단동에 도착합니다. 그곳에 가면 단동 동항에서 인천 가는 페리가 있습니다. 공항보다는 배편이 보따리장수도 많고 하여 개인비자를 가진 신사분들은 수속이 빠를 수 있습니다. 다만 배표가 있을지 걱정입니다. 잠깐만요."

이렇게 말하고 나서 미란은 단동의 가이드 친구에게 배편을 부탁했다. 일반석이 없으면 1등석이라도 구해 달라고 말했다.

다음날 오전 10시경 두 사람은 단동항에 도착했다. 미란의 친구가 나와 오후 3시에 출발하는 1등석 한 장을 내밀었고, 미란이 대금을 지불했다. 죽간 선생은 미란을 불러 지갑에 있는 돈을 다 털어 400달러 조금 안 되는 돈을 주었다.

"지금 가진 게 이것밖에 없으니 우선 뱃삯으로 하시오. 여기까지 오느라 수고했는데, 자동차 기름 값도 있고……. 허허, 많이 부족하겠지만 우선 받으세요. 귀국하는 대로 보내주겠소."

미란은 100달러 한 장을 선생의 손에 건네 드렸다. 죽간 선생이 무사히 출항하는 대로 자기는 긴급히 연길로 돌아가야 한다. 3시 출항이니까 배가 부두를 떠나는 것을 보고 즉시 차를 돌려 다시 연길로 돌아가 알리바이를 만들어 놓아야 하는 것이다.

운전수는 차 안에서 깊은 잠에 빠졌다. 밤새 달려와 지칠 대로 지쳤을 것이다. 점심은 운전기사를 불러 세 사람이 함께 했다. 그리곤 다시 차 안에서 두 시간 정도 휴식을 취했다. 오후 1시부터 사람들은 꾸역꾸역 몰려들기 시작했다. 단동항 대합실은 금방 보따리와 사람으로 뒤범벅이 되었다. 죽간 선생은 다시 한 번 미란에게 고마움을 표했다.

"이번에 내가 큰 신세를 졌어요. 나와 만난 것이 아마 서너 번 되지? 전부터 참 좋은 사람이구나 생각했는데, 이번에 다시 한 번 실감했어. 책임감 강하고, 또 문학에 소질도 있고, 게다가 미인이고. 참으로 고마워요."

"아니에요. 제가 선생님한테서 배운 지식의 10%도 전 못 갚아 드렸는걸요. 제가 역사를 너무 몰라 한국인의 피를 가진 사람으로서 창피하기만 해요."

드디어 승선 시간이 되었다. 미란과 운전사는 죽간 선생의 부하 직원처럼 행동하며 출국심사대 앞에서 깍듯이 인사를 하였다.

"사장님, 안녕히 가세요."

미란이 큰 소리로 고 선생을 사장님이라 부르며 만면에 웃음을 띤 채 인사를 했고, 운전기사도 꾸벅 절을 했다. 미란의 아버지도 살아계셨으면 고 선생 나이였다. 그래서 미란은 더 고 선생에게 살뜰하게 대했는지도 모른다.

시간은 오후 2시. 앞으로 1시간 있으면 출항이다.

　배에 오른 고 선생은 1등 선실로 안내되었다. 창밖을 내다보니 아직 돌아가지 않고 서서 걱정스런 표정으로 이쪽을 바라보고 있는 미란의 모습이 보였다. 그 모습을 보며 고 선생은 가슴이 울컥해 졌다.

　'그래, 나는 사이비 애국자야. 저 애에 비하여 내가 나은 것이 뭐 있나. 월급 13만 원 받고 사는 용정의 조선족 소학교 선생보다 내가 나은 게 뭐가 있나. 애국애족이란 무엇인가. 관념이 아니고 실천이라 강조해 온 내가 과연 얼마나 실천을 했던가. 나이 들어 뭔가 아는 체하려다가 내 자신을 속인 일이 한두 번이던가. 아, 부끄럽다. 저 애의 행동을 보니 더 부끄럽다.'

　고 선생은 미란에게 어서 가라고 손을 흔들어 주었다. 그러자 미란이도 양손을 머리 위로 크게 흔들어 답을 했다.

　단동페리가 뿌웅! 고동소리를 내며 천천히 움직이기 시작했다. 그는 다시 한 번 손을 흔들었고, 미란은 배가 몸통을 돌려 뱃머리를 서해로 향할 때까지 손을 흔들고 있었다. 뭔지 모르게 뜨거운 감정이 가슴 밑바닥에서부터 치밀어 올라 그는 새알 들린 노인처럼 기침을 하며 눈물을 흘렸다.

　'그래, 송미란, 아니 백두산의 여인아, 잘 있거라.'

　배가 내항에서 벗어날 즈음 그는 지수에게 핸드폰을 쳤다.

　'이 사람들은 다 잘 도착했는지. 나 때문에 공항에서 고초는 당하지 않았는지.'

　이런 생각을 하면서 통화버튼을 누르자 두어 번 신호가 가고 난 뒤 반가운 딸의 목소리가 들려왔다. 고 선생은 아무 말도 못하고 있다가 겨우 한마디만 했다.

"지수냐? 애비다. 지금 배 타고 간다. 인천에 내일 아침 6시에 도착한다. 그리 알거라."

지수는 아버지의 목소리를 듣고 나자 눈물이 나서 엉엉 울었다. 그녀가 운 이유를 짐작한 지성이 그녀의 어깨를 토닥이며 말했다.

"그 봐요, 내가 뭐랬어. 별일 없이 돌아오신다니까. 3시 15분 비행기 타셨다지요?"

"흑흑……, 아버지."

"왜 그래요. 아무 일 없이 귀국하시니 다행이구만요."

그제야 지수는 울음을 멈추고 더듬더듬 말했다.

"그게 아니라, 배를 타고 오신대요."

"네? 비행기가 아니라 배를 타셨다구요?"

"네, 인천항에 내일 아침에 도착하신대요. 이제 어떻게 해요?"

지성은 이제야 대강 감을 잡았다. 흑룡강성으로 공안의 눈을 따돌리고서 단동으로 내려가 배를 탄 것이다. 거기에는 필경 송 가이드의 지혜가 작용했음이 틀림없을 것이라고 생각했다.

두 사람은 가방을 메고 밖으로 나와 연안부두로 가는 버스를 탔다. 두 사람 모두 인천 연안부두는 처음 가보는 곳이었다.

부두에 도착한 두 사람은 우선 저녁식사를 하고 나서 차후 일을 상의하기로 하고 어느 해물집으로 들어갔다. 아직 저녁식사 시간으로는 이른 때인지 사람들이 없어 호젓한 곳이었다.

주인아주머니는 물병을 들고 와서 상에 놓으며 말했다.

"중국으로 여행 갔다 오시나 봐요? 어휴, 부인이 너무 미인이시다."

지수는 뭐라 말을 못하고 지성을 쳐다보았다. 지성은 넉살좋게 주인아주머니의 말을 받았다.

"네, 신부가 무지 예쁘죠? 그래서 제가 항상 따라다녀야 한다니까요."

"에구, 지성 씨는 왜 그리 빈말을 잘 하세요? 속없게 보이잖아요."

"아닌데요. 전 속이 꽉 찬 말을 했는데요, 지수 씨."

두 사람은 티격태격하면서 저녁을 들었다. 죽간 선생의 돌연한 사고(?)로 예기치 않은 데이트를 하게 된 지성은 기분이 좋았다.

"저 말이죠. 돌아가면 글을 쓸 겁니다. 역사 동화를 쓰렵니다."

"역사 동화요? 무슨 제목으로요?"

"일단 호동왕자 이야기, 똑똑한 온달이야기부터 시작할 겁니다."

"아, 그거 재밌겠어요. 아이들 연극 소재로도 좋을 것 같네요."

지성은 지수가 의외로 좋은 반응을 보이자 용기가 났다.

"어마, 나 좀 봐. 엄마에게 전화해야 하는데."

지수는 단성의 어머니에게 전화를 드렸다.

"지수가? 니 와 이리 전화가 늦노. 건강하제? 아버진 좀 어떻노?"

"네, 엄마. 아버지와 타는 비행기가 달라서 지금 기다리고 있어요. 내일 아침에 도착한답니다."

"니는 귀국했나? 오데서 자노?"

"염려마세요. 아버지가 오시면 모시고 내려가려고 기다리고 있어요."

41. '동북아 문명 공동체'가 한·중·일의 미래를 연다

　죽간 선생은 조용한 선실에서 노트를 펴고 몇 가지를 적어 나 갔다. 파도는 잔잔하고 서해 물빛은 예상을 넘어 푸르렀다.

　- 중국 안의 우리 역사를 찾아다닌 지 어언 10년, 역사의 소중한 가치와 함께 무섭게 변화하는 중국을 보았다. 영토는 한국의 96배, 인구는 한국의 28배, 1조 2,000억 달러에 달하는 외환 보유고는 한국의 4배, 2조 1,000억 달러에 달하는 대외 무역 액은 한국의 2.5배인 공룡 국가를 어떻게 대해야 할 것인가. 중국은 양적으로, 한국은 질의 발전을 꾀하는 마당에 어느 민족의 역사가 동양에서 가장 긴 역사인가, 그 문제를 가지고 싸우다가는 두 나라에 희망을 만들지 못 한다.

　- 지금 중국은 천지 개벽의 시기를 맞고 있다. 그들의 개벽이 옳은 것인지 아니면 화를 자초하는 것인지는 우리가 간여할 바가 못 된다. 다만 양적인 팽창이 극대화하고 있어 우리의 성장 발전에 긍정과 부정의 양면으로 작용하고 있다. 그런데 우리는

"

분단 비용에 더하여 북한 핵처리 비용의 증가 등으로 모든 면에서 시간이 갈수록 불리한 상황이 전개될 것으로 보인다. 지난 10여 년간 좌파 정권의 분배와 통일 정책 우선으로 말미암아 국가 발전이 답보 상태를 불면하는 것은 도리어 중국과 일본에게는 엄청난 기회를 제공해 주는 것이다.

- 이제는 공리공론과 막연한 환상에서 벗어나야 한다. 역사는 그것을 우리에게 가르쳐주고 있다. 우리가 지난 5,900년 삶의 지혜를 다시 한 번 되찾아 키워 앞장서 나간다면 중국과 일본을 정신적으로 이끌어갈 수 있을 것이다. 그것이 무엇인가. 중국과 일본에 비하여 경쟁력이 있는 콘텐츠는 바로 정밀 기술과 사해 동포정신과 문화 예술의 영역이다.

- 우리에게는 홍익인간이라는 글로벌 사상이 있음을 재인식하자. 지구상 65억 인류 전체에게 이익이 되도록 하자는 인류 사랑의 실천 철학은 우리에게 독특한 정신 자산이다. 남이 가지고 있는 것을 빼앗는 것이 아니라 더해 주는 것이 홍익이다. 사람만이 아니라 우주 만물, 내 나라만이 아니라 지구 전체에 이익을 더해주는 정신을 키우자.

- 재세이화在世理化를 실현하자. 사람이 순행하며 살 수 있는 방법을 합리와 바른 이치에서 찾는 근원적인 철학, 사람과 자연과 조직을 모두 이성과 이치로 공존·공영하도록 한국이 먼저 앞장서서 이화세계함으로써 평화와 감화의 세상을 만들자.

- 접화군생接化群生이라. 나를 만나는 모든 존재물, 한국인을 만나는 세계 어느 나라 사람이라도 생명을 얻고 삶의 의욕을 얻도록 하자. 남에게 희망과 기쁨과 꿈을 주는 존재가 되자.

- 아, 이러한 세 가지 기본 사상을 가진 민족이 한민족이 아니

던가. 이 세 가지 사상의 실천을 지도하는 것은 어른들이 스스로 모범을 보이는 일이다. 범죄가 없고 질서가 정연하고 투명하고 화목한 공동체를 만들어나가면 중국과 일본이 우리 앞에 머리를 숙이고 말 것이다. 정직이 최선의 정책이라 하지만 홍익·이화·군생의 큰 뜻을 펴는 나라라면 어느 나라인들 존경하지 않으랴. 이렇게 나와 우리부터 바로 세우고 남에게 손을 뻗쳐야 그들이 내 손을 고맙게 잡는 법이다.

 - 한국과 중국과 일본이 구원舊怨의 철조망에서 벗어나 미래를 향한 새로운 구도를 공동으로 짜야 할 것이 아닌가. 그러기 위해서는 정신적인 우위에 있다고 자부하는 우리가 진정한 어른으로 다시 태어나야 한다. 경제력이나 인구 수나 국방력만으로 강대국을 판단하는 시대는 지났다.

 - 동북아가 살아가려면 미래를 함께 열어야 한다. 하지만 그 공동의 미래는 다름 아닌 공동의 역사의식이 바탕이 되어야 한다. 역사의식의 공유, 역사 유산의 공유, 역사 창조의 공유를 위한 최선의 방도를 찾자. 그렇다. 그것은 요하문명 안에 녹아 있다.

 - 요하는 동아문명을 낳은 어머니이다. 소하서문화, 홍륭와문화와 사해문화, 홍산문명을 모두 포함하는 요하문명이야말로 동북아 문명의 공통적 기초다. 가장 오래된 유적·유물은 서기전 7,200년이니까 요하 일대에서는 지금으로부터 9,200년 전에 문명이 존재했다는 말이 아닌가. 그로부터 황하문명·백두산문명·한강문명·일본문명이 비롯되었으니 요하문명의 깊은 뿌리가 동아시아 문명을 만든 것이다. 고로 세계에서 가장 오래된 요하문명을 중국·한국·일본이 공유한다면 바로 역사 동일체가 되고 그로부터 동아문명 공동체가 만들어질 것이 아닌가. 한·중·일

삼국이 지닌 문명의 시원을 요하에서 찾자. 비록 중국 땅이지만 속지주의적 관점에서만 역사를 해석하지 말고 동아사적 견지에서 시공간을 초월하여 공통의 문명으로 인식할 때 다툼보다는 생산이 더 나타날 것이다.

- 21세기 지구촌은 무한 경쟁으로 빠져들었다. 요하문명권의 16억 인류가 문명 공동체를 이루어 하나가 되어야 EU-NAFTA 연맹의 도전에 살아남을 수가 있다. 통합과 네트워크, 디지털문명과 글로벌 시대를 외면하고 동양 3국이 네것 내것 찾으며 다투기만 한다면 동아시아는 지체되고 더 큰 발전을 이루어내지 못할 것이다. 이제 과거와 같은 무력에 의한 점령은 의미를 상실했다. 모든 것을 공유하는 공유의 문명이야말로 요하문명이 우리에게 주는 가장 큰 유산이요 교훈이다.

- 이제 '동북아 문명연구원' 을 만들어 동양 3국이 공존·공영할 수 있는 연구와 협력을 위한 기반을 만들어 나가자. 한·중·일 3국이 다투면 결국 모두가 손해이고, 이익을 보는 것은 서양 세력이다. 21세기에 동양 3국이 하나의 문명 공동체를 만들지 못하면 제2의 서세동점의 위협 속에서 앞으로 몇 백 년을 더 고생할 지도 모른다. 외교와 국방면에서 하나된 목소리로 역내 이익을 공유하고, 경제와 기술과 교육을 교류하여 실질적인 성장을 강화하며, 문화적인 협력과 인적 교류로 새로운 요하문명을 만들어 나가는데 일조하자.

죽간 선생은 지난 십여 년 동안 누빈 만주 땅에 숨 쉬는 조상의 역사정신과 그 가치도 요하문명론으로 통합하게 되면 자연스럽게 과거에서 미래로 나갈 에너지를 얻을 수 있게 된다는 점을 깨달은 것이다.

이것이야말로 다물 정신과 삼족오 사상의 결합이 아니겠는가.

이튿날 아침 6시경. 단둥페리는 뱃고동을 울리며 인천항으로 들어서기 시작했다.

배낭을 메고 갑판에 나선 그는 뿌연 아침 안개 속에 어리기 시작한 청구靑丘의 땅을 바라보면서 "미추홀아 잘 있었느냐.", "삼족오는 영원히 죽지 않는다." 라고 혼잣말을 했다.

만주아리랑

1

단군조선 때는 진한·번한 땅
부여 때는 대부여·북부여·동부여·졸본부여 땅
고구려 시대 광활한 기상이 넘치던 곳
발해 시대 해동성국의 혼이 깃든 곳
아, 청나라 때는 공동 조상을 모시느라 봉금封禁하던 곳
너 만주여!
수많은 나라들이 어깨 겨루며 살아온 동이의 어머니
그 땅에서 솟은 물, 그 땅에서 자란 곡식과 짐승이
우리를 살렸다.

2

고려 시대 4군 개척으로
조선 시대 6진 설치로 네 땅은 반으로 갈라져
간도라 이름했건만
끊임없이 도강渡江하던 동포들이 사람의 터전을 닦고
농사짓고 새끼 낳고 살아오던 어머니의 젖줄이 흐르는
123만 평방킬로미터

너른 땅에 이제야 발을 딛고 통곡하노라.
조선 말까지는 자유롭게 농사지으며 살던 100만 동포들
조선총독부 간도출장소가 생긴 1907년 이래
왜놈들의 총칼에 저항하느라 흘린 피눈물이
네 살과 뼈에 고루 스며 연변으로 다시 태어났나.
비록 천년 후의 부활이지만 그래도 고맙기만 하단다.
봉오동—백운평—어랑촌—천수평—고동하…….
북간도 강줄기마다 산등성이마다 흐르는 시퍼런
독립군의 핏물이여
1712년 정계비를 세운 이래
300년 지켜온 북간도마저 왜놈들의 간계에 속아 중국에게
점령당한 통한의 땅에서
목 메이게 불러본다 〈눈물 젖은 두만강〉 노래…….

3

4만 2,000 평방킬로 대한민국의 동생아,
215만 인구 중에 겨우 80만 명이 조선의 혼을 잇고
말을 하고 살아가는 너 연변아!
부끄럽다 대한민국 사람으로 너를 버려두고 살아온
60년이 죄스럽기 한량없다.
부모가 다투고 이별하여 자식이 설움 받고 굶어죽는지도
모른 채 살아온 남북조선 사람들,
이제야 백두산을 찾아와 조상님을 찾고
겨레의 혼을 칭송하려니
낯 두꺼워라, 쥐구멍이 어드메냐

아리랑 아리랑 아라리요
아리랑 연변 고개 언제나 넘나
네온등 휘황한 연길 시내에 노래방, 사우나, 음식점, 커피숍
아, 음주가무 5,000년 전통을 잇느라 이리도 허망한가.
연기 나는 공장 굴뚝 보기 어려워라
기술학원은 어딜 두었는가
조선 아이들 시골 학교는 폐교로 바뀌어 가고
조선 역사는 배우지 못하니
어설픈 조선말로 대한겨레 민족혼을 이을 수가 있겠는가.
뉘라서 이들에게 돌을 던지랴
이제는 남의 땅, 빼앗긴 들에서 그나마 농사짓고 살아감을
다행으로 알까?
문 닫는 동포 학교들
한족으로 피를 바꾸는 조선 청년들
돈 벌러 고향을 떠나 돌아오지 않는 아버지 어머니들
그 때문에 할배 할매 손에 자라는 조선의 후대들은
몸도 마음도 병이 깊어 가는데,
아 아, 어쩌란 말이냐.

4

오라, 알겠도다
연변이 망해야 중화족이 만주를 온전히 빼앗을 수 있음을……
동북 공정의 날카로운 이빨이 연길―용정―화룡―안도―도문―
왕청―훈춘
고샅마다 들이대며 조선의 정신을 갉아대나니

왜놈들의 37년 압제보다 더 무서운 중화의 더러운 이빨들이
재스민차를 옹물며 거짓 향기를 품어내는 곳,
아, 이제는 만주가 아니어라
간도도 아니어라
요하 백두산문명의 끝자락에서
피난민 어머니처럼 늙어만 가는 제3의 조국아,
아리랑 아리랑 아라리요
아리랑 동북 공정에 멍들어 가누나
어이, 어허라, 어찌 할거나
네 모습 짠해서 어찌 바라볼거나.

5

무궁화
그 인연의 아픔을 탯줄처럼 감고 살아온
서럽고 배고픈 150년 세월……
허나 우리는 잊지 않는다
호랑이는 결코 고양이를 낳지 않고
무궁화는 영원히 지지않는다는 것을.

노 희 상 盧熙相

동국대 윤리문화학과와 서울대대학원을 나온 예비역 정훈 소령. 서울교대 강사, 안산대 겸임교수 역임. 한민족문제연구소 연구위원과 〈대한저널〉 논설주간을 지냄. 현재 에듀파워 고문, 경남대·중앙대·금오공대·전남대 행정·경영·산업대학원 초빙교수. 1995년 경남신문 신춘문예로 등단. 《임진강의 민들레》,《어느 샐러리맨의 명상일기》,《이제는 존경의 대상을 바꾸어야 할 때》,《잃어버린 역사를 찾아서》,《21세기 한국 사회와 윤리》,《모성 정치가 나라를 살린다》 등 다수의 저서가 있음.

블로그 http://blog.joins.com/manchuria